JN428133

책벌레의 하극상

사서가 되기 위해서라면 뭐든지 할 수 있어

제 5 부 **여신의 화신 IX**

카즈키 미야
miya kazuki

길찾기

등장 인물

4부 줄거리

귀족원에서 로제마인은 최우수인 동시에 문제아. 축복으로 마술구의 주인이 되기도 하고 대영주와 디터를 하고, 왕족에게 사랑에 대해 조언을 하고, 검은 마물을 쓰러트리고, 채집 장소를 치유하고……. 그러던 중에 페르디난드의 출생 비밀을 알고 있는 중앙 기사단장의 진언 때문에, 페르디난드에게 결혼하라는 왕명이 내려왔다. 그 명령을 받고, 페르디난드는 아렌스바흐로 떠났다.

로제마인

주인공. 신의 힘으로 성장해서 성인 전후 정도의 생김새가 되었지만, 정신은 크게 달라지지 않았다. 책을 읽기 위해서는 수단을 가리지 않는다. 귀족원 4학년생.

에렌페스트 영주 일족

질베스타

로제마인을 양녀로 삼은 에렌페스트 영주이자 로제마인의 양아버지.

플로렌치아

질베스타의 아내이자 세 아이의 어머니. 로제마인의 양어머니.

빌프리트

질베스타의 아들. 로제마인의 오빠이자 귀족원 4학년생.

샤를로테

질베스타의 딸. 로제마인의 여동생이고 귀족원 3학년생.

멜키오르

질베스타의 아들. 로제마인의 남동생

보니파티우스

질베스타의 숙부. 칼스테드의 아버지. 로제마인의 할아버지.

페르디난드

에렌페스트 영주 일족. 왕명을 받고 아렌스바흐로 갔다.

로제마인의 측근

오틸리에
로제마인의 수석 시종. 하르트무트의 어머니.

베르틸데
상급 견습 시종. 1학년. 브륀힐데의 동생.

리젤레타
중급 시종. 안게리카의 동생.

그레티아
중급 견습 시종. 5학년. 이름을 바쳤다.

하르트무트
상급 문관이자 신관장. 오틸리에의 아들.

클라리사
상급 문관. 하르트무트의 약혼자.

로데리히
중급 견습 문관. 4학년. 이름을 바쳤다.

필린느
하급 견습 문관. 4학년

코르넬리우스
상급 호위기사. 칼스테드의 아들.

레오노레
상급 호위기사. 코르넬리우스의 약혼자.

안게리카
중급 호위기사. 리젤레타의 언니.

마티아스
중급 견습 기사. 이름을 바쳤다.

라우렌츠
중급 견습 기사. 5학년. 이름을 바쳤다.

유디트
중급 견습 호위기사. 5학년.

다무엘
하급 호위기사.

에렌페스트의 귀족

브륀힐데 …… 로제마인의 측근 출신. 질베스타의 약혼자.

리카르다 …… 질베스타의 상급 시종.

칼스테드 …… 기사단장이자 로제마인의 아버지.

엘비라 …… 칼스테드의 제1부인. 로제마인의 어머니.

에크하르트 …… 페르디난드의 상급 호위 기사. 칼스테드의 아들.

유스톡스 …… 페르디난드의 시종 겸 문관. 리카르다의 아들.

레베레히트 …… 플로렌치아의 상급 문관. 하르트무트의 아버지.

라자팜 …… 빌프리트에게 이름을 바친 중급 문관.

바르톨트 …… 질베스타의 모친. 현재 유폐 중.

카산드라 …… 샤를로테에게 이름을 바친 중급 견습 시종.

뮤리엘라 …… 엘비라에게 이름을 바친 중급 문관.

베로니카 …… 질베스타의 모친. 현재 유폐 중.

아렌스바흐의 귀족

게오르기네 …… 아렌스바흐의 제1부인. 질베스타의 누나.

디트린데 …… 아렌스바흐 영주 일족. 게오르기네의 딸.

레티치아 …… 아렌스바흐의 영주 후보생.

슈트랄 …… 페르디난드의 상급 호위 기사. 전직 기사단장.

젤기우스 …… 페르디난드의 시종.

라이문트 …… 페르디난드의 중급 견습 문관. 귀족원 5학년생.

페아제레 …… 레티치아의 상급 견습 시종. 슈트랄의 딸.

프라우렘 …… 상급 귀족. 전직 귀족원 교사.

그라오잠 …… 게오르기네에게 이름을 바친 문관. 전 기베 게를라흐.

다른 영지 귀족

지기스발트 …… 중앙의 제1 왕자. 차기 왕.

라오블루트 …… 중앙 기사단장.

루펜 …… 단켈페르거 사감.

힐쉬르 …… 에렌페스트 사감.

솔랑쥬 …… 귀족원 도서관 중급 사서.

슈바르츠 …… 귀족원 도서관 마술 도구.

바이스 …… 귀족원 도서관 마술 도구.

지크린데 …… 단켈페르거 제1 부인.

한넬로레 …… 단켈페르거의 영주 후보생. 4학년.

하이스히체 …… 단켈페르거의 상급 기사.

신전 관계자

프랑 …… 신전장실 수석 시종.

잠 …… 신전장실 담당.

모니카 …… 신전장실 담당 겸 요리 조수.

니콜라 …… 신전장실 담당 겸 요리 조수.

빌마 …… 고아원 담당.

평민 마을 관계자

귄터 …… 마인의 아빠.

투리 …… 마인의 언니. 전속 머리 장식 장인

코린나 …… 길베르타 상회 재봉사.

레클 …… 서문 병사.

그 외

제르바시오 …… 란체나베 왕.

레온치오 …… 란체나베의 사자.

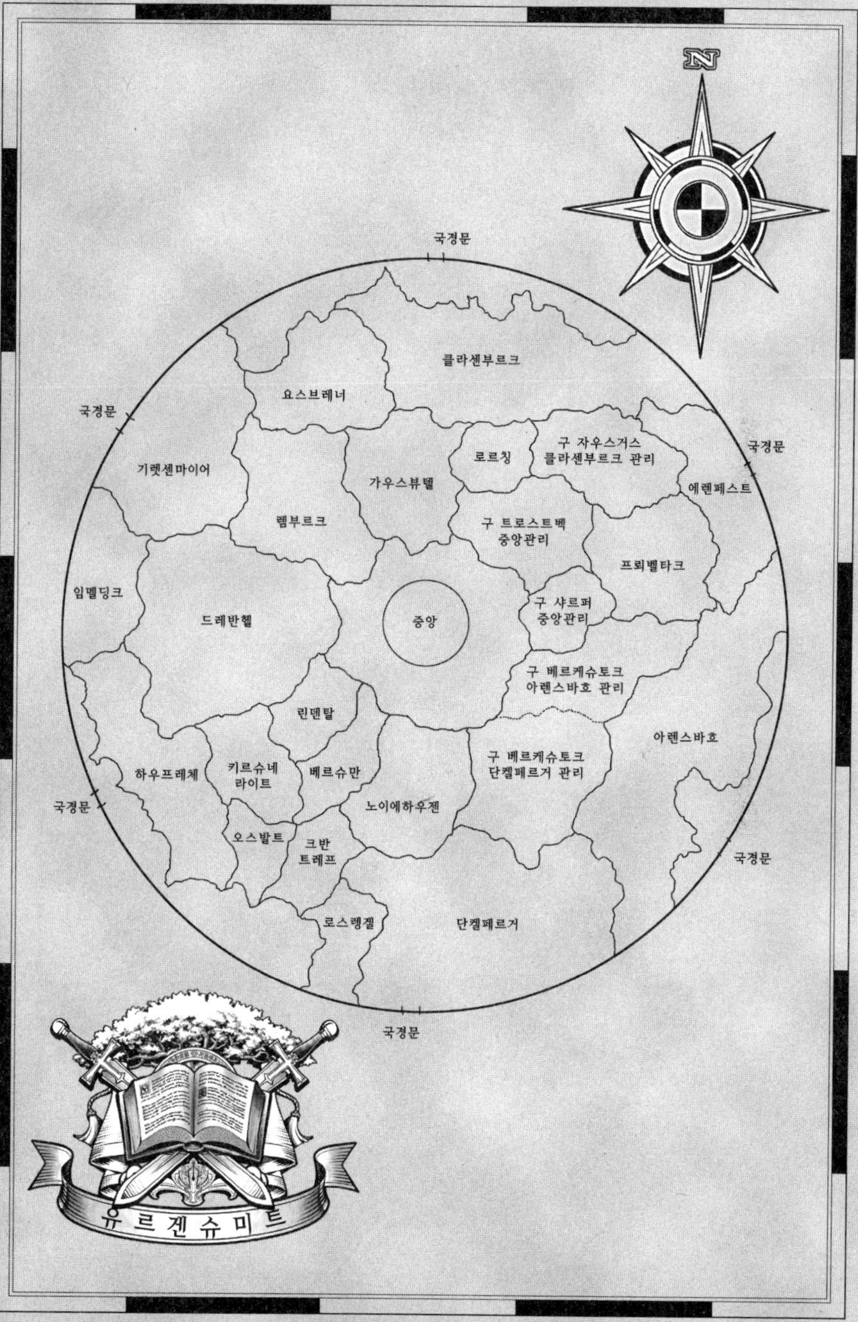

N
국경문
클라센부르크
요스브레너
국경문
구 자우스거스
클라센부르크 관리
로르칭
국경문
기렛센마이어
가우스뷰텔
에렌페스트
렘부르크
구 트로스트벡
중앙관리
프뢰벨타크
임멜딩크
구 샤르퍼
중앙관리
드레반헬
중앙
구 베르케슈토크
아렌스바호 관리
린덴탈
아렌스바호
구 베르케슈토크
단켈페르거 관리
하우프레체
키르슈네
라이트
베르슈만
국경문
노이에하우젠
오스발트
크반
트레프
국경문
로스렝겔
단켈페르거
국경문
유르겐슈미트

제5부 여신의 화신 IX

일러스트 시이나 유우 **지도제작** 후지시로 요 **번역** 김정규
디자인 백진화 **편집** 김일철 **교정** 정성학 **마케팅** 이수빈

제5부 여신의 화신 IX

프롤로그

데엥, 데엥…….

세 점 종소리를 들은 그라오잠은 포장을 씌운 짐마차 안에서 슬쩍 얼굴을 찌푸렸다. 슬슬 게오르기네가 배를 타고 에렌페스트에 도착할 무렵인데, 그는 예정보다 늦어서 아직 기베 게를라흐의 여름 저택에 도착하지 못했다. 이제야 겨우 기베의 저택이 보이기 시작한 참이다.

"보니파티우스 님이 정말 큰 문제군……."

계획대로 진행되지 않은 것은 숲의 관리인 오두막에 함정이 설치되어 있던 탓이다. 그라오잠은 기베와 그 일족이 토지를 둘러볼 때 사용하는 관리용 오두막에 마술 도구를 몇 가지 숨겨뒀었다. 귀중한 마석과 마술 도구가 남아 있는지, 누가 가져가지는 않았는지 확인하기 위해서라도 함정을 해제해야만 한다. 시간이 걸리기에 짜증을 내면서 함정을 해제하며, 이 특이한 함정은 보니파티우스의 솜씨일 거라고 추측했다.

……쓰기 편한 함정과 숨겨 두었던 마술 도구를 회수하기는 했지만, 시간이 좀 걸렸군. 늦지는 않을까?

보니파티우스에게 이곳을 가르쳐 준 자는 아들 마티아스가 틀림없다. 마티아스에게 가르쳐 준 마술 도구를 숨겨 둔 장소만이 침입자에게 들켰다. 그리고 겨울 숙청이 벌어진 그 자리에 없었던 이는 귀족원에 재적 중이던 마티아스뿐이고. 아들이 숙청을 면하기는 했지만, 곧 연좌로 처형당할 거라고 생각했는데, 영주에게 정보를 흘리고 목숨을 부지한 모양이다.

"다소 경계가 필요하겠군."

숙청 당시에 미성년자이자 게오르기네에게 이름을 바치지 않았던 마티아스에게는 가족이라고 해도 중요한 정보를 말해 주지 않았고, 게오르기네와 만난 것도 단 한 번뿐이다. 변변한 정보는 가지고 있지 않았으리라 생각했다. 하지만 감이나 본능으로 정답에 도달하는 경우가 많은 보니파티우스라면, 마티아스가 제공한 작은 정보를 통해서 뭔가를 알아차릴 가능성이 있다.

"최근 이삼 일은 일크너와 그리벨을 뛰어다녔으니, 오늘은 이쪽으로 끌어들인다. 보니파티우스 님이 게오르기네 님을 방해하게 두진 않겠다."

그라오잠은 품에서 마술 도구를 하나 꺼냈다. 두 개가 한 쌍으로 구성되어 있는데, 한쪽에 마력을 담아서 색이 바뀌면 나머지 하나의 마석도 똑같이 색이 바뀌는 게 전부인 간이 마술구다. 원래는 어린아이가 마력을 담는 연습을 할 때 사용하는 마술구인데, 그라오잠은 그것을 개량했다. 그저 색이 바뀔 뿐이지만, 은색 천을 걸친 탓에 올도난츠를 보낼 수 없는 상황에서 은밀 행동에 성공했는지 여부를 전하는 정도라면 이 정도로 충분하다.

마술 도구의 마석이 노란색이었는데, 녹색으로 바뀌어 있다.

"게오르기네 님은 무사히 합류하셨나."

겨울부터 에렌페스트에 잠입시켜 둔 협력자와 합류했다는 소식을 뜻하는 녹색을 보고, 그라오잠은 안도의 한숨을 쉬었다. 적에게 들키지 않도록 게오르기네에게는 시종으로 제르티에와 신식 상인

두 명만 붙여 뒀다. 만약 들킨다면 간단히 붙잡히겠지. 세 점 종에 도착하는 배, 네 점 종에 도착하는 배 등등 여러 척으로 나뉘어서 이동한 것이 큰 도움이 된 듯하다.

그라오잠은 은색 천을 벗고는 오른손으로 마술 도구에 마력을 흘려 넣어서 마석의 색을 노란색으로 되돌렸다. 이것으로 게오르기네에게 '그가 마술구를 확인했다'와 '아직 게를라흐의 저택에 도착하지 않았다'는 뜻이 전해질 것이다.

"게오르기네 님이 도착했다면 이쪽도 시작해야겠군."

이미 준비된 마술 도구 편지를 날리기만 하면 구 베르케슈토크 기사들이 기베의 저택으로 쳐들어가기로 이야기가 되어 있다. 일크너와 그리벨에서처럼 기베 게를라흐가 아렌스바흐 기사들이 공격해 왔다고 연락하면 신전에 잠입하는 게오르기네에게서 눈을 돌리게 만들 수 있겠지. 설마 주추 마술을 노리는 게오르기네가 신전으로 침입하리라고는 생각도 못 할 것이다.

"흐음. 지시대로 움직이고 있는 것 같군."

잠시 후, 기베의 저택에서 게를라흐 기베 기사단이 힘차게 날아오르는 모습이 보였다. 기수들이 조금이라도 빨리 가겠다는 기세가 실린 속도로 차례차례 달려 나가는 모습을 그라오잠은 마차 짐칸에서 지켜봤다.

기사들이 서두르는 것도 당연한 일이겠지. 상공에 있는 그들의 눈에는 아렌스바흐의 연보라색 망토를 걸친 기사들이 잔뜩 쳐들어오는 모습이 보일 테니까.

"저 모퉁에서 오른쪽으로 돌아라."

지금 그라오잠이 타고 있는 짐마차는 기베의 저택으로 식량을 운반하기 위한 마차고, 고삐를 쥐고 있는 자는 종속 계약을 맺은 신식 병사다. 저택 뒷문으로 가는 길 근처에는 기베의 저택으로 통하는 비밀 통로의 출입구가 있다. 그라오잠은 그쪽으로 시선을 보냈다.

……역시 감시하는 자가 있군.

비밀 통로 출입구 부근에 사내 세 명이 보인다. 기사 하나에 하인이 둘인 것 같다. 그들은 기베의 저택 뒷문으로 다가가는 자들을 경계하고 확인하는 임무를 맡았을 것이 분명하다.

"멈춰라! 짐을 검사하겠다!"

그라오잠이 예상한 대로, 그들은 뒷문으로 향하는 마차를 세웠다. "어느 상회에서 왔지?"라고 상회 이름을 물으며 짐을 검사하기 위해 다가왔다. 마부에게 말을 거는 자가 기사고, 짐을 검사하는 자는 하인으로 보인다.

저택 뒷문 쪽이라서 그런 걸까. 그들에게는 밀려오는 연보라색 망토도, 황급히 뛰쳐나간 기사들의 모습도 보이지 않았는지도 모른다.

……이미 싸움이 시작됐는데, 속도 편하군…….

자신의 후임으로 새롭게 기베 게를라흐로 임명된 자는 싸움을 잘 모르는 듯하다. 그렇기에 이렇게 파고들 틈이 있는 것이지만, 그라오잠으로서는 자신이 우습게 보인 것 같아서 조금 불쾌했다.

……기사에게는 그것을 쓸까.

침입하기 전에 올도난츠를 보내기라도 하면 곤란하다. 그라오잠은 마부석에 있는 신식 병사와 눈짓을 주고받고, 집게손가락을 살짝 구부려서 신호를 보냈다. 마부가 은색 통의 끈을 당기자팡, 하는 가벼운 소리와 함께 하얀 가루가 튀어나왔다.

"으윽……."

기사가 몇 초 정도 괴로워하며 발버둥 치더니 마석이 돼 버렸다. 바로 마석이 됐어야 하는데, 예상보다 효과가 느린 탓에 그라오잠의 눈이 살짝 휘둥그레졌다. 기사가 천으로 입가를 가리고 있던 탓일까. 아니면 밖에서는 가루가 쉽게 확산돼 버리는 탓일까. 아렌스바흐에 있는 게오르기네의 별궁에서 제대로 실험과 검증을 해 보지 못한 것이 원통했다.

"뭐, 뭐야?!"

"사라졌잖아?!"

짐칸 가까이 와 있던 하인이 깜짝 놀라서 소리를 질렀다. 두 사람한테는 기사가 갑자기 사라진 것처럼 보였겠지. 그라오잠이 하나, 마부로 위장한 신식 병사가 또 하나의 하인을 덮쳤다.

변변찮은 저항도 못 하는 평민을 죽이는 건 간단하지만, 뒤처리가 귀찮다. 기베의 저택에 침입하기 전에 들키기라도 하면 일이 귀찮아질 것 같다.

……평민은 도움이 안 되는군.

그라오잠은 하인의 시체에서 여전히 바닥에 굴러다니고 있는 기사의 마석 쪽으로 시선을 돌렸다. 검은 마술 도구 의수로 그 마석을 쥐고 마력을 흡수했다. 싸움에 대비해 충분히 회복해 두었던 모양이다. 기사의 마석은 마력이 가득 채워져 있었다.

마력을 완전히 흡수하자 기사의 마석은 그라오잠의 수중에서 바스라져 버렸다. 박살나고 남은 찌꺼기를 버린 뒤에 손을 살짝 턴 그라오잠은 가만히 지시를 기다리고 있는 신식 병사 쪽으로 시선을 옮겼다.

"너희는 이 앞에 있는 결계를 통과할 수 없다. 시체를 치운 뒤에는 돌아가서 지시를 기다리도록."

신식 병사가 시체를 마차에 싣고서 숲으로 향하는 것을 확인한 뒤 그라오잠은 다양한 마술 도구와 약이 든 가방을 손에 들고서 비밀 통로 출입구 쪽으로 걸어가기 시작했다.

비밀 통로에 들어가면 바로 마술 결계가 있다. 원래는 기베와 그 혈족, 그리고 영주 일족만이 통과할 수 있는 결계다. 그라오잠은 은색 천을 이용해서 그 결계를 통과했다. 란체나베에서 개발한 은색 천은 정말 편리한 물건이다. 결계만 통과하면 다음은 간단하다. 그라오잠은 누구냐고 물어보는 사람도 하나 만나지 않고, 여유 있게 기베의 저택으로 침입했다.

"뭐라고 할 말이 없군."

아우브 에렌페스트는 그라오잠을 기베 게를라흐에서 해임하기는 했어도 기베의 저택을 완전히 새로 짓지는 못한 모양이다. 기억에 있는 길을 따라 그는 기베의 저택 주추가 있는 방에 도달했다.

원래 기베 이외에는 들어올 수 없는 방이지만, 은색 천을 사용하면 침입이 가능하다. 안에 들어가자 그는 은색 천을 벗고 주추에 마력을 주입하기 시작했다. 이 저택의 소유자를 그라오잠 자신으로 바꾸기 위해서. 어떻게 하는지는 게오르기네에게 배웠다.

기베 저택의 주추를 바꿔 물들이고는 저택을 지키는 결계를 한계까지 강화했다. 이제 저택의 주인이 된 그라오잠과 그 혈족, 영주 일족 외에는 들어오지 못하게 됐다. 게를라흐의 기사와 시종, 하인들은 결계 밖으로 나갈 수는 있지만, 일단 밖으로 나가면 다시 저택으로 들어올 수는 없다.

……이제 들어올 사람이라면 게를라흐가 습격당했다는 소식을 듣고 달려올 보니파티우스 님 정도겠지.

기사들이 뛰쳐나간 지금, 이곳에 남은 사람 중에 그라오잠을 상대할 수 있는 자는 없다. 보니파티우스가 온다고 해도 그의 주위에 있는 기사들은 들어올 수 없다.

그라오잠은 이것으로 승리에 많이 가까워졌다고 생각하며 고개를 한 번 끄덕이고는, 짐 속에서 좀 전에도 썼던 마술 도구를 꺼내서 색을 확인했다. 마석이 빨간색으로 바뀌어 있었다.

"흠. 게오르기네 님은 신전에 잠입하셨나. 이쪽도 소식을 알려야겠군."

그라오잠은 마술 도구에 마력을 주입해서 색을 다시 녹색으로 바꿨다. 이걸로 기베 저택 잠입과 주추 탈취에 성공했다는 것이 전해지겠지.

……앞으로는 에렌페스트 기사단을 이쪽으로 끌어들여서 시간을 벌기만 하면 된다.

자신이 해야 할 일을 확인하고, 그라오잠은 주추의 방에서 나왔다. 비밀 통로를 사용해 저택 안을 이동해, 기베의 집무실로 이어지는 출입구 앞에서 대기하며 내부 상황을 살폈다. 문 너머에서 남자 목소리가 드문드문 들려왔다.

"……로부터 원군이 점심 무렵에 도착…… 그러니까, 게를라흐의 기사는…… 견디지……."

아무래도 여기 있는 사람은 그라오잠의 후임으로 기베 게를라흐로 임명된 자인 모양이다. 영주에게 요청한 구원이 받아들여진 듯하다. 하지만 어디서 어느 정도 규모의 원군이 오는지는 듣지 못

했다.

…….점심 무렵에 도착한다면, 일크너 주변의 보니파티우스 님이려나…….

그라오잠은 문에 오른손을 대고 마력을 흘려 넣어서 잠금을 해제하고는 문을 조금 밀어서 상황을 살폈다. 후임 사내는 비밀 통로 출입구를 가리기 위한 가구 배치를 바꾸지 않은 것 같다. 문 앞에는 기억에 있는 그대로 태피스트리가 있었다.

문이 조금 열리면서 실내의 목소리가 잘 들려왔다.

"기사들이 게를라흐를 지키기 위해 총력을 다하고 있다. 그대들은 하인들에게 피난하라고 전해 주게. 나는 여기서 얌전히 있을 테니까."

"허나, 기베를 혼자 계시게 할 수는……."

"여기에는 비밀 통로가 있다. 이것을 쓸 수 있는 건 기베와 그 혈족뿐이다. 나 혼자라면 도망칠 수 있으니 걱정 마라."

사내는 시종과 문관들에게 피난하라는 지시를 내리고 있는 모양이다. 몇 사람이 주저하는 듯한 발소리를 내며 방에서 나갔다. 발소리가 사라지고, 방 안이 조용해졌다.

……아직도 더 남은 자가 있나?

여러 사람이 남아 있는 경우에는 괜히 구원이라도 부르면 일이 귀찮아지니까 즉사 독을 사용하는 쪽이 좋다. 하지만 후임 사내 혼자라면 올도난츠 등의 연락이 끊어지면 상황을 보러 오는 자가 있을 테니, 죽이지 않고 살려 두는 쪽이 좋다.

……자, 어느 쪽이냐?

어느 쪽이라도 대응할 수 있도록 그라오잠은 가방 안에서 약을 꺼내고 상대를 묶기 위한 밧줄을 손에 쥔 채로 상황을 살폈다.

사내가 깊은 한숨을 내쉬는 소리가 들렸다.

"점심 무렵이라는 게 대체 언제지? 빨리, 빨리 와 주시지 않으면 우리 기사단이 전멸한다……."

고뇌와 기도가 섞인, 진심에서 나온 목소리다. 기베로 임명된 귀족이 다른 사람 앞에서 이런 약한 소리를 하는 일은 없다. 즉, 이 집무실에는 혼자만 남아 잇다는 뜻이다.

그라오잠은 소리가 나지 않게 슬며시 비밀 통로의 문을 열었다. 공기 흐름 때문에 태피스트리가 슬쩍 흔들렸다.

"응?"

의아해하는 사내의 목소리가 들리고, 발소리가 다가온다. 그라오잠은 태피스트리를 세차게 젖히고 단숨에 덤벼들었다. 그리고는 사내를 재빨리 붙잡아서 밧줄로 묶었다.

"뭣, 그, 그대……. 어떻게 거기서……."

무슨 일이 일어났는지 이해하고 싶지 않다는 것처럼 놀라움과 공포로 물든 눈을 크게 뜨고 있는 사내의 턱을 움켜쥐고, 그라오잠은 손에 쥐고 있던 약을 입에 흘려 넣었다.

"으윽……. 커헉……."

독이 목구멍을 지져서 말을 할 수 없게 돼 버린 사내가 아픔과 괴로움에 몸부림치려고 했지만, 밧줄에 묶인 탓에 마음대로 움직이지도 못했다.

"내가 어떻게 이 비밀 통로를 썼는지 알고 싶은가? 간단한 일이지. 이곳의 주추를 바꿔 물들였다. 내가 돌아올 때까지 임시 기베를 수행하느라 고생이 많았다."

더이상 기베가 아니게 된 사내는 공포와 절망 때문에 안색이 확 바뀐 채 입을 여닫았지만, 그게 전부다. 쉭쉭하는 숨소리만 들릴 뿐이고 목소리는 나오지 않았다.

사내의 그런 모습은 신경도 쓰지 않고, 그라오잠은 사전에 준비한 마술 도구 편지를 가방에서 꺼내서는 날려 보냈다. 숲에 숨어서 대기하고 있는 구 베르케슈토크 기베들에게 보내는 편지다. 그라오잠이 게를라흐의 저택을 접수했다는 것과, 작은 성배로 토지의 마력을 빼앗기 시작하라는 내용이 적혀 있다.

……이것으로 보니파티우스 님을 이쪽에 붙잡아 둘 수 있겠지.

일크너와 그리벨 주변에 출몰하는 기베와 기사들을 처리하고 있는 보니파티우스는 이것이 에렌페스트의 전력을 분산시키기 위한 공격이라는 것도 눈치챘을 것이다.

하지만 그는 뼛속까지 영주 일족이다. 실제로 피해를 보고 있는 토지를 버리고 에렌페스트 시가지로 돌아가는 짓은 할 수 없다. 오늘도 일크너와 그리벨 주변을 뛰어다니다가 게를라흐의 구원 요청에도 응하게 될 것이다.

……이해할 수 없는 움직임을 보이니까 주의는 필요하지만.

보고에 의하면 일크너의 기사에게 이쪽의 행동을 들키고 하루도 지나지 않아서 보니파티우스가 원군을 데리고 일크너에 도착했다는 듯했다. 여전히 신출귀몰하고 행동을 읽을 수가 없다.

하지만 최소한 오늘 오전에는 일크너로 향했다는 연락을 받았다. 지금부터는 아무리 서둘러도 에렌페스트 성으로 돌아갈 수는 없다. 그리고 돌아가는 것보다는 게를라흐 진압 쪽으로 힘을 쏟겠지.

……보니파티우스 님이 더 이상 방해하게 둘 수는 없다.

그라오잠은 왼손을 잃었던 그 겨울을 떠올리고, 보니파티우스와 대치하기 위해 온 힘을 다해서 만든 검은 의수를 천천히 움직였다.

선대 아우브 아렌스바흐를 아득히 높은 곳으로 오르는 계단으로 쫓아 보내고, 왕명을 구실로 페르디난드를 아렌스바흐로 불러들여서 에렌페스트에서 떼어놨다. 게오르기네는 남편을 잃은 상심과 별궁으로 이사한다는 이유로 겨울 사교계에도 나가지 않고 자유롭게 움직일 수 있는 시간을 얻었다.

에렌페스트 성전의 열쇠를 손에 넣은 게오르기네가 드디어 주추를 얻기 위해 움직이기 시작한 순간을 노린 것처럼, 갑자기 보니파티우스가 그라오잠의 저택을 습격해 왔다. 그라오잠은 그 감과 행동력과 전투력을 무엇보다 경계하고 있다. 적이 되면 징그러울 정도로 귀찮은 상대다.

……아. 또 하나, 귀찮은 것이 있었지.

페르디난드도 상당히 귀찮은 상대였다.

게오르기네가 전 신전장의 유품인 편지를 통해 신전에서 주추의 방으로 들어갈 수 있다는 것을 알게 된 뒤에, 그라오잠 일행은 어떻게든 신전에 들어가려고 했었다. 하지만 영주의 양녀가 된 로제마인이 신전장이 되고, 환속해서 영주 일족으로 돌아간 페르디난드가 신전장을 맡은 신전에 들어가는 것은 쉬운 일이 아니었다. 그 둘과 동행하는 호위기사들이 눈을 번쩍이면서 드나드는 귀족들을 감시했기 때문이다.

예전에는 꽃을 바친다는 구실을 대면 간단히 신전장실에 들어갈 수 있었지만, '세례식 직후의 소녀에게 그런 일을 시킬 수는 없다'는 이유로 귀족들에 대한 대응은 전부 페르디난드를 통하게 됐다.

인쇄업 때문에 문관들이 신전에 드나들게 된 이후에도 문관을 페르디난드와 라이제강계 귀족들이 선발했기 때문에 파벌이 다른 그라오잠 등과 가깝게 지내는 귀족들은 선발되지 않았다. 신전에 사는 청색 신관조차도 용건은 전부 신관장을 통해야 하도록 바뀌어서 가까이 다가갈 수조차 없었다.

……하지만, 아직 시간은 있다.

신전장이 지닌 성전의 열쇠가 주추의 방으로 이어진다는 사실을 그들은 아직 알아차리지 못했다. 알았다면 평민 아이를 영주의 양녀로 삼아서 신전장 자리에 앉힐 생각 따위는 하지도 않았겠지.

그래서 그라오잠 일행은 로제마인과 페르디난드 두 사람이 전부 신전을 떠나 있는 때를 노려서 신전장의 성전과 열쇠를 훔쳤다. 발각되는 일을 지연시키기 위해서 성전도 열쇠도 그냥 훔친 것이 아니라 바꿔치기했고, 목격자인 회색 신관을 처분하는 등, 꼼꼼하게 흔적을 지웠다.

그런데도 페르디난드는 자신이 자리를 비운 사이에 누군가가 신전장실에 침입했다는 것과 성전이 바뀌었다는 사실, 글로리에가 실행범이라는 것까지 금세 알아차렸다. 글로리에가 있는 달돌프 자작의 저택에 거침없이 쳐들어가서 성으로 운반한 성전을 찾아내고야 말았다.

……참으로 얄미운 놈이다.

열쇠만은 게오르기네에게 전했지만, 페르디난드에게 성전과 열쇠를 훔친 죄를 뒤집어씌워서 죄인으로 만들고 질베스타를 몰아붙이는 계획은 무산되고 말았다. 그리고 아렌스바흐로 온 페르디난드의 참견을 막고 게오르기네의 지배하에 두는 일도 실행하지 못

했고.

하지만…… 페르디난드 님은 레티치아 님이 뿌린 즉사 독에 죽었다. 이젠 방해하지 못한다.

페르디난드는 제거했고, 보니파티우스를 영지 남쪽으로 끌어내는 데도 성공했다. 위험인물에 대한 대처는 만전이다.

계획은 순조롭게 진행되고 있다. 그런데도 그라오잠은 말로 표현할 수 없는 불안한 기분이 들었다. 이만큼 치밀한 계획을 세웠으니 문제없으리라고 생각하는 한편, 지금까지 계획에 생각지도 못한 훼방이 들어왔던 일들이 생각났기 때문이다.

……쓸데없는 생각이나 하지 말고 조금이라도 더 대책을 세워 둘까.

그라오잠은 가방을 들고 기베의 집무실에서 나와 아무도 들어오지 못하도록 계단에 함정을 설치했다. 숲 관리용 오두막에 설치되어 있던 것을 재활용한 함정이다. 이 함정이 해제되건 발동하건 자신이 알 수 있게 해 두면 등 뒤에서 날아온 불의의 공격을 걱정할 필요는 없다.

"그대, 여기서 뭘…… 으윽……."

함정을 설치하던 그라오잠은, 침입자를 발견한 하인과 시종을 태연하게 제거하면서 작업을 계속 이어 갔다. 방해하는 자들이 더 많을 거라고 생각했지만 저택 안에서 느껴지는 인기척이 예상보다 훨씬 적었다. 그 사내가 지시한 대로 피난한 이들이 많기 때문이겠지.

……오히려 잘 됐다.

게를라흐는 그라오잠의 고향이다. 아우브 에렌페스트와 라이제강계 귀족의 지배에서 해방해야 하지만, 그래도 희생은 가능한 적은 쪽이 바람직하다고 생각하고 있다.

집무실로 돌아가서 약과 마술 도구 등의 남은 양을 확인하는 중에 올도난츠가 날아왔다. 방 안으로 들어온 하얀 새는 묶여 있는 사내의 손에 내려앉아서 부리를 열었다.

"기사단장입니다. 일크너와 그리벨에서 전해 들은 이상으로 적이 많습니다. 원군이 도착할 때까지 버틸 수 있을지……. 하지만, 저희의 총력을 다해 버텨 보이겠습니다. 지금부터는 올도난츠에 답하기도 힘들 것입니다. 기베도 무운을 빕니다."

같은 내용을 세 번 되풀이한 올도난츠는 노란색 마석으로 돌아갔다. 그라오잠은 그 마석을 왼팔의 검은색 의수로 움켜쥐었다. 답신 따위는 할 생각도 없다. 마석이 뭉개지는 것을 보자 묶여 있는 사내의 눈이 휘둥그레졌다. 분해서 그런 걸까, 그의 눈에는 눈물이 맺혀 있다.

"흠. 이제 올도난츠가 오지 않는다면 그대를 살려 둘 의미도 없군."

움직이지도, 소리 내서 도움을 청하지도 못하는 사내에게 쓰기에는 즉사 독이 아깝다. 그라오잠은 오른손에 쥔 무기로 사내를 찔렀다. 바로 죽지 않도록 조절해서 상처를 입혔다. 고통에 괴로워하면서 가능한 범위 안에서 도망치려 하는 사내는 공포와 절망이라는 감정에 한껏 물들어 있다. 이 정도면 죽은 뒤에 마력을 잔뜩 머금은 좋은 마석이 될 것이다. 란체나베에서 온 자가 했던 말을 떠올리며 그라오잠은 고개를 끄덕였다.

……슬슬 때가 됐군.

그라오잠은 피를 흘리는 사내에게서 창문 쪽으로 시선을 옮겼다.

일어나서 천천히 발코니 쪽으로 걸어가 보니 기베가 바뀐 줄도 모르고 기베의 저택을 지키려 하는 게를라흐 기사단의 뒷모습이 보였다. 그들을 공격하는 것은 수많은 연보라색 망토. 숫자 차이가 너무 많이 난다. 승패는 명백하다.

자…… 대체 얼마나 버틸 수 있을까?

훗, 하고 웃은 그때, 연보라색 망토 너머로 숲의 색과 또 다른 파란색이 보였다.

게를라흐의 주전장

기수를 타고 전장으로 다가갈수록 전방에 아렌스바흐의 망토가 잔뜩 보였다. 파란색과 노란색 선이 그어지지 않은 연보라색 망토는 게오르기네가 시키는 대로 움직이는 아렌스바흐와 구 베르케슈토크 사람들이다. 기베 게를라흐의 저택으로 향하는 그들을 막고 있는 것은 저택 주위에 쳐 놓은 결계와 밝은 황토색 망토를 두른 기베 소속 기사단이다.

"이대로 협공이 가능하다면 가장 좋겠지만, 게를라흐의 기베 기사단이 버티지 못한다. 한시라도 빨리 합류할 필요가 있다."

페르디난드가 말한 대로 숫자 차이가 압도적이다. 게를라흐 쪽의 함락이 가깝다는 것은 싸움을 잘 모르는 내가 봐도 금세 알 수 있었다. 원군이 도착할 때까지 어떻게든 버텨 내겠다고 분발하고 있는 듯하다.

"로제마인, 중앙을 돌파하면 먼저 에렌페스트 기사들에게 치유를 부탁한다."

"예."

"나는 선두에 서겠다. 로제마인과 한넬로레 님은 결코 속도를 늦추지 않도록. 주위의 기사에게 이변이 벌어지더라도 적진을 돌파할 때까지는 멈추지 마시길 부탁드립니다."

페르디난드가 자기 호위기사들을 데리고 선두에서 달려 나갔다. 기수로 이동하는 동안에 나와 한넬로레를 중심으로 단켈페르거 기사들이 모여들기 시작했다. 중앙 돌파를 위한 대형을 갖추고 있는 것 같은데, 내 위치에서는 전체 모습이 보이지 않는다. 내 호위기사가 바로 가까이에 있기는 하지만, 어디를 봐도 파란 망토를 걸친 기사들이 있는 상태다. 이젠 페르디난드와 에크하르트의 망토조차도 안 보이게 돼 버렸다.

"코르넬리우스, 레오노레. 마티아스와 라우렌츠는 돌아왔나요?"

단켈페르거의 파란 망토만 잔뜩 보이고, 내 호위기사를 뜻하는 에렌페스트의 망토는 수가 적다. 기수에 탄 기사의 모습만 보이고, 다들 투구를 쓰고 있어서 주위에 있는 사람이 누구인지도 판별하기 어려울 지경이다.

"확인한다고 간 관리용 오두막이 어디인지는 모르겠지만, 아마도 제일 뒤쪽에 합류하게 될 거라고 생각합니다."

레오노레의 말을 듣고서 나도 모르게 뒤쪽을 돌아봤다. 파란 망토를 걸친 기사들뿐이다.

"적진을 돌파하면 로제마인 님과 한넬로레 님은 여름 저택과 가장 가까운 위치에 있는 기사들의 뒤쪽에 붙어 주세요."

"호위기사는 자기 주인을 지키기 위해 온 힘을 다하라! 게티르트!"

주위에서 날아오는 지시에 고개를 끄덕이며 우리는 이동 속도를 맞췄다. 어느 쪽을 봐도 방패를 든 기사들뿐이고, 펄럭이는 망토가 시야를 가려서 내가 지금 어디쯤을 날아가고 있는지도 모르겠다. 상황을 모르는 채 나는 앞으로 나아가고 있었다.

전황이나 우리를 기다리고 있을 적들이 보이지 않기에 주위에 있는 기사들의 긴박한 분위기만이 뼈저리게 전해져 왔고, 핸들을 쥔 손이 떨리기 시작했다. 가속 페달을 밟는 발에 힘이 들어가려고 했지만, 필사적으로 참았다.

"앗?!"

파팟, 하고. 갑자기 주위가 눈부시게 빛났다. 반사적으로 주변을 둘러봤다. 아무래도 마력을 이용한 원격 공격의 사정거리에 들어온 모양이고, 기사들이 들고 있는 방패로 공격을 튕겨내고 있는 것 같다. 적과의 거리는 모르겠고 주위에 있는 기사들의 모습만 보일 뿐이지만, 여기저기서 눈부시게 터지는 빛 때문에 심장이 오그라드는 기분이 들었다.

……무, 무서워.

원격 공격을 거의 막아 낸 것 같다 싶었더니, 점점 마력 공격이 아니라 기사들 사이를 뚫고 화살이 날아왔다. 마력 공격도 화살도 마력 차이 때문에 내 기수 안까지 들어오는 일은 없다. 머리로는 알고 있지만 무서운 건 무섭다. 나는 울음을 터트릴 것 같은 기분으로 핸들만 꾹 쥐었다. 그리고 이때는 아직 무서워할 여유가 있었다.

전방이 무지개 같은 복잡한 색의 빛으로 물들었다. 앞으로 나아가고 있는 기사들이 실루엣으로만 보일 정도로 강한 빛이다. 모아뒀던 마력을 단숨에 방출하는 공격이라는 건 알았지만, 공격을 했는지 당했는지를 모르겠다. 나도 모르게 눈을 꾹 감고 말았다.

"로제마인, 주위에 맞춰라!"

코르넬리우스의 고함을 듣고서 깜짝 놀라 눈을 뜨고 다급히 주위에 맞췄다. 아무래도 공격을 당한 게 아니라 이쪽이 공격한 것 같다. 때때로 주위에서 무언가가 빛을 가로막으며 날아갔지만, 충격파는 기사들이 방패로 완전히 막아 냈다.

"으아아아아아아아!"

말로 이루 표현할 수 없는 열기와 고양된 감정을 방출하는 것 같은 함성을 지르며, 내 주위를 둘러싸고 있는 기사들의 속도가 조금씩 빨라졌다. 나는 뒤처지지 않도록 필사적으로 속도를 조절하며 움직임을 맞췄다.

"파고든다! 겁먹지 마라! 페르디난드 님을 따르라!"

그런 목소리가 들려온 직후, 주위 상황이 단번에 달라졌다. 스스로를 격려하는 큰 목소리가 끊임없이 누군가의 입에서 터져 나왔고, 무기와 무기가 부딪치는 소리가 바로 가까이에서 들려오기 시작했다. 갑옷에서 나는 금속적인 소리가 아까보다 훨씬 크게 울리며 귀를 찔러댔다.

파란 망토 투성이였던 내 시야에 빨간 물보라가 쏟아져서 깜짝 놀란 직후, 누군가의 팔이 쾅, 하고 정면으로 날아왔다. 큰 소리가 울리며 기수 전체가 흔들리는 충격을 주고, 그 팔은 뒤쪽으로 사라졌다. 잘못 본 게 아닌가도 싶었지만, 창에 남은 핏자국이 좀 전에 본 광경이 현실이라고 가르쳐 줬다. 마치 사람을 친 것 같은 감촉에 나는 딱딱 소리가 날 정도로 이를 떨면서 가속 페달을 계속 밟았다.

"히익?!"

큰 공격을 받았는지, 전방에 있던 기사가 기수에서 떨어져 내 쪽으로 날아왔다.

……브레이크!

"부딪쳐! 멈추지 마! 뒤쪽에서 큰 참사가 난다!"

내가 브레이크를 밟기도 전에 코르넬리우스의 질책이 날아왔다. 브레이크를 밟으려던 발을 가속 페달로 되돌리기도 전에, 옆에서 튀어나온 안게리카로 보이는 누군가에게 튕겨난 기사가 궤도를 바꿔서 날아갔다. 공포에 사로잡힌 탓에 나는 비명도 제대로 못 질렀다.

"앞을 보세요, 로제마인 님!"

이를 악물고 뒤돌아보고 싶은 충동을 참으며 그대로 나아간다. 피보라만이 아니라 누군가의 마석이 때앵, 때앵하며 기수에 부딪쳤다. 무서운 것을 넘어서, 나는 뒤처지지 않기 위해 필사적이었다.

"빠져나왔다! 반전해서 공격! 물리쳐라!"

크게 외치는 목소리에는 희망으로 가득 찬 밝은 기색이 담겨 있었다. 단켈페르거 기사들이 홱, 기수의 방향을 바꿔 갔다.

"로제마인 님과 한넬로레 님은 그대로 곧장 나아가서 제일 뒤로!"

공격에 맞지 않는 곳으로 가라는 말을 들은 직후, 나는 페르디난드의 지시를 떠올렸다. 적진을 빠져나가면 치유를 걸어 주라고 명했었지.

"한넬로레 님은 먼저 가세요. 저는 여러분께 치유를 걸어드리라는 지시를 받았습니다."

나는 호위기사를 데리고 상공으로 올라가서는 창밖으로 손을 내밀고 '슈트레이트콜벤'이라고 주문을 외우며 반전했고, 플류트레네의 지팡이를 들어 올렸다. 에렌페스트와 단켈페르거 기사 전체에게 치유를 걸려면 마력 때문에라도 제대로 기도를 바쳐야 할 것 같다.

"물의 여신 플류트레네의 권속이신 치유의 여신 룽슈멜이여."

구 베르케슈토크 쪽에서는 나를 방해하려고 공격을 날려 왔지만, 전선을 떠받치게 된 단켈페르거 기사들이 막아 주고 있다. 호위기사들도 방패를 들고 있다. 나는 약간 빨리 말해서 기도를 바쳤다.

"제 기도를 들어주시고, 성스러운 힘을 내려 주소서. 에렌페스트를 지키는 이를 치유하는 힘을 제 손에, 귀하께 바치는 것은 성스러운 선율. 지상의 파문을 던져, 청정한 가호를 내려 주시옵소서."

지팡이의 마석에서 확, 하고 녹색 빛이 넘쳐나서 쏟아졌다. 부상이 많았던 듯한 기베 기사단에게서 환희의 목소리가 터져 나왔다. 에렌페스트 쪽의 사기가 올라간 것이 느껴졌고, 조금이나마 도움이 됐다는 걸 알고서 나는 안심하며 몸의 긴장을 풀었다.

"로제마인 님, 뒷일은 기사들에게 맡기고 물러나십시오."

레오노레의 말에 나는 고개를 끄덕였다. 치유를 걸었으면 내가 할 일은 일단 끝이다. 회복약을 마시고 마력을 회복해 두지 않으면 페르디난드가 뭔가를 지시했을 때 곤란해지니까. 한넬로레가 있는 후방으로 가서 그 자리에 내려서고는 나는 마수 안에서 마력만 회복하는 약을 마셨다.

"구 베르케슈토크의 기사들 말인데요, 기수에 타기 위해서일까요. 은색 의상을 두르지도 않았고, 은색 무기를 들지도 않았어요. 눈에 익은 평범한 기사들의 싸움입니다. 그렇다면 단켈페르거가 그리 쉽사리 질 리가 없죠."

한넬로레가 빙긋 웃으며 말했다. 믿음직하다고 생각하고 있는데 에렌페스트의 망토를 걸친 기사 두 사람이 다가왔다. 날개 달린 표범 같은 날씬한 고양이과 모양 기수에 탄 사람이 마티아스고, 같은 모양이지만 좀 더 크고 호랑이 같은 기수에 탄 사람이 라우렌츠다.

"마티아스, 라우렌츠. 무사해서 다행이에요."

"로제마인 님."

호위기사가 전원 무사히 합류해서 나는 가슴을 쓸어내렸다. 마티아스와 라우렌츠는 레오노레가 예상한 대로, 중앙 돌파 때는 거의 맨 뒤에 있었던 것 같다.

"그라오잠에게 올도난츠를 보내서 소재를 확인할 수 있을까 싶었지만, 올도난츠가 날아가질 않았습니다."

"……이미 죽었다는 뜻일까요?"

나는 아렌스바흐에서 날아오르지 않는 올도난츠를 잔뜩 봤다. 죽은 사람에게는 날아가지 않으니까.

"……어디선가 공격에 휘말려서 죽었을 가능성도 있습니다만, 보니파티우스 님이 설치하신 함정을 해제할 수 있는 자가 그리 쉽게 목숨을 잃었을 것 같지는 않습니다. 올도난츠가 도착할 수 없는 은밀 행동을 하고 있는 건 아닌지……."

진지한 표정의 라우렌츠가 하는 말을 듣고 레오노레도 게를라흐의 여름 저택을 바라보면서 표정이 굳어졌다.

"마력이 통하지 않게 하는 은색 의상을 걸쳤다면 올도난츠가 도착하지 않는다는 것 같습니다. 아렌스바흐 기사가 그렇게 말했습니다. 처음에 은색 천이 발견된 곳은 여기였죠?"

구 베르케슈토크의 기사들은 은색 옷도 무기도 지니지 않았지만, 그라오잠은 당연히 가지고 있겠지. 그렇다면 올도난츠가 날아가지 않는 것도 이상한 일은 아니다.

"……게오르기네 님 등에게, 그들은 쓰고 버리는 패겠죠."

마력이 통하지 않는 은색 의상과 무기를 주지도 않았고, 중요한 정보도 공유하지 않았다. 게오르기네는 신전에서 주추를 얻을 수 있다는 것을 말하지 않고 작은 성배로 토지의 마력을 빼앗게 해서 자신의 수족으로 부리고 있다. 게오르기네가 에렌페스트의 주추를 얻은 뒤에 옮겨와서 살게 하면 지금 있는 에렌페스트 귀족들을 부담 없이 숙청할 수 있고, 충실한 신하도 얻을 수 있으니까. 하지만 그들이 없어져도 크게 상관하지 않는 모양이다.

"로제마인 님, 게를라흐 기사단 단장이 감사의 말씀을 올리고 싶다는 것 같습니다. 그대로 기수 안에 계신 채 들으세요."

안게리카가 에렌페스트의 망토를 걸친 남성 한 사람을 데리고 왔다. 투구를 벗어서 얼굴이 보였다. 룽슈멜의 치유로 상처는 나은 것 같지만 여기저기 핏자국이 남았고, 얼굴은 핏기가 없어서 흙색이 되어 있었다. 비틀거리다 쓰러지는 게 아닌가 싶은 움직임으로 그는 내 기수에서 조금 떨어진 곳에서 한쪽 무릎을 꿇었다.

"로제마인 님의 치유 덕분에 저희가 많이 유리해졌습니다. 회복하시는 동안에라도 감사의 말씀을 올리고자 이렇게……."

"제 앞까지 오기도 힘든 몸 상태로 굳이 인사하러 오실 필요는 없으니까, 부디 가만히 쉬도록 하세요."

룽슈멜의 치유는 상처를 아물게 하고 염증을 막아 줄 뿐이지, 흘러나간 피가 다시 돌아오는 건 아니다. 이 사람은 아마도 전열을 유지하기 위해 피가 흐르는데도 불구하고 계속 전선에서 싸웠겠지.

"몸이 많이 더럽기에 로제마인 님께 너무 가까이 가는 것도 실례가 될 것 같아서 이렇게 거리를 두고 있습니다."

더러우니까 거리를 둔다는 예의는 들어 본 적이 없지만, 기사단장이 움직이지 못한다면 기사단에게는 큰 약점이 될 수도 있겠지. 나는 기사단장의 뜻을 받아들이기로 했다.

"합류 덕분에 숫자가 크게 늘었고, 그리고 로제마인 님의 치유 덕분에 부상자도 전선으로 복귀할 수 있었기에 이대로 여름 저택을 빼앗길지도 모른다는 최악의 상황은 피할 수 있게 되었습니다. 진심으로 감사드립니다."

단켈페르거 기사들이 전선을 지탱해 준 덕분에 기베 기사단은 회복하기 위해 후방으로 빠질 수 있었고, 약을 마시며 회복하는 자도 있고 회복약을 가지러 여름 저택으로 돌아가는 자도 나타난 모양이다.

"오늘 점심 무렵에 아우브로부터 단켈페르거와의 혼성군으로 지원이 갈 테니 버터라, 라는 올도난츠를 받았을 때는 믿을 수가 없었습니다. 준비했던 마술 도구가 떨어지고, 기사단보다 훨씬 많은 적이 밀려왔습니다. 저항하기 위해 기베를 저택에 남겨 두고 기사단 전체가 밖으로 나와야만 했습니다."

정말로 올지 안 올지도 모르는 원군을 기다리면서 총력전을 벌였던 듯하다. 자신들의 원군이 보이기도 전에 적의 원군이 와서 숫자가 늘어났다. 절망적인 기분이 들었을 때 페르디난드, 에크하르트, 하이스히체의 공격이 적을 쓸어 버리고 길을 만들면서 합류해 줬다고 기사단장이 말했다. 그 얼굴에는 말로 표현할 방법이 없을 만큼 안도하는 감정이 깃들어 있었다.

"말씀 중에 죄송합니다, 단장님."

여름 저택으로 들어가려던 기사가 급하게 돌아왔다. 단장은 나한테 죄송하다는 말을 하고 일어나서는 기사 쪽으로 시선을 옮겼다.

"무슨 일이라도 있나?"

"저택에 들어갈 수 없습니다."

"뭣이?"

기사단장의 날카로운 목소리가 울리고 홱, 하고 저택 쪽을 본 순간. 저택에서 뭔가가 슝, 하고 날아왔다.

"어?"

사람이 뭔가를 던진 게 아니라 투석기 같은 도구를 사용한 것 같은 속도로 그것은 저택에서 좀 떨어진 전장의 전선을 향해 포물선을 그리며 날아갔다. 슝, 소리가 세 번, 그리고 그것은 시간 차를 두고서 팡, 하는 소리를 내며 터졌다.

"뭐지?!"

하얀 가루 같은 뭔가가 바람에 날렸고, 갑자기 그 부근에 있는 사람들이 보이지 않게 됐다. 모습이 사라진 사람, 기수에서 떨어진 사람, 갑자기 움직임이 둔해진 사람 등등 다양했다. 후방에 있느라 많이 떨어져 있던 내 호위기사들은 거의 영향이 없는 것 같지만, 직격당한 곳은 끔찍한 상황이었다. 단켈페르거보다 구 베르케슈토크 기사들 쪽에 피해가 더 많은 것처럼 보였다.

"바셴!"

무슨 일이 일어났는지 이해하기도 전에, 부근 일대에 대량의 물이 쏟아졌다. 나도 렛서 군에 탄 채로 말려들어서 씻겨졌다.

"독은 씻어 냈다. 바로 유레베를 마셔라!"

페르디난드의 고함이 울렸다. 유레베를 마시라는 지시를 듣고서 무슨 독인지 바로 알았다. 아렌스바흐 마력 공급의 방에서 페르디난드가 당했던 독이 분명하다.

"효과가 약해진 건 아니지만, 예상보다 피해가 적군. 역시 밖에서는 가루가 퍼져 버려서 효과가 흐려지는 건가……."

마치 실험이라도 하는 듯 감정이 실리지 않은 목소리가 들려왔고, 등골이 오싹한 기분이 들었다. 이 목소리를 알고 있다. 내가 유레베에 잠기게 된 원흉이었던 남자의 목소리다.

"기베가 아니다! 누구냐?!"

단장이 무기를 손에 들고 기수에 올라타서 날아올랐다. 하지만 팡, 소리가 난 순간 단장과 기수의 모습이 홀연히 사라졌다. 멍하니 올려다보고 있는 내 근처에 마석이 하나 떨어졌다. 내 호위기사들이 씁쓸함이 남긴 탄식을 하고는 바로 바센을 쓴 뒤 약을 마시기 시작했다.

"기베가 아니다? 어리석은 것이. 지금은 이 저택의 주추인 마술구를 물들인 내가 기베 게를라흐다."

왼손에만 갑옷을 착용한 것처럼 울퉁불퉁한 실루엣이 보였다. 망토가 펄럭, 하고 휘날린다. 더러워진 에렌페스트의 색 안쪽에 은색이 보인다.

"그라오잠……."

유레베를 마시던 마티아스가 으르렁거리는 듯한 낮은 목소리를 낸 뒤, 내 기수 앞에 와서 무릎을 꿇었다.

"기베가 저택의 방위 기능을 최고로 올리면 기베가 허가한 자, 혈족, 상위 관리자인 영주 일족만이 들어갈 수 있습니다. 기사가 들어갈 수 없었다면 방위 기능 설정을 바꿨겠지요. 저것의 아들인 저를 보내 주십시오."

"마티아스, 잠깐만요. 그건……."

"제가 아니면 안 됩니다."

나를 보던 마티아스의 푸른 눈동자가 저택 쪽으로 향하더니 두 팔을 가슴 앞에서 교차한 뒤에 척, 하고 일어나서 달려 나갔다.

"기다리세…… 꺄악!"

내가 마티아스를 말리려고 한 것과 위에서 빛의 그물이 쏟아진 것은 거의 동시였다. 내 비명 소리를 들은 마티아스가 뒤를 돌아봤다.

"로제마인 님?!"

눈이 휘둥그레진 마티아스가 슈타프를 꺼내서 이쪽으로 달려온 순간, 등줄기가 오싹해지는 차가운 목소리가 위쪽에서 들려왔다.

"어디서 본 적이 있는 못난 마수가 아닌가. 이런 곳에 있다니……."

내 렛서 군이 그라오잠의 빛의 그물에 붙잡힌 것도 처음이 아니다. 손쓸 도리도 없이 붙잡혀서 독을 먹었고, 유레베에 잠기게 됐던 그때의 광경이 되살아났다. 하지만, 지금은 어떻게 하면 되는지 알고 있다. 호위기사가 구해 주리라고 믿으며 기수에서 나가지 않으면 된다. 무슨 일이 있어도 밖으로 나가지 않게, 나는 핸들을 쥔 손에 힘을 줬다.

"로제마인!"

분노에 가득 찬 코르넬리우스의 목소리가 울린 직후, 렛서 군을 잡아당기는 힘이 뚝, 하고 끊어졌다. 슈팅루크를 든 안게리카가 시야 속에서 움직이는 사이에 빛의 그물이 갈가리 찢어졌다. 나는 마티아스가 돌아오기도 전에 자유로워졌다.

"그 빛의 그물은 본 적이 있다. ……그대인가, 그라오잠."

기수에 탄 코르넬리우스가 굳은 표정으로 그라오잠을 노려봤다.

"스승에게서 이름만은 들었습니다. 이렇게 전장에서 적으로 마주하게 되어 기쁠 따름입니다."

슈팅루크를 쥔 안게리카가 기수에 올라타며 파란 눈동자를 도전적으로 빛내고는 빙긋 미소지었다. 그 웃는 얼굴에는 청순한 인상이라고는 찾아볼 수도 없고, 그저 무시무시한 느낌만이 들었다.

달려온 마티아스가 두 사람의 박력에 질린 것 같은 얼굴로 내게 물었다.

"로제마인 님, 대체 무슨 일이……."

"제가 유레베를 쓰게 된 원흉이 된, 첫 연회의 습격범이 그라오잠이었던 것 같습니다."

"예?! 분명히 의심을 사서 호출받기는 했지만, 범인은 아니었던 것이……."

마티아스가 입을 뻐끔뻐끔하기 시작했다. 다무엘이 신식 병사의 반지에 대해 증언하면서 그라오잠도 범인이라고 의심받았다. 하지만 그는 큰 홀에서 나오지 않았다는 증언이 있었고, 증거도 전혀 없었기 때문에 죄를 묻지는 않았다. 마티아스에게는 지금까지 몰랐던 부친의 죄를 알려 주는 일이 돼 버렸지만, 숨긴다고 뭐가 어떻게 되는 일도 아니니까.

"증거가 없었을 뿐이지, 그때 저를 붙잡기 위해 빛의 그물을 날리고 독을 먹인 자는 그라오잠이 틀림없습니다. 그런데…… 이상하군요. 제가 청색 견습 무녀 때 처음 기베 게를라흐의 저택으로 가서 들었던 목소리와 다른 것 같습니다."

"……대역이 세 명은 있었으니까요. 그런데, 그렇군요. 로제마인 님을 해친 자도 그라오잠이었습니까."

씁쓸한 말투로 그렇게 말한 마티아스의 눈동자가 격정에 물들어서 일렁이고 있었다. 마티아스는 슈타프 검을 쥐고, 2층 발코니를 바라봤다. 그곳에서는 코르넬리우스와 안게리카가 마력을 담아서 검을 뽑고 있었다.

"여기서 죽어라, 그라오잠!"

훌륭한 연계로 동시에 공격한 두 사람의 마력이 서로 얽히면서 돌진했다. 그라오잠은 자기 머리를 막으려는 것처럼 홱, 하고 왼팔을 들었다. 기사가 아닌 그의 패배를 예상한 다음 순간, 마력 공격의 빛이 그의 팔 보호구로 빨려 들어가는 것처럼 사라졌다.

……마력을 흡수했어?!

천천히 팔을 내린 그라오잠이 씩, 하고 입술 끝을 끌어 올리고는 공격이 전혀 통하지 않은 데 경악하는 코르넬리우스와 안게리카를 비웃으며 오른손을 휘둘렀다. 그랬을 뿐인데 파란색 기운이 강한 마력 덩어리가 날아와서 코르넬리우스와 안게리카는 물론이고, 유레베를 마시고 회복하던 기사들까지 포함해서 넓은 범위를 덮쳤다.

"바람의 여신 슈첼리아……."

"게티르트!"

내가 슈첼리아의 방패를 치려고 축사를 외우기도 전에 발코니 앞에 방패가 여러 개 나타났고, 그라오잠의 마력 공격을 튕겨냈다. 하얀 사자 기수가 날아와서 2층에 선 그라오잠과 마주 봤다.

"페르디난드 님!"

회복 중이던 기사들이 안도의 한숨을 쉬고, 스스로를 지키기 위해 방패를 꺼내기 시작했다.

"회복 중인 자는 이 자리를 떠나라!"

방패를 여러 개 전개한 채 페르디난드가 소리쳤다. 기사들이 자기 방패를 들고서 움직이기 시작했다. 마력이 굳어지기 시작해서

혼자 움직이기 힘든 사람은 다른 사람이 부축해서 이동했고.

"……어째서 살아 있지?!"

기수에 올라타서 여러 개의 방패를 유지하고 있는 페르디난드를 본 그라오잠이 믿을 수 없다는 것처럼 고개를 저었다.

"설마…… 그렇게 꼼꼼하게 사전 준비를 했는데도 불구하고 실패했나? 그리고, 실패한 데다 게오르기네 님께 허위 보고까지 했다고? 정말이지 게오르기네 님의 딸이라고 믿을 수 없을 정도로 무능하군. 용서할 수 없다."

아무래도 디트린데는 게오르기네에게 페르디난드가 죽었다고 보고한 모양이다. 그 뒤에 게오르기네와 그라오잠은 은색 의상을 두르고 은밀 행동을 했겠지. 올도난츠가 도착하지 못했던 게 분명하다. 내가 페르디난드를 구했다는 사실을 모르는 것 같으니까.

"허나…… 이미 지난 일이다. 내가 해야 할 일은 달라지지 않는다. 게오르기네 님이 에렌페스트의 주추를 빼앗기 위한 시간을 벌고, 게오르기네 님이 주추를 빼앗기 쉽도록 토지의 마력을 빼앗고, 게오르기네 님이 에렌페스트를 지배하기 쉽도록 전력을 줄이고, 방해되는 귀족을 하나라도 줄여 놓는다. 그것이 내가 해야 할 일이다."

그라오잠이 웃고 있다. 거기에 깃든 광기 때문에 숨이 막힐 것만 같다. 어떤 설득도 받아들이지 않을 게 분명한 회색 눈이 무섭다.

"페르디난드 님, 그대는 게오르기네 님께 방해가 된다. 여기서 없애 버려야만 하겠다."

"문관인 그대가 날 없앨 수 있겠나? 이제 독은 소용없다."

그렇게 말한 페르디난드를 지키려는 것처럼 에크하르트가 무기를 겨눴다.

"문관에게는 문관 나름대로 싸우는 방법이 있지."

그라오잠이 "올도난츠를 막기 위한 이것도 이젠 필요 없군."이라고 말하면서 망토 고정구를 풀고는 뭔가를 손에 쥐었다. 직후, 그라오잠을 중심으로 파란 불꽃이 확, 하고 소용돌이쳤다.

"뭐야?!"

"대체 뭐지?!"

그곳에 있던 모든 이들이 파란 불꽃에 눈이 사로잡힌 순간, "이얏!" 하는 날카로운 목소리와 함께 여러 곳에서 일제히 그라오잠을 향해 공격을 가했다. 한넬로레 부대다. 마력을 발사하고, 여러 발의 화살이 파란 불꽃에 휩싸인 그라오잠을 덮쳤다. 아주 작은 틈도 놓치지 않는 재빠른 공격이었지만, 이번에도 그라오잠의 왼팔 보호구가 막아 냈다.

한넬로레의 공격을 막아 낸 파란 불꽃의 기세가 더욱 거세졌다. 하지만 그 중심에 서 있는 그라오잠은 유쾌하다는 것처럼 웃을 뿐, 전혀 뜨거워하지도 괴로워 보이지도 않았다. 불꽃에 휩싸인 채 오른손을 흔들자, 파란 불꽃이 살아 있는 것처럼 한넬로레를 향해 덮쳐들었다.

"게티르트!"

한넬로레가 재빨리 방패를 꺼냈다. 동시에 페르디난드의 방패도 움직여서 그라오잠의 공격을 막아 냈다. 하지만 한넬로레의 표정은 창백했다. 방패를 쥔 채 눈이 휘둥그레진 한넬로레를 보면서 그라오잠이 조소하는 표정을 지었다.

"그래, 이 정도 마력이 있으면 충분히 움직일 수 있겠군. 감사한다, 단켈페르거 계집."

페르디난드는 그라오잠의 파란 불꽃을 노려보면서 연속으로 올도난츠를 날려 보냈다. 전선에 있는 하이스히체, 빈데발트에 포로를 두고 돌아온 슈트랄에게, 그리고 내게도 올도난츠가 날아왔다.

"로제마인, 저택에 들어갈 수 있는 자는 그대와 마티아스뿐이다. 나는 잠시 여기서 저것을 붙잡아 두겠다. 비밀 통로라도 이용하면 귀찮아진다. 둘이서 서둘러 저택 안으로 들어가 저것의 뒤를 쳐라. 의수가 마력을 흡수하고 있다. 공격에는 검은 무기를 사용하도록. 설령 마티아스가 죽는 한이 있어도 그대는 절대 기수에서 나오지 마라."

작은 소리로 빠른 명령이 들려왔고, 나는 마티아스와 얼굴을 마주 봤다. 설마 페르디난드가 잠입하라는 명령을 할 줄은 몰랐다. 그만큼 절박한 상황이라는 뜻이겠지.

"서두르죠, 마티아스. 그 방으로 가는 길은 아시죠?"

"예. 기베의 집무실입니다."

"로제마인 님, 기다려 주세요. 너무 위험합니다."

같이 페르디난드의 올도난츠를 들은 레오노레가 날 말렸다. 하지만 페르디난드가 그라오잠을 잡아 두고 있는 지금, 기베의 저택에 들어갈 수 있는 사람은 영주 일족인 나와 그라오잠의 혈족인 마티아스뿐이다.

"레오노레, 위험한 건 알지만 결계가 있는 이상 호위기사를 데리고 들어갈 수는 없어요. 그리고 기베 임명은 아우브의 관할입니다. 임명도 없이 멋대로 열쇠를 빼앗은 자를 붙잡는 것도 영주 일족의 책무입니다. 다른 누군가에게 맡길 수 있는 일이 아니니까 제가 가겠습니다."

"하지만……."

반대하려고 입을 벌렸던 레오노레가 분하다는 표정으로 입을 다물고 주먹을 꽉 쥐었다.

"호위기사면서도 영주 일족께 의지할 수밖에 없는 자신이 너무나 한심합니다. 부디…… 무운을 빕니다."

"저희가 그라오잠의 배후에 도착할 때까지 발코니에 붙잡아 둬 주세요."

"반드시."

레오노레가 기수에 타고 그라오잠 공격에 참전했다. 나와 마티아스는 그 뒤에 숨어서 몰래 기베의 저택으로 숨어들었다.

그라오잠과의 대치

기베의 저택으로 들어온 나는 기수를 타고서 마티아스의 뒤를 따라 달려갔다. 태어나서 자란 저택이기 때문이겠지. 마티아스의 발걸음에는 망설임이 없다. 중간중간 곳곳에 쓰러져 있는 사람들이 보였다. 그라오잠과 마주쳐 버린 하인들이려나.

마티아스는 뛰어가면서 슈타프를 검으로 바꿨고, 그리고는 기사단에서 가르쳐 준 방법을 써서 검은 무기로 변화시켰다. 나도 슈타프를 꺼내서 물총으로 변화시키고는 어둠의 축복을 기도했다.

"저 높이 우뚝 솟은 하늘을 관장하는 최고신인 어둠의 신이시여, 세상을 창조하신 만물의 아버지시여, 제 기도를 들어주시어 성스러운 힘을 내려 주소서. 마로부터 힘을 빼앗는 그대의 축복을 제 무기에, 그대에게 바치는 것은 모든 마력, 틀에서 벗어나 마를 물리치는 그대의 가호를 바라나이다. 이 땅에 있는 생명에게 한때의 안식을 내려 주시옵소서."

내가 검은색으로 변한 물총을 손에 쥐자, 마티아스가 입을 열었다.

"로제마인 님은 가능한 한 공격하지 마시고 기수로 문을 막는 것을 최우선으로 해 주십시오."

"마티아스."

"아마도 그라오잠은 로제마인 님이 어떤 무기를 사용하는지, 어떤 신구를 다루시는지 전부 파악하지는 못했을 것입니다. 만약의 경우에 대비해 비장의 수단은 최대한 숨겨 두십시오. 그라오잠은 이 손으로 쓰러트리겠습니다."

마티아스가 굳은 결의가 담긴 눈으로 계단 위를 바라보다가, 뭔가를 눈치챘는지 눈을 가늘게 떴다.

"……계단에 함정이 있습니다. 해제할 테니 잠시……."

"굳이 계단을 이용하지 않아도 기수로 뛰어넘으면 되잖아요. 시간이 아깝죠? 타세요, 마티아스."

나는 렛서 군을 2인승으로 확장하고는 조수석을 손으로 툭툭 두드렸다. 마티아스는 계단과 렛서 군을 몇 번 번갈아 보고는, 살짝 웃으면서 조수석에 앉았다.

"……왜 그러세요, 마티아스?"

"아뇨, 아무것도 아닙니다. 그라오잠은 침입자를 감지하고 시간을 벌기 위해서 반드시 지나야 하는 계단에 함정을 여럿 설치했을 것입니다. 설마 이렇게 전부 뛰어넘으리라고는 꿈에도 생각하지 못했을 거라고 생각하니……."

이 저택 계단은 날개를 펼친 기수가 지나갈 수 있을 만큼 넓지는 않아서, 렛서 군이라 가능한 일이다. 탑승형 기수를 실내에서 타고 다니는 사람이 없었다면 이런 회피 방법은 생각도 못 했을 거라고 마티아스가 재미있다는 듯이 말했다.

"제 주인께서는 언제나 예상을 벗어납니다. 귀족원 기숙사에서 파벌의 벽을 부쉈던 때도, 세례 전의 아이들에게까지 숙청의 연좌를 회피하게 해 줬던 때도 저는 깜짝 놀랐습니다. 고향을 유린하라 명하는 게오르기네 님이 아니라, 손이 닿는 범위를 가능한 도우려 하시는 로제마인 님을 주인으로 선택해서 정말 다행이라고 생각합니다."

마티아스를 태우고서 계단을 걷는 게 아니라 날아서 올라가 그대로 2층에 있는 목적지 방 앞까지 갔다. 렛서 군에서 내린 마티아스가 슥, 하고 진지한 표정을 지었다.

"가겠습니다."

마티아스는 기베의 집무실 문에 손을 댄 채 심호흡을 한 번 크게 한 뒤에 문을 열고 안으로 뛰어들었다. 나도 같이 안으로 들어가서는 렛서 군의 꼬리로 문을 세게 닫았다. 바로 렛서 군을 버스처럼 크게 만들어서 출입구를 완전히 막아 버렸다.

"여기에 들어올 수 있는 자가 있었나."

문이 열리는 소리를 들었는지 그라오잠이 이쪽으로 고개를 돌렸다. 파란 불꽃이 마치 갑옷처럼 보인다. 그라오잠은 파란 불꽃에 휘감긴 오른손을 한 번 휘둘러서 바깥쪽을 공격하고는 발코니에서 실내로 들어왔다.

방 안에는 남자가 한 사람 쓰러져 있다. 그라오잠 이후에 새로 임명된 기베 게를라흐일 것이다. 아직도 피가 스멀스멀 번지고 있는 듯하다.

"치유를……."

"이미 늦었습니다. 마석화가 시작되고 있습니다."

마티아스는 나를 등으로 감싸고 그렇게 말하면서 그라오잠을 빤히 노려봤다. 검은 검을 손에 쥐고 천천히 겨누고 있다. 파란 불꽃 갑옷을 두른 그라오잠이 검게 빛나는 의수를 들어 올린 채로 걸어왔다.

"이런 평민 계집에게 무릎을 꿇다니, 아무리 목숨을 구하기 위해서라고 해도 너무 한심하지 않느냐, 마티아스?"

문을 가로막은 렛서 군과 나를 보고 그라오잠이 불쾌하다는 듯이 콧방귀를 뀌었다. 마티아스는 털끝만큼도 동요하지 않고 약간 차갑게 대답했다.

"다른 영지의 침략자에게 무릎을 꿇고, 자신의 영지의 영주 후보생을 해치고, 고향과 아군을 유린하는 자가 훨씬 한심하다고 생각합니다."

지금까지 아들이 반론한 적이 없었던 걸까. 그라오잠의 관자놀이가 불끈, 했다.

"게오르기네 님은 에렌페스트의 영주 일족이다. 다른 영지의 침략자가 아니다. 정정해라."

"게오르기네 님은 아렌스바흐의 영주 일족이었습니다. 게다가 로제마인 님이 아렌스바흐의 주추를 차지한 지금에 와서는 더이상 영주 일족도 아닙니다."

그라오잠은 나를 보면서 서늘한 미소를 지었다.

"아우브 아렌스바흐가 누구건, 이미 나와는 상관없는 일이다. 게오르기네 님은 에렌페스트의 아우브가 되실 테니."

"파괴와 파멸만을 불러오는 그 사람을 아우브로 만들 수는 없습니다!"

검은 검을 겨누고 경악하는 마티아스를 무표정한 얼굴로 보면서 그라오잠이 파란 불꽃에 휩싸인 오른팔을 천천히 들어 올렸다.

"일단 낡은 것을 파괴해야만 새로운 것을 만들 수 있다. 그 정도도 모를 만큼 어리석은 녀석이었을 줄이야……. 기왕에 살아남는다면 좀 더 똑똑한 아들이 남았으면 좋았을 것을. 도움이 안 되는 놈이구나.”

경멸하는 것처럼 차가운 눈빛으로 마티아스를 보며 그라오잠이 살짝 콧방귀를 뀌었다. 그 눈에 부자의 정은 느껴지지 않았다. 마티아스는 아주 잠깐, 입을 꽉 다물었다.

“나는 이미 아렌스바흐의 귀족으로 등록되었다. 즉, 너는 내 아들도 뭣도 아니다. 당장 죽어라. 네가 게오르기네 님을 방해하게 둘 수는 없다!”

그라오잠이 오른손을 휘둘렀다. 의지가 있는 것처럼 날아오는 파란 불꽃을 마티아스가 검은 검으로 갈라 버렸다. 직후, 그라오잠이 재빨리 움직여 마티아스를 차서 날려 버렸다.

“크헉…….”

마치 신체를 강화한 기사 같은 움직임이었다. 안게리카와도 호각이 아닌가 싶은 저 재빠른 움직임은 아무리 봐도 문관의 몸놀림이 아니다. 마티아스가 다음 공격을 경계하며 검을 다시 겨누고 한 걸음 뒤로 물러났다.

“흥……. 말은 거창하게 하더니, 겨우 이 정도인가. 기사는 자신의 몸을 단련한다. 문관은 고도의 마술 도구를 만들고. 내가 만들어 낸 마술 도구와 그대의 몸…… 어느 쪽이 강할까?”

그라오잠은 자신만만하게 그렇게 말하며, 파란 불꽃의 오른팔과 왼팔의 검은색 의수를 가슴 앞에서 교차했다.

눈 깜박할 사이에 응접용 탁자가 분쇄돼서 숯덩이가 돼 버렸고, 의자는 날아가서 두 쪽이 나 버렸다. 기베의 집무실은 이미 엉망진창이다. 발코니 방향의 창문에 그라오잠을 쫓아 들어오려는 라우렌츠의 모습이 보이지만, 투명한 벽에 가로막혀 있다.

누가 도와주러 올 수도 없는 상황에서 마티아스는 혼자 그라오잠과 대치하고 있다. 검은 의수에 맞으면 마력을 빼앗기고, 파란 불꽃에 감싸인 오른손에 맞으면 화상을 입는다. 날아오는 파란 불꽃도 신경 써야 한다. 마티아스는 검은 검으로 그라오잠의 오른손을 봉하며 필사적으로 응전하고 있다. 하지만, 그라오잠이 일방적으로 공격하고 마티아스는 수세에 몰려 있다.

"훗, 이 마술 도구는 보니파티우스 님과의 싸움을 상정해서 만든 것이다. 너 정도 기사가 당해 낼 수 있으리라 생각하지 마라."

게오르기네와 그라오잠은 에렌페스트의 영지가 공격받았을 때 귀족 거리와 성을 지키는 역할은 기사단장이고 기사를 데리고 요격하러 나서는 역할은 보니파티우스라고 생각한 모양이다.

"보니파티우스 님의 사고와 행동력, 공격력은 얕볼 수 없다. 그 겨울에 저 평민을 손에 넣는 것을 방해받은 탓에……."

질베스타나 칼스테드와 달리 계산하지 못한 움직임으로 계획을 망칠 가능성이 크기에 보니파티우스를 귀족 거리에서 떨어진 곳에 붙잡아두는 것이 게오르기네가 주추를 차지하기 위해서 무엇보다 중요한 일인 듯하다.

……대 할아버님용 마술 도구였구나.

대체 무슨 마술 도구를 쓰는 건지는 모르겠지만, 지금 그라오잠은 엄청나게 세다. 그건 인정하자. 하지만 그리 쉽게 이길 수 있을 거라고 생각하면 곤란하지. 그라오잠은 날 전력으로 여기지 않고 있다.

자…… 여기서 문제입니다. 저는 지금까지 어떻게 싸움에 임해 왔을까요?

비장의 수단으로 숨겨 둔 어둠의 신의 축복을 받은 물총을 슬쩍 봤다. 나는 지금까지 내 손으로 적을 쓰러트린 적이 거의 없다. 물총도 명중률이 낮고, 반드시 맞을 만큼 넓은 범위를 공격할 수 있도록 마력을 담으면 틀림없이 마티아스까지 공격하게 된다. 공격은 기본적으로 주위 사람들에게 맡기는 것이 내 전투 방식이다.

……쓰려고 마음만 먹으면 누구나 쓸 수 있지만, 지금 시점에서는 나만 쓸 수 있는 기술이 있거든.

나는 반지에 마력을 담았다. 적이 수단을 가리지 않고 마술 도구를 사용한다면 이쪽도 축복 대잔치다. 나는 머나먼 옛날에 자중이라는 것을 어딘가에 두고 온 여자다. 여기서 사양 같은 걸 할 생각은 없다고.

"바람의 여신 슈첼리에의 권속, 질풍의 여신 슈타이페리제와 인내의 여신 둘트제첸의 가호가 마티아스와 함께 하소서."

확, 노란색 빛이 마티아스에게 쏟아졌다. 마티아스는 그라오잠의 재빠른 발차기가 완전히 먹히는 걸 피했다. 축복에 익숙해지면 더 편하게 움직일 수 있겠지.

"흥, 조금 빨라진 정도로 뭐가 달라진다는 것이냐."

그라오잠의 말을 듣고 발끈했다. 축복을 잔뜩 부여할 수도 있지만, 너무 많이 부여하면 제어가 힘들어진다. 자신이 마음먹은 대로 움직일 수 없는 저주 같은 상태가 돼 버린다는 건 귀족원에서 이미 경험했다. 그리고 내가 축복을 부여할 수 있는 건 속도만이 아니다. 조금씩, 많은 축복을 부여하면 된다.

내 진심…… 보여주겠어.

"불의 신 라이덴샤프트의 권속, 무용의 신 앙리프와 사냥의 신 슈라게칠의 가호가 마티아스와 함께 하소서."

확, 파란색 빛이 마티아스에게 쏟아졌다. 이걸로 공격할 때의 힘과 명중률이 상승할 것이다. 잠시 보고 있었더니 검은색 검을 휘두르는 마티아스의 움직임이 크게 좋아졌다. 그라오잠이 마티아스의 공격을 피하는 모습을 통해서 알 수 있다. 하지만 지금까지 맞은 공격에 다친 탓인지, 마티아스의 움직임에 평소 같은 기세가 없다. 치유가 필요해.

"물의 여신 플류트레네의 권속, 치유의 여신 룽슈멜과 천둥의 여신 페어드렌나와 행운의 여신 그라이페샨의 가호가 마티아스와 함께 하소서."

확, 초록색 빛이 마티아스에게 쏟아졌다. 룽슈멜이 상처를 치유하고, 에이비리베조차도 밀쳐내는 페어드렌나의 기세가 더해질 거야. 하는 김에 좋은 기회를 확실히 거머쥐면 더 좋고. 내가 바란 대로 마티아스의 움직임에 기세가 살아났다. 마력을 빼앗으려고 뻗은 검은색 의수를 검으로 막아 낸 마티아스가 씩 웃었다. 지금까지 계속 우위를 유지하고 있던 그라오잠이 얼굴을 찌푸렸다.

"뭐냐, 이건? 무슨 헛짓거리냐……."

"로제마인 님은 그런 짓을 하지 않으십니다. 문관이 마술 도구로 전력을 보완하는 것처럼 로제마인 님은 기사에게 신들의 가호를 부여해 주십니다. 이것이 오랫동안 신전에서 제사를 치르며 신들께 사랑받은 제 주인의 싸우는 방법입니다."

"머리가 많이 이상해진 것 같구나, 마티아스."

그라오잠의 공격도 여전히 먹히지만, 마티아스의 공격도 조금씩 먹히기 시작했다. 축복을 여럿 겹친 덕분에 어떻게 호각 근처까지

가게 된 걸까. 마티아스의 얼굴이 조금 웃고 있는 것 같다.

"어둠의 신의 권속, 퇴마의 신 페아드레이오스와 빛의 여신의 권속, 정화의 여신 운하일슈나이데의 가호가 마티아스와 함께 하소서."

마티아스가 악운과 불행을 자기 손으로 잘라내고 자신이 바라는 길을 나아갈 수 있도록 기도했더니, 검은색과 금색 빛이 실내에서 춤췄다. 최고신인 부부신의 권속은 모아서 기도하기 쉬워서 고맙다니까.

……생명의 신의 권속은 좀 다루기 힘들고, 어설프게 겹치면 다른 신의 가호가 사라지니까 말이야. 일단 이 정도면 되지 않을까?

나는 내 솜씨에 꽤 만족했지만, 상당히 우세였는데 갑자기 상대가 대등한 수준까지 강해진 탓에 그라오잠은 공격을 하면서도 화가 나서 얼굴을 찌푸렸다. 그라오잠이 검은 의수를 내리쳐서 마티아스를 떠밀었다. 퍽, 하는 묵직한 소리가 나고 마티아스가 커헉, 하고 괴로운 숨을 내쉬었다.

"마티아스 같은 평범한 기사를 지금의 나와 싸울 수 있을 정도로 강화할 줄이야, 상정하지 못했다. 영주의 양녀가 될 만큼의 마력을 쥐어짤 예정이었지만, 변경해야겠군. ……너는 확실히 죽인다."

그라오잠이 오른손을 크게 휘둘러서 파란 불꽃을 광범위하게 뿌렸다. 마티아스가 불꽃 앞으로 뛰쳐나가면서 검은색 검으로 갈라서 마력을 흡수했다. 갈라 버리지 못한 불꽃이 렛서 군에게 날아왔다.

눈앞의 창에 새파란 불꽃이 세차게 부딪치자 핸들을 통해 렛서 군을 유지하기 위한 마력이 빨려 나갔다. 마수 안에 있으면 틀림없이 안전할 거라고 생각했는데 깜짝 놀랐다. 기수에 타고 있으면서도 이만큼이나 마력을 빼앗겨 본 적은 없었다.

……진짜 강해!

그라오잠을 통해 보니파티우스가 얼마나 인간의 틀을 벗어난 수준으로 강한지 간접적으로 체험한 것 같은 기분이다.

마티아스는 나와 그라오잠 사이에서 검을 고쳐 겨눴다.

"당신은 평민이라 부르지만, 제 주인은 오로지 로제마인 님뿐입니다."

검은색 검으로 그라오잠의 오른손을 베면서 마티아스가 도발하는 것처럼 웃었다.

"당신은 게오르기네 님께 축복을 받아 본 적이 있습니까?"

"닥쳐라."

검은색 의수를 휘둘러 검을 튕겨내고, 오른손을 휘둘러서 파란 불꽃을 날리는 그라오잠의 공격을 피하며 마티아스가 계속해서 말했다.

"게오르기네 님께 자신과 타인에게서 착취한 마력을 바치는 것이 아니라, 게오르기네 님의 마력을 자신을 위해 써 본 적은? 목숨을, 긍지를, 고향을 구하고, 지켜 준 적은?"

"닥치라고!"

생각나는 게 하나도 없는지 화를 내며 마티아스를 밀쳐낸 그라오잠이 날 노려봤다. 회색 눈이 분노에 물들어서 이글이글 타오르고 있다.

"정곡을 찔렀습니까?"

"착각하지 마라, 이 어리석은 반푼이 놈아!"

파란 불꽃에 둘러싸여 있는데도, 그라오잠의 얼굴이 분노 때문에 새빨간 색으로 물든 걸 알아볼 수 있었다.

"충성에 대가가 필요하느냐? 주인의 바람을 이루고, 주인이 향하는 방향으로 따라가는 것을 바란 적은 있어도, 그에 대가 따위는 바란 적이 없다. 내 충성을 뭣으로 보는 것이냐!"

퍼억, 하고 온 힘을 다한 공격에 얻어맞은 마티아스가 왼쪽으로 날아가서 벽에 격돌했다. 날 감싸는 위치에서 싸우던 마티아스가 날아가면서 그라오잠과 눈이 마주쳤다. 분노와 격정을 보여주는 것처럼 그라오잠의 눈이 마력을 띤 복잡한 색으로 물들어 있었다.

"거기서 나와라, 이 평민! 흔적도 없이 태워 주마! 내 힘을 뼈저리게 느끼게 해 주겠다!"

"그렇게는 못 합니다."

그라오잠이 치켜든 팔에 거의 날듯이 돌아온 마티아스의 칼이 부딪쳤다. 까앙! 딱딱한 돌을 때리는 듯한 소리가 울렸다. 그라오잠이 두르고 있는 파란 불꽃이 약해지고, 불꽃 아래에 있는 파란 마석이 보였다. 혹시 마티아스의 검은색 검에 마력을 너무 많이 빼앗겨서 불꽃이 나오지 않게 돼 버린 걸까. 그리고 그라오잠의 움직임이 둔해진 것 같기도 하고.

마티아스의 공격이 연속으로 파란색 불꽃 부분에 맞기 시작했다. 동시에, 검은색 검이 마력을 흡수해서 파란색 불꽃은 점점 약해져 갔고, 불꽃 아래에 있던 파란 마석과 맨살이 노출되기 시작했다.

"여기까지인가……."

그라오잠이 중얼거리자, 불꽃이 마석에 빨려 들어가는 것처럼 사라졌다.

"……뭐?!"

불꽃이 사라지자 그가 마석 갑옷을 걸친 게 아니라 몸 절반 이상이 마석이 되어 있다는 걸 알게 됐다. 육체에 마석이 박힌 것 같은, 마석 위에 육체를 씌운 것 같은 기분 나쁜 모습이었고, 더이상 인간이 아닌 존재처럼 보였다. 마티아스도 안색이 확 달라졌다.

"무슨 얼빠진 얼굴은……. 이 정도 마술 도구, 충분히 움직이려면 마력이 얼마나 필요한지는 생각할 필요도 없이 알 수 있을 터."

"어째서 이렇게까지……."

"네게 말해 줄 것은 없다."

그라오잠은 마티아스의 시선을 피하려는 것처럼 잠깐 시선을 옮겼다. 다음 순간, 자신에게 남은 모든 마력을 속도에 쏟아부은 것 같은 움직임으로 마티아스에게 달려들었고, 발코니를 향해 집어 던졌다. 창문 유리가 깨지는 요란한 소리와 함께 마티아스가 밖으로 날아가 버렸다.

"마티아스!"

나도 모르게 소리쳤지만, 그라오잠은 자신의 행동이 어떤 결과를 불러왔는지 확인도 하지 않고 여전히 바닥에 쓰러져 있는 기베의 사체 쪽으로 뛰어가서는 검은색 의수로 심장 언저리를 꿰뚫었다. 그리고 그곳을 도려내려는 것처럼 의수를 움직이더니 다시 불꽃을 몸에 둘렀다. 동시에 기베의 육체도 파란 불꽃에 휘감기더니 사라져 버렸다.

"평민 계집……."

징그럽게 번뜩이는 회색 눈동자가 내 쪽으로 향했다. 무섭다, 라고 생각했다. 죽은 이에게서 마석과 마력을 빼앗는 행위는 물론이고, 게오르기네를 위해서 저렇게까지 할 수 있는 집착과 광신이 너무나 기분 나쁘다.

“너는 여기서 죽어야만 한다.”

렛서 군까지 통째로 베어 버리려는 것처럼 그라오잠의 검은 의수가 덮쳐 왔다. 이 방 안에 날 지켜 줄 다른 사람은 없다. 내가 지켜야만 하는 사람도 없고. 즉, 내가 무기를 다루는 데 실패해도 말려들 사람이 아무도 없다는 뜻이다. 나는 계속 쥐고 있던 물총을 창밖으로 내밀고 힘껏 방아쇠를 당겼다. 총구에서 발사된 마력이 검은색 화살이 되고, 분열하고, 코앞까지 다가온 그라오잠에게 파바박 박혔다.

“끄악!”

얼굴에 가장 많은 화살을 맞은 그라오잠이 손으로 얼굴을 감쌌다. 쓰러지면서 검은 의수가 렛서 군의 얼굴을 박박 갉아 냈다. 기수에게서 마력을 빼앗는 것도 가능한지, 그라오잠이 두르고 있는 파란 불꽃이 더욱 거세게 타올랐다.

“꺄악!”

“하하…… 하하하! 이거 좋군. 그 마력을 내놔라!”

그라오잠이 용수철 장치가 된 인형처럼 벌떡 일어나더니 렛서 군을 향해서 검은 의수를 치켜들었다. 내 화살을 맞은 부분이 마석화돼 버린 그라오잠의 얼굴을 보고 나도 모르게 몸이 움츠러들었다. 크게 뜬 회색 눈이 마석과 파란 불꽃 속에서 이글이글 빛나고 있다.

……무서워!

절대적으로 안전하다고 생각했던 기수가 깎여 나가 상대의 양식이 됐다는 사실에 온몸이 바들바들 떨려 왔다. 나는 핸들을 꽉 쥐고서 정신없이 렛서 군에 마력을 때려 넣었다.

"오지 마!"

"그대의 마력을 전부 빼앗아 주겠다!"

아무리 마력이 깎여 나가더라도 나 자신이 안전권에 있을 수 있도록, 나는 있는 힘껏 렛서 군의 크기를 키워서 그라오잠을 위협했다. 거대해져서 두 발로 일어선 렛서 군 때문에 그라오잠은 창가로 밀려나면서 렛서 군의 배에 의수를 찔러넣었다. 그 순간, 핸들을 통해 엄청난 기세로 마력이 빨려 나가기 시작했다.

"히읏!"

기수의 형태를 유지하지 못할 때까지 마력을 빼앗겨 버리면 내가 지는 거다. 자랑할 일은 아니지만, 나 개인은 전투력이 없다. 기수에서 나간 순간에 죽는다.

……질 순 없지!

흡수되는 양 이상의 기세로 나는 꽉 쥔 핸들에 마력을 때려 넣었다. 렛서 군이 더 커져 간다.

"뭣이…… 의수가 금가루로……?!"

아래쪽에서 그라오잠의 동요한 목소리가 들려왔다. 아무래도 검은 의수가 내 마력을 급속히 흡수하면서 마력 포화가 일어났고, 금이 가서 금가루로 변하기 시작한 모양이다.

……이대로 계속 마력을 흘려보내면 이기는 게 아닐까?

내가 희망의 빛을 발견한 것과 어디선가 "해치워라!"라는 페르디난드의 호령이 울린 것은 거의 동시였다.

"이야아아아아아아!"

저택의 결계를 파괴한 건지 해제한 건지, 발코니 쪽 창을 통해서 내 호위기사들이 일제히 들어와 각자가 검은 무기를 그라오잠에게

꽂아 넣었다. 일부가 레서 군의 배를 찌르기도 했지만, 거기에 대해서는 따지지 말자.

마력을 빼앗기 위한 검은 의수가 금가루로 변해 버린 것 때문에 동요하던 그라오잠은 그들의 집중 공격을 맞고는 부서진 마석처럼 허무하게 흩어져 버렸다. 그리고 그 자리에는 금이 간 마석과 금가루만이 남아 있었다.

승리와 귀환

"어디…… 내가 다른 사람들이 들어올 수 있도록 기베의 주추를 바꿔쓰는 사이에 대체 뭐가 어떻게 된 것인가?"

페르디난드의 서늘한 목소리에 내가 움찔한 순간, 렛서 군이 스르르륵 작아져 갔다. 그리고 그 덕분에 알았다. 그라오잠을 위협하기 위해서 거대해진 탓에 기베의 저택에 커다란 구멍이 났다. 렛서 군의 머리와 앞발이 저택 밖으로 튀어 나갔던 모양이다. 운전석은 밖으로 나가지 않아서 알아차리지 못했다.

나는 기베의 집무실 안에서도 보이게 된 파란 하늘과 떡 버티고 서서 설명을 요구하는 페르디난드를 번갈아 보면서 필사적으로 변명했다.

"그라오잠의 검은 의수가 렛서 군을 박박 갉아 냈거든요. 봐요, 여기! 여기에 커다란 상처가 있죠? 그래서 그라오잠의 불꽃이 확, 하고 커져서…… 바, 반드시 안전할 수 있도록 최대한 크게…… 라고 생각했더니, 그러니까, 말이죠……."

이런 짓을 할 생각은 없었다고 호소하는 내 눈에 들어온 것은 하얀 벽이었다. 당연한 얘기지만 기베의 저택은 영주가 엔트비켈른으로 세울 수 있는 하얀 건물이다. 핫세의 주민들이 작은 신전을 공격했다가 반역죄로 몰렸으니까 이건 정말 큰일이다.

"저기, 페르디난드 님? 하얀 건물을 부숴 버렸는데, 저기, 이거 반역죄가 되려나요? 에렌페스트 영주 일족이니까 아슬아슬하게 용서받을 수 있을까요?"

"지금의 그대는 아우브 아렌스바흐다. 반역죄보다는 아렌스바흐로부터의 선전포고가 되지 않겠나?"

간단히 돌아온 대답에 온몸에서 핏기가 가셨다.

"NOOOOOO! 그럴 생각은 없었어요! 페르디난드 님, 양아버님께 같이 사과해 주세요. 엔트비켈른에 필요한 금가루를 바치고 수리비를 내면 용서해 주시려나요?"

"글쎄, 나는 모르겠군."

"이럴 때일수록 도와주셔야죠!"

재미있다는 듯이 쿡, 하고 살짝 웃은 뒤 페르디난드가 손을 내밀었다.

"일단 야단맞으러 가야만 하지 않겠나. 보아하니 저쪽도 끝난 모양이다."

페르디난드의 말을 듣고 나는 기수에서 나와 주위를 둘러봤다. 최종적으로 누가 그라오잠을 해치웠는지 의논하는 중인 호위기사들은 내버려두고 나는 페르디난드를 보며 말했다.

"에렌페스트의 전투가 끝났다는 게 사실인가요?"

"그런 것으로 거짓을 말해서 어쩌겠나. 방금 아우브로부터 올도난츠가 왔다. 그라오잠과 게오르기네는 아주 훌륭하게 연동해서 움직였던 듯하다."

구 베르케슈토크의 기베들이 토지의 마력을 빼앗고, 딱 그라오잠이 기베의 저택을 점령한 무렵에 게오르기네가 에렌페스트에 도착했는지, 전투가 시작됐다고 한다.

"이쪽에서 올도난츠를 보냈을 때는 주추의 방으로 가던 때였던 듯하다. 우리가 이곳에 도착했다는 것을 알고 조금 안심했다는 것 같더군."

"평민 마을이나 신전의 피해는 어떻게 됐나요?"

내게 가장 중요한 것은 그 부분이다. 질베스타가 결판을 냈다면 게오르기네가 주추가 있는 곳까지 도착했다는 뜻일까. 아니면 주추의 방에서 대기하는 사이에 주위 사람들이 붙잡았다는 걸까. 그런 부분을 전혀 모르겠다.

"……아직 거기까지는 정보가 들어오지 않았다."

게오르기네와 결판이 났다는 보고만 받은 모양이다. 페르디난드의 말에 나는 조금이라도 빨리 에렌페스트 시내로 돌아가고 싶어졌다. 평민 마을과 신전이 어떻게 됐는지 너무나 마음에 걸린다. 지금 당장 여기서 출발하면 밤 무렵에는 에렌페스트에 도착하려나.

"그럼, 최대한 빨리 에렌페스트로 돌아가죠."

"……기다려라. 돌아가려면 더더욱 이쪽을 확실하게 정리해야만 한다. 이대로 전부 방치할 수는 없지 않는가."

페르디난드가 주의를 주자 나는 말문이 막혔다. 솔직히 말하자면 일단 구 베르케슈토크의 위협을 물리쳤으니까 뒷일은 남아 있는 현지 사람들한테 전부 맡겨 버리고 그냥 돌아가고 싶다.

"뭘 어떻게 하면 될까요? 저는 언제쯤에나 에렌페스트로 돌아갈 수 있죠?"

"게를라흐 자체는 남은 기사단과 귀족에게 맡기고 최종적으로 아우브의 지시를 받으면 문제없겠지. 하지만 그대는 아우브로서 아렌스바흐 쪽에 지시를 내려야 하고, 무엇보다 단켈페르거와도 마무리를 지어야 한다."

"마무리라는 게 뭔가요?"

많은 협력을 해 준 단켈페르거를 무시할 수는 없다. 그건 알지만, 아우브 에렌페스트의 치하를 받는다는 핑계로 같이 에렌페스트 시내로 데리고 가면 당장이라도 출발할 수 있지 않을까.

"먼저 디터의 승리 선언이 필요하다. 단켈페르거 기사들을 진짜 디터로 끌어들인 그대가 종료를 선언해야만 디터가 끝난다. 그대가 이대로 돌아가면 단켈페르거 기사들을 이제 막 싸움이 끝난 에렌페스트로 데리고 가야만 한다."

페르디난드가 너무나 씁쓸한 얼굴로 단켈페르거 기사들과의 동행을 금지하는 이유를 알 수가 없어서 나는 뺨에 손을 대고서 고개를 갸웃거렸다.

"뭐가 문제인가요? 많이 협력해 줬으니까 아버님께 고맙다는 말이나 치하하는 말을 듣는 건 중요하잖아요? 그걸 명분으로 동행하면 빨리 이동할 수 있잖아요."

"그렇게 하면 에렌페스트의 식량고와 술 저장고가 텅 비어 버린다."

페르디난드가 한숨을 쉬고 "안 된다."라며 고개를 저었다. 란체나베와의 전투가 끝난 뒤에 나는 자고 있어서 몰랐지만, 내가 일어날 때까지 출발이 연기되면서 단켈페르거 기사들이 사후 평가라는 명목의 잔치를 계속 벌였다는 모양이다. 아렌스바흐 성의 식량과 술이 하루도 지나지 않아 큰 난리가 날 지경이었다는 것 같고.

한 달 정도 싸움 준비에 몰렸고, 겨우 오랜 적을 쓰러트리고 피폐해진 에렌페스트에 단켈페르거 기사들을 전부 데리고 가면 에렌페스트에 큰 대미지를 준다는 모양이다. 우리 이야기를 듣고 있었는지 호위기사들도 미묘한 표정으로 "뭐, 페르디난드 님 생각이 옳은 것 같습니다."라고 말했다.

"하지만, 아무것도 안 하고 돌려보낼 수는 없잖아요?"

"나중에 아우브 단켈페르거와 포상 등에 관한 이야기를 한다면 지금 당장 어떻게 할 필요는 없지 않겠나. 일단 빈데발트까지 돌아가고, 전이진을 사용해서 그들을 단켈페르거와의 경계문까지 돌려보내도록. 마술 도구 등의 보상이라면 모를까, 연회 비용까지 우리가 부담할 필요는 없다."

"아무리 그래도 그럴 수는……."

끝났으니까 빨리 돌려보내라는 페르디난드의 말에 나는 살짝 얼굴을 찌푸렸다. 단켈페르거는 한밤중의 출진, 페르디난드 구출, 란체나베 소탕, 게를라흐까지 원정에 성실하게 따라와 줬는데, 볼일이 끝나자마자 쫓아내는 건 도저히 할 수가 없다.

내가 페르디난드에게 호소하고 있었더니 구 베르케슈토크 기사들을 붙잡아서 빈데발트까지 보내고 있던 슈트랄이 보고하러 왔다. 나는 조금 물러나서 슈트랄에게 자리를 양보했다.

"페르디난드 님, 구 베르케슈토크 기사들은 대부분 붙잡았습니다. 지금은 숲속으로 도망친 기베들을 단켈페르거 기사들이 쫓고 있습니다."

밖에 있던 구 베르케슈토크 기사와 기베들은 단켈페르거 기사들의 협력 덕분에 산 자들 대부분을 붙잡았고, 지금은 마석을 회수하기 시작했다는 모양이다.

"그렇군. 그대로 계속하도록."

"예!"

슈트랄이 대답하고 한 걸음 물러나자, 나는 페르디난드에게 다가가서 옷소매를 살짝 잡아당겼다.

"페르디난드 님, 이만큼이나 도와줬잖아요. 역시 단켈페르거를 대접해야 한다고요."

"엄청난 양의 술이 필요할 것이다. 그리고 저렇게 많은 인원이 들어갈 연회장은 에렌페스트 어디에도 없다. 그대도 단기 결전으로 끝내고 저들을 돌려보낼 생각이었기에 식량에 대해서는 고려하지 않았겠지? 어디서 염출할 생각인가?"

분명히 페르디난드를 구출하기 위해서 종 두 번 칠 만큼, 이라고 아우브 단켈페르거와 이야기 했었다. 이렇게 많은 사람의 식사가 며칠치나 필요할 거라는 계산은 하지도 않았고, 지금부터 연회 준비를 시작하려면 요리사를 그러모으는 데서부터 시작해야만 한다.

"디터는 이미 끝났으니, 빨리 승리 선언을 하고 쫓아내라. 그게 제일이다."

"로제마인 님, 페르디난드 님."

"왜 그러나, 코르넬리우스?"

고개를 돌려 보니 코르넬리우스가 "뭔가 의견이 있는 것 같습니다."라고 말하며 조금 떨어진 곳에서 한쪽 무릎을 꿇고 있는 슈트랄을 가리켰다. 우리 대화를 방해하면 안 된다고 기다려 준 모양인데, 도무지 끝날 기미가 보이지 않아서 코르넬리우스한테 부탁한 것 같다.

"슈트랄, 뭔가?"

"자세히 보고하는 것을 잊고 있었습니다. 빈데발트의 여름 저택에는 구 베르케슈토크의 기베와 기사들을 맞이하기 위한 식량과 술

등, 연회 준비가 되어 있었습니다. 그것을 단켈페르거를 위해 사용하는 것은 어떻겠습니까?"

그러고 보니 프라우렘 쪽에서 뭔가 맞이할 준비를 했다고 들었던 것 같다. 페르디난드가 "흐음."하고 고개를 끄덕이면서 관자놀이를 톡톡 두드렸다.

"그렇게 하면 단켈페르거 일행을 에렌페스트로 데려가지 않아도 그대가 바라는 대로 기사들을 치하해 줄 수 있겠군. 아우브 에렌페스트가 감사의 예를 표하는 정도라면 대표자인 한넬로레 님과 그 측근, 지휘관이었던 하이스히체만 동행해도 충분하겠지?"

"그렇습니다."

단켈페르거 기사들이 영지를 지키기 위해 열심히 싸워 줬다는 것을 에렌페스트 귀족들에게 똑똑히 전해 주고 싶다. 그리고 그러기 위해서 전부 데리고 갈 필요가 없다는 것도 이해했고.

"단켈페르거 기사들을 빈데발트에 두고 갈 수 있다면, 아우브에게 전이진을 작동시켜 달라고 해서 빠르게 에렌페스트로 갈 수 있다. 하지만 빈데발트의 식량도 그리 많지는 않을 테니, 내일은 아렌스바흐로 돌아갈 필요가 있다."

"에렌페스트에 있을 수 있는 시간은 짧겠네요."

"그래. 단켈페르거 기사들은 물론이고, 중앙으로 갔을 디트린데와 레온치오도 방치할 수는 없다. 에렌페스트에 보고하고 서로 정보를 맞추고 협력자들을 치하하는 것도 중요하지만, 아직 전부 끝나지 않았다는 것을 명심하도록."

무슨 일이 있으면 왕족이 단켈페르거로 연락할 테고, 상위 영지에는 이야기를 해 뒀다. 중앙의 일은 에렌페스트만큼 걱정되지 않지만, 아무리 우선순위가 낮다고 해도 아무것도 안 할 수는 없겠지. 나는 고개를 끄덕였다.

“설령 시간이 얼마 없다고 해도, 제 눈으로 에렌페스트의 평민 마을과 신전의 상황을 볼 수 있다면 안심할 수 있을 것 같습니다. ……떠나기 싫어질 수도 있겠지만.”

“걱정 마라. 내가 끌고 갈 테니.”

“왠지 너무 심하게 취급하는 것 같지 않나요?”

허무하게 끌려가는 내 모습을 상상하며 페르디난드를 노려봤더니, 정작 당사자는 고개를 갸웃거렸다.

“그런가? 원래 이렇지 않았던가?”

“……잘 생각해 보니 원래 그랬네요. 너무 오랜만이라서 눈물이 나올 것 같아요.”

“눈물은 나중에 흘리고, 그대는 아우브에게 올도난츠를 보내도록. 한넬로레 님 일행의 객실 준비와 시간 단축을 위해 전이진을 쓸 수 있도록 부탁해야 한다. 나는 아렌스바흐에서 온 자들에게 지시를 내리고 오겠다.”

아무리 페르디난드의 측근이라고 해도 지금 상황에서 아렌스바흐의 기사들을 데리고 간다면 에렌페스트 사람들이 감정적으로 받아들이지 못하겠지. 그래서 아렌스바흐 기사와 측근들은 빈데발트에서 단켈페르거를 접대하라고 지시하려는 듯하다.

……단켈페르거 기사들의 접대라. 뭐랄까, 엄청난 벌칙 게임 같은 기분이 드네.

나는 질베스타에게 올도난츠를 보내서 게를라흐의 전투가 끝났다는 사실을 전하고, 페르디난드 일행과 한넬로레 일행을 데리고 돌아갈 테니 시내에 들어갈 수 있는 허가와 객실을 준비해달라는 것과, 시간 단축을 위해 전이진을 쓰게 해 달라고 부탁했다.

"아우브 에렌페스트로부터 올도난츠로 연락이 왔습니다. 에렌페스트의 주추는 침입자의 손에서 지켜냈다고 합니다."

반파, 는 아니고 8분의 1 정도가 부서진 것으로 보이는 기베의 저택 발코니에 한넬로레와 하이스히체, 페르디난드와 함께 서서 나는 앞뜰에 모여 있는 기사들에게 말했다. 마티아스가 기베의 저택을 뒤져서 찾아낸 확성 마술 도구를 사용해서 그들에게 전했다.

"제가 아렌스바흐의 주추를 손에 넣었고, 에렌페스트의 주추 방위도 확인했기에 승리가 확정됐습니다. 저는 지금 여기서, 진짜 디터의 승리와 종료를 선언합니다!"

"와아아아아아!"

단켈페르거 기사들은 내 승리 선언을 듣고는 슈타프 무기를 꺼내서 두드려 대더니 높이 들어 올리며 승리의 함성을 질렀다.

"저력이 뒤떨어지는 에렌페스트가 아렌스바흐와 구 베르케슈토크에게 승리할 수 있었던 것은 단켈페르거의 뜻 있는 분들께서 참전해 주신 덕분입니다. 그 용맹 과감한 모습과 강함은 유르겐슈미트 최고라고, 저는 그렇게 생각합니다."

"우와아아아아!"

"여러분의 공을 기리기 위해, 빈데발트의 저택에서 약소하나마 연회를 준비하고 있습니다. 이곳의 사후 처리를 마치면 이동해 주세요. 아렌스바흐 기사들이 안내해 줄 것입니다."

승리 선언 때문에 도저히 손쓸 수 없을 정도로 흥분 상태에 빠져버린 단켈페르거 기사들을 보고 발코니 앞쪽으로 나선 한넬로레가 바다의 여신 페어퓌레메어의 지팡이를 꺼냈다. 그리고, 디터에 승리한 뒤에 행하는 제사로 그들을 진정시켰다.

……이 의식, 단켈페르거에는 필수구나.

흥분이 가라앉은 기사들이 움직이기 시작했다. 나는 안도의 한숨을 내쉰 한넬로레에게 말했다.

"한넬로레 님, 아우브 에렌페스트가 감사를 위해 성으로 초대하고 싶다고 합니다. 그리고, 아우브와 이번 싸움에 관한 이야기를 나눈 뒤에, 저는 최대한 빨리 아렌스바흐로 돌아가야 하기에, 정말 급한 초대이기는 합니다만……."

시간 단축을 위해서 전이진으로 이동하고, 측근과 하이스히체를 제외한 사람들은 빈데발트에서 숙박하게 된다. 그래도 좋다면 성으로 초대해서 감사를 드리고 싶다고 제안하자 한넬로레는 잠시 생각한 뒤에 하이스히체를 불렀다. 나는 하이스히체에게도 똑같이 설명했다.

"물론 당장이라도 영지로 돌아가는 쪽이 좋다면, 단켈페르거와 아렌스바흐의 경계문까지 여러분을 보내드릴 수 있지만, 디터가 끝나자마자 바로 돌아가시는 것도 좀 그런 것 같아서……."

"어떻게 할까요, 하이스히체? 저는 가능한 초대를 받아들이고 싶습니다만……."

하이스히체는 미소를 지으며 "이런 기회가 아니면 에렌페스트에 들어가 볼 수도 없습니다. 가도록 하죠."라고 대답했다.

"로제마인 님, 초대해 주셔서 감사합니다. 부디 함께하게 해 주세요."

초대가 너무 갑작스럽다든지 관례가 어쩌네저쩌네 따지지 않고,

작은 기회라도 붙잡으려는 유연성이 참 좋다고 생각했다. 긴급 연락을 했더니 '사흘 뒤'라고 했던 왕족이 꼭 좀 본받았으면 싶다. 나는 한넬로레 일행이 예정을 전하기 위해서 기사들 쪽으로 가는 모습을 지켜봤다.

"슈트랄, 부탁한다."

"예! 나중에 레치티아 님께 연락드리겠습니다. 내일 오후에 돌아오십니까?"

"그래. 에렌페스트에서 빈데발트로 이동하고, 단켈페르거 기사들을 경계문까지 보낸 뒤에 성으로 귀환할 생각이다."

페르디난드는 슈트랄에게 레티치아에 대한 지시를, 빈데발트에 남는 단켈페르거 기사들에게는 마석 회수와 포로 운송을 돕도록 명했다. '술 없는 뒷풀이를 하고 싶다면 일할 필요는 없다'라고 말했더니, 단켈페르거 기사들이 열심히 일하기 시작했다. 저 사람들은 대체 얼마나 술을 좋아하는 걸까. 질리는 기분과 동시에, 그들의 터프함이 존경스럽기까지 했다.

"끝났습니다, 로제마인 님."

하르트무트의 목소리를 듣고 어쨰선지 안도하는 기분이 든 나는 가끔씩 빛을 반사하는 마석과 그것을 회수하는 기사들에게서 발코니로 찾아온 하르트무트 쪽으로 시선을 옮겼다.

"수고하셨습니다, 하르트무트. 정말 큰 도움이 됐어요. 이것으로 게를라흐 귀족과 주민들도 조금이나마 안심할 수 있겠죠."

하르트무트에게는 기베 일행에게서 회수한 작은 성배의 관리를 맡겼는데, 작은 성배에 채워진 마력을 게를라흐의 토지에 되돌려 달라고 부탁했다. 신관장이었던 하르트무트가 여기 있는 귀족 중에 누구보다 작은 성배 다루는 방법을 가장 잘 아니까.

"빈 작은 성배는 구 베르케슈토크로 돌려보내야겠군요. ……그 쪽 평민들은 괜찮을까요?"

"그건 로제마인 님께서 생각하실 일이 아닙니다. 다음 아우브 베르케슈토크가 알아서 할 일입니다."

하르트무트는 신전 열쇠를 찾아서 주추를 물들이는 방법을 왕족에게 전하고, 영주회의에서 새로운 아우브를 임명하면 된다고 말했다. 아우브가 없는 채로 관리했기에 무리하게 된 거라며 비판적인 태도를 보였다.

"이제 성으로 들어가서 승리 축하연을 가질 예정입니다. 문관의 몸으로 큰 싸움에 따라와 줬으니, 하르트무트도 꼭 즐겨 주세요."

"로제마인 님이 어떻게 그라오잠을 쓰러트리셨는지 에렌페스트 사람들에게 전하고 싶습니다."

"……그거 혹시, 렛서 군으로 저택을 파괴했다는 걸 사람들에게 폭로하겠다는 말인가요?"

내가 쭈뼛쭈뼛 물었더니, 하르트무트가 시원하게 웃으며 고개를 끄덕였다.

"저택에 들어간 자는 로제마인 님과 마티아스뿐. 제가 로제마인 님의 승리를 기도하는 중에 저택 창이 갖은 축복의 빛으로 빛났습니다. 유일한 호위기사인 마티아스가 쓰러졌는데도 계속 저항하신 로제마인 님. 최종적으로는 지붕까지 뚫어 가며 그라오잠을 물리치셨습니다. 그 기수의 모습은 정말 최고였습니다. 꼭 사람들에게 전해야 합니다."

"제발 하지 마세요!"

질베스타한테 금가루를 주고서 몰래 고치려고 했는데, 그렇게 대대적으로 퍼트리지 말아 줬으면 좋겠다.

"하르트무트는 연회 참석을 금지합니다!"

"제 주인께서는 그러한 부조리한 행위를 하지 않습니다. 그리고…… 제가 없더라도 목격자는 얼마든지 있으니까요."

하르트무트는 그렇게 말하면서 호위기사들 쪽으로 시선을 돌렸다. 내 호위기사 중에서도 오라버니라는 입장 때문에 가장 편하게 대하는 코르넬리우스가 빙긋 웃었다.

"페르디난드 님이 허가하셔서 겨우 저택 안으로 뛰어들었는데, 눈에 보인 건 그라오잠과 하얀 벽뿐이었으니까. 대체 무슨 일인가 싶었어. 설마 저택 지붕을 뚫고 올라올 만큼 기수를 거대화시켜서 저항할 거라고는 누구도 생각하지 못했을 거야."

"코르넬리우스 오라버니!"

"로제마인 님께서는 그라오잠이 도저히 상상도 못 할 방법으로 승리하셨습니다. 기수를 이용해서 모든 함정을 깔끔하게 회피하리라고는 생각도 못 했겠죠."

"마티아스!"

호위기사들이 제각기 이번 싸움에 대해 말하는 걸 필사적으로 말리고 있었더니, 페르디난드가 한심하다는 목소리로 날 불렀다.

"로제마인, 전이진이 빛났다. 빨리 오도록!"

이미 전이진 앞에서 준비하고 있던 한넬로레가 쿡쿡 웃었다.

"란체나베 소탕전에서 게를라흐 전투까지, 로제마인 님은 정말 크게 활약하셨습니다. 저도 정말 감탄했답니다."

"한넬로레 님이야말로 정말 활약하셨잖아요?"

"……로제마인 님께 그렇게 보였다면 정말 기쁜 일입니다."

……그렇게밖에 안 보였거든요.

빛나는 마법진에서 질베스타와 세 명의 호위기사가 나타났다. 전이진 주위에 줄지어 선 우리를 보고는 훗, 하고 미소를 지었다.

"로제마인, 정말 잘했다. 한넬로레 님을 비롯한 단켈페르거 기사들에게는 무엇보다 큰 감사를. 그리고, 어서 와라. 잘 돌아왔다, 페르디난드. ……정식 인사는 나중에 하고, 성으로 가자. 로제마인, 페르디난드. 도와라."

나와 페르디난드가 무릎을 꿇고 전이진에 마력을 주입했다. 질베스타가 슈타프를 꺼냈다.

"넨뤼셀 에렌페스트."

검은색과 금색 빛이 춤추고, 눈에 보이는 광경이 일렁거렸다.

각자의 무용담

“잘 다녀오셨습니까.”

“잘 오셨습니다, 한넬로레 님. 단켈페르거의 협력에 진심으로 감사합니다.”

흔들리던 시야가 돌아오자 눈에 들어온 광경은 출발할 때와 같은, 성에 있는 기사 훈련장이었다. 샤를로테와 플로렌치아가 나란히 서서 맞이해 줬는데, 최소한의 측근만 거느리고 있었다. 멜키오르는 신전에 있을 테니 그렇다 치고, 빌프리트와 칼스테드가 보이지 않는다. 마중 나온 사람들이 평소와 다른 걸 보고 가슴이 술렁거렸다.

“양아버님, 빌프리트 오라버니와 멜키오르, 기사단장 아버님이 보이지 않습니다만…….”

“게를라흐 전투 종료보다는 조금 이르긴 했지만, 이쪽 전투도 조금 전에 막 끝났으니까. 기사단장인 칼스테드는 기사단 대기소에 있다. 빌프리트도 그쪽을 돕고 있을 정도고. 멜키오르도 아직 신전에서 돌아오지 않았다. 그렇다고 크게 다친 건 아니고, 뒤처리가 아직 끝나지 않았을 뿐이다. 안심해라.”

우리는 아렌스바흐 기사들과 게를라흐 귀족들에게 뒤처리를 다 떠넘겼지만, 에렌페스트에서는 떠넘길 대상이 없다. 아우브인 질베스타가 최고 책임자고, 영주 일족은 뒤처리에 쫓기고 있는 모양이다. 기사단장인 칼스테드는 연회에 얼굴을 비춰야 하기 때문에 더

더욱 바쁘다나.

"평민 마을과 신전은 어떻게 됐나요? 큰 피해는 없었나요?"

"아직까지 그렇게 큰 피해가 있었다는 보고는 들어오지 않았다. ……그렇게 불안한 얼굴 하지 마라. 문의 병사와 신전에 있던 기사들이 활약했다는 것 같으니까. 현지에 있던 그대의 측근들에게 이야기를 들으면 되겠지."

단켈페르거와 인사를 나누고 싶으니 나머지는 나중에 하자는 말을 듣고 나는 얌전히 물러났다. 플로렌치아와 샤를로테도 질베스타 옆으로 가서는 한넬로레와 신들의 이름이 섞인 기나긴 인사를 나눴고, 협력에 대한 감사의 말을 늘어놨다.

"……단켈페르거 기사들의 협력이 없었다면 페르디난드를 구출하고 주추를 지켜 내기 힘들었을 것입니다. 게다가 게를라흐 전투에서의 원군은 참으로 마음이 든든했습니다."

질베스타는 단켈페르거가 란체나베 소탕전에서 어떻게 적과 싸웠는지에 대해 내 문관이 적은 편지로 보고를 받았고, 그것이 에렌페스트 방위에 도움이 됐다고 말했다.

……클라리사와 하르트무트의 편지가 도움이 된 것 같아서 다행이다.

"이때를 놓치면 단켈페르거의 협력에 보답하기가 어려워집니다. 갑작스런 초대인데도 이렇게 받아들여 주셔서 정말 감사합니다. 여섯 점 종이 울린 뒤에 작은 홀에서 승리를 축하하는 연회를 갖겠습니다. 약소하나마 연회를 즐겨 주시고 에렌페스트의 감사를 받아들여 주시면 기쁘겠습니다."

질베스타는 한넬로레와 하이스히체에게 인사와 감사의 말을 하고는 플로렌치아와 샤를로테 쪽을 봤다.

"플로렌치아, 샤를로테. 단켈페르거 분들을 객실로……. 몸을 씻으실 준비도 되어 있습니다. 여섯 점 종까지 편히 쉬도록 하십시오."

"정말 감사합니다. 마침 연회 전에 몸을 씻고 싶었습니다."

한넬로레가 수줍어하며 살짝 웃었다. 그런 한넬로레에게 미소로 대답한 뒤에, 질베스타가 페르디난드 쪽을 보며 말했다.

"페르디난드, 그대에게도 객실을 준비하게 했다."

"……객실? 아, 그렇군."

페르디난드가 잠시 이해할 수 없다는 표정을 지은 뒤에 나를 흘끗 봤다. 아무리 '다녀왔습니다'라고 말한다 해도, 페르디난드는 돌아갈 집을 이미 나한테 양도했다. 그래서 자기 집이 존재하지 않는다는 게 생각났겠지. 페르디난드를 에렌페스트로 돌려보내고 싶었는데, 정작 그런 내가 페르디난드가 있을 곳을 빼앗아 버렸다. 이건 안 된다.

"페르디난드 님, 도서관을 쓰도록 하세요."

"아니, 그건……."

"저는 성의 방을 쓰면 되니까, 사양하지 마시고요. 방은 그대로 남겨 뒀습니다. 페르디난드 님은 익숙한 장소가 마음 편하시잖아요? 약이 필요하시면 공방과 소재를 마음대로 쓰셔도 됩니다. 가능하다면 라자팜에게 무사한 모습도 보여주세요."

내가 페르디난드에게 도서관의 방을 쓰도록 제안하자, 한넬로레가 이상하다는 표정을 지었다.

"로제마인 님의 도서관에 페르디난드 님의 방이 있는 건가요?"

"예. 제 도서관은 원래 페르디난드 님의 저택이었습니다. 아렌스바흐로 가게 되셨을 때 제게 양도해 주셨기에 도서관으로 삼았습니다."

책이 잔뜩 있다며 나는 한넬로레에게 마이 도서관을 자랑했다. 절반은 페르디난드 책이지만 그건 넘어가자.

"한넬로레 님. 왕명으로 아렌스바흐에 가게 된 제게는 당연한 얘기지만 아내도 자식도 없었습니다. 아버님께 물려받은 저택을 누구에게 물려줘야 좋을지 생각하던 참에, 피후견인인 로제마인에게 주는 것이 적당했을 뿐입니다. ……솔직히 말씀드리자면, 아직 제 방이 남아 있으리라고는 생각지도 못했습니다만."

약간 질렸다는 느낌이 담긴 목소리에 나는 흥, 하고 고개를 돌렸다.

"페르디난드 님이 언제든 마음 편히 돌아오실 수 있도록 방을 남겨 두겠다고 말씀드렸을 텐데요?"

"그런 구두 약속을 언제까지고 지키리라고는 생각지 않는다. 그리고 다른 사람도 아닌 그대가 아닌가. 금세 책이 침식했으리라고 생각했다만?"

"아직 그렇게 침식할 만큼 책이 많지 않아요. 열심히 인쇄하고 있는 중이지만……."

그 도서관에서 넘쳐날 정도로 많은 책을 갖고 싶다. 내가 도서관을 충실하게 만드는 것에 대해 생각하고 있는데, 페르디난드가 살짝 한숨을 쉬었다.

"내 방이 아직 남아 있다면 그쪽이 마음 편하기는 하겠지만, 그대는 정말로 내가 써도 괜찮겠나?"

"물론이죠. 저는 성에도 방이 있으니까요. 라자팜에게 올도난츠를 보내서 맞이할 준비를 해 두라고 연락할게요. 그 뒤에 저는 평민 마을과 신전 상황을 보고 오겠습니다."

평민 마을과 신전을 둘러보고 성으로 돌아와서 준비하고…… 그렇게, 이 뒤에 할 일을 생각하고 있는데 페르디난드가 "잠깐 기다려라."라고 주의를 줬다.

"그대는 자신이 데려온 손님을 방치할 셈인가? 평민 마을과 신전에 큰 피해는 없었다고 하니, 오늘은 측근의 이야기만 듣도록 하고, 직접 돌아보는 것은 내일 아침에 하도록 해라. 연회가 시작되는 여섯 점 종까지는 시간이 얼마 남지 않았다."

씻고 옷을 갈아입고 측근들의 보고를 듣는 것까지 생각하면 정말로 시간이 없다. 나는 라자팜에게 올도난츠를 날려서 페르디난드, 에크하르트, 유스톡스 세 사람을 부탁한다고 전했다. 바로 라자팜에게서 답장이 돌아왔다. 리젤레타 일행을 통해서 페르디난드가 무사하다는 것과 연회를 위해 돌아온다는 이야기를 듣고서 이미 다 준비해 뒀다는 것 같다.

"우수하네요, 라자팜은."

"내가 교육했으니까. 당연하지 않겠나."

흥, 하고 의기양양하게 콧방귀를 뀌는 페르디난드를 보고, 나도 "리젤레타와 다른 사람들도 우수하거든요."라고 대항했다.

"……저, 아우브 에렌페스트. 이 두 분은 항상 이런 식인가요?"

한넬로레와 하이스히체가 얼이 빠진 것 같은 얼굴이다. 뭐라고 대답해야 좋을지. 난감하다는 것처럼 잠시 이리저리 다른 곳을 본 뒤에, 질베스타가 "……거의 이렇습니다."라고 작은 소리로 중얼거렸다.

"다녀오셨습니까, 로제마인 님. 무사하셔서 다행입니다."

오틸리에, 리젤레타, 그레티아 세 사람이 맞이해 줬다. 리젤레타와 그레티아는 샤를로테에게 내가 귀환했다는 연락을 받고는 도서관에서 돌아와서 준비해 준 모양이다. 갑작스러운 초대에 당황하는 것은 초대받은 사람만이 아니다. 그 사람들을 맞이해야 하는 사람들도 큰일이다.

"단켈페르거의 객실 준비를 위해 브륀힐데가 바쁘게 돌아다니는 중이고, 베르틸데는 그쪽을 도우러 갔습니다. 저도 지금부터 그쪽으로 가겠습니다."

오틸리에는 귀환한 사람들의 얼굴을 보며 인사를 마치고는 아들 하르트무트와 그 약혼자 클라리사를 향해 살짝 미소를 지었다. 두 사람에게 "이미 저택에 돌아왔다는 연락을 해 뒀습니다."라고 말하고 오틸리에는 빠른 걸음으로 방에서 나갔다. 아무래도 다들 무사한지 직접 확인하고 싶다며 여기서 기다렸던 듯하다.

"로제마인 님은 지금부터 목욕을 하셔야 하니, 호위기사도 교대로 기숙사에 돌아가는 건 어떨까요? 연회에 참가하려면 옷도 갈아입어야겠죠?"

리젤레타의 말을 듣고 호위기사들이 고개를 끄덕이고는 순서를 정하기 시작했다. 그런 모습을 확인하면서 나는 그레티아와 함께 탈의실로 갔다. 머리 장식을 빼고, 묶고 있던 머리카락을 그레티아가 꼼꼼하게 풀기 시작했다.

"신전에도 연락해 뒀으니 로제마인 님께서 목욕을 마칠 무렵에는 유디트 등도 돌아올 거라 생각합니다."

"저기…… 그레티아. 이쪽 싸움은 어땠나요? 아무도 다치지 않았나요?"

"저희는 도서관에 있었고, 로제마인 님께서 두고 가신 도서관을 지키기 위한 마술도구 덕분에 딱히 싸움의 기척을 느끼지도 않았습니다."

평민 마을과 신전에서 올도난츠가 날아오니까 싸움이 시작되고 끝났다는 건 알았지만, 도서관에는 전혀 피해가 없었다는 모양이다.

"싸움의 기척은 없었지만, 다무엘이 로제마인 님의 부적을 지닌 구텐베르크와 그 가족들을 오전 중에 도서관으로 데리고 왔습니다. 갑자기 평민들이 잔뜩 와서 깜짝 놀랐답니다."

다무엘은 게오르기네가 도착하기 전에 그들이 온다는 예감을 느낀 모양이고, 내가 준 방어용 마술구가 있고 가장 안전한 도서관으로 구텐베르크 일행을 이동시켰다고 했다.

"……다무엘은 약속대로 사람들을 모두 지켜 줬군요."

"예. 머리 장식 장인 가족이 자신의 부적을 아버지께 전해 달라고 다무엘에게 맡긴 것이 인상적이었습니다. 아버지는 로제마인 님의 부적과 다무엘이 지켜 줄 테니 자신들은 자신들이 할 수 있는 일을 해야겠다면서 머리 장식과 의상 제작을 시작했습니다."

그레티아가 머리카락을 풀고 기수복을 벗기기 시작할 무렵에 리젤레타도 왔다.

"어머, 오늘 이야기인가요? 도서관으로 피난한 사람들 중에 길베르타 상회의 재봉사도 몇 명 있었는데, 그 사람들은 가장 우선해서 피난시켜야 할 소중한 물건이라며 로제마인 님의 의상과 머리 장식을 도서관으로 가지고 왔습니다. 가봉을 해 봐야 하는데 로제마인 님은 시간이 어떻게 되시는지요? 라고 말하며 작업을 진행했습니다. 그쪽에도 연락을 해야겠네요."

필사적으로 작업하는 투리와 코린나의 모습이 눈에 선했다. 뭐든 하지 않으면 불안해진다면서 손을 움직였을 것 같은데, 솔직히 납기가 얼마 안 남았다는 현실적인 문제 때문이기도 하겠지. 하지만 내 구텐베르크들이 귀족 거리의 도서관으로 피난해서 작업했다는 건 예상외로 평화로운 광경이라는 생각이 들었다.

"플랑탱 상회 사람들은 저택 내장과 도서실을 열심히 견학했습니다. 식당과 책에 참고할 곳을 찾고 있던 것 같습니다. 새로운 에렌페스트의 책은 자신들이 만들어서 팔고 있으니까 잘 알지만, 기존 책들을 제대로 본 적이 없다고 말했습니다."

목욕을 마치자 유디트와 필린느가 돌아왔다. 두 사람 모두 무사한 것 같다. 내 옷 입기가 끝나지 않아서 로데리히는 남성 호위기사들과 같이 밖에서 대기하고 있다는 모양이다.

"도서관은 무사했다는 듯합니다만, 신전에서는 싸움이 벌어졌나요?"

내 질문에 필린느가 굳은 표정으로 고개를 끄덕인 뒤에, "저기, 그래도, 고아원 사람들은 모두 무사합니다. 세 점 종이 울릴 무렵에 다무엘이 보낸 올도난츠가 날아와서 훈련한 대로 피난시켰으니까요."라고 말을 이어 갔다. 도서관으로 올도난츠가 날아와서 구텐베르크들을 피난시킨 때와 같은 무렵에 신전에서는 고아들이 피난하고 있었다는 모양이다. 같이 고아들을 유도하고, 멜키오르의 측근들과 연락을 주고받았던 듯한 유디트도 고개를 끄덕였다.

"신전 문지기를 회색 신관에서 기사로 교대하고, 마술 도구 스밀과 함께 경계하도록 했습니다. 조금 지나니 다무엘에게서 서문에 적이 나타났다는 연락이 들어왔습니다."

우와…… 뭔가 다무엘이 크게 활약했네.

다무엘은 평민 마을을 지키고 있었기에 적습 정보와 가장 가까운 곳에 있었을 텐데, 그런데도 도서관에서도 신전에서도 이름이 나오는 걸 보면 다무엘이 얼마나 분투했는지를 알 수 있다.

"저는 기수를 타고 평민 마을을 내려다보고 있었습니다. 서문 쪽에서 시끄러운 소리가 들려왔고, 피난 권고를 하는데도 밖에 나와 있던 평민들이 정신없이 도망치는 모습이 보였기에, 정말 싸움이 시작됐다는 걸 알았습니다."

평민 마을의 각 문에 배치돼 있던 기사들이 서문으로 이동하는 모습을 보자 유디트도 가능하다면 가세하고 싶었던 듯하다. 하지만 유디트가 맡은 임무는 신전을 지키는 일. 큰 소동이 벌어지고 있는 서문을 가만히 바라보고 있었다는 모양이다.

"평민 마을을 감시하는 중에 묘한 움직임을 보이는 짐마차를 발견했습니다."

다무엘이 경계하라는 올도난츠를 보낸 게 세 점 종 무렵이고, 서문이 소란스러워진 것은 네 점 종이 울리기 전이라는 모양이다. 서문에서 소란이 시작된 무렵에는 지나가는 사람이 많이 없어졌고, 짐수레로 채소를 운반해 온 농부는 서둘러 문밖으로 나가 자기 농촌으로 돌아가거나 남쪽에 있는 피난소로 갔다는 듯하다.

"네 점 종이 가까워질 무렵에 시내 북쪽에 있는 가게들은 거의 문을 닫았습니다. 그런 시간에 시내 북쪽으로 가는 짐마차가 있었습니다."

유디트가 서문이 신경 쓰여서 몸을 약간 밖으로 내밀고 상황을 지켜보고 있는데, 골목길을 누비는 듯 이동하는 짐마차가 눈에 들어왔다는 것 같다.

"골목길 으슥한 곳에서 멈췄는지 갑자기 안 보이게 됐다 싶었더니, 조금 지나서 북문 근처에 사람 여럿이 보였습니다. 은색 의상은 걸치지 않았지만, 서문이 양동일 가능성도 있다고 생각해서 귀족 거리를 지키는 기사들에게 올도난츠를 보냈습니다."

유디트가 의기양양하게 말했다. 유디트의 감이 맞아들어가 그 사람들은 수하에 불응하고 기수를 꺼내더니 전투태세에 들어갔다고 한다.

"하지만 그쪽도 양동이었습니다. 여기저기서 싸움이 시작됐다는 올도난츠가 잔뜩 날아오는 사이에 신전 뒷문을 억지로 열더군요."

사람만 지나다닐 수 있는 뒷문을 폭파하고, 마석화 독 마술 도구와 섬광탄 등을 잔뜩 집어 던진 뒤에 적이 쳐들어왔다는 모양이다.

"로제마인 님께서 아렌스바흐로 가신 때부터 오늘까지 도착한 보고 편지를 통해 대처 방법을 알고 있었기에 바로 바센을 하거나 유레베를 마셔서 기사들의 목숨은 무사했습니다."

하지만 유레베를 마셔야만 했기에 전투는 스밀에게 의존하게 됐다. 신전 문 위에 있던 유디트도 독을 맞았고, 기사들은 바로 비상사태라고 판단해서 스밀들을 기동시켰다고 한다.

"스밀들은 정말 강했습니다. 적이 다섯 명 들어왔는데, 그중에 한 명이 온몸에 은색 천을 두른 탓에 스밀이 인식하지 못하고 신전에 들어오고 말았지만, 그밖에 네 명은 분홍색 스밀과 마차용 정문을 통해 뛰어온 하늘색 스밀이 전부 쓰러트렸습니다.”

전투 특화형 스밀들의 공격은 그야말로 전광석화처럼 빨랐다고 한다.

“금색으로 빛나는 마술 도구 낫으로 적을 차례차례 해치우는 스밀의 동작이 얼마나 빨랐는지. 마력이 떨어질 때까지가 승부니까 빨리 끝내야 하는 건 맞지만, 정말로 눈 깜박할 사이에 적을 쓰러트렸습니다. 피를 잔뜩 뒤집어쓰고 더러워져서 제가 바셴을 해 줬습니다.”

“고, 고맙습니다, 유디트.”

유디트는 의기양양하게 웃으며 말했지만, 피를 뒤집어써서 새빨갛게 물들어 버린 스밀은 상상하기만 해도 무섭다.

“은색 의상을 두르고서 혼자 신전으로 향한 자가 있다고 멜키오르 님께 연락드렸습니다. 그 뒷일은 보고를 들었을 뿐입니다만, 그 한 사람이 게오르기네 님이었고, 여러 함정에 걸린 끝에 최종적으로는 하얀 탑으로 전이됐다고 합니다.”

유디트는 도서실의 현장을 보지 못했던 모양이다. 자세한 이야기는 멜키오르와 그 측근에게 들으라고 말했다.

“그러고 보니 스밀이 쓰러트린 자 중에 그라오잠, 마티아스의 부친이 있었습니다.”

“예? 그라오잠 말인가요?”

“마티아스에게 보고할지 여부는 로제마인 님께 맡기겠습니다.”

…….그라오잠은 내가 게를라흐에서 쓰러트렸는데?

고개를 갸웃거리다가 문득 생각이 났다. 분명 마티아스가 ‘대역이 세 명은 있다’고 했었지.

……대역? 어디의 누가 진짜지? 싸움이 정말로 끝난 걸까?

우리가 쓰러트린 그라오잠을 신전에서 스밀들이 쓰러트렸다는 이야기를 들으니 묘한 불안이 가슴 속에 번져 나갔다. 거울 속에 있는 내 안색이 약간 파랗게 물들었다. 당장 일어서서 평민 마을과 신전을 확인하러 가고 싶은 기분이다.

"로제마인 님, 남성 측근들을 방에 들여도 되겠습니까? 다무엘과 로데리히가 와 있습니다. 지금은 라우렌츠가 문앞에 서 있고, 언니가 문 안쪽을 지키고 있습니다. 다른 호위기사들은 옷을 갈아입기 위해 자기 방으로 간 것 같습니다만……."

리젤레타의 말을 듣고 퍼뜩 정신이 들어 고개를 끄덕여 대답했다. 유디트와 필린느의 이야기를 듣는 사이에 리젤레타와 그레티아가 머리를 묶어 줬고, 옷 갈아입기가 끝난 것 같다.

"예. 다무엘의 이야기가 듣고 싶습니다."

"크게 활약했으니까요."

리젤레타가 살짝 웃으면서 두 사람을 부르러 갔고, 곧 로데리히와 다무엘이 들어왔다. 로데리히는 뭔가 메모라도 하고 있었는지, 중간까지 글자가 적혀 있는 종이와 펜을 안고 있었다. 어쩌면 지금까지 다무엘의 이야기를 듣고 있던 걸까.

"다녀오셨습니까, 로제마인 님."

"예, 다녀왔습니다. 다무엘, 구텐베르크들을 지켜 줬다면서요? 그리고 다무엘의 올도난츠 덕분에 모든 이들이 움직였다고 들었습니다. 정말 고맙습니다."

다무엘은 뭐라 반응해야 좋을지 모르겠다는 얼굴로 잠시 눈동자를 이리저리 움직이더니, "영광입니다."라고만 말했다. 여전히 스스로에 대한 평가가 낮은 것 같다. 너무나 다무엘다워서 나는 살짝 웃고는 보고하라고 말했다.

"다무엘, 서문이 습격받았다고 들었습니다. 피해 상황을 알려 주세요."

"알겠습니다. 서문 병사 중에는 부상당한 이도 있습니다만, 중상은 없습니다. 브리기테의 올도난츠 덕분에 사전에 대비했던 것이 큰 도움이 되었다고 생각합니다."

"브리기테의 올도난츠 말인가요?"

중상자가 없다는 이야기에 안도하는데, 생각지도 못한 이름이 나왔다. 내가 눈을 깜박거리고 있었더니 다무엘이 "사전 연락에 관한 칭찬의 말씀과 상은 브리기테에게 부탁드립니다."라고 말하며 고개를 끄덕였다.

"브리기테는 원래 제가 아니라 로제마인 님께 보낼 생각이었다는 모양입니다. 하지만 로제마인 님도 안게리카도 코르넬리우스도 에렌페스트를 떠난 상태다 보니 올도난츠가 날아가지 않아서 제게 보냈다는 것 같습니다."

다무엘은 입을 열자마자 '이 중요한 때에 왜 올도난츠를 보낼 수 없는 건가요?!'라고 말하는 올도난츠를 받았다는 모양이다. 브리기테가 보낸 올도난츠의 내용은 '배를 이용해서 라이제강으로 나무를 운반하는 일크너의 목재상이 라이제강에서 배에 타려고 하는 귀족으로 보이는 이상한 사람들을 발견했다' 였다는 듯하다. 여행 상인이라고 했지만, 거만한 태도와 말투를 보면 누가 봐도 여행 상인이 아닌 것 같은 분위기를 풍기는 사람들이었다나.

"아무리 봐도 암행하는 귀족 같았기에 모든 이가 엮이지 않으려고 멀리서 지켜보기만 했는데, 그 사람들은 누가 봐도 이상해 보였다는 것 같습니다. 목재상이 일크너로 돌아왔더니 기베의 기사들이 다른 영지의 침략을 경계하며 수상한 자에 관한 정보를 모으고 있는 것을 보고는 보고했다는 것 같습니다."

한 기사가 목재상으로부터 그 보고를 받은 것은 일크너가 구 베르케슈토크 기사들의 침략을 받았다는 걸 알아차리고 기베가 아우브에게 원군을 요청하던 때였다고 한다. 기베의 집무실에는 가까이 가지도 못했고, 일크너 기사단은 '원군이 올 때까지 버텨라'라며 서둘러 출진 준비를 하고 있었다. 다른 기사들이 그에게 '당장 나가야 한다'고 소리지르는 바람에 함께 준비하고 출진하느라 보고가 늦어졌다는 모양이다. 브리기테는 전장에서 그 이야기를 듣고는 바로 나한테 올도난츠를 보내려고 했지만, 마음대로 되지 않았다는 것 같다.

……미안해요, 브리기테.

"브리기테의 보고에 대해 제가 바로 라이제강에 문의했습니다. 라이제강에서 출발한 배가 에렌페스트 서쪽에 있는 선착장에 도착하는 것은 언제인지."

여행 상인이 타는 배에 여행 상인으로 보이지 않는 수상한 사람들이 타고 있었다. 일크너의 목재상이 목격한 것 등의 정보와 함께 추가 조사를 부탁했다고 한다.

"기사단과도 정보를 공유해야 하고 성에서도 문의가 갈 거라고 전한 덕분인지, 바로 알려줬습니다. 대답이 빨리 온 것을 보면 그 사람들이 꽤나 눈에 띄었던 것인지도 모르겠습니다."

라이제강에서 온 대답은 '기상 상황에 따라 달라지지만, 오늘은

네 점 종 전후일 것으로 추정됐다'였다. 다무엘은 곳곳에 올도난츠를 보내서 경계를 촉구하고 구텐베르크들을 피난시켰다.

"그 목재상의 정보가 맞았습니다. 네 점 종이 울리기 직전에 선착장에 도착한 배에서 은색 망토를 걸치고 볼헤닐을 데리고 있는 사람들이 나왔습니다."

적이 배를 이용해서 올지도 모른다는 정보를 얻은 시점에서 기사 증원을 요청했지만, 볼헤닐도 그렇고 적이 예상보다 많아서 버거웠다고 한다. 다무엘은 다른 기사들에게 응전을 부탁하거나 전투 개시 올도난츠를 보낸다는지 했다는 것 같고.

"서문에 있던 다른 기사들은 문의 병사들에게 볼헤닐의 위험성을 알리고, 그들의 망토를 벗기기 위해 오물을 투척하는 역할을 부탁했습니다."

은색 망토를 걸치고 문에 들어오려고 하는데 병사들의 오물 공격이 작렬했다나. 갑자기 평민에게 오물을 얻어맞은 그들은 격앙해서 볼헤닐을 풀어놓고 슈타프를 꺼냈다고 한다. 다음 순간, 그들이 경계하거나 도망치지 않도록 숨어 있던 기사들이 일제히 튀어나와 슈타프를 들고 있는 자부터 쓰러트렸다고 다무엘이 전투 양상을 설명했다.

"그러고 보니 서문 반장인 귄터 때문에 조마조마했습니다."

아빠 이름이 나와서 위가 꽉 조여드는 기분이 들었다. 불안해하며 "무슨 일이 있었나요?"라고 물었다. 뭔가 큰 부상이라도 입은 걸까. '조마조마했다'고 말할 정도니까, 위험하긴 했어도 어떻게든 회피했다는 뜻이려나.

"볼헤닐을 상대할 기사가 부족해서 한 마리가 병사들을 덮쳤습니다. 그 볼헤닐을, 이런 금속 막대로 때려서……."

다무엘이 팔을 들었다 휘둘러서, 아빠가 어떻게 볼헤닐을 때렸는지 보여줬다.

"저기…… 평민 병사가 볼헤닐을 때렸다고요?"

"내 부하들한테 뭘 어쩌려고, 이 똥개 자식이! 라고 소리를 지르면서 퍽, 하고……."

다무엘은 아버지의 무용담처럼 말했는데, 볼헤닐은 마력량에 따라 크기까지 달라져 가며 공격하는 마수다. 무모한 것도 정도가 있지.

"다무엘, 정말로 서문에 중상자는 없는 거죠? 중상자는 없어도 사망자는 있다는 얘기는 아니죠!"

최악의 경우를 생각한 내가 얼굴이 새파래져서 묻자, 다무엘이 난감하다는 얼굴로 씁쓸하게 웃으며 고개를 저었다.

"사망자도 없습니다. 건터가 때리고, 볼헤닐이 건터의 팔을 문 순간에 로제마인 님의 부적이 발동했습니다."

"예?"

"볼헤닐이 폭발해서 날아가 버렸습니다. 그것으로 부적의 위력을 알게 된 건터가 가족에게 받아서 지니고 있던 부적 숫자만큼 무모한 짓을 했습니다."

다무엘이 '더이상 무모한 짓을 하면 내가 로제마인 님과의 약속을 지키지 못하게 되잖는가!'라고 야단치고 싶은 기분이 들었다고 투덜대서, 나는 쥐구멍에라도 들어가고 싶은 기분을 넘어서 그냥 그 자리에 구멍을 파고 묻혀 버리고 싶은 기분이 들어 버렸다.

그건…… 그러니까, 저희 아빠 때문에 정말 힘드셨겠네요.

"신전에서도 소동이 벌어졌다는 걸 보면 서문은 양동이었던 것 같습니다만, 수상한 자가 들어오는 것을 저지하기는 했다고 생각합니다. 귄터는 최종적으로 볼헤닐을 두 마리, 그리고 기베 게를라흐였던 그라오잠을 걷어차고 부적으로 마무리를 지었습니다. 무모하기는 했지만 큰 공적을 세운 것은 사실입니다. 서문 병사들에게 포상을 내려 주시길 바란다고 아우브께 진언해 주실 수 있으시겠습니까?"

자신이 기사단을 통해서 부탁하는 것보다 확실하니까 그렇게 해 달라고 다무엘이 말했다. 내가 포상을 내려 달라고 부탁하는 건 상관없다. 그런데 병사들에게도 필요하지만, 다무엘한테도 필요할 것 같은데.

……그런데, 또 그라오잠? 이번엔 아버지가 쓰러트렸다고?

내가 눈살을 찌푸리자 유디트가 큰 소리로 "잠깐만요!"라고 말했다.

"그라오잠을 쓰러트린 건 신전의 스밀입니다. 제가 이 눈으로 확인했어요. 다무엘이 잘못 본 게 아닌가요?"

조금 전까지 신전에서의 싸움에 대해 이야기해 준 유디트가 마치 자신의 공을 빼앗기기라도 한 것처럼 불만스러운 얼굴로 다무엘을 노려봤다.

"아니, 분명히 그라오잠의 얼굴이었다."

적을 잘못 봤다는 말을 듣고 기분이 좋지 않았는지, 다무엘이 유디트에게 반론했다. 나는 짝, 하고 손뼉을 치고 두 사람 사이에 끼어들었다.

"둘 다 그만 하세요. 마티아스의 말에 의하면 그라오잠에게는 대역이 세 명 있다는 것 같아요. 성에 돌아오기 전에 게를라흐 전투에서 저와 마티아스가 싸웠던 상대도 그라오잠이었어요."

"예?"

안게리카를 제외한, 에렌페스트에 남아 있던 측근들이 눈이 휘둥그레져서 나를 쳐다봤다. 그러고 보니 다른 사람들 이야기를 듣기만 했고, 내 얘기는 안 했었네.

"저, 로제마인 님. 대역을 준비하는 건 쉬운 일이 아닙니다. 사람마다 마력의 색이 다르니까, 세 명까지는 도저히……."

"……많은 희생이 필요할 테니까, 끔찍한 방법이라도 가리지 않는다는 전제를 둔다면 방법이 아예 없는 것도 아닙니다."

그라오잠은 여러 명의 신식 병사와 종속 계약을 맺었을 것이다. 부모에게서 물려받은 마력 속성이 없는 신식을 다른 사람의 마력으로 물들이는 것은 그렇게 어려운 일이 아니다. 그리고 사망 확률이 상당히 높기는 하지만, 에이비리베의 인을 가진 자를 만들어 내는 것도 불가능한 일은 아니고.

어쩌면…… 그라오잠과 빈데발트 백작이 날 노린 이유가 대역으로 만들기 위해서가 아니었을까.

"제2, 제3의 그라오잠이 있는 건 틀림없어 보입니다. 저희 외에 그라오잠을 쓰러트렸다는 사람이 있다고 해도 저는 놀라지 않아요. 오히려 제2, 제3의 게오르기네 님이 있지 않을까, 그쪽이 걱정입니다."

내 우려에 측근들의 안색이 어두워졌다. 신전에서 쓰러진 게오르기네가 가짜라면, 앞으로 나타날 가능성도 있다.

"양아버님께 올도난츠를 보내죠. 정말로 게오르기네 님을 쓰러트렸는지, 본인이 틀림없는지 확인하도록 할게요."

나는 내 불안을 올도난츠에 담아서 날려 보냈다. 바로 질베스타에게서 '게오르기네 본인이 틀림없다'는 답이 돌아왔다.

"정확히 말하자면, 신전에서 전이진을 이용해 하얀 탑으로 날려 보낸 건 가짜였고, 내가 주추의 방에서 해치운 쪽이 진짜다. ……빼앗겼던 보물도 되찾았다. 잔당이 무슨 짓을 하건, 주추는 빼앗을 수는 없다."

기사단도 복수의 그라오잠과 게오르기네 토벌 정보에 대해 파악한 모양이다. 연회 중에 주추를 빼앗길 일은 없나 보네. 나는 질베스타의 답을 듣고서 가슴을 쓸어내렸다. 주추의 방에서 영주가 대면했고 성전의 열쇠를 되찾았다면 조금이나마 안심이다.

같은 말을 세 번 되풀이한 올도난츠가 노란색 마석으로 돌아가서 내 손에 떨어졌다. 익숙한 광경인데 어째선지 목덜미가 서늘해지는 기분이 들면서 위 언저리가 찌릿하게 아프고, 갑자기 손까지 떨려서 마석을 놓쳤다.

"로제마인 님, 왜 그러시나요?"

내가 놓친 마석을 주워 준 리젤레타가 이상하다는 얼굴로 날 보며 물었다. 나는 내 손끝을 보면서 "아무것도 아닙니다."라고 대답하며 미소지었다. 말로 표현할 수는 없지만 왠지 불안하다. 가만히 앉아 있을 수 없을 것 같은 기분이 들어서 나는 자리에서 일어났다.

"슬슬 여섯 점 종이 울릴 때가 되지 않았나요?"

"아직입니다, 로제마인 님. 지금 작은 홀을 준비하느라 바쁠 겁니다. 여섯 점 종이 울리고 올도난츠로 연락이 온 뒤에 천천히 가시면 됩니다."

"그렇군요……."

나는 뒤숭숭한 기분으로 다시 자리에 앉았다. 많이 바쁠 것 같은 작은 홀의 상황을 생각하고 있는데, 작은 벨소리가 울렸다. 그레티아가 문을 열어서 몸단장을 마치고 돌아온 측근들을 방으로 들였다.

"오래 기다리셨습니다, 로제마인 님."

"다들 돌아왔으니까, 작은 홀이 바쁘다면 뭔가 도와드릴 일이 있을지도 몰라요, 리젤레타."

몸단장을 마치고 돌아온 측근들과 함께 작은 홀로 가려고 하자 리젤레타가 고개를 저었다.

"로제마인 님은 좀 더 푹 쉬시도록 하세요 ……아렌스바흐에서도 쓰러지듯 주무셨다고 들었습니다. 많이 피곤하시죠?"

"분명히 피곤하지는 하지만, 왠지 가만히 있을 수가 없어요."

리젤레타는 내 측근들을 둘러보고는 조금 난처하다는 표정을 지었다.

"로제마인 님은 이번 전투의 중요 인물입니다. 많은 손님들이 로제마인 님과 이야기를 나누고 싶어하시겠죠. 지금은 작은 홀 준비보다 조금이라도 더 쉬어 두시거나 손님들을 어떻게 대할지 생각하시면서 로제마인 님 본인의 준비를 해 두시는 쪽이 중요하지 않을까 싶습니다."

……말을 걸어 오는 손님들을 대하는 방법.

그건 생각도 못 했네. 게오르기네를 쓰러트린 질베스타와 신전을 지킨 멜키오르, 서문에서 싸운 기사들이 중심이 될 거라고 생각했다. 내가 측근들에게 상담해야겠다 싶어서 고개를 돌렸더니, 클라리사가 웃는 얼굴로 가슴을 활짝 펴고 말했다.

"로제마인 님의 활약이라면 제가 얼마든지 이야기할 수 있습니다. 특히 아렌스바흐 해상에서 있었던 의식 이야기라면, 모든 것을 한눈에 볼 수 있는 위치에 있던 제가 가장 잘 설명할 수 있습니다."

평소 같으면 '하지 마세요'라든지 '괜한 얘기는 하지 마세요'라고 주의를 줬겠지만, 내가 대처하는 것보다 클라리사에게 맡기는 쪽이 좋을 것 같았다.

"로제마인 님?"

"……아무것도 아닙니다. 오늘 손님들 상대는 클라리사와 하르트무트에게 맡기겠습니다. 너무 많은 일들이 있었던 탓에, 저는 아직도 머릿속을 정리하지 못했다고 할까…… 뭔가 질문을 받아도 제대로 대답하지 못할 것 같아요."

지금은 왠지 머릿속에 하얀 안개가 낀 것 같은, 기억에 얇은 천을 씌워 놓은 것 같은 이상한 기분이 들었다. 말하고 싶은 사람이 있다면 그냥 맡겨 버리고 싶다.

"그렇다면 제게 맡겨 두세요. 로제마인 님께 질문할 필요가 없을 만큼 제가 이야기하겠습니다."

하르트무트가 기회는 이때라는 것처럼 싱긋 웃으면서 자처하고 나섰다. 내가 고개를 끄덕이자 코르넬리우스가 깜짝 놀라서 내 얼굴을 쳐다봤다. 초조한 기색이 담긴 칠흑의 눈동자가 '제정신이냐?'라고 말하고 있었다.

"로제마인, 정말 괜찮겠나? 금세 후회할 텐데."

"어머나, 그렇다면 코르넬리우스 오라버니가 본인의 무용담을 이야기해서 손님들의 관심을 돌리셔도 좋답니다."

내가 후훗, 하고 웃자 코르넬리우스가 "그런 의미가 아니다."라며 고개를 저었다.

"하르트무트와 클라리사가 멋대로 떠들고, 거기에 단켈페르거 사람들이 동의하면서 더 상세한 이야기까지 한다면 틀림없이 어머님이 크게 기뻐하실 것이다. 이번에는 자신이 먹잇감이 되리라는 걸 알고는 있는 거냐?"

"저기, 코르넬리우스 오라버니. 제가 했던 건 싸움뿐이었어요. 사랑 이야기가 성립되지 않는다고요. 어머님이 사랑 이야기에 질려서 기사 이야기를 쓰고 싶어하시나요?"

만약 그렇다면 이번 연회에 단켈페르거 기사 몇 사람이 한넬로레의 호위기사로 같이 왔으니까 그 사람들한테 취재하면 되겠지. 많은 기사들에게서 다양한 이야기를 들을 수 있으리라. 내가 그렇게 말했더니 코르넬리우스가 "어머님이 사랑 이야기에 질릴 리가 있겠나."라고 중얼거리고는 고개를 푹 숙였다.

……그쵸? 매년 사랑 이야기에 대한 정열이 파워 업하는 것처럼 보이니까.

마음속에서 코르넬리우스한테 동의하고 있는데, 연회를 시작하기도 전부터 지칠 대로 지친 얼굴이 돼 버린 코르넬리우스와는 달리 로데리히는 진한 갈색 눈동자를 빛내면서 손에 들고 있던 종이를 척, 하고 나한테 보여줬다.

"저는 이번 전투 이야기를 잔뜩 듣고서 새로운 기사 이야기나 디터 이야기의 속편에서 살리고 싶습니다. 여러분의 무용담은 대환영입니다."

연회를 앞둔 로데리히의 마음가짐에 모두가 웃고 있는 가운데,

하르트무트 혼자만 뭔가 골똘히 생각하는 것처럼 턱에 손을 대고 있었다.

"그렇다면 로데리히에게 로제마인 님 곁에서 손님의 무용담에 관해 질문하는 역할을 맡기는 건 어떨까요? 손님의 관심을 돌리는 효과가 충분히 있을 것 같습니다만."

"하르트무트가 로데리히에게 로제마인 님 곁을 맡기다니……. 혹시 어디 아픈가요?"

필린느가 너무나 걱정된다는 얼굴로 하르트무트에게 묻고 다무엘이 고개를 크게 끄덕인 그 때, 여섯 점 종이 울렸다.

승리 축하연

"유디트의 올도난츠로 연락을 받은 칼스테드의 명을 받아서 나는 북문을 제압하러 갔다."

승리 축하연이 시작되자 여기저기서 각자 자신의 무용담을 이야기하기 시작했다. 북문 양동을 제압하기 위해 기사들과 함께 출동했던 빌프리트는 신이 잔뜩 난 상태다. 처음에는 미성년자 영주 후보생인 빌프리트를 내보낼 생각이 없었지만, 기사 여러 명이 서문으로 이동하면서 인원이 부족해진 데다 높은 마력을 지닌 사람이 아니면 적을 포박하지 못할 가능성이 있다는 이유로 출동 명령이 내려졌다고 한다.

"가능한 포박하라고 했기에 정말 힘들었다."

빌프리트가 진녹색 눈을 반짝이고 의기양양하게 손짓발짓까지 하면서 말하는 전투 이야기를 로데리히가 내 반걸음 뒤에서 열심히 받아적고 있다.

"고생하기는 했지만 나는 거물을 잡는 데 성공했다. 그라오잠을 붙잡았단 말이다. 어떤가, 놀랍지?"

……또 나왔다, 그라오잠.

쓰러진 적의 이름에서 그라오잠이 너무 많이 나와서 슬슬 몇 명째인지도 모를 지경이 됐다. 이걸로 마지막일까. 아니면 더 있을까. 왠지 생각만 해도 기분이 좋지 않아졌다.

"나는 그라오잠을 슈타프로 묶어서……."

"빌프리트 님, 질문이 있습니다. 슈타프로 묶었다는 말씀은, 북문 부근의 양동 부대는 은색 망토를 걸치지 않았던가요?"

로데리히의 질문에 빌프리트가 "음?"하고 잠깐 생각에 잠겼다.

"은색 망토를 두르기는 했지만, 안감은 은색이 아닌 천이었고, 펄럭이는 때라면 평범하게 마력 공격도 통했다."

공격 중에 절반 정도는 은색 망토를 손으로 잡고서 펄럭, 하고 펼쳐서 막았다는 것 같다. 그래도 기수에 타고 있는 이상 적도 온몸을 은색 천으로 감싸지는 못했기에 시간은 걸렸지만 최종적으로는 빌프리트가 그라오잠을 붙잡는 데 성공했다고 말했다.

"기사단으로 데려갔더니 내가 잡은 그라오잠이 에렌페스트에 나타난 세 번째 그라오잠이라는 말을 듣고서 놀랐다. 로제마인, 그대도 그라오잠과 싸웠지? 그쪽은 어떻게 싸웠나?"

"어떻게 싸웠는지는 저기 있는 하르트무트한테 들어주세요. 제가 잘 기억하지 못하는 세세한 것까지 얘기해 줄 겁니다."

"으음…… 하르트무트라."

뭔가 좀 별로라는 것처럼 눈살을 찌푸린 빌프리트가 사람들이 많이 있는 쪽으로 시선을 옮겼다. 거기서는 하르트무트가 게를라흐 전투에 대해, 클라리사가 아렌스바흐 전투에 대해 기쁘게 말하고 있었다. 정말 놀라울 정도로 세세하고, 징그러울 정도로 신들에 관한 형용이 많아서 한숨이 제멋대로 나올 만큼 너무 거창했다.

"하르트무트가 싫다면 한넬로레 님께 이야기해 보는 건 어떨까요? 아렌스바흐에서는 란체나베 병사를 상대로 볼헤닐을 세 마리 사역해서 싸웠고, 게를라흐 전투에서는 그라오잠의 허를 찌르는 공격을 해서 역시나 단켈페르거 영주 후보생답다고 감탄할 정도였답니다."

나는 빌프리트에게 한넬로레와 이야기할 것을 권했다. 한넬로레는 지금 엘비라와 흥분해서 이야기하고 있다. 엘비라는 처음에 내 어머니로서, 그리고 한 사람의 에렌페스트 귀족으로서 감사 인사를 했고, 거기서부터 전투에 관한 이야기와 단켈페르거의 분투 쪽으로 이야기가 커져만 갔다. 여기까지는 보통이었는데, 엘비라가 별것 아닌 감사 선물이라면서 나도 아직 못 읽어 본 신작 '신들의 사랑 이야기'를 내밀면서 뭔가 분위기가 달라졌다. 한넬로레는 너무 감격해서 빨간색 눈을 촉촉하게 적셔 가면서 엘비라가 쓴 사랑 이야기를 얼마나 좋아하는지 말하기 시작했고, 엘비라는 취재하는 태세로 들어가 버렸다.

"슬슬 어머님과 한넬로레 님을 떼어 놓는 게 좋을 것 같지 않으세요?"

"즐겁게 이야기하고 있으니 괜찮지 않을까? 뭐, 그대는 조금 불편할 수도 있겠지만……."

"조금 정도가 아니에요. 한넬로레 님 이야기를 들어 보면 저를 마치 이야기에 나오는 여신처럼 취급하고 계시잖아요."

이야기로 남기기 위해서라도 딸의 활약을 남김없이 가르쳐 달라고 말한 엘비라를 막으려고 했더니 한넬로레는 '제가 말한 것들이 이야기가 되는 건가요?'라고 말하더니, 약간 흥분한 듯 몸을 앞으로 쑥 내밀며 이야기하기 시작했다. 우리가 단켈페르거 국경문에 나타난 부분부터 줄줄이. 난감한 점은 한넬로레의 이야기가 클라리사가 하는 것만큼이나 과장된 데다, 엘비라가 좋아할 것 같은 연애 필터가 들어간 이야기라는 것이다.

……페르디난드 님이 정말 심기가 불편해 보이는데.

행동 하나하나만 보면 완전히 잘못된 건 아니다 보니 손님한테 면전에서 대놓고 불만을 토로하지도 못하고 그저 가만히 삭히는 수밖에 없다. 나와 페르디난드는 지금 상당히 난감한 상태다.

"그럴 거면 처음부터 아렌스바흐에 가질 말았으면 좋지 않았나."

"빌프리트 오라버니, 무슨 말씀이신가요? 페르디난드 님을 구하지 말아야 했다고 하시는 건가요?"

"그게 아니라, 그대 자신이 왕족이나 신들을 적으로 돌리는 한이 있어도 구하겠다고 선언했으면서, 이제 와서 사람들이 수군댄다고 곤란해하는 쪽이 이상하다고 생각할 뿐이다. 이제 그만 숙부님을 사모한다고 인정하는 게 좋지 않겠나."

……그러니까, 사모하는 게 아니라고 그렇게 말했잖아요!

아무리 반론해도 주위 사람들은 따뜻한 시선으로 날 보면서 똑같은 말을 한다. '에아바클레렌의 인도에 의한 유게라이제의 방문을 목전에 둔 폴스엔테의 협력이니까요. 크게 자란 라펠을 손에 넣어서 당황하고 계시는군요'라고.

신들의 이름이 줄줄이 나오는 탓에 바로 전부 이해할 수는 없지만, 상대의 말투와 표정을 통해서 위로와 놀리는 마음이 섞여 있다는 것만은 아주 잘 알 수 있다. 주위 사람들이 내 의견을 전혀 들어주지 않아서 점점 마음이 뒤틀리고 있다.

……아직 첫사랑도 못 해 봤는데, 사랑이 결실을 맺는다는 게 뭔지 어떻게 알겠냐고요!

"숙부님은 그리 난감해하지 않으신다만?"

빌프리트가 싱글싱글 웃는 얼굴로 이야기를 나누는 페르디난드를 가리키며 그렇게 말했다. 나는 그 모습을 슬쩍 보기만 하고 다시 시선을 되돌렸다. 아무리 봐도 심기가 최악일 때 보여주는 반짝반짝 빛나는 억지로 웃는 얼굴이다. 게오르기네와 대면했을 때나 디트린데와 약혼하던 때가 생각난다고 하면 어느 정도인지 알 수 있겠지.

"묘한 소문 때문에 심기가 지극히 불편한 페르디난드 님의 웃는 얼굴을 보면서 빌프리트 오라버니는 어떻게 그런 말씀을 하실 수가 있나요. 저는 무서워서 가까이 가지도 못하겠어요."

"……저건 심기가 불편한 것인가. 그렇다면 빨리 그대에게서 떨어지는 쪽이 좋겠군."

숙부님은 참 어렵다고 말하면서 빌프리트가 내 곁에서 떠났다. 나도 어디로 도망가고 싶다.

"로제마인 누님."

빌프리트가 가기를 기다렸다는 듯이 멜키오르가 다가왔다.

바로 조금 전까지 멜키오르와 호위기사들은 즐겁게 웃으며 다른 사람들에게 가짜 게오르기네가 어떻게 함정에 걸렸는지 이야기하고 있었다. 얼굴도 못 알아볼 만큼 은색 의상으로 온몸을 가린 게오르기네가 신전 안에서 기사들에게 쫓겼고, 차례차례 함정에 걸리는 모습이 상당히 재미있어서 나도 모르게 웃고 말았다.

가짜 게오르기네는 은색 의상을 이용해서 도서실에 뛰어들었고, 유리구슬 같은 마석이 잔뜩 깔린 바닥을 밟고는 요란하게 넘어졌다는 모양이다. 멜키오르의 호위기사들은 도서실 안이 함정투성이라는 걸 알고 있었기에 안에 들어가지는 않고 문 앞에서 활을 겨눈 채 어디까지 함정에 걸리는지 보고 있었다는 듯하다.

무슨 일이 일어났는지도 이해하지 못한 것처럼 몇 초 동안 움직이지 않던 가짜 게오르기네는 번쩍 정신이 든 사람처럼 마석 위에서 움직이기 시작했다. 하지만 쉽사리 일어지지 못하고, 몇 번이나 마석에 발이 미끄러져 넘어졌다.

그리고 그 다음에는 끈끈이처럼 강력한 점착성 물질을 발라 놓은 곳이다. 은색 장갑과 신발이 찰싹 달라붙었고, 어떻게든 떼어내려고 했더니 장갑이 쏙 벗겨져 버렸고, 그 손을 노리고 화살이 날아왔다.

가짜 게오르기네는 몸을 틀어서 화살을 피하고, 필사적으로 신발을 벗어서 자유를 얻어냈다. 하지만 끈끈이 지대에서 도망친 다음에는 보이지 않는 전이진이 깔린 장소. 맨손으로 전이진을 건드린 그녀는 은색 의상만 남기고 사라져 버렸다는 모양이다. 전이하는 순간에 보였다는데, 그녀는 속옷 상태로 하얀 탑에 전이됐다고 한다.

"멜키오르 쪽은 꽤 인기가 좋네요. 다들 재미있게 들었어요."

"로제마인 누님과 하르트무트가 만든 함정이 재미있었던 덕분이라고 생각합니다."

"그런데…… 게오르기네 님을 정말로 잡은 걸까요? 그라오잠에게 대역이 잔뜩 있었잖아요? 게오르기네 님도 그런 게 아닐까 싶어서 걱정돼요."

내가 작은 소리로 불안한 마음을 흘리자, 멜키오르가 고개를 끄덕이며 "괜찮습니다."라고 말했다.

"주추의 방에는 진짜가 나타났다고 합니다. 아버님께서 쓰러트리자 잡아 두었던 포로들이 차례로 죽어 갔다고 들었습니다. 그러니까, 진짜가 틀림없다고 생각합니다."

"그렇군요."

진짜라는 이야기를 듣고 가슴을 쓸어내리고 있었더니 멜키오르가 살짝 소리를 죽여서 말했다.

"어머님도 게오르기네 님을 붙잡았다고 하셨습니다만, 진짜는 아버님이 쓰러트리신 것 같습니다."

"양어머님께서 게오르기네 님을 잡으셨다고요?"

"예. 성의 비밀 통로 출구에서 잡으셨다고 들었습니다."

내가 유레베에서 잠들게 된 습격 사건을 통해 질베스타는 비밀 통로를 게오르기네에게 완전히 들켰다는 사실을 알아차린 것 같다. 다른 곳으로 정보가 유출되지 않도록 조용히 통로를 새로 만들었다고 멜키오르가 말해 줬다. 그러면서 지금까지의 비밀 통로는 어느 통로를 이용하더라도 같은 곳으로 나오도록 수정해서 남겨 뒀다고 한다. 비밀 통로가 변경된 것도 모르고 제대로 함정에 걸린 가짜 게오르기네가 출구를 지키고 있던 플로렌치아에게 붙잡혔다는 이야기다.

……양어머님이 싸우셨으리라고는 생각도 못 했는데.

"측근 레베레히트가 다양한 함정과 마술 도구를 준비했다고 합니다."

"하르트무트의 아버님이니까요. 그런 것들은 특기겠죠."

붙잡힌 가짜 게오르기네에게 슈타프를 봉하는 수갑을 채우고는 플로렌치아가 호위기사들에게 명령해서 하얀 탑으로 연행했더니 신전에서 전이된 게오르기네가 천장에서 떨어졌던가.

"주추의 방에 계신 아버님은 바깥 상황을 모르십니다. 어머님께 게오르기네 님을 붙잡았다는 연락을 받으신 아버님은 일단 주추의 방에서 나오셨고, 확인하기 위해 하얀 탑으로 가셨다는 것 같습니다. 그래서 어머님이 바로 주추의 방으로 돌아가시라는 올도난츠를 보냈다고 말씀하셨습니다."

게오르기네는 붙잡았으니 일단 끝났다고 게를라흐에 있는 페르디난드에게 올도난츠를 보낸 직후, 가짜가 있다는 사실이 발각됐다는 것 같다.

"진짜 게오르기네 님도 신전에 들어왔던 거죠?"

내가 고개를 갸웃거리자 멜키오르는 "예. 제가 방심해서 못 봤습니다."라고, 어깨를 축 늘어트리면서 중얼거렸다.

"저는 싸우는 곳에 나가서는 안 된다는 말을 들었기 때문에 방에서 함정에 걸린 게오르기네 님의 전말에 대한 보고를 받고 있었습니다. 그리고 호위기사들이 제게 보고하러 오는 이와 소동이 벌어진 문의 상황을 보러 가는 이로 나뉘어서 아무도 도서실을 감시하지 않았습니다. 그 틈을 노리고 진짜가 도서실로 들어가 버렸습니다."

"……누구에게도 들키지 않고 들어갈 수가 있을까요? 문에는 회복 중이라고는 해도 기사들이 여러 명 있었을 텐데?"

신전에는 문이 세 곳 있는데 그 문들은 스밀들이 감시를 맡았고, 귀족 문에 있던 스밀이 이동했다는 이야기는 들은 적이 없다. 통용문과 마차용 문은 바로 가까운 곳이니까 응원하러 올 수 있었을 테고. 마차용 문이 열렸다면 유디트나 다른 사람들한테 보였을 테니 바로 대응할 수 있었겠지. 그리고 신전은 꽤 넓다. 게오르기네가 누구에게도 들키지 않고 도서실까지 도착하기는 상당히 힘들 것 같은데.

"로제마인 누님도 모르셨군요. 또 한 곳…… 신전에 보통은 드나들 수 없는 출입구가 있었습니다."

"예?"

"엔트비켈른으로 수로를 만들어 놨었습니다. 신전 공방에서도 종이를 제조하기 쉽도록 하려고 만들었다죠?"

강과 이어지는 통로는 만들었다. 물 정화 등에 문제가 있어서 아직 사용하지는 않는 통로지만.

"진짜는 그 통로를 이용한 것 같습니다. 은색 의상을 걸친 탓인지 바센을 쓰지 못해서 발자국이 남은 곳이 있었습니다. 고아원 남자동 부근에 있는 수로용 구멍에서 나타났고, 평민 마을 사람이 식량을 가지고 오거나 하인이 드나드는 서쪽 지하층을 통해 귀족 구역으로 들어왔고, 청색 신관의 방에서 도서관 근처의 방비가 허술해질 때까지 대기했던 것으로 보입니다. 대기용 방을 제공한 청색 신관과 그 시종이 도와준 것으로 추정됩니다."

질베스타가 쓰러트린 진짜 게오르기네는 회색 무녀 옷을 입고 있었다고 한다. 그 차림새라면 신전에 있는 기사들이 도서실의 함정으로 적을 전이시켰다고 정신이 해이해진 틈에 복도를 걸어간다 해도 아무도 신경 쓰지 않았겠지.

"그 사람들은……."

"로제마인 님."

진짜의 이동 경로를 알고서 조금 불안해진 그때, 하이스히체가 웃는 얼굴로 다가왔다. 그 뒤에 있는 시종이 든 그릇에는 음식이 잔뜩 담겨 있었다.

"음식 맛은 어떠신가요?"

내가 물었더니 하이스히체는 아주 기분 좋은 얼굴로 그릇을 봤다.

"상당히 맛있는 음식이 많군요. 영주회의 때 몇 번인가 맛본 적이 있습니다만, 오늘처럼 승리와 함께 맛보니 또 각별히 맛있는 느낌입니다. 그런데 로제마인 님의 그릇에는 음식이 거의 없는 것 같습니다만……."

"저는 필요한 만큼만 시종에게 덜어 달라고 부탁하고 있다 보니, 기사분이 보시기에는 적어 보일지도 모르겠네요. 맛있게 먹고 있습니다. 크림을 얹은 발게일은 지금 계절에만 맛볼 수 있답니다. 꼭 한 번 드셔보세요."

손님한테 내놓은 음식이니까, 호스트 쪽도 맛있게 먹어야 한다. 식욕이 없는 탓인지 맛이 느껴지지 않는 음식을 웃는 얼굴로 입에 넣었다.

"이 술은 단켈페르거 분들 입맛에도 맞나요?"

"예, 물론입니다. 평소에 마시는 비제보다 많이 세지만, 정말 훌륭한 맛입니다."

하이스히체는 술잔을 손에 들고서 아주 기분 좋은 듯 말했다. 단켈페르거에서 많이 마시던 비제가 아니라 에렌페스트의 독자적인 술이 있는 게 기쁜 것 같다.

……그렇게 큰 잔으로 벌컥벌컥 마시는 술이 아닐 텐데 말이야.

단켈페르거 기사 백 명이 이 기세로 마셔댄다면 정말로 에렌페스트의 술 창고가 위험해지겠지. 페르디난드의 우려가 옳았다.

"저, 하이스히체 님. 질문을 드려도 괜찮을까요?"

로데리히가 두근두근하는 표정으로 물었다. 술을 마시고 기분이 관대해진 듯한 하이스히체는 "뭐든지 물어보게."라며 거창하게 고개를 끄덕였다.

"이번 전투에서 단켈페르거 기사 중에 사망자가 없었다는 게 사실인가요? 그렇게 연속으로 격전을 치렀는데, 도저히 믿을 수가 없어서……. 단켈페르거가 강한 비결을 가르쳐 주세요."

게를라흐 전투가 끝나고 승리 선언을 했던 그때, 단켈페르거 기사들은 열 명씩 열 줄로 서 있었다. 지휘관인 한넬로레와 하이스히체는 나와 같이 발코니에 있었고. 탈락자는 한 명도 없었다.

"이번에 단켈페르거 기사들에게 피해가 없었던 것은 로제마인 님과 페르디난드 님 덕분입니다."

하이스히체는 조금 진지한 표정으로 돌아와서 그렇게 말했다.

"독을 막기 위해서 입을 가리도록, 그리고 유레베를 반드시 휴대하라고 사전에 지시하셨습니다. 그라오잠이 풀었던 독 때문에 마력 덩어리가 생기고 중증이 된 사람이 십여 명 있습니다만, 즉사는 면했습니다. 오히려 독의 특성을 몰랐던 적과 게를라흐의 기베 기사단은 피해가 컸다고 합니다. 순식간에 마석이 돼 버린 사람도 여럿 있었죠."

그 순간, 내 머릿속에 마석이 빛나면서 떨어지는 광경이 되살아났다. 온몸에 오싹하고 소름이 돋았고, 위가 오그라들면서 먹은 음식이 역류했다. 나는 손으로 입을 막고서 필사적으로 삼켰다. 여기서 토할 수는 없으니까.

"로제마인."

어디선가 페르디난드의 목소리가 들려왔다. 고개를 돌리려고 했더니 작은 홀 문이 쾅, 하고 열렸다.

"로제마인, 무사하냐?! 도와주러 왔다!"

뛰어들어온 보니파티우스가 갑옷을 입은 채 맹렬하게 나를 향해 뛰어왔다. 너무 놀란 탓인지 갑자기 찾아왔던 구토기가 사라졌다. 사람들의 넋이 나간 가운데 보니파티우스는 내가 무사한지 확인하려는 것처럼 위에서 아래까지 훑어봤다.

"저는 무사해요. 할아버님 덕분에 괜찮습니다."

구토기가 사라졌으니까 거짓말은 아니다. "그러냐."라고 말하며 안도했다는 듯 고개를 끄덕인 보니파티우스는 질베스타 쪽을 보면서 소리를 질렀다.

"내가 돌아오기도 전에 축하연을 시작하다니, 이게 무슨 일인가?! 페르디난드를 불러들이기 위해서는 전이진을 썼으면서 날 위해서는 그러지 않은 것은 또 무슨 일이고?! 일크너에서 돌아오느라 고생하지 않았나!"

"……로제마인과 페르디난드 두 사람의 마력이 있으면 전이도 용이하지만, 애당초 마력을 낭비할 수는 없다. 그대라면 자력으로 오더라도 연회에도 늦지 않을 거라고 내가 말한 대로 되지 않았나."

질베스타가 보니파티우스 한 사람을 위해서 전이진을 작동할 수는 없다고 말했던 모양이다. 단켈페르거와 정보를 맞춰 보는 게 목적이었다면 보니파티우스를 뒤로 미루는 것도 어쩔 수 없다는 생각이 들기도 하지만, 아무튼 지금 따질 문제는 아니다.

"로제마인, 보니파티우스 님께 일크너 쪽 이야기를 들었으면 한다고 부탁하거라. 그러는 김에 환복하고 오시라는 말씀도 드리고."

어느새 내 뒤에 와서 서 있던 페르디난드가 그렇게 말하자 나는 보니파티우스에게 다가갔다.

"할아버님, 지금은 단켈페르거에서 손님이 와 계십니다. 일단 옷을 갈아입으시고, 그 뒤에 할아버님의 무용담을 들려주세요. 브리기테가 전투 중에 올도난츠로 귀중한 정보를 보내드렸죠? 저도 일크너가 어떻게 됐는지 너무 궁금합니다."

내가 부탁하자 보니파티우스는 웃는 얼굴로 고개를 끄덕여 줬다.

"그래, 알았다. 내가 들려주마. 기다리고 있어라."

기분 좋게 작은 홀에서 나가는 보니파티우스를 지켜보는 내게 새로운 무용담이 추가됐다.

작은 홀은 누구와도 이야기를 나눌 수 있도록 딱히 자리의 서열을 정하지 않았다. 앉고 싶은 사람은 실내에 빙 둘러서 놓인 탁자와 의자를 사용하면 된다. 너무 갑자기 정해진 축하연인 데다 단켈페르거 사람이 몇 명이나 올지, 그중에서 몇 명이나 빈객으로 대해야 하는지도 전혀 몰랐기 때문에 고육지책으로 이런 형식을 선택한 모양이다.

옷을 갈아입은 보니파티우스가 내가 앉은 곳으로 왔고, 그의 시종이 음식을 가지러 갔다. 보니파티우스의 보고를 듣기 위해서 질베스타도 자리에 앉았고, 이제야 연회에 참가할 수 있게 된 칼스테드가 질베스타 뒤에 섰다. 나머지 하나, 빈자리에는 페르디난드가 당연하다는 얼굴로 앉았다.

"일크너는 참 멀잖나?"

보니파티우스의 무용담은 그런 말로 시작됐다. 그 말대로, 에렌페스트 남서쪽 끝에 있는 일크너는 멀다. 기수로 행군하면 꼬박 하루가 걸린다. 하급 기사의 속도에 맞춰야 하고, 속도를 내기 위해 마력을 너무 썼다가 전장에 도착해서 싸우지 못하게 되면 주객전도가 되니까.

"하지만 이동에 그만큼 시간이 걸리면 일크너가 이미 끝나 버렸을 가능성도 크지. 아렌스바흐는 대영지다. 구 베르케슈토크 귀족까지 합치면 전력이 비교도 할 수 없는 수준이고."

일크너의 인구가 조금씩 늘어나고 있기는 하지만, 아직 귀족도 평민도 숫자가 적고 산과 숲이 많은 토지다. 지켜야 하는 토지는 많지만 지킬 사람은 적다. 대영지에게 공격받으면 순식간에 제압당한다.

"그래서 우리는 아우브만이 쓸 수 있는 전이진으로 일크너의 여름 저택으로 이동했다."

있는 걸 안 쓰면 손해가 아니겠냐고 보니파티우스가 말했다. 사람을 전이시키기 위한 전이진은 사용하는 데 마력이 많이 필요하고, 아우브만이 작동시킬 수 있다. 그렇게 함부로 쓸 수 있는 물건이 아니다. 이번에 전이진을 이용해서 기사들을 일크너로 보낼 수 있었던 것은 아직 에렌페스트가 습격당하지 않아서 마력을 회복하기 위한 회복약과 회복 시간 등에 다소나마 여유가 있었기 때문이다.

"일크너에 도착했고, 싸움이 시작되자마자 이것이 기사단을 끌어들이기 위한 습격이라는 걸 알았다."

"어떻게 아셨나요?"

"기사의 숫자가 상정했던 것보다 적었고, 기베의 저택을 점령하기 위한 움직임이 아니었기 때문이지."

일크너에 있는 기사들로는 대처하기 힘든 숫자의 기사들을 보냈고, 설렁설렁 공격을 회피하면서 에렌페스트에서 원군이 도착할 때까지는 일크너를 무너트릴 필요가 없다는 게 뻔히 보이는 공격을 했다는 모양이다. 게다가 토지의 마력을 빼앗았고, 적은 일크너에서 그리벨까지 광범위하게 활동했다. 보니파티우스에게는 결코 강한 적은 아니지만 상당히 귀찮은 상대였다고 한다.

"하지만 기사단을 불러들이기 위해서 이삼일은 버틸 셈이었겠지. 전이진으로 나타난 우리를 보고 상당히 놀랐었다."

보니파티우스가 흣, 하고 의기양양하게 웃었다. 기베가 원군을 바란다고 요청하더라도 보통은 바로 출발하지 못한다. 출진할 기사를 선별하고, 준비를 갖춘 뒤에 기수로 이동한다. 일크너에 도착하기까지 며칠은 걸려야 했다. 하지만 습격에 대비해 준비하고 있던 데다 전이진까지 사용한 덕분에 순식간에 원군이 도착했다.

"말이 쉽지, 이쪽도 전이진을 작동하기 위해서 상당히 무리했다."

질베스타가 불만스럽게 말했지만, 보니파티우스는 알 바 아니라는 얼굴로 계속 말했다.

"오늘 아침, 싸우는 중에 게를라흐도 공격받았다는 정보가 들어왔다. 마치 그쪽이 진짜라는 것처럼, 적의 숫자가 많으니 원군을 보내줄 수 없겠냐고. 당장이라도 가야겠다고 생각했지만, 미련 없이 게를라흐로 가기 위해서는 일크너 전투를 한시라도 빨리 끝내야만 했지."

일크너의 적을 가능한 빨리 처리하고 게를라흐로 가야 한다. 보니파티우스는 기사들을 질타하고 브리기테의 안내를 받으며 기수를 타고 일크너의 토지를 누볐고, 적을 해치우고 또 해치우는 대활약을 시작했다는 모양이다.

"어째서 아버님은 게를라흐로 가야만 한다고 생각하셨습니까?"

기사단장의 표정을 지은 칼스테드가 묻자, 보니파티우스도 손녀에게 무용담을 늘어놓던 할아버지의 얼굴에서 진지한 표정으로 바뀌었다.

"게를라흐 쪽이 위험하다는 냄새가 났다. 그래서 한시라도 빨리 가야만 한다고 생각했지."

"위험하다는 냄새, 말씀이십니까?"

"그래. 상당히 고전하리라고 여겨지는 강적이 있다는 기척이 느껴졌다."

"기척……."

뭐라고 할까, 보니파티우스는 상당히 야성적이라는 기분이 든다. 본능적으로 움직인다고 할까, 후각이 예민하다고 할까. 그라오잠이 보니파티우스에 대한 대책을 제일 먼저 궁리할 만도 하다니까.

"할아버님, 브리기테는 다치지 않았나요? 제 호위기사였기에 마음에 걸립니다. 이번 전투에서 브리기테는 적이 배를 타고 온다는 에렌페스트에게 아주 유익한 정보도 보내 줬고……."

다무엘이 받은 올도난츠 이야기를 했더니, 보니파티우스가 아주 복잡한 표정으로 "브리기테는 일크너에 있어도 로제마인의 측근이로군."이라고 중얼거렸다.

"기사단으로 보내면 될 정보인데, 받는 이가 없다고 투덜대면서까지 로제마인의 측근을 통해서 보내려 하는 사고회로는 주인이 공을 세우기를 바라는 측근의 사고방식이다."

나는 브리기테의 행동에 그런 의미가 있다는 사실을 몰랐다. 브리기테는 그저 위기를 알려 준 것이 아니다. 벌써 몇 년 전에 측근을 그만뒀는데도 아직까지 나를 주인으로서 생각해 주고 있었던 것이다. 그 사실을 알자 기쁨이 서서히 온몸에 퍼져 나갔다.

"……멀리 떨어져 있어도 그렇게 생각해 준다는 건 정말 기쁜 일이네요."

내가 기뻐하자 보니파티우스가 "로제마인은 좋은 신하를 뒀구나."라며 고개를 끄덕였다.

"할아버님, 브리기테는 잘 지내고 있었나요?"

"음……. 기사로서의 실력은 조금 무뎌졌더구나. 여성 기사는 결혼과 출산 때문에 아무래도 훈련에서 멀어지게 되니 어쩔 수 없기는 하지만, 아쉬운 것도 사실이다."

기사로서의 능력이 아니라 근황 같은 것을 듣고 싶었지만, 너무나 보니파티우스다운 대답이었다. 어쨌거나 브리기테가 무사하다는 건 알았다.

"실력이 조금 무뎌지기는 했어도 일크너의 토지를 지키는 기사로서라면 충분한 활약을 했다. 로제마인이 만든 공방과 종이 만들기에 필요한 삼림을 반드시 지켜 내겠다고 분투했다. 기베의 여동생으로서도 토지와 주민을 제대로 지키고 있는 것 같더군."

그렇게 보니파티우스는 브리기테와 함께 일크너에 들어가서 토지의 마력을 빼앗던 구 베르케슈토크의 기베들을 붙잡았다는 것 같다.

"중간에 로제마인과 페르디난드가 단켈페르거 기사를 이끌고 게를라흐로 갔다는 올도난츠가 날아왔는데, 그때는 정말 놀랐다. 로제마인이 용감하게 큰소리를 치기는 했지만, 이렇게 짧은 시간에 정말로 페르디난드를 구출해서 돌아올 줄은 몰랐으니까. ……잘 했다, 로제마인.”

“감사할 따름입니다, 할아버님.”

구조하러 가 봤자 이미 늦었다든지 포기하라고 말했던 보니파티우스가 인정하고 칭찬해 주니까 가슴 속이 푸근해져 왔다.

“로제마인, 그대도 많은 것들을 잘 지켜 냈다고 생각한다. 내가 게를라흐에 도착할 때까지 버텨 줬으면 좋겠다고 생각했더니 일크너에서 출발하기 직전에 게를라흐 쪽이 정리됐다는 보고가 들어왔다. 올도난츠가 망가진 게 아닌가 싶어서 나도 모르게 몇 번이나 두드리고 말았지.”

……할아버님이 그러면 정말로 올도난츠가 망가진다고요!

“게를라흐 전투에서는 단켈페르거 기사들이 정말 열심히 해 주셨답니다.”

나는 여성 귀족들과 즐겁게 이야기를 나누고 있는 한넬로레를 가리키면서 “제 친구입니다.”라고 소개했다.

“허나, 단켈페르거 기사들을 이끌고 온 사람은 로제마인이었지?”

“아닙니다. 아렌스바흐의 주추를 빼앗는 것으로는 진짜 디터가 끝난 게 아니라고 단켈페르거 기사를 부추겨서 게를라흐로 이끈 분은 페르디난드 님입니다. 페르디난드 님 일행이 출발했을 때, 저는 아렌스바흐 성에서 잠들어 있었으니까요.”

독을 맞았으면서도 거의 쉬지도 않고 단켈페르거 기사들을 이끌어 줬다. ‘페르디난드 님은 대단하답니다’라고 말했더니, 보니파티우스가 조금 삐쳤는지 페르디난드를 보고서 흥, 하고 콧방귀를 뀌었다.

“게를라흐가 정리됐다면 에렌페스트로 돌아가야겠다 싶어서 아우브에게 전이진을 작동해 달라고 요청했는데 거절당했다. 단켈페르거의 빈객을 축하연에 초대하고, 로제마인과 페르디난드를 귀환시키기 위해 전이진을 써야 하니까 자력으로 돌아오라면서.”

“우선순위는 단켈페르거의 빈객이다. 그리고 로제마인이 불렀다는 이유로 전이진을 쓰겠다는데, 허가할 수 있겠나.”

싸움이 막 끝나서 회복약도 많이 줄었다. 넓은 범위에서 양동이 이루어졌기 때문에 기사들은 피폐해져 있다. 문관과 시종은 축하연 준비로 바쁘다. 그런 와중에 보니파티우스를 위해서 전이진을 쓸 수는 없었다는 것 같다.

……그리고 난, 할아버님을 부른 적 없이 없는데.

보니파티우스는 내가 불렀다고 우기면서 다른 기사들을 놔두고 전속력으로 돌아왔다는 모양이다. 그런 본능적인 호소가 등장과 동시에 했던 ‘도와주러 왔다’라는 말로 이어진 듯하다.

본능적인 움직임이 너무 많아서 언동을 도무지 예측할 수 없다. 믿음직하다기보다 좀 무서울 정도로. 그라오잠이 보니파티우스 대책 마련에 온 힘을 다한 이유를 잘 알겠다. 절대로 적대하지 말자.

“그래서, 이쪽 상황은 어땠나?”

보니파티우스가 질베스타 쪽을 보며 물었다. 오늘은 모두의 무용담을 듣기만 하고, 자기 이야기는 안 하던 질베스타가 어쩔 수 없다는 듯이 입을 열었다.

“기사단에 도착한 다무엘의 올도난츠, 정확히는 브리기테의 정보가 시작이었다. 그건 세 점 종 무렵이었는데…….”

적이 서문으로 도착할 가능성이 크다는 정보가 들어왔고 기사들이 움직이기 시작했다. 곳곳으로 올도난츠가 날아갔고, 각자 정해진 위치로 갔다. 적이 언제 나타날지, 언제 싸움이 시작될지 모른다. 주추를 빼앗기면 안 되니까 질베스타는 바로 주추의 방에 들어갔다고 했다.

"나는 주추의 방에서 대기했다. 거기 있어야만 했지만, 솔직히 말해서 할 일이 없었다. 벽에 있는 올도난츠용 구멍으로 올도난츠가 드나들 뿐이었으니까."

주추의 방에 있는 아우브와 연락할 수 있도록 집무실과 주추의 방 사이에 올도난츠 전용 둥근 전이 구멍이 있다는 모양이다. 질베스타는 그곳을 통해 하얀 올도난츠가 쏙쏙 얼굴을 내밀고 보고하는 걸 듣고 거기에 답하는 것 외에 할 일이 없었다고 한다.

"어차피 할 일도 없으니까 주추의 방에 로제마인과 궁리한 함정을 증설하기로 했지."

엄청나게 한가했던 질베스타는 서문 습격이 시작될 때까지 시종에게 열심히 올도난츠를 날려 보내서 함정 도구를 준비하게 했고, 그것을 스스로 가지고 들어와서 증설했다.

"아우브가 직접 작업해도 되는 건가요?"

"들어갈 수 있는 사람이 나뿐이니 어쩔 수 없지."

심심풀이로 시작한 함정을 만드는 중에 끈끈이를 붙여 놓기도 하고, 내가 제안했던 것처럼 그물이나 대야도 설치했다는 모양이다. 참고로 이쪽에서는 금속 대야를 거의 사용하지 않아서 나무 대야로 함정을 만들었다.

……나무 대야에 맞으면 아픈 정도가 아닐 텐데? 게오르기네 님

이 나무 대야에 치명상을 입었다면 어떻게 하지?

내가 너무 위험한 함정을 설명해 줬다고 볼 수도 있겠는데, 나도 금속이 아니라 나무 대야를 쓸 줄은 몰랐다고.

"함정을 증설하는 사이에도 올도난츠가 계속 오갔다. 일크너는 보니파티우스의 활약 덕분에 승리를 향해 움직이기 시작했지만, 게를라흐에 더 많은 적이 나타났다고 구조 요청이 들어왔다."

주변 기베에게 직속 기사단을 조금씩 보내도록 명하고 보니파티우스에게도 이동할 수 있는지 타진해 봤지만, 그다지 좋은 대답은 돌아오지 않았다. 주변 기베들은 다음에 자신들이 공격받을지도 모르는 상황에서 기사단을 보낼 수는 없다고 말했다. 기베 입장에서 생각해 보면 그렇겠지. 다른 곳을 구원하러 보냈다가 자신의 토지를 지키지 못한다면 기베 자격이 없으니까.

귀족 거리를 지키는 기사들도 적의 습격이 가까워진 상태라서 너무 많이 내보낼 수는 없다. 게다가 전이진을 다루는 아우브가 주추의 방에 들어가 있다. 일크너 때와 달리 바로 기사들을 보낼 수도 없다.

"기베 게를라흐에게서 전황이 악화되고 있다는 올도난츠가 계속 날아 들어와서 가만히 틀어박혀 있을 수 없게 됐다. 그래서 기사들을 조금이라도 보내야겠다고 생각한 그때, 페르디난드에게서 연락이 왔다는 문관의 올도난츠가 날아왔다."

아렌스바흐의 주추를 빼앗은 내가 게오르기네의 지시에 따라 멋대로 행동하고 있는 자기 영지의 귀족과 기사들을 막기 위해 단켈페르거 자원자를 데리고 에렌페스트와 아렌스바흐의 국경문 부근까지 왔다는 소식이였던 것 같다.

"그 소식을 듣고 정말로 놀랐다. 이렇게까지 신들의 뜻이라고 느껴본 적은 없었으니까."

"아버님은 글류클리테트에게 사랑받고 계시니까요."

질베스타는 문관에게 '페르디난드에게 바로 게를라흐로 향하도록 연락하라'라고 명령했다고 한다. 아렌스바흐 영지 안에 있는 페르디난드와 내게는 올도난츠가 전해지지 않는다. 그래서 경계문으로 편지를 보내야 했다.

게를라흐에는 '로제마인과 페르디난드가 단켈페르거 기사를 이끌고 원군으로 달려갈 테니 그 때까지 버텨라'라는 올도난츠를 보냈고.

"그런 올도난츠를 주고받는 사이에 적이 서문을 습격했고, 북문 부근에서 전투가 시작되고, 신전이 전장이 됐다. 누군가가 비밀 통로를 사용해서 들어오고 있다는 플로렌치아의 올도난츠도 왔고. ……다들 싸우고 있는데, 나는 주추의 방에서 기다리고 있을 뿐이었다."

뛰쳐나가고 싶은 기분을 필사적으로 억누르면서 기다리는 사이에, 플로렌치아가 게오르기네를 붙잡았다는 소식이 들어왔다.

"나 혼자만 아무것도 안 하는 사이에 싸움에 결판이 나고 말았다."

좀 떨떠름하기는 했지만 승리로 끝났으니 그것이 제일이다. 질베스타는 하얀 탑으로 가기 위해 주추의 방에서 나왔고, 게오르기네를 붙잡았다는 정보를 각지로 보냈다.

하지만 하얀 탑으로 가는 도중에 올도난츠가 날아왔다. 그 새는 '또 한 사람, 게오르기네 님이 나타났습니다. 천장에서 떨어진 것을 보니 신전에서 전이된 것 같습니다. 그밖에도 가짜가 있을지 모릅니다. 진짜 게오르기네 님이 확정될 때까지 주추의 방에서 나오지 말아 주세요'라는, 초조한 기색이 담긴 플로렌치아의 목소리로 경고했다.

"플로렌치아의 말을 듣고서 서둘러 돌아갔다. 몇 겹으로 함정을 치는 징그러운 방식이 너무나 게오르기네답다고 생각했지. 성에 있는 아우브의 방으로 돌아와서 주추의 방으로 들어갔더니, 갑자기 대량의 물에 의한 공격이 덮쳐 왔다."

"예?"

"전이막을 넘은 순간, 주추의 방에 엄청난 양의 물이 소용돌이치고 있었고, 그 속으로 뛰어든 나는 부글부글하고……."

주추의 방에는 진짜 게오르기네가 있었고, 이미 싸움이 시작되어 있었다. 플로렌치아의 올도난츠가 아니었다면 주추를 빼앗길 뻔했다는 생각에 질베스타는 온몸의 피가 빠져나가는 기분이었다고 말했다.

"소용돌이치는 물은 몇 초 만에 사라졌고, 물속에 떠 있던 몸이 바닥에 떨어졌다. 그 직후에, 내가 설치한 대야도 떨어졌고."

"예? 대야가요?"

"설치한 함정들도 물 때문에 떠올랐다가 대야가 뎅, 하고 떨어졌다. 아슬아슬하게 회피했는데, 그건 상당히 위험한 함정이었다."

방 전체를 가득 채울 정도로 바셴을 하는 경우, 떠오르는 건 자신만이 아니다. 나도 바셴을 막 배웠을 때 경험해 봤고. 방 안에 있는 물건들이 함께 떠오른다. 그리고 술자가 더러운 것이라고 인식하는 것은 깨끗하게 씻기고.

"기껏 계단에 발라 놓은 끈끈히는 깔끔하게 씻겨 나갔고, 여기저기 설치한 함정은 전부 물 때문에 떠올라서 다른 곳으로 움직이고 말았다. 나무 대야가 내 발치에서 덜컹덜컹 소리를 내며 튕기는 중에, 또 하나의 입구에서 손 하나가 불쑥 튀어나오는 게 보였다. 오싹했지."

손목 아래쪽만 튀어나온 손은 슈타프를 쥐고 있었다. 보지 않고도 확실하게 공격하는 게오르기네. 질베스타는 새삼 무시무시하다는 기분이 들었다고 했다.

"손만 허공에 떠 있는 모습이 보였다면 당연히 무섭겠죠."

질베스타는 바로 슈타프를 꺼내 들었다. 그때, 게오르기네가 천천히 걸어 들어왔고. 회색 무녀의 옷을 입었지만, 마치 여왕 같은 동작이었다고 한다.

"게오르기네는 날 보고서 믿을 수 없다는 듯이 눈이 휘둥그레졌지."

"곳곳에 양동을 벌였으니 아우브가 주추의 방에 있는 것은 당연한 일이 아닌가. 놀랄 이유가 어디에 있지?"

페르디난드의 말에 질베스타는 살짝 씁쓸한 표정을 지었다.

"아우브가 주추의 방에 있는 게 당연하니까, 게오르기네가 즉사 독을 풀었다더군."

"……예?"

밖에서는 바람에 날려서 효과가 약해지는 즉사 독이지만, 주추의 방 같은 좁은 곳에서는 무시무시한 위력을 발휘하겠지. 자물쇠를 열고 독 마술 도구를 던져넣은 뒤에, 자신이 들어갈 수 있게 방을 씻어 낸다. 그렇게 하면 다른 사람에게 방해받는 일 없이 천천히 주추를 물들이거나 마력을 빼앗아서 붕괴하게 만드는 등등 마음대로 할 수 있을 거라고 게오르기네는 생각한 모양이다.

"플로렌치아가 불러서 주추의 방에서 나가지 않았다면 난 이미 죽어 있었다."

"아버님, 정말로 글류클리테트의 가호가 함께하시네요."

"오히려 상대에게 신들의 가호가 없었던 탓이겠지."

몇 겹으로 함정을 쳐 가면서 치밀하게 계획을 세웠는데 상대가 그저 운이 좋아서 그 계획을 피했으니, 게오르기네의 심정은 과연 어땠을까.

"그래서, 어떻게 게오르기네를 붙잡았지?"

"슈타프를 들고 있었으니까 당연히 바로 공격했지."

거리가 떨어져 있었기에 질베스타는 슈타프를 활로 바꿔서 마력 화살을 메기고는 연속으로 쐈다고 했다.

"게오르기네의 부적이 하나 터진 뒤에는 게티르트에 막혔다. 화살을 쏘면서 거리를 좁히는 중에 게오르기네가 금속 바늘 같은 것을 던졌고, 내 부적이 하나 터졌다. 하지만 주추의 방에 들어오기 위해서는 은색 천을 버려야 했었는지, 마력 공격이 통했기에 붙잡는 것 자체는 그렇게 어렵지 않았다."

어쨌거나 몸을 단련한 남성인 질베스타와 사교가 중심인 여성 게오르기네 사이에는 기초 체력과 근력, 전투에 대한 숙련도 등에서 큰 차이가 났겠지. 오히려 나이를 봐도 질베스타 쪽이 압도적으로 유리하다. 마력 압축이나 가호 재취득으로 마력량과 마력 효율도 상승했으니, 직접 대결이라면 질 요소가 없다.

"……그런데, 사람이 그렇게까지 누군가를 미워할 수 있는 걸까.”

무슨 말을 들었는지 질베스타는 말하지 않았다. 하지만 상당히 가슴을 후벼 파는 말이었으리라는 건 얼굴을 보면 알 수 있다.

“이름을 바친 귀족이 아직 남아 있다든지, 종속 계약한 자가 자신의 뜻을 이어받아서 에렌페스트를 멸망시킬 거라는 소리를 했다.”

“……이름을 바친 귀족은 위험하군.”

“그래. 그 숙청에서 미처 처리하지 못한 자가 있는지를 이쪽에서는 알 수가 없다. 이름을 바친 귀족이 명령을 받고서 무슨 짓을 저지를지도 모르고. 싸우는 중에 날뛸 수도 있고, 어디선가 그 독을 뿌려댈 수도 있겠지. 피해가 확대되기 전에 막아야만 했다. ……그래서, 내 손으로 해치웠고.”

질베스타는 그렇게 말하며 자기 손을 봤다. 자신과 피를 나눈 누이를, 죽였다. 그 무게가 느껴지는 눈을 한 번 감았다가, 마석을 꺼냈다. 빛이 닿는 곳에 따라 빨간색으로도 파란색으로도 보이는 예쁘고 커다란 마석이 누구의 것인지 이해한 순간, 내 목에서 쉭, 하는 소리가 났다.

……어? 뭐지?

마석이 눈에 들어오자 갑자기 몸이 떨리고 숨쉬기가 힘들어졌다. 당장이라도 마석에서 떨어지고 싶어서 나도 모르게 자리에서 일어났다. 하지만 시종에게 언질도 신호도 보내지 않았기에 의자를 뒤로 빼 주지 않은 탓에 덜컥 하고 큰 소리가 났고, 자리에 있던 사람들이 모두 나한테 주목했다. 의자 뒤쪽에 있던 측근들도 눈이 휘둥그레졌다.

……큰일이다. 어떻게든 수습해야 해.

마석에서 떨어지기 위해서는 뭔가 이 자리를 떠날 이유가 필요했다. 나는 홀을 둘러봤고, 플로렌치아와 샤를로테의 모습을 발견했다.

"저, 저기, 제가……. 급하게 어머님과 샤를로테와 이야기해야 할 일이 생각났습니다. 의상 가봉에 대해, 두 분의 재봉사를 모아 달라고 부탁드려야 해서. 그렇죠, 리젤레타."

"분명 급한 용건이기는 합니다만, 이런 연회 자리에서 부탁드릴 일은 아닙니다."

리젤레타가 그렇게 말하며 내 어깨를 슬쩍 밀어서 다시 자리에 앉으라고 권유했다. 하지만 나는 더 이상 이 자리에 있을 수가 없다. 현기증이 나는데도 마석에서 눈을 뗄 수가 없고, 두 팔에 소름이 돋으면서 당장이라도 이 자리를 떠나야 한다고 온몸이 호소하고 있다.

"하지만, 제가, 내일 오후에는 아렌스바흐로 돌아가야 하니까, 오전 중에는 가봉을 해야만 해요. 급격하게 성장한 탓에, 왕족과 면담을 위한 의상도 곤란한 상황이니까요."

"로제마인 님, 당일 아침에 사람을 보내서 당일 오전 중에 재봉사를 모을 수도 없고, 아직 상인들이 성안에 들어올 수 있는 상태가 아닙니다. 아렌스바흐에서 돌아오신 뒤에 가봉을 하시면 좋지 않을까 싶습니다."

"로제마인."

리젤레타의 말을 자르는 것처럼 페르디난드가 내 이름을 불렀다. 그쪽으로 고개를 돌리자 마석이 시야에서 사라졌고 어깨에서 슥, 하고 힘이 빠져나갔다. 조금 전까지는 불편한 심기를 숨기려는 것만 같은 억지 미소를 짓고 있던 페르디난드가 지금은 평소의 무뚝뚝한 얼굴로 돌아와 있었다.

"왜 그러시죠, 페르디난드 님?"

"잠시 할 얘기가 있다."

사람이 적은 곳으로 가자고 손짓한 순간, 보니파티우스가 "잠깐."이라며 슬쩍 손을 들었다.

"페르디난드, 그건 지금 이 상황에서 꼭 필요한 일인가?"

"보니파티우스 님 말씀대로, 최소한 연회가 끝난 뒤에 해 주십시오. 지금은 아주 복잡한 상황입니다."

보니파티우스의 말에 레오노레도 동의했다. 나는 '아주 복잡한 상황'이 뭔지 잘 모르겠다. 뺨에 손을 대고 고개를 살짝 기울였더니 레오노레와 리젤레타가 가르쳐 줬다.

내가 아렌스바흐로 갈 때 시간을 조금이라도 단축하기 위해서 퀼른베르거의 국경문을 사용했다. 거기에는 전이진을 작동하기 위해 동행했던 질베스타의 측근은 물론 퀼른베르거의 기사들도 여러 명 있었다. 그래서 내가 구르트리스하이트를 소지했다는 것과 왕족이 허가의 증거로 내린 구애의 마술 도구를 영주가 직접 건넸다는 것이 상층부에 알려졌다는 모양이다.

……사흘이면 귀족 거리에 소문이 다 퍼지는구나.

"왕족의 마술 도구가 영주의 손을 거쳐서 건네진 시점에서 아우브는 왕족의 요구에 따른다는 의사를 표시한 것이 됩니다. 그래서 귀족들은 로제마인 님과 빌프리트 님의 약혼 해소가 확정되었다고 받아들였습니다. 그리고 로제마인 님이 무리해서까지 페르디난드 님을 구한 과정이 여기서 퍼져 나가고 있습니다."

에렌페스트 귀족들의 머릿속에서 나는 비공식적이기는 해도 왕족의 약혼자고, 정식으로 발표되는 영주회의 때까지 아주 짧은 시간 동안 어쩔 수 없이 헤어져야 하는 페르디난드에 대한 사랑에 농락당하고 고민하는 소녀라는 입장이 돼 버린 듯하다. 귀족 여성들은 '마음대로 되지 않는 사랑 또한 아름다운 일'이라고 따뜻한 시선으로 바라보고 있다는 모양이고.

……아으……. 첫사랑도 아직 못 해 봤는데 실연 때문에 슬퍼한다고 여기다니, 그쪽이 더 불쌍하지 않나요?

"아렌스바흐 구출극이 이야기 같은 미담으로 달아오르고 있는 것이 다행입니다. 하지만 중앙으로 이동할 것을 고려해 보면 더 이상의 추문은 필요 없습니다."

대외적인 인상을 생각했을 때는 페르디난드에 대한 내 일방적인 감정이었을 뿐이고, 마음대로 안 되는 사랑이었다고 단념한 뒤에 왕족과 결혼하는 쪽이 가장 좋다. 그러기 위해서는 페르디난드 쪽에서 먼저 관여하지 않는 것이 좋다고 레오노레는 은연중에 그렇게 말했다. 페르디난드는 이 자리에 있는 사람들과 측근들, 그리고 은근슬쩍 이쪽에 주목하고 있는 작은 홀 안의 사람들을 둘러본 뒤에 팔짱을 끼고 천천히 한숨을 쉬었다.

"나는 로제마인의 건강 상태가 주위의 시선보다 훨씬 긴급하고 중요한 안건이라고 생각한다. 하지만, 그대들이 로제마인을 소문이나 주위의 시선으로부터 지키는 쪽이 보다 중요하다고 판단한다면 그쪽 의견에 따를 셈이다."

"그런가."

페르디난드가 물러나자 보니파티우스와 동석한 사람들에게 안도하는 분위기가 감돌았다. 나는 오히려 불안해져서 나도 모르게 페르디난드를 봤다.

"……내가 떠난 지 일 년 하고도 반이 지났다. 이미 로제마인 전속 주치의도 있을 테고, 나도 다른 이의 영역을 침범할 생각은 없다. 설마 전속 의사가 없다는 건 아니겠지?"

그 순간, 질베스타와 칼스테드가 슬며시 시선을 돌렸다. 페르디난드가 두 사람을 매섭게 노려본 뒤에, "도움이 필요하다고 생각하면 부르도록."이라고 중얼거리며 천천히 자리에서 일어났다.

"아니, 로제마인을 돕는 건 나다!"

거기에 대항하는 보니파티우스를 귀찮다는 듯이 잠깐 쳐다보고 페르디난드는 빙글, 몸을 돌렸다. 멀어져 가는 등을 보며 묘하게 초조한 기분이 커져만 갔다. 최소한 내 새로운 주치의는 없고, 아무리 봐도 몸 상태가 이상하다.

"레오노레, 저……."

"로제마인 님, 하다못해 연회가 끝날 때까지는……. 지금은 보는 눈이 너무 많습니다. 자각이 없으신 것 같습니다만, 성장하신 로제마인 님은 안 그대로 주목받고 계십니다."

레오노레가 내게 다시 앉으라고 하면서 작은 소리로 이렇게 덧붙였다.

"코르넬리우스가 정보를 얻으러 갔고, 페르디난드 님도 하르트무트에게 갔습니다. 여기서 움직이는 일은 잠시 기다려 주십시오."

주인을 지키는 호위기사로서의 의견이었지만, 그래도 나는 고개를 저었다. 여기 있고 싶지 않았다. 플로렌치아와 샤를로테, 엘비라와 이야기하고 싶다는 이유를 대고 자리를 떠났다. 마석이 눈에 들어오지 않는 곳으로 이동한 뒤에야 겨우 편하게 숨을 쉴 수 있었다.

페르디난드가 이런저런 지시를 내렸는지 측근들이 바쁘게 드나드는 상황을 느끼면서, 나는 미소를 지어 보이며 연회를 헤쳐 나갔다.

"어머나, 페르디난드 님은……?"

"한참 전에 도서관으로 돌아가셨습니다. 급한 볼일이신가요? 지금 다시 부른다 해도 너무 늦을 테니, 내일 말씀하시면 안 되실까요?"

나는 연회가 끝날 때까지 기다릴 생각이지만, 페르디난드가 없다면 어떻게 할 도리가 없다. 지금은 몸이 크게 나쁜 것도 아니니까 급하다고 할 수는 없겠지. 나는 어쩔 수 없이 내 방으로 돌아갔다.

잠 못 드는 밤

꿈을 꿨다. 오늘 막 경험한 게를라흐 전투의 꿈이다.

주위에는 방패를 든 파란 망토를 걸친 기사투성이고, 펄럭이는 망토가 시야를 가려서 내가 지금 어디쯤을 나아가고 있는지도 알 수가 없다. 모르는 채로 나아갔다. 펑, 펑, 갑자기 주위가 눈부시게 밝아지고, 고함이 울리고, 화살이 날아다닌다.

내 심장이 벌컥벌컥 격렬하게 뛰고, 귀에서는 찌잉 소리가 울린다. 숨쉬기도 힘든, 당장이라도 도망치고 싶은 공포 속에서, 몸은 핸들을 쥔 상태로 고정되어 있다. 마치 내가 마석이 돼 버린 것처럼 움직이지 않는다.

강한 무지개색 빛이 보인 뒤에는 온갖 것들이 날아오기 시작했다. 큰 목소리에 무기가 오가는 소리가 울리고, 시야에는 빨간 비말이 계속해서 날아온다. 뭔가의 팔이 부딪쳤다. 자세가 무너진 기사가 쾅, 하고 부딪쳤다. 튕겨난다. 때앵, 때앵 하고 마석 부딪치는 소리가 들린다. 모든 충격이 핸들을 쥔 손을 통해 전해져 왔다.

몸이 차가워졌다. 이가 딱딱 소리를 내며 부딪친다. 숨쉬기가 힘들고 눈물이 멋대로 흘러나온다.

무섭다고 느낄 여유도 없어지고, 기억에 흐릿한 안개가 낀 것 같은 상태였던 부분이 징그러울 만큼 선명한 꿈이 돼서 흐릿해지는 것을 용납하지 않겠다는 듯 되풀이하고 또 되풀이하고, 몇 번이고 계속된다.

도와주러 와 주셔서 감사합니다, 라고 말한 남자가 다음 순간에 마석이 돼서 떨어졌다. 날아든 방에 쓰러져 있는 사람은 마석화가 시작됐다는 말을 들은 기베다.

위 언저리가 차가워졌다. 이를 악물었더니 모래라도 씹은 것처럼 입안이 버석버석하고 씁쓸한 맛이 난다. 차가운 땀이 확 뿜어져 나왔다.

그라오잠이 그 사람들을 비웃으면서 검은 마석 덩어리 같은 의수로 사람들의 공격을 흡수한다. 귀에 거슬리는 웃음소리가 높고 낮게 몇 번이고 반복됐다. 파란 불꽃을 두른 팔을 휘두르자 넓은 범위에서 불길이 타오른다.

파란 불꽃이 벗겨지자 몸 절반 가량이 마석으로 변해 있었다. 육체에 마석을 박아 넣은 것 같기도, 마석 위에 육체를 씌운 것 같기도 한 기분 나쁜 그라오잠이 검은 의수를 치켜들고 달려온다.

격퇴하려고 검은 화살을 발사하는 물총으로 공격했지만, 얼굴이 마석으로 변해 가면서도 달려온다. 드문드문 마석으로 변해 버린 얼굴에는 살기가 넘치고, 광기로 가득한 회색 눈이 번뜩번뜩 빛난다.

어디를 봐도 마석, 마석, 마석……. 마석이 나를 덮친다. 필사적으로 소리쳤다.

"저리 가!"

정신을 차려 보니 내 침대였다. 무의식적으로 벌떡 일어났는지 상반신이 일어나 있었다. 잠옷이 땀에 젖어서 축축하고 무겁고, 머리카락과 함께 살갗에 달라붙어 있었다. 봄 중반이 가까워지는 시기지만 밤에는 아직 춥다. 공기에 닿은 목덜미와 등이 순식간에 차가워졌다. 아직도 심장이 빠르게 뛰고 호흡이 거칠다.

새카맣게 어두운 침대에서 꿈속 광경이 머릿속을 빙글빙글 맴돈다. 반짝반짝 빛나는 마석이 계속해서 떨어지는 환각이 보였다. 한 손으로는 토할 것 같은 입을, 다른 한 손으로는 가슴을 누르면서 필사적으로 숨을 골랐다.

연회 전에 전투에서 있었던 일을 떠올리려고 했더니 왠지 기억에 안개가 낀 것처럼 또렷하게 생각나지 않았던 건, 틀림없이 자기 방위 본능이 작용한 탓이겠지.

"페르디난드 님께 연락을……."

제일 먼저 생각난 상담할 수 있는 사람인 페르디난드에게 연락하려고 침대 옆에 있는 장으로 손을 뻗다가, 멈췄다. 올도난츠를 보내려면 거기 있는 노란색 마석처럼 생긴 마술 도구를 손에 쥐어야 한다.

나는 쭈뼛쭈뼛 서랍을 열었다. 마술 도구의 마석이 눈에 들어온 순간, 방금 꿈에서 봤던 것처럼 온갖 마석들이 머릿속에 차례로 나타났다. 목이 조여드는 것처럼 숨쉬기 힘들어졌다. 올도난츠라는 걸 알면서도 더이상 손을 뻗지 못하고, 그저 맨주먹만 꽉 쥐었다.

……어쩌지? 이대로는 도움을 청할 수도 없는데.

정체불명의 공포에 사로잡혀 온몸이 심하게 떨렸다. 나는 내 몸을 끌어안으려는 것처럼 두 팔을 교차하고 양쪽 위팔을 꽉 붙잡았다.

그때, 캐노피 너머에서 발소리가 들려왔다. 나는 깜짝 놀라서 적에게 응전하려고 바로 슈타프를 꺼내 들었다.

"로제마인 님, 들어가도 되겠습니까?"

"유디트, 그렇게 말하는 건……."

캐노피 너머에서 들려온 것은 유디트와 그레티아의 목소리였다. 두 사람이 오늘 불침번이었다는 걸 떠올리며 급하게 슈타프를 치우고 소매로 목의 땀을 닦았다.

"페르디난드 님과 하르트무트의 지시가 있었습니다. 전투 훈련을 받은 기사라도 싸운 뒤에는 정신적으로 불안정해지는 경우가 있으니까 오늘 밤에는 로제마인 님과 한넬로레 님의 상태에 신경 쓰도록 하라는 지시입니다. 저도 독을 맞은 기사들을 가까이에서 보고 무서웠습니다. 잠시 같이 있게 해 주세요."

그렇게 말하면서 유디트가 캐노피 안으로 들어왔다. 그레티아도 같이 들어왔는데, 내가 땀에 흠뻑 젖은 모습을 보자마자 "바로 갈아입을 옷을 준비하겠습니다."라며 밖으로 나갔다.

"원래 이런 싸움터에 나가는 것은 어른 기사들의 역할입니다. 이번에는 적과의 인원 차이가 너무나 컸기에 저희처럼 견습까지 차출됐습니다만……."

유디트가 어둠 속에서 혼잣말처럼 말하기 시작했다. 나는 대답하기 힘들 질문을 잔뜩 받는 게 아닐까 경계하고 있었기에 안심하면서 유디트의 목소리에 귀를 기울였다.

"오늘 밤은 견습들이 정신적으로 불안정해질 가능성이 커서 기사 숙소에 모여 있게 했습니다. 상위 기사들의 이야기를 듣거나 의사 선생님이 봐주신다고 합니다. 희망자에게는 꽃도 준다고 하더군요. 그러니까, 저는, 로제마인 님께서 불안정해지시는 경우를 대비해 플로렌치아 님께 부탁해서 온실에 들어가도 좋다는 허가를 받았습니다."

아름다운 꽃을 보면 마음이 진정된다고 유디트는 생글생글 웃으면서 의기양양하게 가슴을 폈다. 아마도 기사들에게 주는 꽃이 그 온실의 꽃은 아니겠지. 꽃을 바친다는 의미의 꽃이 아닐까.

"아름다운 꽃을 보면서 은은한 향의 차라도 마시면 편해질 것 같습니다만. 어떠신가요?"

"……이런 밤중에 돌아다녀도 될까요?"

아렌스바흐에 동행해 준 호위기사들이 최대한 푹 쉴 수 있도록 오늘은 각자 본가로 돌아갔을 텐데. 문밖에서 지키고 있는 다무엘을 호위로 데려간다 해도 호위기사의 숫자가 너무 적은 것 같다.

"오늘 성안에는 기사들이 많이 있으니까 기사단에 연락하면 괜찮습니다. 이미 이야기를 전하고 수배도 해 뒀습니다."

아…… 기사들도 유디트의 오해를 정정하지 못했나 보네.

순수하게 날 걱정해서 온실을 알아봐 준 유디트에게 아무도 사실을 말하지 못했겠지. 나도 정정하는 걸 포기하고 그 후의를 받아들이기로 했다.

"정말 고맙습니다, 유디트. ……밤의 온실이 기대되네요."

"각 부처에 연락하고 오겠습니다."

유디트는 기쁘게 웃으면서 캐노피 밖으로 나갔다. 그리고 그레티아가 걱정하는 표정으로 들어왔다.

"유디트가 뭔가 의욕이 넘치는 것 같은데, 로제마인 님은 괜찮으신가요? 침대에서 푹 쉬시는 쪽이 좋지 않으실까요?"

"……실은 좋지 않은 꿈을 꾸고 잠이 깨 버렸어요. 오늘 밤에는 슈트라움의 축복이 잘 전해지지 않는 것 같고, 잠시 침대를 벗어나고 싶은 기분이니까 유디트의 제안은 정말 고마운 일입니다. ……그리고, 이렇게 늦은 밤에 제가 페르디난드 님께 도움을 청하는 것보다는 온실에 가는 쪽이 대외적인 인상을 생각했을 때 더 좋겠죠?"

그렇지 않으면 이렇게까지 준비해 줄 리가 없다. 예전이었다면 페르디난드를 불러서 전부 떠넘기고 끝냈을 테니까. 내가 장난스레 물었더니 그레티아는 "뜻에 응하지 못해 정말 죄송합니다."라며 슬픈 표정을 지었다.

"신경 쓰지 않아도 괜찮아요. 그것이 귀족 사회라는 것이니까."

그레티아는 캐노피 안에 불을 밝히고는 더운물을 담은 작은 대야를 가져오고 외출용 의상도 가져왔다. 준비를 마치자 그레티아는 내 잠옷을 벗기고 꼭 짠 수건으로 땀을 닦아 주기 시작했다.

"……성장한다는 건 좋은 일만은 아니랍니다."

그레티아가 조용히 말했다.

"주위의 시선이 달라집니다. 지금까지 할 수 있었던 일을 못 하게 되고, 용납되지 않는 일이 많아집니다. 저는 조숙한 편이었기에, 또래 아이에게는 허락되는데 제게는 허락되지 않는 일이 몇 번이고 있었습니다. 너무나 부조리하다고 생각했죠."

자신은 딱히 달라지지 않았다고 생각하지만 성장하면서 주위의 반응이 완전히 달라진다. 그레티아는 그런 경험을 해 봤던 모양이다. 그래서 급격하게 성장하면서 페르디난드와의 관계와 거리감을 다시 생각하는 말을 듣고, 주위에서 멋대로 억측하는 탓에 당혹스러워하는 내 기분을 조금이나마 이해하는 것 같다.

"저는…… 성장하면 다른 사람들을 따라잡아서 더 즐거울 거라고 생각했습니다. 즐거운 일만 있는 건 아니군요."

"마음이 몸의 성장을 따라잡을 때까지는 귀찮다고 여겨지는 일이 많습니다. 특히 남성분과의 관계가……."

조용한 목소리로 그렇게 말하는 그레티아는 어떤 귀찮은 일을 헤쳐 나왔던 걸까. 나는 본가를 벗어나기 위해서 이름을 바친 그레티아를 봤다.

"로제마인 님, 들어가겠습니다."

유디트의 밝은 목소리가 들려왔다.

"한넬로레 님도 잠이 잘 오지 않으시는 모양입니다. 불침번 시종에게 발코니에 나가서 밤공기를 쐬고 싶다고 말씀하셨다는 연락이 왔습니다. 온실로 초대해 보시면 어떨까요? 기사들은 같은 경험을 한 자들끼리 이야기를 나눌 테니까, 오늘 밤은 로제마인 님과 한넬로레 님 두 분이서 보내는 시간을 만드는 것도 좋을 것 같습니다."

공포나 괴로움을 풀기 위해 모인 기사 숙소에 모인 기사들이 있는 곳에 그들에게 명령하는 입장인 영주 후보생은 들어갈 수 없다. 나와 같은 입장인 사람은 한넬로레밖에 없다고 유디트가 역설했다.

한넬로레는 단켈페르거의 영주 후보생이고 싸움에 익숙한 것처럼 보였다. 하지만 그렇게 보였을 뿐이고, 어쩌면 나처럼 실제로 사람이 죽는 싸움을 겪은 건 처음인지도 모른다. 똑같이 괴로운 기분을 품고서 밤을 보내고 있을 가능성도 있다.

"유디트…… 불침번 시종을 통해서 권유해 보세요. 결코 강요가 되지 않도록 주의해서."

"알겠습니다."

유디트와 그레티아와 이야기하며 기분이 조금 풀어지기는 했지만, 꿈에서 계속 이어지는 기분 나쁜 느낌이 없어진 건 아니다. 눈을 감으면 떠오르는 것은 온갖 색의 마석이다. 악몽을 피하고 싶어서 나는 밤의 온실로 도망치기로 했다.

……꿈도 안 꿀 정도로 잠들어 버리면 좋을 텐데.

그런 생각을 하는데, 한넬로레에게서 밤 산책을 나가고 싶다는 올도난츠가 왔다. 같은 말을 세 번 되풀이한 하얀 새가 노란색 마석으로 돌아갔다. 그 순간, 머릿속에 전장에서 봤던 갖가지 마석들이 되살아났다. 손으로 잡지 못한 노란색 마석이 바닥에 떨어지고, 온몸에 소름이 돋았다.

심야의 다과회

그레티아는 차를 준비하기 위해 먼저 온실로 갔다. 나는 한넬로레가 옷을 갈아입는 시간을 고려해서 천천히 가라는 말을 들었다. 온실은 다과회를 하는 방 쪽에 있고, 눈이 많이 오는 겨울 사교계에서 자주 사용한다는 모양이다.

"슬슬 가도록 하실까요, 로제마인 님. 기수를 사용하시겠습니까?"

나는 다무엘과 유디트 두 사람을 호위로 데리고서 방을 나섰다. 평소처럼 기수를 꺼내려다가 마석이 눈에 들어와서 손이 멈춰 버렸다.

"로제마인 님, 왜 그러십니까?"

유디트가 이상하다는 듯 쳐다보자 나는 전투 때 본 모습과 눈앞에서 죽어 가던 사람들이 떠올라서 마석이 무섭다고 말했다. 유디트의 눈이 휘둥그레졌고 다무엘이 씁쓸한 표정을 지었다.

"리젤레타가 올도난츠 마석을 떨어트리신 것을 눈치채기는 했습니다만, 그런 상황이시라면 시종에게 말씀해 주십시오. 아무것도 모른 채 고생하는 리젤레타가 불쌍합니다."

"다무엘, 그건 아직 로제마인 님께는 말씀드리지 않기로 한 내용이 아니던가요? 하룻밤 쉬시고 피로가 풀리신 뒤에 말씀드리기로……."

"하지만, 먼 땅에서 싸운 탓에 피로하신 주인을 돌보는 것과 전투에 의한 특수한 문제가 발생한 주인을 걱정하는 것은 마음가짐부터 시작해서 모든 것이 달라진다. 주인에게 알리지 않기를 바란다면, 이쪽도 주인에게 알리지 말아야 한다고 생각하지 않는가?"

다무엘과 유디트가 뭔가 말다툼을 하고 있다. 나중에 나한테 보고할 내용이었던 것 같은데, 다무엘의 반응을 보니 들어 두는 쪽이 좋을 것 같다.

"다무엘, 가르쳐 주세요."

마석이 무서워서 기수를 꺼내지 못한다면 걸어서 온실까지 가는 수밖에 없다. 의도한 일은 아니지만, 천천히 도착하게 될 것 같다. 온실을 향해 걸어가며 나는 다무엘의 이야기를 듣기로 했다.

"축승회에서 페르디난드 님이 재촉하셨다고는 해도 보니파티우스 님께 무용담을 이야기해 달라고 말씀하시며 자리로 초대하셨으니, 그 자리에서는 로제마인 님이 주최자였다는 사실을 자각하고 계시는지요?"

……아니요.

나한테는 보니파티우스의 폭주를 진정시키기 위해 이용당했다는 인상이었다. 그것도 틀림없으니까 주위 사람들이 다행이라고 생각했겠지만, 원래는 영주에 대한 보고를 우선해야 했다. 보니파티우스와 내 시종들은 고육지책으로 질베스타를 동석시켜서 보고 순서를 어떻게든 얼버무리고 넘어가려 했던 모양이다.

"보니파티우스 님께서 기분 좋게 이야기를 하시고, 입이 무거우셨던 아우브도 자신의 싸움에 대해 말씀하시기 시작했습니다. 주위에서는 일단 순조롭게 진행되는 것처럼 보였습니다. 그런데 로제마인 님은 갑자기 아우브의 말씀을 자르고 자리에서 일어나셨고, 가봉 예정을 정해야겠다고 말씀하셨습니다."

나는 마석을 보고는 너무 무서워져서 급하게 자리를 떠나려고 했다. 하지만 주위에서는 그걸 알지 못했다. 시종에게 아무런 언질도 없이, 동석한 이들에게 퇴석한다는 인사도 없이, 의자가 덜컥거리는 소리까지 내면서 일어났을 뿐이다. 영주의 이야기를 중간에 자르고, 갑자기 시종에게 가봉 예정을 핑계로 트집을 잡기 시작한 것처럼 보였던 듯하다.

……아아아아아아, 그렇게 설명해 주니까 정말 엄청나게 예의 없는 짓이었어.

하지만 그때 나는 주위를 배려할 수 있는 상태가 아니었다. 최대한 어떻게든 참아 보려고 한 게 그 정도였다.

"페르디난드 님의 말씀으로 피로 이외의 요인이 있을지도 모른다고 알아차렸습니다만, 이미 너무 늦었습니다. 하다못해 마석을 보면 좋지 않은 기분이 든다는 것을 사전에 말씀해 주셨다면 페르디난드 님도 보니파티우스 님께 전투 이야기를 들려 달라고 부탁하라는 말씀을 하지 않으셨을 테고, 리젤레타도 다르게 대응했을 수 있겠죠. 하지만 로제마인 님은 귀족원에서도 여러 번 디터를 경험하신 데다 이번에는 단켈페르거에 권유까지 해서 전투를 벌이셨으니, 저희 쪽에서도 전투에 의한 문제에 대해서는 딱히 고려하지 않았습니다."

차라리 내가 기절한 척이라도 했다면 그대로 들려 나갔을 텐데, 나는 의상 가봉을 구실로 플로렌치아와 샤를로테가 있는 쪽으로 갔고, 상당히 무리하기는 했지만 웃는 얼굴로 연회를 끝까지 헤쳐 나갔다.

"로제마인 님께서 표정이나 태도 관리가 많이 능숙해지신 탓에, 이번에 자리를 뜬 행동이 아우브와 보니파티우스 님의 측근들에게 상당히 무례한 기행으로 보였던 모양입니다."

내가 중간에 자리를 뜬 뒤에 자리에 남은 보니파티우스와 그 측근들을 달래러 돌아다녔던 리젤레타는 '로제마인 님이 초조한 기분이 드셔서, 이런 연회에서 아우브에게 호소라도 해야만 할 만큼 시종들의 처신이 좋지 않아서 의상이 준비되지 않은 것이 아닌가'라는 말을 들었다는 모양이다.

……리젤레타가 그런 소리를 들었다니…….

"페르디난드 님께서 몸 상태를 걱정하실 정도였으니 로제마인 님께도 그에 상응하는 이유가 있을 거라고 아우브와 칼스테드 님이 보니파티우스 님 쪽을 말려 주셨습니다. 그래도 앞으로는 조심하시고, 뭔가 이변이 있을 때는 사전에 상담이라도 해 주십시오."

연회 전에는 자각할 만큼의 이변은 없었다고 반박하고 싶었지만, 나한테 휘둘린 측근들에게는 변명으로 들릴 뿐이겠지. 나는 내가 마석의 공포에서 도망칠 생각만 하느라 내가 자리를 뜬 뒤에 질베스타와 보니파티우스가 어떻게 됐는지까지는 생각도 못 했다. 남은 측근들이 얼마나 고생할지도. 주인 실격이다.

"……저, 리젤레타에게 사과해야겠군요."

"저기, 로제마인 님. 가능하시다면 칭찬해 주세요. 제가 온실을 알아보는 동안 리젤레타는 성에서 가봉이 안 된 상황이라면 도서관에서 할 수는 없는지 페르디난드 님과 교섭하고, 길베르타 상회와 연락을 취하고 있었던 것 같으니까요."

유디트가 "이건 아침에 보고할 예정이었습니다만……."이라고

운을 띄우고 말해 줬다. 내 희망을 이뤄 주기 위해 리젤레타가 열심히 뛰어다니고 있다고.

"로제마인 님이 페르디난드 님께서 묵고 계신 저택으로 가는 것은 좋지 않다는 지적을 받아서, 한넬로레 님과 하이스히체 님도 같이 초대해 머리 장식을 감사 선물로 증정하는 것은 어떨지 생각하고 있었답니다."

왕족과 결혼하게 될 현재 상황을 생각해 보면 대외적인 인상을 고려하지 않으면 큰일이 난다. 귀찮은 일이다.

"그런데 로제마인 님. 이변을 알아차리지 못한 저희도 미숙했습니다만, 하르트무트도 정말 못됐습니다. 로제마인 님께 무슨 일이 있으신 것 같다고 눈치챈 듯하면서도 확증이 없다면서 아무것도 가르쳐 주지 않았거든요. 페르디난드 님과 둘이서만 뭔가를 정하고, 저희는 쏙 빼놨답니다."

유디트가 불만이라는 것처럼 입을 삐죽 내밀었을 때, 온실이 보이기 시작했다.

온실은 너무나 환상적인 공간이었다. 가능한 많은 빛을 받아들일 수 있도록 커다란 창문이 줄지어 있다. 의외로 밝은 달빛이 조용히 쏟아지고, 하얀 전물 자체가 어렴풋이 빛나는 듯했다. 그런 온실 안에 작은 불빛이 밝혀진 램프 같은 마술 도구가 곳곳에 장식되어 있다. 갖가지 색의 꽃들이 그 빛을 받으며 피어 있었다.

"아름다워요……."

"이리로 오시지요, 로제마인 님."

먼저 와서 준비하던 그레티아가 테이블 쪽으로 안내해 줬다. 겨울 사교계에서 여성들의 모임에 자주 사용하는 온실이라 탁자와 의자를 두기 위한 공간이 꽤나 넓었다.

"한넬로레 님도 방에서 나오신 것 같습니다. 객실은 본관에 있으니까 곧 도착하실 겁니다."

그레티아가 준비한 차에 대해 설명하고, 한넬로레가 도착한 이후의 절차에 대해 의논하는 사이에 한넬로레가 도착했다.

"평안하신지요, 한넬로레 님."

"이렇게 초대해 주셔서 정말 감사합니다, 로제마인 님. 마침 잠이 오지 않았는데, 정말 기쁩니다. ……이 온실, 정말 멋진 장소군요."

어렴풋한 빛이 비추는 온실을 둘러보며 한넬로레가 미소를 지었다. 약간 초췌해진 듯 보였다. 나는 그레티아와 의논한 대로 한넬로레와 함께 온실 안을 산책하기로 했다. 그동안 그레티아는 준비한 차 중에서 한넬로레가 어떤 것을 좋아하는지 그쪽 시종에게 물어보고 준비해 두겠다고 했다.

타박, 타박, 느릿한 걸음걸이로 꽃을 보면서, 숨을 깊이 들이쉬어 꽃향기를 깊이 빨아들였다. 호위기사들은 조금 떨어진 곳에서 따라왔다.

"이 온실…… 실은 저도 처음 들어왔습니다. 겨울 사교계에서 자주 사용하신다고 하는데, 저는 겨울을 어린이 방과 귀족원에서 보냈기에 드나들 일이 없었으니까요. 창밖으로는 눈이 한없이 내리는 가운데 갖가지 색으로 흐드러지게 핀 꽃은 정말 아름답겠죠."

"상상만 해도 황홀한 기분이 드네요. 볼 수 없다는 게 정말 아쉽습니다."

관상용으로 키우고 있는 꽃을 보며 한넬로레는 "단켈페르거에서는 볼 수 없는 꽃이 많군요."라고 말했다. 단켈페르거는 기후가 에렌페스트와 많이 다른 모양이다.

“연회는 즐거우셨나요?”

“예. 귀족원 사랑 이야기를 쓰시는 분이 로제마인 님의 어머님이라는 걸 알고 정말 놀랐습니다. 새로운 책도 주셨고, 이런저런 이야기를 할 수 있어서 정말 즐겁게 보냈습니다.”

한넬로레는 엘비라와 어떤 이야기를 나눴는지 즐겁게 이야기해줬다. 그 웃는 얼굴에 이끌려, 나도 모르게 따라서 웃고 말았다.

“제가 이야기한 내용이 이번에는 책이 된다고 하셨습니다. 로제마인 님과 페르디난드 님의 대화를 바탕으로 한 사랑 이야기입니다.”

“그게 책이 되면 곤란하겠는데요. 어머님께 쓰지 않으셨으면 좋겠다고 부탁드려야…….”

내가 손사래를 치자 한넬로레는 어깨가 살짝 처져서 “……이야기 속에서만이라도 행복했으면 싶다고 엘비라 님이 말씀하셨어요.”라고 중얼거렸다.

“마음대로 안 되는 현실을 눈앞에 두고 끓어오르는 감정을 전부 이야기로 승화시킨다고 하시더라고요. 강한 어머님이시군요.”

아…… 그거, 내가 말했던 것 같기도 한데. 페르디난드 님이 아렌스바흐로 가는 게 정해졌던 때.

그레티아와 한넬로레의 시종들이 말을 걸 때까지 우리는 시시한 이야기를 하며 온실 안을 천천히 걸어 다녔다.

“아직 밤에는 추우니까 이걸 드시죠. 몸이 따뜻해지실 겁니다.”

그레티아가 타준 차를 마셨다. 잠이 잘 오도록 배려한 허브 티다. 마시기 편하도록 꿀을 약간 넣었다. 한 모금 꿀꺽 마셨더니 따뜻한 액체가 입에서 위를 향해 떨어지는 게 느껴졌다. 내가 생각했던 것보다 몸이 많이 차가워져 있었던 모양이다.

"한넬로레 님, 이걸……."

나는 도청 방지 마술 도구를 내밀었다. 지금부터 할 이야기는 측근들에게 들려주고 싶지 않으니까. 한넬로레가 마술 도구를 손에 쥔 것을 확인한 뒤 나는 입을 열었다.

"이번에는 정말 죄송했습니다."

"로제마인 님?"

내가 사과했더니 한넬로레가 이해할 수 없다는 듯이 눈을 깜박거렸다.

"제가 아우브 단켈페르거께는 종 두 번 만큼이라고 말씀드렸습니다. 그런데 벌써 사흘이나 지났잖아요. 그리고, 처음에는 페르디난드 님만 구출할 예정이었어요. 란체나베 소탕이나 오늘처럼 격렬한 전투에 단켈페르거 사람들을 참가시킬 예정은 없었고요. 한넬로레 님이 잠들지도 못할 만큼 힘들어하시게 만들어서, 정말 죄송합니다."

"저기, 그렇지만, 로제마인 님. 기사들을 부추긴 분은 페르디난드 님이고, 기사들에게서 진짜 디터라고 했는데 싸운 것 같지도 않다는 불만이 나왔다는 이유로 남겠다고 결정한 사람은 바로 저잖아요? 로제마인 님이 자신을 탓하실 필요는 없습니다."

한넬로레가 당황한 듯 날 보며 말했다. 나는 천천히 고개를 저었다.

"선의로 협력해 주셔서 승리했잖아요. 공적인 자리에서 단켈페르거의 협력에 감사할 수는 있지만, 사죄는 해선 안 되죠. 그래서,

하다못해 사적인 자리에서나마 사과드리고 싶었습니다."

한넬로레는 단켈페르거 기사와 함께 게를라흐 방위까지 함께해 줬다. 그래서 잠 못 드는 밤을 보내고 있다면, 내가 사죄해야만 하겠지.

"단켈페르거 기사들이 함께해 주신 덕분에 게를라흐 전투에서 승리할 수 있었습니다. 사망자는 없었던 것 같지만 중상을 입은 분은 계시겠죠? 다른 영지 분을 그렇게 위험한 일에 끌어들였다니, 저는……."

내 치유가 너무 늦지 않아서 사망자는 없었다. 하지만 상처를 입은 사람이나 즉사 독 때문에 상태가 좋지 않다고 호소하는 사람은 있을 것이다. 피해가 전혀 없는 건 아니다.

"로제마인 님. 몇 번이고 말씀드리지만, 그것은 저희 단켈페르거가 선택한 결과입니다. 그런 후회는 하지 마세요. 아무런 각오도 없이 디터에 임하는 기사는 없습니다. 오히려 저야말로 로제마인 님과 에렌페스트 분들께 사과드리고 싶었습니다."

한넬로레는 울음을 터트릴 것만 같은 얼굴로 천천히 숨을 내쉬었다. 나는 야단을 맞을 일은 있어도 사과받을 일은 생각이 나지 않아서, 아까 한넬로레가 그랬던 것처럼 눈을 깜박거렸다.

"제가, 게를라흐 전투에서 여러분들을 많이 방해했죠? 허를 찌른 공격을 하려고 했는데 오히려 상대를 강화해 버려서……. 그 결과로 돌아가신 에렌페스트 기사가 여러분 계십니다. 저는, 디터의 수치를 만회하기 위해서 참전했는데, 도움이 되지 못했습니다. 그게 정말 마음이 답답해서……. 돌아가신 기사분들께 죄송하고……."

나는 마티아스와 함께 기베의 저택에 잠입해 있었던 탓에 한넬로레 쪽이 공격에 사용한 마력을 자신의 공격력으로 변환해 버린 그라오잠이 얼마나 날뛰었는지를 몰랐지만, 눈앞에서 죽은 게를라흐 기사가 여러 명 있었다는 것 같다. 그래서 한넬로레는 잠들지 못하는 듯하고. 이제 와서 전투에서 있었던 일이 어렴풋이 생각나고 마석이 무서워진 나는 그 마음을 잘 알 수 있다.

"단켈페르거 기사들은 운이 좋았습니다. 중앙 돌파로 에렌페스트 기사와 합류한 직후에 로제마인 님의 대규모 치유가 있었습니다. 그 덕분에 회복약을 마실 필요가 없어졌고, 입을 가린 천을 벗지 않아도 됐습니다."

그때 우선해야 할 일은 이미 엉망이 돼 있던 기베 기사단의 회복이었다. 단켈페르거 기사들은 룽슈멜의 치유로 회복했으니까 전선 유지를 맡고, 치유만으로는 어떻게 할 수 없는 마력 회복을 위해 기베 기사단은 뒤로 물러났다. 거기서 회복약을 마시고 있던 기베 기사단은 입을 가리고 있던 천을 벗었던 탓에 즉사 독에 의한 사망자가 여럿 나왔다고 한다.

"원래는 에렌페스트 영주 후보생인 로제마인 님을 지켜야 할 존재는 에렌페스트 기사겠죠? 그런데 단켈페르거 기사들은 모두 무사하고, 에렌페스트 분들만 피해를 입었습니다. 저는, 그게 너무나 죄송해서……."

한넬로레의 말에, 나는 고개를 저었다. 아무도 죽지 않는 것이 제일이지만, 그 정도 규모의 전투에서 그렇게 마음대로 되는 건 있을 수 없는 일이다. 그렇다면 나는 원래 싸울 필요가 없었던 단켈페르거 기사에게 피해가 적어서 다행이라고 생각한다.

"단켈페르거 기사들이 없었다면 페르디난드 님을 구출하지 못했습니다. 그 뒤에 란체나베와의 싸움에서도 게를라흐 전투에서도 승리는 힘들었겠죠. 한넬로레 님이야말로 자신을 너무 책망하지 마세요. 저도 에렌페스트도 정말 큰 도움을 받았습니다. 진심으로 감사드립니다."

한넬로레가 테이블 위에서 두 손을 맞잡고 기도하는 것처럼 조용히 눈물을 흘리는 모습을 보면서 나는 한넬로레의 손에 내 손을 얹었다.

"한넬로레 님, 같이 돌아가신 분들을 애도하도록 하죠. 동이 트는 동시에 최고신이 계시는 아득히 높은 곳으로 가는 계단을 올라갈 분들에게, 저와 함께 기도를 바치도록 하시죠."

한넬로레가 깜짝 놀란 듯이 고개를 들어 나를 봤다.

"같이 기도를……? 저는, 기사의 죽음은 슬퍼할 필요가 없다고 배우며 자랐습니다. 토지를 지키고, 주인을 지키고, 자신들의 가족과 친구를 지키고, 신념을 지키기 위해 싸우다 스러져 간 그들의 죽음을 자랑스럽게 여길 수 있도록 그 용맹함과 훌륭함을 전하며 칭찬하고, 후하게 포상하는 것이 영주 일족의 역할이라고. …… 그런데, 그분들의 가족도 지인도 아닌 제가 기도를 바쳐도 괜찮을까요?"

"단켈페르거에서는 어떤지 모르겠습니다만, 여기는 에렌페스트입니다. 죽은 이를 애도하는 마음만 있으면 충분하다고 생각합니다."

나는 호위기사들에게 부탁해 온실에서 본관 2층에 있는 발코니로 이동했다. 하늘이 어렴풋이 밝아지려 하는 동트기 전의 차가운 공기 속에서 슈타프를 꺼내 들고 한넬로레에게 죽은 이를 보내는

축사를 가르쳐 줬다.

“저 높이 우뚝 솟은 하늘을 관장하는 최고신인 빛과 어둠의 부부신이시여.”

한넬로레를 비롯해 같이 있던 측근들도 같이 슈타프를 꺼내서 기도하기 시작했다.

“저희 기도를 들어주시어, 아득히 높은 곳으로 향하는 이들에게 귀하의 축복을 내려 주소서. 귀하께 바치는 것은 위령가(慰靈歌), 최고의 가호를, 불귀의 객이 된 이에게.”

내 슈타프에서 빛과 어둠이 나왔고, 하늘을 향해 올라갔다. 한넬로레의 슈타프에서, 측근들의 슈타프에서도 축복의 빛이 나와서 날아갔다.

“로제마인 님, 제 기도가 게를라흐 땅까지 닿았을까요?”

“닿았을 거라 생각합니다.”

“……제가 그들을 위해 기도했는데, 제가 축복받은 기분이 듭니다.”

한넬로레가 마음의 안개가 개인 듯한 개운한 얼굴로 미소지었다.

새로운 아침을 알리는 한 점 종이 에렌페스트에 울렸다.

가봉

"한넬로레 님, 시간의 여신 드레팡아의 실 잦기가 아주 원활하게 이루어진 것 같습니다. 오늘 오후에는 아렌스바흐로 이동해서 그대로 단켈페르거로 돌아가게 됩니다. 지금부터 출발하실 때까지는 방에서 푹 쉬도록 하세요."

"……오늘은 머리 장식 주문을 위해 초대를 받았습니다만?"

한넬로레가 날 보면서 이상하다는 표정을 지었다. 나는 빙긋 웃으며 고개를 저었다. 같이 기도하고 죽은 이들을 애도하고 위령한 덕분에 한넬로레의 기분이 많이 진정된 것 같다. 몸에서 과도한 힘이 빠졌고, 살짝 졸려 보이기도 했다.

"머리 장식 주문이라면 언제든 할 수 있습니다. 한넬로레 님의 몸 상태 쪽이 더 중요하니까, 푹 쉬어 두시는 쪽을 우선해 주세요."

"그 배려가 너무 감사하니, 지금은 로제마인 님 말씀대로 방에 가 있도록 하겠습니다. 하지만, 저는 로제마인 님의 전속에게 머리 장식을 주문할 일을 아주 기대하고 있답니다."

한넬로레는 장난스레 웃고는 "세 점 종 때는 드레팡아의 실이 교차하겠지요."라고 인사하고는 본관 객실로 물러났다.

한넬로레와 그 측근들을 보내고 나도 방으로 돌아가려고 했을 때, 다무엘이 갑자기 슈타프를 꺼내 들고 경계 태세를 취했다. 유디트도 마찬가지로 슈타프를 꺼내 들었다. 나도 시력을 강화해서 그들이 주시하는 방향을 봤다. 기수가 다가오는 게 보인다. 그 뒤에서 따라오는 기수도 있고. 빠른 속도로 다가오는 하얀 사자 같은 기수는 페르디난드가 틀림없다.

“어머나, 페르디난드 님. 좋은 아침입니다. 꽤 일찍 움직이셨네요.”

내가 손을 흔들며 말하자 기수에 탄 페르디난드가 벌레라도 씹은 듯한 표정을 지었고, 발코니에 내려서서는 나와 측근들을 둘러봤다.

“야간 근무자가 피곤해지는 동틀 무렵을 노린 습격이라도 일어났나 싶었는데, 이런 시간에 바보같은 양의 마력을 방출한 것은 그대인가?”

“한넬로레 님과 함께 돌아가신 분들을 애도했습니다. 일크너와 게를라흐, 그리고 에렌페스트에서 돌아가신 분들은 지금 이 여명과 함께 최고신이 계신 아득히 높은 곳으로 오를 테니까요. 그리고…… 쉬고 계시는 페르디난드 님을 깨울 생각은 없었습니다. 죄송합니다.”

가장 휴식이 필요한 사람은 페르디난드다. 그런데 우리가 기도하면서 방출한 마력을 습격일지도 모른다고 경계해서 달려왔겠지. 기사단에는 호위기사들이 연락했지만, 아무래도 성 밖 도서관에 있는 페르디난드한테까지 ‘지금부터 위령 기도를 하겠습니다’라고 연락하지는 않았으니까.

“아니, 마침 약효가 떨어진 참이었기에 딱히 문제는 없다. …… 그대도 필요한가? 종 하나 칠 동안은 꿈도 꾸지 않고 죽은 듯이 잘 수 있다. 시간이 없을 때 잘 이용하고 있다.”

“꿈도 꾸지 않는다는 건 조금 마음이 끌리지만, 또 이틀 정도 일어나지 못하게 되는 건 아닌가 싶어서 주저하게 되네요."

짧은 시간에 몸 상태를 회복해야 하는 건 신전이나 평민 마을 상황을 보러 가고 싶은 나도 마찬가지다. 하지만 아렌스바흐에서 잠든 나를 두고 갔던 기억이 선명한 지금, 페르디난드의 약은 좀 경계하게 된다.

"싫어도 짧은 시간에 일어나게 된다. ……세 점 종에는 도서관에서 길베르타 상회 사람과 만나야 하는데, 그렇게 잠이 부족한 얼굴로 재봉사들과 만날 생각인가?"

잠이 부족한 얼굴이라는 말을 듣고서 나는 손으로 내 얼굴을 짚었다. 에렌페스트에서도 전투가 있었고, 아버지가 서문에서 무모한 짓을 했다는 말도 들었다. 이야기를 들은 투리가 걱정하고 있을 텐데, 나까지 투리와 가족들을 걱정하게 만들 수는 없다.

약에 절은 페르디난드와 같은 짓을 하는 건 내키지 않지만, 나는 그가 잘 이용한다는 수면약을 받아서 자기로 했다.

"로제마인, 몸에 안 좋은 곳은 없나? 아…… 내가 할 질문은 아닌가."

"페르디난드 님, 나중에 상담드릴까 생각했습니다만, 로제마인 님은 마석을 보면 전투에서 있었던 일이 연상되시는지, 기수를 꺼내는 것도 힘들어하고 계십니다."

무슨 말을 해야 좋을지 생각나지 않아서 잠깐 우물거린 내 대신 다무엘이 대답했다. 페르디난드가 "예상보다 심각하군."이라며 복잡한 표정을 지었다.

"마석을 두려워한다면 일상생활에 얼마나 지장이 있을지 모를 지경이다. ……지금 신전은 멜키오르의 측근들이 설치한 마술 도구 함정을 아직 철거하지 않았으니까 그다지 좋은 환경이라고 할 수 없다. 굳이 신전에 들어가고 싶다면, 신전의 정화가 끝난 오후가 좋을 것 같다."

이동 시간을 조금 늦추면 어떻게 될 것 같다고 중얼거린 페르디난드를 보며 나는 고개를 끄덕였다.

"……페르디난드 님은 이미 신전 상황을 보고 오셨나요?"

"아니. 나는 보고를 받았을 뿐이다."

멜키오르와 그 측근들에게서 필린느와 하르트무트가 이야기를 듣는 모습을 유스톡스가 보고 있었다는 모양이다. 들은 게 아니라 보고 있었다는 표현이 유스톡스답다.

"함정 철수와 정화가 끝난 뒤라도 상관없습니다. 제 눈으로 신전 상태를 확인하고 싶습니다."

"멜키오르의 측근들에게 함정을 철수하라고 전하도록, 다무엘."

"예!"

페르디난드와 이야기를 나누고, 조금 안심한 기분으로 약을 마시고 자리에 누웠다. 꿈도 꾸지 않고 잠들었던 것은 정말로 종 한 번뿐이고, 그 뒤에는 악몽이 찾아와서 벌떡 일어날 수밖에 없는 약이었다. 싫어도 금세 일어날 수밖에 없다는 말의 의미를 나는 뼈저리게 느꼈다. 종 한 번 만큼이라도 푹 잘 수 있었으니까 몸 상태는 좋아졌지만, 잠에서 깼을 때의 기분은 최악이다.

"로제마인 님, 무슨 일이라도 있으신가요?"

불침번 그레티아와 교대로 방을 치우고 있던 듯한 오틸리에가 내가 벌떡 일어난 걸 알고는 침대 캐노피 안으로 들어왔다.

"정말 끔찍하게 깼어요……. 페르디난드 님은 시간이 없을 때 잘 이용한다고 하셨는데, 이런 약을 이용해야 하는 생활이라니……."

페르디난드에게는 한 번 주의를 줘야 할지도 모르겠다. 그렇게 생각한 직후, 대외적으로 보기에 좋지 않으니 너무 가까이 지내지 말라는 말을 들었던 게 생각났다.

아…… 귀족은 정말 귀찮아.

좀 더 자는 쪽이…… 라고 말하는 오틸리에에게 아침 식사 준비를 부탁하고, 싸우는 동안 어떻게 지냈는지 이야기를 들으며 베르틸데의 도움을 받아 옷을 갈아입었다. 후방 지원을 맡았던 샤를로테, 브륀힐데와 행동하면서 가장 힘들었던 일은 연회와 단켈페르거의 객실 준비였다고 했다.

……기사단이 아우브의 명령으로 원정 나갈 때 성에서 전이진으로 식사를 보낸다는 걸 처음 알았다.

아침 식사를 하면서 나는 오틸리에에게 측근들이 지금 어떻게 움직이는지 보고를 받았다.

"연회 이후에 하르트무트가 가져온 명령입니다만, 아렌스바흐에서 며칠 동안 문제없이 지낼 수 있도록 준비해 두라고 페르디난드 님이 명하셨습니다. 로제마인 님이 한 번은 반드시 아렌스바흐로 가셔야 한다는 것 같더라고요. 겨우 돌아오셨는데 또 위험한 곳으로 가셔야 하다니……."

오틸리에가 날 걱정한다는 듯 미소지었다. 오늘 오후에 아렌스바흐로 같이 가는 측근은 지난번에 같이 갔던 사람들에다 시종 리젤레타와 그레티아를 지명했다는 모양이다.

"측근들도 교대로 출발 준비를 하고 있는 듯하니 오전중에는 다들 바쁠 것 같습니다. 저도 베르틸데와 함께 오후까지는 로제마인 님의 출발 준비를 갖춰 두도록 하겠습니다."

"도서관에 갈 마차가 준비될 때까지 이 책을 읽으며 지내 주세요. 로제마인 님이 아직 읽으시지 않은 책을 리젤레타와 그레티아가 준비했습니다. 엘비라 님은 로제마인 님이 결혼하시기 전에 가능한 많은 책을 만들겠다고 하셨답니다."

베르틸데가 가져다준 것은 싸움 준비를 하느라 바빠서 읽을 틈이 없었던 에렌페스트의 신작이다. 내가 없던 겨울 동안에 인쇄한 책이 두 권이나 있다. 나는 베르틸데에게 고맙다는 인사를 하고서 바로 읽기 시작했다. 싫은 일, 무서운 일을 잊기 위해서는 책을 읽는 게 제일이다.

"아, 왔나. 길베르타 상회 사람은 이미 도착했다."

세 점 종이 울리고, 나는 한넬로레와 하이스히체 등과 같이 마차를 타고 도서관으로 이동했다. 방문을 알리고 싶지 않은 관계거나 아주 편하고 사이가 좋은 사람이 아닌 한, 귀족의 저택을 방문할 때는 마차를 이용한다. 이번에는 단켈페르거 사람들도 같이 있어서 기수를 사용하지 않았다.

"하이스히체, 가자."

"예! 그럼 한넬로레 님. 즐거운 시간 보내십시오."

하이스히체는 우리를 도서관까지 바래다준 뒤 페르디난드와 함께 기사 훈련장으로 갈 예정이다. 하이스히체와 페르디난드만이 아니다. 내 호위기사들도 남성들은 도서관에 출입 금지다. 미혼 여성이 가봉할 때 같은 저택 안에 있으면 대외적으로 보기에 좋지 않다는 모양이다.

우리가 타고 온 마차에 페르디난드와 그 측근들, 하이스히체를 비롯한 단켈페르거 남성들이 타서 다시 성으로 돌아갔다.

"라자팜도 같이 갔는데, 기사 훈련을 하는 건가요?"

"손님께 드릴 차 준비 등을 하려는 것 같습니다. 전투 훈련은 하지 않겠죠."

레오노레가 피식 웃으며 그렇게 대답하고는 도서관으로 들어가라고 말했다.

"로제마인 님, 한넬로레 님. 기다리고 있었습니다."

리젤레타와 그레티아가 먼저 이동해서 길베르타 상회의 재봉사와 가봉을 위한 준비를 해 뒀다. 저택 응접실이 천으로 가득 채워져 있었다. 방에는 재봉사 여러 명이 줄지어서 한쪽 무릎을 꿇고 있었는데, 그중에는 투리도 있었다. 전투가 벌어졌을 때 도서관으로 피난했다는 이야기를 들었는데, 역시 이렇게 무사한 모습을 보니 아주 마음이 놓였다.

"이쪽에 계신 분은 단켈페르거의 영주 후보생인 한넬로레 님이시고, 제 소중한 친구입니다. 이번 전투에서 단켈페르거의 협력이 없었다면 에렌페스트가 패배했어도 이상하지 않았을 것입니다. 최소한의 감사 표시로 최고의 머리 장식을 선물해드릴까 싶어서 이 자리에 모셨습니다. 투리, 한넬로레 님의 머리 장식을 부탁합니다."

"알겠습니다, 로제마인 님."

나는 파란 망토를 걸친 사람이 단켈페르거 귀족이라고 소개하고, 투리에게 한넬로레의 머리 장식을 만들어 달라고 부탁했다. 투리와 눈이 마주치자 투리는 나를 보고 안심했는지 미소를 지었다.

"투리는 전에도 단켈페르거에서 머리 장식 주문을 받은 적이 있었죠. 한넬로레 님의 오라버니께서 의뢰하셨던 것입니다."

"그 의뢰는 잘 기억하고 있습니다. 훌륭한 디자인이었습니다."

진귀한 꽃 스케치와 함께 받았던 레스티라우트의 주문은 투리의 기억에도 선명하게 남아 있던 모양이다. 투리는 한넬로레에게 어떤 머리 장식을 좋아하는지 묻기 시작했다.

"역시 귀족원에서도 사용할 수 있도록 겨울의 귀색을 사용한 머리 장식이 좋으려나요? 오라버니께서 약혼자께 선물한 머리 장식도 훌륭했고, 로제마인 님이 평소에 사용하시는 장식도 아름다워서 고민되네요."

"로제마인 님과 한넬로레 님이 친구시라면, 두 분의 머리 장식을 비슷한 분위기로 맞출 수도 있습니다. 각각에 어울리는 색의 실을 사용할 테니, 완전히 똑같을 수는 없습니다만……."

"어머나, 그게 좋겠네요! 저는 그런 걸 꿈꿔 왔답니다."

한넬로레가 빨간 눈동자를 반짝이며 손뼉을 친 뒤에 "아."하고 작은 소리를 내고는 쭈뼛쭈뼛하며 나를 봤다.

"저, 로제마인 님은 제가 같은 것으로 해도 괜찮으실까요?"

"기쁩니다. 제게 어울리는 장식은 투리가 가장 잘 알고 있습니다. 한넬로레 님은 투리와 상담해서 정해 주세요."

머리 장식 주문을 투리에게 맡기고, 나는 의욕이 넘치고 있는 재봉사들과 마주했다. 그레티아와 리젤레타가 의상을 벗겨 줘서 속옷 차림이 됐다.

"영주회의 전에는 전부 완성해야 합니다만, 로제마인 님은 아직 피로가 풀리지 않으신 것으로 보입니다."

"이해하고 있습니다. 신속히 끝내도록 하겠습니다."

코린나를 비롯한 재봉사들이 만드는 중이던 의상을 차례로 입혔다가 조정하고 벗기고, 다음 옷을 또 입혔다.

"오늘 오지 못한 영주 일족 전속 재봉사에게도 의상 가봉을 부탁받았습니다."

전날 밤에 가봉 예정을 잡는 건 아무래도 무리였던 것 같다. 이 자리에 있는 사람은 길베르타 상회 사람들뿐인데, 가지고 온 의상 중에는 다른 공방에서 만든 것들도 있는 모양이다.

"이 의상을 바탕으로 다른 의상도 만든다고 합니다."

의상 제작을 이렇게까지 서둘러야 하는 건 급성장 때문인데, 아렌스바흐로 갈 예정만 없었다면 더 천천히 할 수 있었겠지. 서둘러야 하는 재봉사들한테는 미안하지만, 의상이 없으면 정말로 난감하니까 열심히 해 줬으면 싶다.

"……에렌페스트에 있을 수 있는 시간이 짧아진 탓에 여러분께 폐를 끼치게 됐습니다."

"급행료를 받았으니 저희는 신경 쓰지 마세요."

코린나가 슬쩍 벤노랑 비슷한 상인의 표정을 보여줬다. 반가운 분위기에 나도 모르게 미소를 지었다.

"왕족과 만날 때 입을 의상이니, 고급스러운 느낌과 품격을 중요시해서 제작해 주세요."

"알겠습니다. 최고의 의상을 만들어 보이겠습니다."

평소에는 느긋하고 부드러운 분위기였던 코린나의 눈동자가 목표를 포착하고 강하게 빛났다. 적갈색과 은색에 가까운 회색 눈동자라 색채는 다르지만, 이런 호전적인 표정을 지으면 코린나가 벤노의 동생이라는 걸 잘 알 수 있다.

벤노와 루츠도 만나고 싶다고 생각하며 가봉을 하다가 한넬로레가 이쪽을 보고 있다는 걸 알았다. 투리는 가지고 온 듯한 실 견본과 한넬로레를 번갈아 보면서 가장 어울리는 색을 찾고 있다.

"한넬로레 님, 머리 장식 주문은 마치셨나요?"

"예. ……한 번에 의상을 꽤 많이 지으시네요. 그리고 거의 본 적이 없는 분위기의 의상입니다."

"에렌페스트에서 새롭게 만들기 시작한 염색천인데, 페르디난드 님이 주신 아렌스바흐의 얇은 천을 덧대 봤습니다. 에렌페스트에서는 베일을 사용하는 문화가 그다지 없으니까요."

나는 치마 부분의 얇은 천을 살짝 들어 올려 보였다. 한넬로레가 뺨에 손을 대고, 이상하다는 듯이 나를 보며 말했다.

"저, 로제마인 님. 제가 정말 마음에 걸리는 것이 있어서 질문드리고 싶은데, 괜찮으실까요? 무례하다고 생각하신다면 대답하지 않으셔도 됩니다."

"어떤 것인가요?"

"로제마인 님은 에렌페스트의 영주 후보생, 아렌스바흐의 아우브, 차기 첸트 후보……. 그중 어느 것이건 선택하실 수 있을 것 같습니다만, 어떤 입장을 선택하실 생각이신가요?"

한넬로레의 말을 듣고서 나는 눈을 깜박거렸다. 생각도 못 한 질문이었기에 당장 답이 나오지 않았다.

"……한넬로레 님, 저는 선택할 수 있는 입장이 아니랍니다?"

주추를 물들이기는 했어도 첸트의 승인을 받지 못한 미성년자인 나는 아우브라고 할 수 없다. 메스티오노라의 서를 가지고 있어도 실제로 쓸 수 있는 부분이 너무 적어서 차기 첸트라고 말할 수도 없고. 소거법으로 생각해 보면 지금의 나는 그저 에렌페스트의 영주 후보생일 뿐이다.

"저는 로제마인 님을 동경했습니다. 귀족원에서 누구보다 어린 용모의 1학년이면서도 단켈페르거의 영주 후보생인 오라버니의 요구를 물리쳤고, 아나스타지우스 왕자께 자신의 의견을 확실하게 말씀하셨고, 자신의 바람을 관철하시는 모습이 너무나 눈부시게 보였습니다."

한넬로레의 말에 투리의 손이 멈췄다. 한넬로레는 뼛속까지 영주 후보생이라서 평민인 재봉사들은 굳이 신경 쓸 대상도 아니겠지. 하지만 나한테 길베르타 상회 사람들은 식구 같은 존재다 보니, 투리와 코린나의 반응이 너무나 신경 쓰였다.

……한넬로레 님, 지금은 그런 얘기를 할 상황이 아니라고요.

그런 내 마음의 목소리가 통하지 않았는지, 한넬로레는 계속 얘기했다.

"단켈페르거에 진짜 디터를 권유해 주시고, 국경문에 나타난 로제마인 님은 그야말로 차기 첸트의 광휘가 가득하셨습니다. 주추를 물들인 뒤에 버리고 갈 수도 있는 아렌스바흐 귀족을 구하기 위해 란체나베와 싸우는 로제마인 님은 아우브로 보였습니다. 승리 축하연에서 아우브가 정하신 내키지 않는 결혼과 페르디난드 님과의 거리를 받아들이는 로제마인 님은 에렌페스트의 영주 후보생인데, 제가 지금까지 본 모습 중에서 가장 로제마인 님답지 않다고 여겨졌습니다. 정말 이상한 일이죠."

한넬로레는 조용히 날 바라보며 다가왔다. 나는 식은땀이 줄줄 흐르는 기분으로 투리를 봤다. 걱정하는 얼굴과 '무슨 소리야?'라고 묻는 표정이 섞여 있다는 느낌이다.

"로제마인 님, 지금이라면 늦지 않았어요."

"뭐, 뭐가 말씀이신가요?"

"정식으로 발표되는 영주회의까지 아직 시간이 있으니까요. 제가 있는 힘껏 협력하겠습니다. 아우브나 첸트를 목표로 하시죠."

한넬로레의 말을 이해할 수 없다. 뭐가 늦지 않았다는 걸까. 한넬로레가 내 도서관 도시 계획을 알고 있을 리는 없고.

나는 내 측근들에게 도와 달라는 시선을 보냈다. 하지만 측근들은 한넬로레를 말리는 게 아니라 오히려 내가 어떤 답을 내놓을지 기다리고 있다. 모든 이가 내 반응을 주시하고 있다는 게 느껴진다.

"한넬로레 님, 제가 아우브나 첸트가 된다면, 뭐가 늦지 않는다는 말씀이신가요?"

단켈페르거의 협력은 너무 강력해서 무섭다. 간단히 넘어가서는 안 된다는 걸 이미 잘 알고 있다. 한넬로레가 무슨 생각으로 날 아우브나 첸트로 만들려는 걸까. 그것이 무엇보다 중요하다.

"당연히 어린 시절부터 마음에 두셨던 페르디난드 님과의 사랑 성취가 아니겠습니까!"

페르디난드의 이름이 나온 순간, 투리의 눈이 휘둥그레졌다. '신관장을 좋아했던 거야?'라고 깜짝 놀란 표정이었다. 가봉하던 손은 멈추지 않았지만 코린나의 눈이 '어머나, 벌써 그런 나이가 됐구나'라는 따뜻한 시선을 보내고 있다. 도저히 참을 수가 없다. 그다지 익숙하지 않은 귀족들이 착각하는 것과는 전혀 다르다.

……자, 잠깐만. 여기, 사실은 나 아는 사람들 투성이라고!

"한넬로레 님, 자자자, 잠깐 기다려 주세요. 심호흡하고, 진정하

고……. 저는, 페르디난드 님을…….”

“로제마인 님, 저한테까지 숨기실 필요는 없어요. 약혼자 외에 마음에 둔 분이 계시다고 말씀해 주셨잖아요. 세례식 이전의 어린 시절부터 항상 로제마인 님과 가까이 계셨고, 함께 걸었고, 의지가 되어 준 분이…….”

……그러고 보니까, 그런 얘기를 지어서 한 적이 있었지. 생각났다, 응. 그런데 한넬로레 님, 진짜 지금은 하면 안 된다고요!

……큰일 났다. 프랑이나 루츠를 생각하면서 했던 얘긴데, 귀족 기준으로 생각하면 해당하는 사람이 페르디난드 님밖에 없었어! 착각할 만도 하네! Nooooo!

머리를 감싸면서 어떻게 정정해야 좋을지 생각하는 사이에도 한넬로레는 열변을 토했다.

“저는, 슬픈 사랑은 이야기라도 싫어합니다. 오늘 아침에 읽은 이야기가 너무나 애달프고, 슬프고, 괴로워서……. 지금의 왕족에게 구르트리스하이트를 가져다주기 위해 내키지 않는 결혼에 동의하고, 마력이 걸맞지 않은 왕족과 결혼해서 로제마인 님이 그런 슬픈 일을 겪게 되시다니, 상상만 해도 참을 수가 없어요. 아직 정식으로 발표하지는 않았습니다. 부모 형제가 아무 말도 못 하도록, 자신의 결혼 상대는 스스로 쟁취하세요. 로제마인 님의 사랑을 성취하기 위해서라면, 저는, 온 힘을 다해 협력하겠어요. 아시겠죠?”

……아시겠죠? 라고 귀엽게 말하기는 했는데, 한넬로레 님, 진짜 뼛속까지 단켈페르거야!

내 바람

사랑을 성취하게 해 주겠다고 말해도 곤란하다. 일단 난 사랑을 하고 있지 않으니까. 그리고 왕명으로 아렌스바흐에 가게 된 페르디난드를 가능한 빨리 에렌페스트로 돌아오게 하고 싶을 뿐이고.

……더 말하자면, 투리가 이상한 오해를 하게 만드는 게 싫어!

"저, 한넬로레 님. 주위 귀족분들도 마찬가지로 제 말을 그다지 믿어 주지 않으십니다만, 저는, 정말로 페르디난드 님을 사모하는 게 아닙니다."

내 말을 들은 한넬로레가 눈을 깜박이며 천천히 고개를 기울였다.

"연회에서는, 왕족이나 신을 적으로 돌리는 한이 있어도 페르디난드 님을 구하겠다고, 그렇게 선언하셨다고 들었습니다만……."

……끄악! 투리 눈이 번쩍이고 있어! 잠깐! 그러긴 했는데, 그 부분만 들으면 오해하니까!

소리가 나지 않도록 손으로 입을 가린 투리가 바들바들 떨고 있다. 큰일 났다. 이 오해만은 풀지 않으면 평민 마을 가족들 사이에서 무슨 정보가 오가게 될지 생각만 해도 무서워. 우리 이야기는 들리지도 않는다는 태도로 계속 가봉만 하고 있는 코린나의 눈도 호기심에 반짝거리고 있다. 벤노네한테도 다 전해질 게 분명해.

"분명히 제가 그렇게 말하긴 했습니다. 제 말을 부정할 생각은 없어요. 페르디난드 님은 제게 가족처럼 아주 소중한 분입니다. 하지만 가족에 대한 감정과 연애 감정은 다른 것이죠?"

나도 페르디난드가 다른 사람들보다 특별히 소중하다는 자각 정도는 하고 있다. 평민 마을 가족과 신전의 시종들, 루츠를 비롯한 구텐베르크와 마찬가지로 소중하다. 하지만, 역시 연애 감정은 아니라고 생각한다.

……신께서 춤춘 적도 없고…….

"한넬로레 님도 가족이나 가족처럼 소중한 분이 다른 영지에서 독을 맞고 쓰러지는 상황이 된다면, 저처럼 무엇을 적으로 돌리는 한이 있어도 구하러 가지 않으실까요? 그것과 마찬가지라고 생각해 주세요."

"저기…… 저희 가족이 자기 힘으로 어떻게 해결할 수 없는 사태에 빠졌다면, 제가 무슨 짓을 하건 의미가 없는 상황이겠죠. 제가 무슨 행동을 해 봤자 호전될 거라고는…… 도저히 상상도 할 수 없습니다."

허둥지둥하는 사이에 자기 힘으로 위기에서 탈출하거나, 필요 이상으로 적을 쓰러트리겠다는 의욕에 불타는 주위 사람들을 말리러 다니기 바쁠 거라고 한넬로레가 먼 곳을 보는 표정을 지으며 중얼거렸다.

……틀렸다. 이번 전투에서 보여 준 한넬로레 님의 행동력으로도 도움이 안 되다니, 단켈페르거의 기준이나 상식을 모르니까 공감하기가 힘들어.

"단켈페르거의 사정은 다른 것 같습니다만, 저는 제 가족을 지키기 위해서라면 수단을 가릴 생각이 없고, 지금까지 그렇게 살아왔습니다. 그러니까 가족처럼 소중한 존재가 위기에 처한다면 달려갑니다. 하지만, 그게 사랑은 아닙니다.”

투리의 얼굴에 이해했다는 기색이 나타났다. 하지만 그 이해가 사랑을 안 했다는 설명에 대한 것인지, 가족을 위해서라면 폭주한다는 부분에 대한 것인지는 판별할 수 없다.

“그렇다면 로제마인 님께 페르디난드 님은 어떤 분이신가요? 결혼 상대로는 생각할 수 없다는 말씀이신가요?”

한넬로레의 말을 듣고, 페르디난드를 결혼 상대로서 생각해 봤다. 연애 감정은 없지만 빌프리트나 지기스발트 왕자가 결혼 상대 후보로 올라왔다. 마찬가지로 페르디난드를 연애 감정이 없는 후보로 생각해 볼 수도 있겠지.

……응? 어라? 페르디난드 님, 엄청나게 우량주 아닌가?

“그렇군요. 연애 감정은 없지만, 정략결혼으로 생각한다면 페르디난드 님이 가장 이상적인 상대인지도 모르겠네요. 책을 많이 가지고 계시고, 제게 도서관을 주셨고, 속내를 잘 알기에 가족처럼 편한 사이고, 계속 주치의 같은 입장이었으니까 몸 상태나 약 관리도 해 주셨으니까요. 유능하면서 믿음직하고, 불안하거나 마음이 허전할 때는 그 모습을 보거나 이야기를 듣기만 해도 안심이 되니…….”

“저, 로제마인 님. 그거…… 페르디난드 님을 사모하고 계시는 게 아닌가요?”

한넬로레가 정말 이해할 수 없다는 표정으로 나를 쳐다봤다. 내 측근들도 한넬로레와 같은 얼굴이고. 혹시 귀족 입장에서 생각하면 가족 간의 사랑이 사모하는 게 되는 걸까.

“페르디난드 님이 곁에 있으면 안심도 되면서 야단맞을 것 같아서 움찔움찔하기도 하지만, 연인처럼 달콤한 분위기가 되거나 가슴이 두근거리는 일은 없으니까, 그건 아닙니다."

"그, 그렇군요……."

한넬로레는 아직도 납득하지 않았다. 마치 내가 착각하고 있다는 것만 같은 표정이다. 꽤나 강력한 연애 필터가 씌워진 모양이다.

"그리고 저는 제 아빠처럼 하고 싶은 일을 위해 돌진하는 것을 도와주시고, 신분 차이도 무엇도 상관없이 모든 것으로부터 저를 지켜 주고 소중히 여겨 주시는 분이 이상적인 남성분이라고 생각한답니다. 가장 중요한 것은 아버님과의 약속이고, 무엇보다 지키고 싶은 것은 에렌페스트고, 그것을 위해서라면 왕명을 조용히 받아들이고 아렌스바흐로 가는 페르디난드 님은 제 이상과 다릅니다. 제 이상은 훨씬 높으니까요."

아빠가 이상이고, 이상이 높다고 선언했더니 투리가 질렸다는, 그리고 불쌍한 아이를 보는 표정을 지었다. 게다가 시선은 '마인은 아직도 어린애구나'라는 느낌인 것 같은 기분도 들고. 하지만 지금까지는 아빠가 가장 이상적이니까 어쩔 수 없다. 거짓말은 안 했어.

"물론 이상적인 남성분과 상관없이, 페르디난드 님은 소중합니다. 그리고 저도 가족과 나눈 약속을 소중히 여기고 있습니다. 그렇기에 저는 가능한 빨리 페르디난드 님을 아렌스바흐에서 에렌페스트로 돌려보내드리고 싶습니다."

내 바람에 대해 말했더니 한넬로레는 "그런데 페르디난드 님 생각은 어떠실까요?"라고, 미련이 남은 듯한 투로 말했다.

"아렌스바흐에서도 기수에 같이 타셨고, 로제마인 님을 아주, 아주 소중히 여기셨답니다."

한넬로레의 눈에는 페르디난드도 날 사모하는 것처럼 보이는 모양이다. 정말 놀라운 연애 필터에 씌였네.

……페르디난드 님이 날? 말도 안 돼. 아냐, 그건 아냐.

"페르디난드 님이야말로 연애 감정은 없다고 생각합니다. 아렌스바흐에서 기수에 동승했던 것은 전장이라는 특수한 상황에서 이제 막 아우브가 된 저를 도우면서 지휘하기 위해 필요한 일이었을 뿐입니다. 가장 합리적인 행동을 취했을 뿐이라고 생각합니다."

정확히는 국경문을 닫을 때 페르디난드 자신이 메스티오노라의 서를 지녔다는 것과, 독의 영향으로 시력 강화가 충분치 못한 상태를 숨기기 위해서 내가 필요했을 뿐이다. 그때의 행동에서 보호자로서의 이유는 있어도, 연애 감정이라고는 털끝만큼도 느끼지 못했다.

……마법진을 그릴 때도 책상 취급했고!

"무엇보다, 페르디난드 님은 저처럼 계속해서 귀찮은 일을 벌이는 자와 함께하고 싶지 않다고 이미 약혼 타진을 거절하셨습니다."

"예?!"

소리를 낸 사람은 한넬로레뿐이었지만, 측근들도 놀란 표정으로 나를 쳐다봤다. 투리도 눈이 휘둥그레져 있고. 그렇게 놀랄 일은 아닐 텐데. 페르디난드와 결혼하면 나한테는 이익이 잔뜩 있지만, 페르디난드에게는 딱히 이익은 없고 귀찮은 일만 늘어날 뿐이다.

"빌프리트 오라버니와의 약혼 이야기가 나오기 전에 아우브께서 내밀히 이야기하셨습니다. 결혼 이야기가 나올 때마다 안 좋은 일을 겪고 있는 페르디난드 님께 이미 거절당한 제가 내키지 않는 약혼을 강요할 생각은 없습니다. 가능하다면 페르디난드 님 본인이 바라시는 분과 함께하셨으면 좋겠다고 생각합니다."

더이상 단켈페르거에서 결혼 문제로 괜한 지원을 해 줄 필요는 없다고 못을 박아 버리자 한넬로레의 어깨가 축 늘어졌다.

"그, 그러셨군요. 정말 죄송합니다. 사정도 모르는 제가 짧은 생각을 입에 담아 버렸군요……. 설마 아우브께서 이미 결혼을 타진하셨으리라고는 생각도 못 했습니다."

일단 나와 페르디난드의 사랑이 성립되지 않는다는 건 이해한 모양이다. 꿈을 부숴 버린 것 같아서 미안하지만, 오해는 빨리 풀어야만 한다. 하는 김에 정신을 차린 한넬로레가 '결국, 로제마인 님이 마음에 둔 사람은 누구?'라는 소리를 꺼내기 전에 관심을 다른 곳으로 돌려야 한다.

……말을 맞추기 위해서 그냥 나오는 대로 한 소리였습니다, 라는 말은 못 하게 할 테니까!

"그런데 말이죠, 한넬로레 님. 사랑의 성취가 없다면 제 바람에 협력해 주지 않으실 생각이신가요?"

"무슨 말씀이시죠?"

한넬로레가 어리둥절한 얼굴로 날 쳐다봤다.

"저는 에렌페스트의 영주 후보생으로서 아우브께서 명하시는 대로 왕족과 결혼하는 것 외에 다른 선택지는 없다고 생각했습니다. 하지만 한넬로레 님 안에서는 아우브도, 첸트도 선택지로 존재하고 있죠?"

"당연하지 않은가요. 진짜 디터로 쟁취한 주추를 어떻게 할지 정하는 사람은 로제마인 님입니다. 주추를 빼앗기지 않는 한, 다른 누가 어떻게 할 수 있는 일이 아니니까요."

왕은 기본적으로 승인만 할 뿐이고 빼앗을 수는 없다고 한넬로레가 말했다. 왕이 진심으로 아우브로 승인하지 않을 생각이라면 누군가를 지명해서 중앙 기사단을 이끌고 주추를 빼앗게 하거나, 첸트로서 주추를 이동시켜서 억지로 빼앗는 수밖에 없다고 한다.

한넬로레는 구르트리스하이트도 없는 왕이 나한테서 주추를 빼앗을 수는 없다고 생각하는 듯하다.

"제가 가장 이해할 수 없는 일은 로제마인 님이 혼인을 통해 왕족에게 구르트리스하이트를 전해 주는 것입니다. 왕족이 아니라 유르겐슈미트에 구르트리스하이트를 가져다주는 쪽이 중요하지 않은가요. 로제마인 님이 첸트가 돼서 본인께 걸맞은 국서를 선택하셔야 한다고 생각합니다. 최소한, 구애의 마술 도구가 간단히 금가루로 돼 버리는 사람은 첸트와 함께할 국서의 자격이 없습니다."

여성이 아우브가 될 때 영주 일족 남성을 남편으로 맞이하지 않으면 임신과 출산 기간에 곤란해지는 것처럼, 여성이 첸트가 될 때도 남편으로 첸트 후보를 맞이하는 것이 바람직하다는 모양이다. 구애 마술 도구가 금가루가 돼 버릴 정도로 마력이 맞지 않는 상대는 논외라는 것 같고.

"그렇게 되면 자식을 기대할 수 없습니다. 로제마인 님도 그런 장래를 바라시는 건 아니겠죠?"

"그렇군요."

전혀 실감도 없고 상상도 못 하겠지만, 나도 언젠가는 아이를 갖고 싶다고 생각한다. 우라노 시절 어머니, 마인 시절 어머니, 귀족 어머니인 어머님까지 세 분의, 애정이 가득한 어머님께 받은 사랑을 돌려줄 수 있도록, 그렇게 아이를 키우고 싶다.

"왕족과 결혼하는 걸 바라지 않으신다면, 로제마인 님은 어떤 장래를 바라시는지요?"

가만히 이야기를 듣고 있던 측근 중에서 레오노레가 진지한 얼굴로 물었다.

"페르디난드 님을 구하기 위해 왕족과 거래하고, 아우브께서 주신 왕족의 구애 마술 도구를 받아들이고서 아우브 아렌스바흐가 되는 것은 현실적이 아니라며 로제마인 님은 왕족과 결혼하는 길을 선택하셨습니다. 저희는 거기에 맞춰 최적의 행동을 해 왔습니다만, 로제마인 님께서 나아가시는 길이 달라진다면 지금까지처럼 행동할 수는 없습니다. 주인이 방황하신다면 측근은 함부로 움직일 수가 없습니다. 가르쳐 주십시오, 로제마인 님."

레오노레의 말에 리젤레타도 "로제마인 님의 바람은 중앙으로 가시는 것인가요?"라고 물었다. 란체나베 전투 무렵부터 왠지 측근들과 서로 어긋나는 듯한 분위기가 느껴졌던 건, '왕족과 결혼하는 선택'이 내가 진짜 바라는 일이 아니기 때문인지도 모른다.

"로제마인 님. 저는, 아우브와 첸트 어느 쪽을 선택하셔도 협력하겠습니다. 연애와 관계없더라도 말이죠."

한넬로레의 지원 선언에 나는 빙긋 미소를 지었다.

"제가 가장 하고 싶은 것은 사서입니다! 저는 그러기 위해 문관 코스를 선택했으니까요."

"……예?"

예상 밖이라는 것처럼 멍한 표정을 지은 사람들에게 내 바람에 대해 역설했다. 이루어질지 않을지는 별개로 내 바람을 말했다. 그것이 지금 여기 있는 사람들이 나한테 바라는 것이니까.

"도서관에서 일하는 사서가 돼서 이용자가 원하는 책을 찾아 주고, 오래된 자료를 보수해서 되살리고, 마술 도구를 연구하고 다른 영지의 도서관과 도서관을 연결해서 다양한 곳에서 책을 긁어모으고……. 그런 것을 하고 싶습니다. 귀족원 도서권에 살고 계시는 솔랑쥬 선생님이 제 이상적인 장래입니다."

"솔랑쥬 선생님 말씀이신가요……."

선택지 이외의 답이라서 그런지, 레오노레가 혼란스러운 머리에 손을 얹고서 중얼거렸다.

"사실은 도서관에 틀어박혀서 하루 종일 책을 읽으며 지낼 수 있다면 가장 좋다고 생각합니다. 가족이나 사이좋은 사람들과 맛있는 밥을 먹고, 좋아하는 책을 읽고, 다른 도서관에서 읽어 본 적 없는 책을 찾아서 돌아다니는 삶을 살고 싶습니다. 제 입장에 따르는 최소한의 의무를 수행하고, 사람들이 마음대로 책을 읽을 수 있는 도서관을 만들고, 책을 관리하고, 책을 늘리기 위해서 식자율을 높이고, 책을 쓸 수 있는 사람을 늘리고, 평민도 귀족도 상관없이 독서를 즐길 수 있도록 만들고 싶어요."

투리가 '정말 하나도 안 변했네'라고 말하는 것처럼 도끼눈을 뜨고 날 보고 있다. 하지만, 정말로 그러니까. 내가 바라는 것은 그 시절부터 달라지지 않았다. 선택하지 않으면 나라가 멸한다든지, 명령하면 따라야만 하는 입장이라든지, 복잡하고 귀찮은 의무가 잔뜩 쌓여서 움직이기 힘들어져 버렸지만, 어쨌거나 내가 바라는 것은 하나뿐이다.

"저는, 할 수만 있다면 도서관을 잔뜩 건설하고, 그 도서관의 사서로서 도서관 안에서 살고 싶어요."

귀족 측이 완전히 예상 밖이라고 할까, '정말로 도서관 도시를 노리는 건가'라는 것처럼 믿을 수 없다는 얼굴인데, 내가 바라는 걸 듣고 싶어 했던 건 당신들이잖아.

"……도서관 건설이라면 아우브인가요?"

혼란스러운 머리에서 자신이 이해할 수 있는 범위의 답을 얻으려는 레오노레를 보며, 나는 뺨에 손을 댔다.

"저는 아우브건 첸트건 어느 쪽이건 좋습니다. 제 계획이 도서관 도시가 되는지, 도서관 국가가 되는지 정도 사소한 차이일 뿐이니까요……."

"전혀 사소하지 않습니다."

"평민에게도 독서의 즐거움을 주겠다고 생각한다면 아우브겠고, 도서관 '**네트워크**'를 간단히 설치할 수 있는 입장이라면 첸트겠죠. 아예 나라 전체에 권력이 미치는 첸트가 되면, 모든 도서관에 국경문과 같은 전이진을 설치해서 간단히 오갈 수 있게 만들지도 모르겠네요."

전이진은 가장 간단히 만들 수 있는 도서관 네트워크 설치 방법인데, 영지를 넘나드는 전이진은 첸트만이 설치할 수 있다. 큰 것은 작은 것을 겸한다고 하니까, 기왕이면 첸트가 돼서 도서관 국가를 만드는 쪽이 좋을지도 모르겠네.

"……그렇게 생각하면 지기스발트 왕자님과 결혼하는 것도 나쁜 수단은 아니라는 생각이 드는군요. 왕족의 입장을 얻은 상태에서 마음대로 하는 것도 좋을지도 모르겠군요. 대영지와의 관계를 생각하면 제3 부인으로 삼고 싶다는 얘기를 들은 적이 있는데, 제3 부인이라면 집무나 사교에 관한 책임이 거의 없으니까. 도서관 계획을 추진하기에 가장 좋을 것 같네요."

어느 입장이 되건 하려고 마음만 먹으면 할 수 있다는 걸 알자 나는 조금 힘이 났다. 메스티오노라의 서를 가지고 있는 건 나다. 누구와 결혼하더라도 도서관 계획은 실행할 수 있지 않을까. 나는 페르디난드와 이야기할 때처럼 머릿속에 떠오르는 대로 유르겐슈미트를 도서관 국가로 만들기 위한 계획을 말하다가 앗, 하고 놀랐다.

"그러고 보니 페르디난드 님께도 제가 바라는 것을 말했을 때, 반역죄를 저질러서 망해 버려도 이상하지 않은 아렌스바흐라면 제가 바라는 대로 도서관 도시로 만들어 버려도 좋지만, 첸트가 돼서 유르겐슈미트 전체에 영향을 미치는 것은 안 된다고 하셨어요. 하지만, 기왕 기회가 생겼으니까 가능한 광범위하게 도서관 계획을 펼치기 위해서는 첸트 쪽이 좋지 않을까요? 측근으로서도 주인이 아우브가 되는 것보다는 첸트 쪽이 섬기는 보람이 있겠죠?"

나는 내 측근 중에서 가장 귀족다운 감각을 지닌 레오노레에게 물었다. 레오노레는 주위 사람들을 한 번 둘러보고, 빙긋 미소를 지었다.

"저는 페르디난드 님 말씀이 옳다고 생각합니다."

"그게 무슨 말인가요, 레오노레? 첸트보다 아우브가 좋다는 건가요?"

영문을 모르겠다. 고개를 갸웃거리고 있었더니 레오노레와 눈짓을 주고받고 고개를 한 번 끄덕인 한넬로레가 내 손을 살며시 쥐었다.

"로제마인 님. 저는, 로제마인 님은 페르디난드 님과 결혼하시는 쪽이 가장 좋다고 지금 확신했습니다."

"예? 한넬로레 님, 정작 페르디난드 님은 그걸 바라지 않으신다고, 좀 전에…….”

……어라? 아까 납득했잖아? 왜 갑자기 의견이 정반대로 뒤집힌 건데?

게다가 어째선지, 한넬로레의 눈이 아까와 다르게 연애의 열기에 달아오른 것처럼 반짝이는 게 아니라, 너무나 진지한 눈빛으로 변해 있었다.

“빌프리트 님과 약혼하기 전과 지금이라면 마음이 달라지셨을 가능성도 있습니다. 그리고 연정이 없다 해도 로제마인 님께 중요한 분이시죠? 페르디난드 님은 로제마인 님이 행복하게 해드리시면 되니까요.”

“제가 보기에, 마찬가지로 연정이 없다 해도 페르디난드 님은 로제마인 님을 소중히 여기고 계십니다. 승산은 있습니다.”

……어라? 레오노레까지 무슨 소리야? 승산이라니, 무슨?

“로제마인 님께 페르디난드 님은 연정이 아니고, 이상적인 남성분은 아니라도, 정략결혼 상대로서는 이상적이시죠?”

진지한 얼굴의 레오노레가 물었고, 나는 고개를 끄덕였다. 내 입으로 말했다. 그건 틀림없다. 한넬로레가 빙긋 미소를 지었다.

“그렇다면, 어떻게 하면 페르디난드 님이 정략결혼을 해 주실 마음이 들지 같이 생각해 보도록 하죠. 가족과 마찬가지라면 부부나 마찬가지라고 해도 좋을 것 같잖아요. 그렇죠?”

……그러니까, 뭐가 그렇죠? 냐고! 가족이랑 부부는 전혀 다르거든요!

오찬회

점심 식사를 위해 성으로 돌아오라며 라자팜이 마차를 타고 돌아왔다. 물론 먼저 올도난츠로 리젤레타에게 연락을 했기에 투리와 코린나를 비롯한 길베르타 상회 사람들도 가봉을 마치고서 돌아갔고, 출발할 준비도 되어 있다.

나와 한넬로레는 각자 호위기사를 데리고 마차에 탔다.

"페르디난드 님께 정략결혼 승낙을 받으려면 어떻게 해야 좋을까요? 제가 알고 있는 페르디난드 님은 하이스히체 등에게 들은 인물상이 대부분이다 보니 묘안이 떠오르지 않네요. 역시 로제마인 님이 페르디난드 님께 구혼하고 과제를 받으시는 게 가장 좋지 않을까요?"

한넬로레가 진지한 얼굴로 생각하고 있지만, 나는 클라리사처럼 단켈페르거식 구혼을 할 생각이 전혀 없다. 페르디난드는 분명히 나와 결혼하는 걸 싫어할 테고, 코웃음만 칠 뿐 과제를 내주지도 않겠지. 페르디난드의 게두르리히인 에렌페스트에 연구소를 만들어 주는 게 좋겠다.

……주변에서 이상한 짓을 벌이기 전에 페르디난드 님과 상담해야겠다!

한넬로레가 움직인다면 영주 부부가 동석하는 이 점심식사 자리에서 일을 벌이겠지. 그 전에 페르디난드에게 정보를 흘려서 정략결혼에 저항할 수 있도록 대책을 마련해야겠다.

이대로 가면 단켈페르거의 기세 때문에 페르디난드가 또 내키지 않는 정략결혼을 강요받을 수도 있으니까. 단켈페르거의 폭주를 막고 싶다고 분명히 말했었는데, 한넬로레는 벌써 잊어버렸다.

……나만이라도 페르디난드 님의 편이 되어야지!

"레오노레, 페르디난드 님께 연락해 주세요. 점심식사 전에 할 이야기가 있다고."

나는 호위기사로 마차에 같이 탄 레오노레에게 부탁했다. 원래는 시종에게 부탁해야 할 용건이지만, 리젤레타가 신분 문제로 같이 타지 못했으니 어쩔 수가 없다.

"올도난츠를 보내겠습니다만, 아무리 그래도 너무 갑작스럽다고 생각할 것 같습니다."

"큰일이 났다고 얘기하면 분명히 시간을 내주실 거예요."

지금까지도 페르디난드는 씁쓸한 표정과 함께 '그대는 대체 무슨 짓을 했나?'라고 말하며 이야기를 나눠 줬고, 대책을 마련하거나 타개책을 가르쳐 줬다. 인생이 걸린 중요한 사태다. 사전에 정보를 공유하는 걸 싫어할 리가 없어.

"페르디난드 님!"

내 요청을 거절하지 않고 페르디난드는 점심식사를 할 예정인 식당 근처의 방을 준비해 줬다. 페르디난드와 측근들에다 내 남성 측근들도 전부 모여 있고, 한넬로레를 비롯한 단켈페르거 사람들을 대접하는 데 관한 의견을 듣기 위해서 동원된 클라리사도 같이 있다.

"큰일이라는 게 대체 뭔가, 로제마인? 그대는 대체 무슨 짓을 했나?"

평소대로 미간에 짙은 주름을 새긴 페르디난드가 나를 노려보며 캐물었다.

“저는 딱히 아무것도 안 했지만, 큰일이 나서, 페르디난드 님이 정략결혼으로…….”

“진정해라. 너무 흥분했다. 안색이…….”

나는 체온을 재려고 뻗은 페르디난드의 오른손을 꼭 쥐었다.

“이대로 가면 저와 결혼하시게 될지도 몰라요. 페르디난드 님, 지금 당장 도망치세요!”

“……도무지 의미를 모르겠군. 도청 방지 마술 도구를 써서 전후 관계를 명확하게 설명하도록. 아무리 생각해 봐도 공공연하게 이야기할 내용은 아닌 것 같군.”

얼굴을 찌푸린 페르디난드가 오른손을 가볍게 흔들었다. 바로 하르트무트가 범위 지정 도청 방지 마술 도구를 작동시켰다. 차 준비를 마친 유스톡스가 측근들에게 마술 도구 범위 밖으로 나가라고 지시했다. 측근들에게 둘러싸여 있기는 하지만, 순식간에 둘이서만 이야기할 수 있는 공간이 생겼다. 내가 마석을 손에 쥐지 않아도 되도록 범위 지정을 사용한 데서 측근들이 날 배려해 줬다는 걸 알 수 있었다.

“왜 그러나?”

“번거롭게 해서 죄송하다는 마음과 여러모로 생각해 주셔서 고맙다는 기분이 들었을 뿐입니다.”

“그렇군. 그대에게 쓸데없는 부담이 되지 않았으면 싶으니까, 빨리 설명하도록.”

측근들은 측근들대로 이야기하는 모습을 슬쩍 보며 나는 페르디난드에게 가봉 때 있었던 일을 이야기했다. 페르디난드를 사모한다는 오해를 사고 응원받은 부분부터 시작해서, 정략결혼 이야기가 나온 것까지 전부.

"……그렇게, 진짜 바람을 말해 달라고 해서 제가 귀찮은 의무도 명분도 전부 무시한 제 진심을 말했더니, 한넬로레 님과 측근들이 페르디난드 님과 정략결혼을 해야 한다는 말을 꺼냈어요. 갑자기 태도가 너무 크게 바뀌었다고요. 정말 영문을 알 수 없다고 생각하지 않으시나요?"

"그대가 권력을 쥐도록 하고 풀어놓았다가는 큰일이 날 테니까 그대를 제어할 사람이 필요하다고 인식했을 뿐이다. 영문을 알 수 없는 일이 아니지 않은가."

이야기를 듣기만 했는데도 엄청나게 피곤한 표정이 돼 버린 페르디난드가 "모르는 건 그대뿐이다."라고 말하며 나를 노려봤다.

"도서관 계획에 질린 것도 있겠지. 하지만 모두가 그렇게 의견을 바꾼 것은 그대의 제안이 위험했기 때문이다. 국경문이 경계문 밖에 있는 것, 귀족원으로 가는 전이진이 각 영지의 기숙사에 있는 것, 아우브의 허가가 필요하고 매년 다수의 학생이 이동해야 하는데도 적은 인원만 전이할 수 있는 이유를 생각해 봐라."

"예?"

"첸트가 자기 마음대로 도서관을 만들고, 게다가 전이진을 설치해서 자유롭게 오갈 수 있게 만들다니, 영지 방위를 고려해 보면 최악이 아닌가. 설치하는 그대에게 악의나 적개심이 없다고 해도 그 뒤에 이용하는 자가 악용하지 않으리라는 보장이 없다. 긴 역사를 자랑하는 단켈페르거의 영주 후보생이 경계하는 건 당연한 일이다.

이 어리석은 것."

연애 성취가 어쩌네 정략결혼이 저쩌네라는 이야기 때문에 "또 쓸데없는 소리를……."이라고 생각하면서 피곤해하고 있을 줄 알았는데, 전혀 아니었던 모양이다. 예상치 못한 이유로 야단맞은 나는 당황해서 변명했다.

"이렇게 되면 좋겠다고 생각한 이상을 말했을 뿐이고, 저도 간단히 실현할 수 있을 거라고 생각하지는 않아요. 페르디난드 님을 사모하고 있다는 화제에서 사람들의 관심을 돌리고 싶었다고요."

"지기스발트 왕자와 결혼하는 것이 가장 간단해 보인다고 의기양양하게 말했던 그대가 무슨 소리를 하는 것인가? 경솔한 그대가 평소대로 생각 없이 발언한 것이라 해도, 그대가 진심으로 실현하겠다고 마음먹으면 가능하다는 게 한넬로레 님에게 전해졌다. 전이 진만이 문제가 아니다. 생각이 떠올랐다고 함부로, 뜬금없는 것들을 차례로 실현해 버리면 도저히 배겨낼 수가 없다고 주위에서 생각하는 것도 당연한 일이 아닌가."

"아으……."

내가 깊이 생각하지 않았던 탓에 큰일이 나 버린 모양이다.

"나야말로 골치가 아프다. 기껏 성녀다운 인상을 만들고, 얼핏 봐서는 완벽해 보이는 영주 후보생으로 만들어 놨더니 이런 바보같은 이유로 전부 내던져 버릴 거라고는 생각도 못 했군. 그대는 연회 때 대외적인 인상을 신경 써야 한다는 이야기를 그렇게 들었으면서, 아직까지도 이해하지 못한 것인가?"

"아으, 사람들이 너무 대외적인 인상 얘기를 한 탓인지, 그게 엄청 귀찮다는 생각이 들었고…… 그 반동 때문에 홱, 하고 내던진 게 아닌가 싶어요."

"참으로 어리석구나."

페르디난드가 씁쓸하게 말한 뒤에 관자놀이를 톡톡 두드리기 시작했다. 지금은 내가 어리석다는 얘기는 일단 넘어가자. 중요한 건 앞으로의 대책이니까.

"제 대외적인 인상은 둘째 치고, 한넬로레 님 일행이 폭주하기 전에 어떻게든 하지 않으면, 페르디난드 님이 또 본인의 게두르리히와 억지로 헤어지게 돼 버린다고요. 제가 양아버님께 부탁드려서 에렌페스트에 연구소를 만들어 달라고 교섭할 테니까, 페르디난드 님도 에렌페스트로 돌아오실 수 있도록 같이 대책을…… 아흐어여!"

내 말을 막으려는 것처럼, 페르디난드가 내 볼을 꽉 꼬집었다.

"꽤 좋은 정보였다. 거기에 대해서는 감사한다."

"이게 감사하는 사람이 할 행동인가요?"

얼얼한 볼을 누르며 페르디난드를 노려보자, 페르디난드가 시선을 살짝 문 쪽으로 향했다. 나도 따라서 그쪽을 봤다. 밖에서 호위하고 있던 안게리카가 슬쩍 얼굴을 내밀었다.

"식사 시간이 된 것 같다, 로제마인."

"페르디난드 님. 저는, 지금까지 여러모로 참아 왔던 페르디난드 님께서 자신의 바람을 최우선으로 하셨으면 싶어요. 그러니까, 단켈페르거와 아버님이 무슨 말을 하더라도 지지 마세요. 꼭 본인이 희망하는 길을 쟁취하세요."

이 오찬회만 견뎌내면 단켈페르거 사람들은 자기 영지로 돌아간다. 내가 주먹을 꽉 쥐면서 응원했더니, 페르디난드가 일어나서 내게 손을 내밀었다.

"걱정 마라. 나는 이기지 않는 승부는 안 하는 주의다."

페르디난드가 못된 짓을 잔뜩 꾸미고 있는 듯한 얼굴로 웃었다. 저 얼굴을 보니 페르디난드한테 맡겨 두면 틀림없이 괜찮을 것이다. 나는 기뻤다.

한넬로레의 언동을 크게 경계했는데, 오찬회 자체는 상당히 편안하게 진행됐다. 에렌페스트의 요리사들이 공들여 만든 음식을 '정말 맛있습니다'라고 기뻐해 줬고, 단켈페르거 손님들도 충분히 맛있게 즐겼다.

식사 중의 화제는 에렌페스트 기사들이 훈련장에서 단켈페르거 기사들에게 들볶인 이야기가 중점이었고, '단켈페르거 기사는 상당히 강했다'라고, 같이 들볶였던 빌프리트가 흥분한 얼굴로 말했다.

……빌프리트 오라버니도 참가했구나.

그 뒤에 식후 예정에 관한 이야기도 나왔다. 내가 신전 상황을 보는 동안 한넬로레는 플로렌치아, 빌프리트, 샤를로테와 차를 마시기로 했다.

"마침 좋은 기회니까 다른 영지와 다르다는 소문의 에렌페스트 신전을 견학하고 싶었습니다만, 시간이 없으니 어쩔 수 없네요."

한넬로레가 아쉽다는 것처럼 말했는데, 기수를 타고 다녀오기만 해도 단켈페르거로 돌아가는 시간을 생각하면 빠듯하다. 마차로 다녀올 시간은 없다.

"저도 한넬로레 님을 초대할 수만 있다면 그러고 싶었습니다만……."

페르디난드가 '서문으로 갈 시간이 확실하게 사라진다'라며 각하했고, 오전 중에는 신전에서 열심히 함정 철거를 했다는 멜키오르가 '어제 전투 현장이 됐던 곳이다 보니, 손님을 모시기는 조금 힘들겠습니다'라며 미안하다는 듯이 사과하니, 나도 무리하게 부탁할 수는 없다.

"로제마인과 멜키오르에다, 숙부님도 신전으로 가십니까?"

"그럴 셈이다. 로제마인을 시간 맞춰 성으로 데려와야 하고, 에렌페스트 신전에는 나를 섬겼던 이도 있다. 상황을 보러 가는 데 무슨 문제라도 있나?"

"출발 시간까지 훈련하고 싶다는 이야기가 있었는데, 그러면 단켈페르거 기사들이 할 일이 없어지는 것이 아닌가 싶어서……."

빌프리트의 말에 페르디난드가 슬쩍 질베스타 쪽을 봤다.

"단켈페르거에게 감사하고 싶다며 초대한 아우브와 시간을 보내질 못했으니, 마지막에는 아우브와 함께하는 시간을 보내면 어떨까 싶다. ……어떻습니까?"

"그대의 배려가 참으로 고맙군."

페르디난드가 살짝 일그러진 미소를 지은 질베스타에게 단켈페르거 기사들의 상대를 떠넘긴 무렵에 식사가 끝났고, 식후 차가 나왔다.

"아우브 에렌페스트. 그러고 보니 중앙 쪽은 어떻게 되었는지 알고 계십니까? 이쪽은 정보가 전혀 들어오지 않았습니다만, 에렌페스트에서는 뭔가 정보를 얻으셨는지요?"

한밤중에 출발, 동틀 때까지 전투, 아우브가 된 내가 약 때문에 이틀을 잠들었고, 중앙과의 직통 마술 도구를 사용하지 못한 채 에렌페스트로 출발했다. 디트린데 쪽이 아렌스바흐로 돌아오지 못하도록 여기저기 전이진을 봉쇄했는데, 중앙이 어떻게 됐는지에 대한 정보가 전혀 없다.

한넬로레도 마음에 걸렸는지 질베스타를 바라봤다.

"제가 단켈페르거 기사들을 데리고 에렌페스트로 간다고 연락했을 때, 아버님은 아직 영지에 계셨습니다."

"나도 중앙 쪽 상황은 잘 모른다. 이틀 전이었나? 하르트무트와 클라리사로부터 편지로 연락을 받았을 때, 귀족원 기사들을 통해서 연락은 했다."

질베스타는 내가 페르디난드를 구출하고 란체나베와 전투가 벌어졌다는 내용을 왕족에게 알렸다는 모양이다. 딱히 긴급 사태는 아니다 보니 직통 연락 도구는 사용하지 않은 것 같다.

"거기에 대해 왕족은 뭐라고 했나요?"

"중앙 기사단에게 전달해서 수비를 강화하고 있는데, 아렌스바흐와 란체나베의 자들이 아직 오지 않았다. 언제나 오는 것인가, 정말로 중앙에 와 있는 것인가, 단켈페르거에는 언제쯤 연락하는 것이 적당하느냐는 질문이 왔다."

그런 속 편한 질문이 온 건 이쪽 주추를 방위하느라 바빴던 어제 아침이었다고 한다. 질베스타는 우선도가 낮다고 판단해서 답을 나중으로 미뤘고. 그 마음은 이해한다.

"그걸 내가 알 리가 있겠나? 현재 중앙이 위기가 아니라면 답은 그대들이 돌아온 뒤에 해도 충분하다고 생각했다. 왕족에게 답할 만한 뭔가가 있나?"

"구르트리스하이트를 노린다면 디트린데 무리가 향한 곳은 왕궁이 있는 중앙이 아니라 귀족원이 분명합니다."

페르디난드가 당연하다는 얼굴로 말하자, 질베스타가 살짝 진지한 표정이 돼서 "당장 왕족에게 연락해야겠군."이라며 자리에서 일어났다. 하지만 페르디난드는 살짝 손을 들고 "괜찮습니다, 아우브."라고 말하며 제지했다.

"왕족의 안전을 생각한다면 중앙의 별궁에 틀어박혀 있는 것이 제일이겠죠. 구르트리스하이트가 그쪽으로 넘어가지 않는 한, 그 상태로 있는 것이 인적 피해가 가장 적을 것이라 생각합니다."

괜한 소리를 할 필요는 없다고 에둘러서 말하며 페르디난드는 유스톡스에게 눈짓을 보내고 자리에서 일어났다.

"시급히 힐쉬르 선생님과 연락을 취해서 귀족원의 현재 상황에 관한 정보를 수집하도록. 아렌스바흐는 기숙사를 폐쇄한 데다 사감이 해임됐고, 새로운 사감은 영주회의에서 임명할 예정이기에 부재 중이다. 가능하다면 단켈페르거에도 연락해서 왕족의 현재 상황을 전하고, 루펜 선생님께도 귀족원 상황을 알아봐 달라고 부탁하게."

중앙에 이변이 없다면 디트린데 쪽은 틀림없이 귀족원에서 움직이고 있다. 구르트리스하이트를 손에 넣기 위해 사당에서 기도라도 하고 있을지도 모른다. 그렇다면 중앙에서 움직임이 없는 것도 납득할 수 있다.

"……로제마인, 멜키오르. 시간이 없다. 신전으로 가자."

페르디난드의 지시에 나와 멜키오르가 일어났고, 측근들도 같이 같이 움직였다.

"시간이 없다는 게 무슨 말씀이신가요? 바로 귀족원으로 가는 쪽이 좋을까요?"

"지금까지 사감에게서 아무런 연락이 없었으니 아직은 움직임이 없다고 봐야겠지. 그쪽으로 가기 전에 이런저런 준비가 필요하다. 무엇보다 우리는 신전과 평민 마을의 상황을 보기 위해 굳이 돌아온 것이다. 왕족은 뒤로 미뤄도 된다."

페르디난드의 말을 듣고 나는 귀족원에 있는 사람들을 떠올렸다.

……힐쉬르 선생님과 라이문트는 기본적으로 연구실에서 나오지 않으니까 디트린데 님 쪽과 마주칠 일은 없겠지? 그밖에 구르트리스하이트를 원하는 사람들이 갈 곳이라면…….

나는 식당에서 나가기 직전에 뒤를 돌아봤다.

"양아버님, 귀족원 도서관에 계신 솔랑쥬 선생님이 무사하신지도 확인해 주세요. 걱정이 됩니다."

신전에서 주추로 들어가는 입구가 신전 도서실에 있던 것 덕분에 귀족원 도서관이 중요한 장소라는 것이 질베스타에게 전해졌겠지. "바로 힐쉬르와 단켈페르거에 연락하겠다."라고 받아들여 줬다.

식당을 나와 발코니에서 기수를 만들어 내다가 나는 기수용 마석을 건드리지 못하고 몸이 굳어져 버렸다.

"저기, 페르디난드 님. 제가……."

"안게리카와 같이 타도록."

"……예. 부탁드릴게요, 안게리카."

나는 안게리카의 기수에 같이 타고 신전으로 향했다.

……나, 아우브도 첸트도 못 되는 게 아닐까?

마석이 무서우면 조합을 할 수 없다. 올도난츠를 보낼 수 없다. 기수에 탈 수 없다. 귀족으로서 치명적이다.

……이런 공포심은 금세 낫는 게 아니니까, 초조해하면 안 되는데…….

그래도, 곧 아우브가 필요한 아렌스바흐로 돌아가야 한다. 아우브에게 요구되는 책임을 다할 수 있을까. 말로 표현할 수 없는 초조한 기분에 손끝이 차가워졌다.

신전과 멜키오르의 보고

“다녀왔습니다.”

“다녀오셨습니까 로제마인 님. 이렇게 다시 뵙게 되어 정말 기쁠 따름입니다, 페르디난드 님.”

“그대들도 별일 없어 보여서 다행이군.”

프랑과 잠이 마중을 나왔다. 페르디난드가 살짝 미소를 지었다. 페르디난드에게 신전이 그립고 편안한 기분이 드는 장소라는 걸 알 수 있다.

“그다지 시간이 없지만, 신전과 고아원 상황을 보고 다들 무사한지 확인하기 위해서 왔습니다. 방에서 이야기를 들려주세요.”

“로제마인 누님, 이미 아우브께 보고했습니다만, 신전 습격의 전말에 대한 보고도 필요하신지요? 아버님은 게오르기네 님의 기억을 보셨다는 것 같습니다. 오늘 오전에 함정을 해제하던 중 불려 가서 보고를 들었습니다.”

“……부탁드릴게요.”

보고를 들으러 왔으니 듣기 싫다고 할 수도 없겠지. 멜키오르는 신관복으로 갈아입고서 신전장실로 찾아가겠다는 말을 남기고 자기 방으로 갔다. 내가 옷을 갈아입는 동안에는 신전장실에 들어갈 수 없으니 페르디난드는 하르트무트의 안내를 받아서 오랜만에 신관장실에 가려는 모양이다. 페르디난드가 방문하면 예전에 모시던 사람들이 기뻐하겠지.

"신전장실은 아무 일도 없었나요? 게오르기네 님을 도와드린 자가 있던 것 같다고 들었습니다만……."

"저희는 괜찮습니다. 필린느 님과 로데리히 님이 계셨으니까요."

"그렇습니까. 그렇다면 다행이네요. 저는 신전과 고아원 분들의 상황을 본 뒤에 보고를 듣고서 평민 마을로 갈 예정입니다. 손님이 많으니까 모니카와 니콜라는 열심히 차를 준비해 주세요."

옷 갈아입는 건 어느 정도 적당히 해도 된다고 정중하게 말했더니, 모니카와 니콜라가 서로 얼굴을 마주 보면서 살짝 웃었다.

"페르디난드 님께서 찾아오신다는 말을 들은 프랑과 잠이 열심히 해 준 덕분에 저희가 할 일은 거의 없습니다."

"로제마인 님께서 환복을 마치시면, 저희는 다른 사람들에게 알리러 가겠습니다."

모니카가 신전장실에서 나가고 니콜라가 주방으로 향하자. 프랑과 잠이 약간 긴장한 얼굴로 차를 준비한 왜건과 함께 들어왔다. 두 사람 모두 최대한 얼굴에 드러내지 않으려 하고 있지만, 기분 탓인지 안절부절못하고 있는 게 조금 귀엽다.

……예전에 섬겼던 사람들은 정말로 페르디난드 님을 좋아하는구나.

모니카가 소식을 전하자 사람들이 신전장실로 모였다. 나는 멜키오르와 페르디난드에게 내 정면에 나란히 있는 자리를 권했다. 프랑이 바로 차를 우리기 시작했다. 내가 한 모금 마신 뒤에 권하자 페르디난드와 멜키오르가 찻잔을 손에 들었다.

"……그리운 맛이군."

오랜만에 프랑이 끓여 준 차를 천천히 음미하는 페르디난드를 방해하지 않도록 나는 멜키오르 쪽으로 시선을 옮겼다. 점심 식사 때는 자리가 떨어져 있어서 잘 보이지 않았는데, 정면에서 보니까 얼굴에 피로한 기색이 보였다.

"멜키오르, 프랑이 만들어 주는 차는 맛있죠? 피로도 조금이나마 풀리려나요?"

"예, 로제마인 누님. 맛있습니다. 저기…… 아버님께서 서문에서 용감하게 싸운 병사들에게 내려 주라고 하신 포상을 맡아 뒀습니다만, 저도 서문까지 동행해도 괜찮을까요? 그러니까, 누님이 병사들을 더 잘 알고 계시니까 같이 가는 쪽이 좋다고 아버님께서 말씀하셨습니다."

아무리 그래도 포상 준비가 너무 빠른데. 습격이 있었던 건 어제다. 혹시 시간이 없는 와중에도 평민 마을을 보러 갈 내가 아빠와 만날 수 있도록 질베스타가 준비해 준 것은 아닐까?

"물론입니다. 같이 가도록 하죠. 앞으로 멜키오르도 핫세의 작은 신전에서 병사들과 만날 기회가 많아질 테니, 조금이라도 익숙해지는 쪽이 좋겠죠."

전에 소개한 적이 있기는 하지만 자주 만날수록 좋겠지. 나는 다무엘과 마티아스 쪽을 보며 말했다.

"다무엘, 마티아스. 평민 마을 각 문을 돌면서 정보를 수집하고, 서문에서 싸웠던 병사들을 집합시켜 주세요. 아우브께서 내리신 포상을 전하겠습니다."

"예!"

습격에서 겨우 하루 지났으니까 공로자들은 귀가해서 쉬고 있을 가능성이 크다. 빨리 알리고 집합시켜 두지 않으면, 열심히 해 준 병사가 포상을 못 받게 되니까. 서문에서 같이 싸웠던 다무엘이라면 병사들의 얼굴도 기억하고 있겠지.

"라우렌츠, 벨트람을 비롯한 청색 견습 신관 아이들이 어떤지 보고 와 주세요. 안게리카는 청색 견습 무녀들이 잘 있는지 보고 와줄 수 있을까요?"

"예!"

안게리카는 그다지 적임자라고 할 수는 없지만, 유디트, 로데리히, 필린느는 신전을 지키느라 열심히 뛰어다녔다. 멜키오르의 이야기를 같이 듣고 싶겠지.

"멜키오르, 신전 습격에 관해 이야기해 주세요. 연회에서 들었던 부분은 생략하셔도 좋습니다. 누가 도왔던 건가요? 구 베로니카 파 아이들이 관계되었다든지……."

"아닙니다. 청색 신관 크라페히입니다만, 사실은 그도 직접적으로 도운 게 아니었던 모양입니다."

낯선 청색 신관의 이름을 듣고서 나도 모르게 고개를 갸웃거렸다. 크라페히는 집무 쪽에서는 그렇게 유능한 편이 아니고 캠펠이나 프리탁에 비하면 마력량도 적어서 신관장실이나 제사에서 마주치거나 직접 이야기한 적은 없었다.

"크라페히가 라이제강 쪽 중급 귀족 출신이었으니, 전 신전장은 가벼이 여겼겠지. 게오르기네와의 연관성이 전혀 보이지 않는군."

페르디난드가 관자놀이를 살짝 두드리면서 자세한 상황 설명을 요구했다. 그 험악한 표정에 멜키오르가 움찔하고 놀랐다.

그렇구나……. 멜키오르는 하르트무트한테서 인수인계를 받았지? 신관장 페르디난드 님과는 면식이 없고.

"멜키오르, 자세히 설명할 수 있는 측근에게 부탁해도 좋습니다. 아직 어린 당신에게는 짐이 너무 무겁겠죠."

멜키오르 혼자서 페르디난드한테 보고하라고 맡기는 건 너무 불쌍하니까. 나는 측근과 교대하라고 제안했다. 멜키오르는 한 번 고개를 돌려서 자기 측근이 살짝 고개를 끄덕이는 걸 보고는 마음이 든든하다고 생각했는지 직접 입을 열었다.

"기억을 엿보신 아버님의 말씀에 의하면 게오르기네 님은 서문을 공격한 귀족들보다 일찍 도착하는 다른 배를 타고 에렌페스트로 왔다는 모양입니다."

게오르기네 님은 서문을 통하지 않고 수로를 이용해서 평민 마을로 잠입했고, 일단 북문을 공격한 사람들과 합류해서 의논한 뒤에 다시 수로를 이용해 신전으로 향했다고 한다.

……게오르기네 님은 의외로 적극적인 사람이구나. 아무리 생각해도 난 도저히 못 할 것 같아.

"기억을 봤으니 틀림없겠지만, 어떻게 다른 영지의 게오르기네 님이 엔트비켈른으로 만든 수로를 알고 있었을까요?"

"계약 마술과 마찬가지로 엔트비켈른을 하면 설계도가 사라진다. 하지만 그렇게 되면 후세의 아우브가 곤란하니까 반드시 복사해 두지. 설계도를 가진 사람이 많고, 숙청으로 사라진 자도 있다고 들었다. ……그 당시에는 아직 숙청이 행해지지 않았고, 누가 게오르기네에게 이름을 바친 귀족인지 확실히 밝혀지지 않았으니까."

그 귀족 중의 귀족 같은 게오르기네가 수로를 이용할 줄은 몰랐다고 페르디난드가 중얼거렸다. 수단 방법을 가리지 않고 진심으로 주추를 차지하려 했다는 게 전해진다.

"이젠 에렌페스트 안에 자신을 지지하는 귀족도 거의 남지 않은 상태였을 텐데. 그런데도 이 정도 책략을 짜고 행동으로 옮겼군. 그 머리와 행동력을 복수가 아닌 다른 곳에 사용했다면……. 너무나 아쉽군."

"그렇군요. 게오르기네 님이 도서관 계획을 위해 매진해 줬다면 에렌페스트와 아렌스바흐는 이미 도서관 도시가 됐을지도 몰라요."

정말 아쉬운 방향으로 우수한 사람이었다고 내가 페르디난드의 의견에 공감하고 있었더니, 페르디난드가 너무나 마음에 안 든다는 눈으로 날 쳐다봤다.

"……그렇군. 다른 일에 머리와 행동력을 써도 아쉬운 이는 있는 것 같다. 인식이 바뀌었다."

"무슨 뜻인가요?"

"그런 뜻이다."

……으윽!

내가 뭐라고 받아쳐야 좋을지 생각하고 있었더니 멜키오르가 나와 페르디난드를 번갈아 보면서 난감하다는 듯 작은 소리로 말을 걸었다.

"저기…… 이야기를 계속해도 되겠습니까?"

"계속해 주세요."

"그러도록."

게오르기네가 신전에 도착했을 때는 아직 서문 공격이 시작되지 않은 시간대였다. 그녀는 고아원 근처로 나왔지만, 주위에 고아와 회색 신관들은 보이지 않았다. 게오르기네는 고아원에서 귀족 구역으로 이동했다. 지하에서 들어가는 하인용 서쪽 출입구는 잠기지 않았고, 드나드는 사람들이 있었다고 한다.

"게오르기네 님이 신전에 도착했을 때는 이미 피난 명령이 내려져 있었습니다. 하지만 시종이나 하인들은 저희가 사용하는 2층으로 올라가지 못하게 됐을 뿐이고, 서문 공격이 벌어질 때까지는 1층과 지하층을 오가면서 평소처럼 일하고 있었다고 합니다."

피난했어도 식사는 필요하니까. 순찰을 위한 기사들이 늘어났기 때문에 시종과 전속 요리사들은 식사 준비를 완전히 멈출 수 없었다고 한다. 주인이 '식사를'이라고 말하면 내놓을 수 있도록 준비해 둬야 하니까.

"서쪽 출입구로 사람이 드나드는 모습을 본 게오르기네 님은 망설이지도 않고 하인들이 사용하는 출입구로 향했고, 마침 나온 회색 무녀에게서 옷을 빼앗았습니다."

날 흘끗 본 페르디난드가 손을 슬쩍 들고서 "어떻게 빼앗았는지는 말하지 않아도 좋다."라고 말했다. 내 반응을 보고서 '말하지 말라'고 막았다는 건, 아마도 죽였다는 뜻이겠지. 무릎 위에 얹은 손을 꼭 쥐고서 나는 멜키오르의 이야기를 계속 들었다.

"옷을 빼앗긴 회색 무녀가 크라페히의 시종이었나?"

"……아닙니다, 그 회색 무녀는 캠펠의 시종이었습니다."

은색 의상 위에 회색 무녀 의상을 입은 게오르기네는 아무렇지도 않은 얼굴로 서쪽 출입구를 통해서 지하층으로 들어갔고, 제일 가까운 계단을 통해 1층으로 올라가고, 개방형 천장의 위치를 확인한 뒤에 어느 방으로 들어갔다.

"크라페히가 도서실에 가장 가까운 방에 산다는 이유만으로 억지로 방에 들어갔습니다."

신전 귀족 구역 지하층에는 주방이 있고 1층에는 시종들의 방이 있다. 그리고 자기 주인 방으로 이어지는 계단을 이용해서 드나든다. 게오르기네는 시종들이 사용하는 계단을 통해 크라페히의 방으로 들어갔고, 방에 사는 사람들을 죽이고는 신전에서 소동이 일어나기를 기다렸다고 한다.

"신전 문에서 습격이 벌어지고, 도서실에서 소동이 일어난 소리를 게오르기네 님은 가만히 듣고 있었던 것 같습니다. 뭔가 함정에 걸렸는지 제 호위기사들이 소란을 피우고 하얀 탑으로 전이됐다고 기뻐하는 소리까지 다 듣고 있었다고 아버님이 말씀하셨습니다."

발소리와 목소리가 사라지자 신전 관계자들만 들어갈 수 있는 도서실 결계를 은색 의상을 이용해 통과하고, 어떤 함정이 설치되어 있는지 알고 있는 게오르기네는 함정을 피해서 간단히 도서실로 들어갔다.

거기에는 끈끈이에 걸려서 장갑과 신발이 벗겨져 있었고, 은색 의상이 떨어져 있었다. 보지 않아도 어디에 전이진이 있는지 알 수 있었는지, 게오르기네는 뭔가 끈 같은 것을 잡아당겨서 회색 무녀 옷을 벗지 않은 채로 의상을 벗어서 발판으로 삼았다고 한다.

그 다음은 질베스타의 보고로 이어지는 것이었기에 페르디난드가 "보고하느라 고생이 많았다."라는 말로 멜키오르를 치하했다. 조용히 이야기하던 멜키오르가 고개를 숙이고, 저었다.

"제 탓에 크라페히와 그 시종, 캠펠의 시종이 죽고 말았습니다. 전이시킨 뒤에도 도서실에 감시를 남겨 뒀다면, 하인들을 좀 더 철저히 피난시켰다면, 수로를 알아차렸다면 좋았을 텐데……. 저는 엄청난 잘못을 저질렀습니다."

아무리 숨기려고 해도 가까이서 보면 알 수 있다. 멜키오르에게도 피곤하고 잠을 못 잔 기색이 짙었다. 나와 한넬로레처럼 잠 못 드는 밤을 보냈겠지.

"대응이 부족한 부분이 있었는지도 모릅니다. 하지만 그들이 죽은 것은 멜키오르 탓이 아닙니다. 죽인 것은 게오르기네 님입니다. 근본적인 부분을 잘못 생각해서 너무 마음 아파해서는 안 됩니다."

"하지만, 로제마인 누님……."

"멜키오르도 죽은 이를 기리며 애도의 기도를 하시겠어요? 저와 한넬로레 님은 새벽에 기도했습니다. 저는 에렌페스트에서 돌아가신 분들 모두를 위해 기도했으니까, 크라페히 등에게도 기도가 전해지기는 했겠지만……."

나는 자리에서 일어나 신전장실에 있는 작은 제단을 향해 무릎을 꿇었다.

"크라페히와, 같이 죽은 시종들을 위해 기도합시다, 멜키오르."

비틀거리며 일어난 멜키오르가 시종에게서 마석을 받아들고 두 손으로 꼭 쥐면서 내 옆에 와서 무릎을 꿇었다. 멜키오르의 측근들과 필린느, 유디트, 로데리히가 그 뒤에 줄지어 자리를 잡았고, 그 뒤에 프랑을 비롯한 시종들이 섰다. 다들 신전에서 벌어진 싸움을 본 사람들이겠지.

……사람이 이렇게 많으면 예배실로 이동하는 쪽이 좋았으려나.

여기는 제단이 작은 데다 조금 좁다. 하지만 지금의 솔직한 기분으로 기도하는 게 가장 좋겠지. 나는 슈타프를 꺼냈다. 슈타프가 있는 사람들은 나를 따라 슈타프를 꺼내 들었다.

"저 높이 우뚝 솟은 하늘을 관장하는 최고신인 빛과 어둠의 부부신이시여. 저희 기도를 들어주시어, 아득히 높은 곳으로 향하는 이들에게 귀하의 축복을 내려 주소서. 귀하께 바치는 것은 위령가(慰靈歌), 최고의 가호를, 불귀의 객이 된 이에게."

신전에서 죽은 사람 모두에게 기도를 바쳤더니 금색과 검은색 빛이 소용돌이치며 천장을 뚫고서 하늘로 올라갔다. 멜키오르가 쥐고 있는 마석과 반지에서도 마력이 뿜어져 나오는 게 느껴진다.

"……로제마인 누님, 바친 마력만큼 마음이 편해진 것 같습니다."

마음이 놓인 듯 멜키오르가 몸에서 힘을 뺐다.

"괜찮다면 같이 고아원에 가도록 해요, 멜키오르. 잃은 사람을 직시하는 것도 중요하지만, 자신이 지켜낸 사람도 잘 보도록 하세요."

나는 일어나서는 모니카에게 고아원에 기별해 달라고 부탁했다. 모니카가 문을 열자, 동시에 라우렌츠와 안게리카가 신전장실로 뛰어 들어왔다.

"대체 무슨 일입니까!? 갑자기 신전 안에 축복의 빛이 날아다녔습니다만?!"

"습격입니까?!"

여자들 방이 있는 3층으로 갔던 안게리카가 동시에 돌아온 걸 보면, 얼마나 빨리 달려왔는지 알 수 있다. 신전장실 내부를 경계하는 것처럼 둘러보는 안게리카를 보니 오늘 아침에 봤던 페르디난드의 모습이 생각나서 살짝 웃었다.

"신전에서 돌아가신 분들을 기리며 기도했을 뿐입니다. 습격이 아닙니다, 안게리카."

시야 한쪽에서 페르디난드가 조금 짜증 난다는 표정을 짓는 게 보였다.

“고아원에 간다고 하지 않았나? 서두르지 않으면 서문에 갈 시간이 없어진다.”

“예.”

회랑을 걸어서 고아원으로 이동했더니, 빌마를 선두로 마침 식당에 있던 회색 무녀와 견습 미만의 어린아이들이 무릎을 꿇으며 맞이해 줬다.

“로제마인 님, 멜키오르 님. 잘 와 주셨습니다.”

“다들 무사했군요.”

“예. 필린느 님과 유디트 님이 알려 주신 덕분에 일찌감치 피난할 수 있었습니다. 바로 멜키오르 님과 로제마인 님의 호위기사 분들이 문지기를 교대해 주신 덕분에, 고아원 사람들은 싸움이 어떻게 됐는지도 모를 지경이었습니다.”

종 한 번 칠 시간만큼은 피난해 있었으니까 조금 답답했을 테고 점심식사가 늦어져서 배가 고프기도 했겠지만, 아무도 무서워하지 않고 넘어갔다고 한다. 빌마가 부드러운 미소를 지으며 그렇게 보고했다.

“그렇군요. 다행이네요.”

“로제마인 님, 멜키오르 님. 그리고 측근과 시종 여러분. 정말 감사합니다. 귀족 구역에서 뒤처리가 이어지던 중에도 저희가 일상을 이어 가고 공방에서 일할 수 있었던 것은 여러분 덕분입니다.”

빌마의 감사 인사에 가장 열심히 일했던 멜키오르와 측근들의 얼굴이 조금 편해졌다. 필린느와 유디트 등도 자랑스럽다는 듯 미소 지었고.

"필린느도 로데리히도 유디트도 신전을 정말 잘 지켜 줬습니다. 프랑을 비롯한 시종들이 모두 무사한 것도, 고아원 분들이 전원 무사한 것도, 여러분이 열심히 해 주신 덕분입니다. 정말 고맙습니다."

고아원에서 나온 멜키오르의 표정에서 굳은 기색이 사라지고 웃는 얼굴이 돌아왔다.

"로제마인 누님, 제가 전부 잘못한 것은 아니라고 알게 돼서 기뻤습니다. 고아원 분들을 지킬 수 있어서 다행이라고 생각했습니다."

"서문으로 갈까요? 그리고 같이 에렌페스트를 지켜 준 병사들을 치하하도록 하죠."

"예!"

힘차게 고개를 끄덕인 멜키오르가 자기 측근에게 포상을 가져오라고 명했다. 조금 힘이 난 것 같아서 다행이다.

"그대는 어젯밤부터 이런 기도를 계속해 온 것인가?"

"……계속, 은 아니고요. 딱 두 번입니다."

페르디난드가 질렸다는 듯 한숨을 쉬었다.

"왜 그러시죠? 그렇게 좋은 쪽 한숨은 아닌 것 같은데……."

"나중에 얘기하자. 멜키오르가 준비된 것 같으니 평민 마을로 가자."

슬쩍 손을 잡았고, 어느새 페르디난드의 기수에 같이 타고 있었다. 누구도 아무 말도 하지 않았고, 하얀 사자가 바로 서문을 향해 달려가기 시작했기 때문에 나는 야단법석을 떨지도 않고 살짝 고개를 돌려서 말했다.

"저기…… 페르디난드 님. 대외적인 인상은 괜찮은가요?"

"귀찮으니까 내던져 버렸다고 하지 않았나?"

"하긴 했는데요……."

……나는 내던졌지만, 다른 사람들은?

그렇게 기수에 같이 타지 말라고 시끄럽게 굴었었는데, 내 측근들도 아무 말이 없다. 이해할 수 없는 기분으로 고개를 갸웃거리는 사이에 서문에 도착했다. 문기둥 옥상에 다무엘과 마티아스, 그리고 병사들이 기다리고 있다. 무릎 꿇고 있는 병사들 사이에 아버지도 보인다.

서문 병사들과 뒷공작

“기다리고 있었습니다 로제마인 님, 멜키오르 님. 이쪽에 있는 이들이 서문 전투의 공로자들입니다.”

다무엘과 마티아스가 맞이해 줬다. 나는 페르디난드의 도움을 받아 기수에서 내리며 병사들을 둘러봤다. 모두 한쪽 무릎을 꿇고 고개를 숙이고 있는데, 다친 사람도 보인다. 다무엘한테 중상자는 없다고 들었는데, 붕대를 감은 모습을 보면 결코 경상이라고 할 수는 없다. 앞으로 일하는 데도 지장이 있겠지.

“로제마인 누님, 다친 이가 있습니다.”

측근과 같이 타고 온 멜키오르도 기수에서 내려서는 내 옆에 와서 작은 소리로 속삭였다. 기사들에게는 기사단에 소속된 사람이나 의사가 치유해 주지만, 평민 병사들에게는 아무것도 없었겠지.

“괜찮습니다, 멜키오르. 제가 치유할 테니.”

“누님은 아직도 여러 병사에게 치유를 내려 줄 만큼의 마력이 남아 있으십니까?”

신전에서 같이 기도를 바친 멜키오르가 눈을 깜박였다. 귀족원에 입학하지 않았고 마력 압축도 하지 않은 멜키오르는 죽은 이를 위령하며 마력을 꽤 많이 썼겠지. 나는 빙긋 미소짓고 내 시선보다 아래쪽에 있는 멜키오르의 머리를 쓰다듬었다.

“신들의 가호가 많아지면 많아질수록 필요한 마력이 줄어듭니다. 멜키오르도 앞으로 신전장이 될 몸입니다. 영지와 주민을 위해 기도하고, 많은 신들께 가호를 얻을 수 있도록 노력하면 됩니다."

"……로제마인 누님처럼 될 수 있도록 열심히 하겠습니다."

"멜키오르라면 저보다 훨씬 좋은 신전장이 될 겁니다. 아주 우수하니까요."

살짝 웃으며, 나는 멜키오르의 머리에서 손을 떼고 병사들을 둘러봤다.

"제 측근인 다무엘에게 여러분의 활약에 대해 들었습니다. 이 에렌페스트를 지키기 위해 아주 용감히 싸워 주셨군요. 적이 데려온 볼헤닐이 시내에 들어갔다면 평민들이 큰 피해를 입었을 겁니다."

내가 말하자 무릎 꿇고 고개를 숙이고 있던 병사들이 고개를 들어 내 모습을 보고는 입을 뻐끔거리며 눈이 휘둥그레졌다. 서문에는 클라리사를 데리러 왔던 일 년 전에 지금과 같은 신전장 의상 차림으로 온 적이 있다. 그래서 제사 때 멀리서나 보는 평민들과 달리 외모 변화를 잘 알아볼 수 있었겠지. 아버지는 마치 눈부신 것이라도 보는 듯 눈을 가늘게 뜨고서 날 보고 있다. 기쁜 것도 같고 자랑스럽기도 하면서 쓸쓸하기까지 한 복잡한 표정이다.

병사들의 경악을 못 본 척하고, 나는 계속해서 말했다.

"여러분 덕분에 이 에렌페스트를 지킬 수 있었다고 해도 과언이 아닙니다만, 그러기 위해 부상을 입은 분도 계신 것 같군요. 앞으로도 병사로서 이 에렌페스트를 지켜 주실 수 있도록, 제가 치유해드릴까 합니다. ……슈트레이트콜벤."

눈을 감고서 슈타프를 플류트레네의 지팡이로 변화시키고, 기도를 바쳤다.

"물의 여신 플류트레네의 권속이신 치유의 여신 룽슈멜이시여,

제 기도를 들어주시어 성스러운 힘을 내려 주소서. 게두르리히를 지키기 위해 싸우고 다친 이를 치유할 힘을 제 손에. 그대에게 바치는 것은 성스러운 선율. 지상의 파문을 던져서 청정한 가호를 내려 주시옵소서."

눈을 감고 있어도 녹색 축복의 빛이 넘쳐나는 걸 알 수 있다. 병사들은 물론이고 측근들에게서도 "이 정도 치유를?!"이라며 놀라는 소리가 터져 나왔다.

"로제마인, 이제 됐다. 거기까지 해라."

살짝 초조한 기색이 담긴 페르디난드의 목소리를 듣고, 나는 마력 주입을 멈췄다. "류켄."이라는 주문으로 슈타프를 없애고, 천천히 눈을 떴다. 괴로운 표정으로 무릎 꿇고 있던 병사들이 붕대를 풀고, 다쳤던 부분을 보며 "나았다!"라고 놀라움과 환희가 담긴 목소리로 외쳤다.

아파 보일 정도로 다친 사람이 없어진 걸 보고 가슴을 쓸어내리고 있는데, 병사 중 한 사람이 앞으로 나서고는 오른손 주먹으로 왼쪽 가슴을 두 번 두드렸다.

"평민 병사에 대한 과분하신 배려, 참으로 감사합니다. 저들을 이끄는 병사장으로서 감사드립니다."

"……어머나? 병사장은 귄터가 아니던가요?"

본 적은 있지만 이름을 모르는 사람이 병사장으로서 감사 인사를 했고, 나는 눈을 깜박이면서 병사장이라고 소개한 인물과 아빠를 번갈아서 봤다.

"귄터는 로제마인 님의 전속들과 함께 이동하기 위해서 사직하기로 정해졌습니다. 이미 인수인계도 마쳤습니다."

하긴, 갑자기 병사장이 없어지면 곤란하겠지. 내가 이동하는 데 맞춰서 준비해 달라고 부탁한 지도 일 년이 다 되어 간다. 신전에서 인수인계가 진행되고 있으니까, 병사들도 인수인계하는 게 당연하겠지.

"솔직히 말씀드리자면 귄터가 이곳을 떠나는 것은 크나큰 손실입니다. 하지만 이번 공로를 봐서도 로제마인 님의 전속을 반드시 지켜낼 든든한 호위가 되리라는 것을 증명했다고 생각합니다."

그 사람이 병사장을 그만두고 가족과 함께 다른 토지로 가게 되는 아버지를 크게 걱정하는 마음이 전해져 왔다. 나는 웃는 얼굴로 고개를 끄덕였다.

"귄터가 함께 가게 되어서 정말 마음이 든든합니다. ……이 서문을 지키고 영지의 주민을 지키기 위해 싸워 주신 공로자께 영주이신 양아버님께서 내린 포상을 전해드리고자 합니다. 멜키오르."

나는 멜키오르를 불러서 병사들에게 새로운 신전장을 소개했다. 핫세의 작은 신전에서 본 사람이 몇 명쯤 있을 것 같지만, 조금이라도 많은 사람과 얼굴을 익혀 두는 쪽이 좋으니까.

"제 뒤를 이어 동생인 멜키오르가 신전장이 됩니다."

"로제마인 누님과 마찬가지로, 주민들이 의지할 수 있는 신전장이 되고자 합니다. 잘 부탁드립니다."

멜키오르는 병사들에게 그렇게 말하고는 측근들에게 눈짓을 해서 포상을 나눠주기 시작했다. 나는 포상을 받은 병사들에게 어떤 싸움이었는지 물었다. 핫세에서 몇 번인가 얼굴을 본 병사도 있었는데, 말투를 최대한 조심하기는 했지만 아주 조금이나마 편한 태도로 다무엘의 활약에 대해 말해 줬다.

"세 점 종 무렵부터 이곳저곳 문을 돌아다니며 경계하라 말하고, 배가 도착했을 즈음에 일하는 이들에게도 주의하라고 전했습니다. 다무엘 님이 안 계셨다면 피해가 막대했을 겁니다."

"다무엘 님이 조금이라도 많은 기사를 서문에 배치할 수 있도록 힘을 써 주셨습니다. 커다란 개를 차례차례 쓰러트리는 모습을 보고, 피난하면서 상황을 엿보던 견습 병사들이 다무엘 님을 동경하고 있습니다. 이번 전투에서 기사님들이 저희와 같은 무기를 사용하신 덕분에 견습들도 보다 열심히 훈련할 것 같습니다."

전투 현장에 있던 병사들보다 조금 떨어진 곳에서 보고 있던 견습들 쪽이 더 흥분했다고 한다. 올도난츠로 차례차례 지시를 보내면서 전력을 갖추고, 병사들 앞에 서서 그들을 지켜 가며 싸우는 다무엘에게 견습들의 뜨거운 존경의 시선이 쏟아졌다나. 내가 슬쩍 다무엘을 봤더니, 너무 쑥스러워서 배길 수 없다는 얼굴로 딱딱하게 굳어져 있었다.

다무엘…… 이런 때는 당당하게 굴어도 되는데.

포상을 받고 이쪽으로 다가온 아버지를 본 병사들이 이번에는 아버지께서 내가 드린 부적을 믿고 얼마나 무모한 짓을 했는지 제각기 말하기 시작했다.

"병사 중에 제일가는 공로자는 권터입니다만, 부하를 지키고 개 모양 마수를 후려쳤을 때는 간담이 서늘했습니다. 잡아먹힌다! 라고 생각했을 지경이었으니까요."

"가족들 부적까지 다 써 버릴 때까지 싸우다니, 그런 사람은 권터뿐일 겁니다."

무모한 데도 정도가 있다는 병사들의 말을 들은 아버지는 전혀 후회하지 않는다는 것처럼 씩 웃었다.

"로제마인 님, 강력한 부적을 주셔서 감사합니다. 그리고 기껏 주신 부적을 써 버려서 정말 죄송합니다. 하지만, 제 소중한 것을 지키기 위해서는 수단 방법 가릴 여유가 없었습니다."

"그렇다면 어쩔 수 없군요. 부적보다 인명이 더 소중하니까요."

……역시 난 아빠 딸이 맞는다고, 뼈저리게 느껴지네요.

나 자신도 그렇게 생각할 정도니, 우리 관계를 알고 있는 다무엘과 페르디난드는 더더욱 그렇게 생각하겠지. 두 사람 모두 뭐라 말로 표현할 수 없는 표정을 짓고 있다.

"……로제마인 님, 멜키오르 님. 무례한 질문이라는 건 알고 있습니다만, 혹시 가까운 시일 내에 또 그런 전투가 벌어질 가능성이 있을까요? 다음에는 얼마나 대비해야 하겠습니까?"

굳은 표정을 지은 새 병사장의 질문에 병사들도 진지한 표정을 지었다. 페르디난드가 한 걸음 앞으로 나서며 "걱정하지 마라."라고 말했다. 페르디난드가 앞으로 나선 순간에 분위기가 확 달라졌다. 나와 이야기하던 병사들이 척, 소리를 내며 정렬하고 자세를 바로 잡았다.

"아우브 에렌페스트의 포상을 통해서 전투가 끝났다는 것은 파악했을 것이다. 그리고 이번 적이었던 아렌스바흐가 또다시 침공해 오는 일은 없다."

페르디난드는 그렇게 말하며, 내 손을 잡고 살짝 잡아당겼다. 살짝 비틀거린 날 부축해 주고, 페르디난드는 병사들에게 내 존재를 보여 주려는 것처럼 앞으로 나서게 했다.

"이번 전투에서 에렌페스트의 영주 후보생인 로제마인이 아렌스바흐의 주추를 빼앗으며, 사실상 아우브 아렌스바흐가 됐다. 첸트의 승인을 받으면 로제마인이 위험했던 이웃 영지의 영주가 된다. 앞으로 아렌스바흐가 에렌페스트를 공격하는 일은 없다."

"오오!"

병사들이 기쁨과 흥분의 함성을 지르며 "정말 훌륭하십니다."라고 환희했고, 멜키오르와 그 측근들은 소리는 지르지 않았어도 눈이 휘둥그레지거나 나와 페르디난드를 번갈아 보았다. 나는 머릿속이 새하얘졌다.

"페르디난드 님."

"우리는 지금부터 아렌스바흐를 다스리러 가야만 한다. 에렌페스트의 병사들이여. 이 에렌페스트의 수비는 그대들에게 맡기겠다. 우리가 걱정 없이 떠날 수 있도록, 에렌페스트의 평온을 지켜 주길 바란다."

"예!"

병사들을 고무하는 데 익숙한 페르디난드의 말에 병사들이 오른쪽 주먹으로 가슴을 두드리며 대답했다.

"귄터, 그대는 전속들과 함께 아직 진정되지 않은 아렌스바흐로 가야 할 것이다. 로제마인의 전속을 반드시 지켜 주게."

페르디난드는 그렇게 말하며 자기 팔에 있던 부적을 벗어서 아버지께 건넸다. 아버지는 나와 페르디난드와 부적을 보면서 복잡한 표정을 지은 뒤에, "반드시."라는 대답과 함께 받아들였다.

"……평민 마을을 둘러보고 신전으로 돌아가자."

페르디난드는 그렇게 말하고는 서문으로 올 때와 마찬가지로 날기수에 태웠다. 바로 신전으로 돌아갈 줄 알았더니 평민 마을을 빙

돌기 시작했다. 서문에서 남문, 남문에서 동문, 동문에서 북문 상공을 경유해서 신전으로 돌아가려는 것 같다.

우리가 기수를 타고 날아가는 걸 보고서 창밖으로 고개를 내미는 사람들이 있다. 길 가던 사람들이 하늘을 올려다보며 손가락으로 가리킨다. 나는 남문이 가까워지면서 보이는 반가운 풍경들을 내려다보며, 서문에서 있었던 발언에 대해 불만을 토로했다.

"페르디난드 님은 무슨 생각으로 그런 발언을 하셨나요?"

"나는 거짓 따위는 말하지 않았다. 그대도 바랐을 텐데."

"거짓말은 하나도 안 했고, 저도 도서관 국가를 만들 수 있으면 좋겠다고 생각하지만, 정말로 승인받을 수 있을지 아닐지는 몰라요. 영주 일족이 아우브가 내린 포상을 전달하는 자리에서 공언할 일은 아니잖아요?"

희망이나 기대와 현실은 다른 것이다. 그 정도는 나도 알고 있는데, 페르디난드가 모를 리가 없다.

"저한테 첸트는 어울리지 않는다고 다들 말할 정도니까요. 왕족에게 메스티오노라의 서나 구르트리스하이트를 가져다주는 사람은 반드시 필요하고. 제가 아우브가 되면 유르겐슈미트가 붕괴한다고 했잖아요? 이런저런 문제를 처리할 전망이 보이기도 전부터 너무 기대하게 만들지 말아 주세요."

계속 저공비행하는 것보다 오르락내리락하는 쪽이 더 괴롭다. 내가 고개를 돌려서 페르디난드를 노려봤더니, 페르디난드는 "그대는 언제부터 그렇게까지 비관적으로 되었나."라고 중얼거리며 동문 쪽으로 기수를 몰기 시작했다.

"비관적인 게 아니라 현실적인 거예요."

"그렇다면 좀 더 제대로 현실을 봐라. 구르트리스하이트를 얻은 첸트를 옹립하기 위해 그대와 왕족이 혼인하거나 그대가 왕족이 될 필요가, 정말로 있나?"

"……구르트리스하이트가 없으면 첸트를 옹립할 수 없어요. 어쩔 도리가 없다고요."

구르트리스하이트를 손에 넣기 위해서는 왕족 등록이 필수일 테니까. 내가 입술을 삐죽 내밀자 페르디난드가 씁쓸하게 웃었다.

"원하는 것이 없다면 어떻게 하는 것이 좋을 것 같은가? 그대는 항상 그렇게 해오지 않았던가?"

"……없다면 만들면 되잖아요?"

내가 말할 때마다 주위 사람들이 질려 버리는 소리를 페르디난드가 할 줄은 몰랐기에, 머릿속에 물음표를 잔뜩 띄우면서 대답했다.

"그런 얘기다. 필요한 소재를 이쪽 공방에서 가져가고, 아렌스바흐에서 제작한다. ……그리 오래 걸리지는 않겠지. 중간까지는 만들어 뒀다."

페르디난드가 중얼거리는 사이에 동문 상공을 통과했다. 바로 어제 전투가 벌어졌었는데, 시내에는 활기가 돌아온 것 같다.

"페르디난드 님, 그건…… 역사를 돌이켜 봐도 하면 안 되는 일이잖아요?"

왕족의 쇠퇴와 구르트리스하이트를 잃어버리게 된 큰 원인은 구르트리스하이트를 마술 도구로 계승하게 되면서부터였다. 그런 것을 주게 되면 또다시 똑같은 일을 되풀이하게 된다.

"한 대가 지나면 소멸해 버리는 것을 만든다. 급한 상황을 넘길 뿐이고, 기본적으로는 자기 힘으로 얻을 수 있는 자 중에서 첸트를 선발하는 방식으로 되돌려야 한다고 생각한다."

왕족을 없애기 위한 첸트를 옹립한다고, 페르디난드가 귀찮다는 듯이 말했을 때 북문을 경유해서 신전으로 돌아왔다.

"그대는 좀 더 나를 믿도록 하라."

"믿고 있습니다."

내가 그렇게 말하자 페르디난드는 고개를 젓고는 "빨리 옷을 갈아입고 오도록."이라고 말하며, 마중 나와서 줄지어 있는 프랑 등 쪽으로 가라고 내 등을 떠밀었다.

"평민 마을은 어떠셨습니까, 로제마인 님? 많은 것들이 파괴되고 많은 사상자가 발생하지는 않았나요?"

신전 밖으로 나가지 않았던 모니카와 니콜라는 평민 마을의 상황을 모르는 모양이다. "오늘 밤에 길이 보고해 줄 예정이긴 합니다만……."이라고 말하며 신전장 의상을 벗겨 줬다. 전투 다음날인데도 그런 느낌이 거의 없었던 평민 마을 상황을 전하자, 두 사람 모두 안도했다는 듯이 미소지었다.

"로제마인 님은 아렌스바흐에서도 신전장이 되시나요?"

"예?"

생각도 못한 곳에서 폭탄 발언이 터져 나와서 나는 눈이 휘둥그레졌다. 왜 니콜라 입에서 그런 말이 나왔는지 모르겠다. 눈을 깜박이는 내게 모니카가 가르쳐 줬다.

"여러분께서 서문에 가 계신 동안 하르트무트 님으로부터 이야기가 있었습니다. 영주회의가 끝난 뒤에 로제마인 님이 아렌스바흐의 영주가 될 테니 그쪽 신전으로도 시종을 데려가고 싶다면서 프랑과 잠에게 권유가 있었습니다."

모니카와 니콜라는 필린느가 성인이 될 때까지 여기서 섬기고, 그 뒤에 희망한다면 같이 이동할 수 있다고 했다는 모양이다.

"신전장 의상도 짐과 같이 챙기라고 지시했습니다만, 그렇게 해도 되겠습니까?"

"아, 예. 그래도 됩니다."

나는 호위기사로서 방에 같이 있는 안게리카와 유디트 쪽으로 시선을 옮겼다.

"두 사람은 알고 있었나요?"

"……점심식사 전에 로제마인 님과 페르디난드 님이 이야기를 나누셨을 때, 하르트무트에게서 어느 정도 이야기를 들었습니다. 지금 성에서는 유스톡스 님과 리젤레타가 단켈페르거와 함께 이야기를 퍼트리고 있을 것입니다."

이렇게 여기저기서 대규모로 뒷공작을 시작했다는 건, 틀림없이 페르디난드가 관여했다. 페르디난드는 물론이고 하르트무트의 진심이 엿보인다. 아무래도 내가 제일 현실을 보지 못하고 있었던 듯하다.

……페르디난드 님과 하르트무트가 엮인 시점에서 이미 큰일이다. 하르트무트가 서문에 안 왔을 때 뭔가 암약하는 거라고 눈치채야 했어!

"프랑과 잠은……?"

"정면 현관 앞 홀에서 페르디난드 님께 차를 내드리고 있을 것입니다. 로제마인 님이 옷을 다 갈아입으시면 모시고 오라고 했으니……."

옷을 다 갈아입은 나는 모니카와 니콜라를 데리고 신전장실을 나왔다. 정면 현관에는 내가 옷을 갈아입기를 기다리고 있던 페르디난드와 하르트무트를 비롯한 남성 측근들이 있었다. 멜키오르와 측근들도 있는데, 뭔가 한바탕 설명을 했는지 이미 납득한 표정이다.

프랑과 잠도 있었고, 내 모습을 보고는 살짝 불안한 표정을 지었다.

"로제마인 님, 방금 페르디난드 님과 하르트무트 님께서 로제마인 님이 아우브 아렌스바흐가 되신다고 말씀하셨습니다. 그때, 아렌스바흐 신전을 이곳과 마찬가지로 정비하기 위해 이동할 수 있겠냐고, 그런 말씀도……."

잠이 온화한 투로 말했다. 프랑은 약간 회의적이고 굳은 표정으로 입을 열었다.

"……저도 바란다면 갈 수 있겠습니까? 로제마인 님, 페르디난드 님과 함께."

"저기, 프랑. 아직 완전히 정해진 건 아닙니다. 첸트의 승인이 필요하니까요."

나는 이미 결정된 사항처럼 이야기하는 주위 사람들을 살짝 노려보며 프랑에게 말했다. 하지만 프랑이 "그렇습니까."라며 살짝 어깨를 늘어트린 걸 보고, 나도 모르게 프랑의 손을 잡고 말았다.

"화, 확정된 건 아니지만, 만약에 정해지면 프랑도 같이 가 주시겠어요? 제가 가는 신전에는 프랑이 있어 줬으면 싶으니까."

"로제마인 님이 불러 주시기를, 후임을 가르치면서 기다리도록 하겠습니다."

그렇게 말한 프랑과 잠의 얼굴은 아렌스바흐로 간 페르디난드가 불러 주기를 기다리던 라자팜의 표정과 너무나 닮았다. 무슨 일이 있어도 꼭 불러야겠다는 기분에 사로잡혀서 나는 기수를 불러내고서 손짓하고 있는 페르디난드를 째려봤다.

"페르디난드 님."

나도 같이 태운 기수를 몰면서 페르디난드가 흥, 하고 콧방귀를 뀌었다.

"스스로 희망했으면서도 깨끗이 체념할 줄을 모르는 그대라도 조금이나마 각오를 다질 마음이 들지 않았나?"

"……마석을 다루지 못하는 제가 정말로 아우브가 될 수 있다고 생각하시나요?"

"그대가 마음먹기에 따라 어떻게든 된다."

그러니 바라라고, 페르디난드가 말했다. 불안하더라도 망설이지 말라는 목소리가 등을 떠밀어 줘서 나는 눈 앞에 펼쳐진 하늘을 빤히 쳐다봤다. 가봉 중에 한넬로레와 레오노레에게 말했던 내가 바라는 것과 목소리가 머릿속에 선명하게 되살아났다.

아렌스바흐로

성으로 돌아오자 웃는 얼굴의 한넬로레 일행과 너무나 복잡한 표정의 질베스타 등이 기다리고 있었다. 나는 '대체 무슨 생각이냐'고 야단맞을 각오로 내 결의를 말했다.

"양아버님, 저는, 아우브 아렌스바흐가 되겠습니다."

"이미 알고 있다."

……뭐? 어떻게?

나는 지금 막, 성으로 돌아오는 기수 위에서 아우브가 되겠다고 결심했다. 그것이 가장 좋지 않은 형태로 영향을 미치게 될 질베스타에게 가장 먼저 의사를 표명할 생각이었고. 지금부터 내 마음을 이해하도록 만들기 위해서 의논해야겠다고 큰마음을 먹고 돌아왔는데, 대체 왜 '이미 알고 있다'라는 거지. 모르겠다.

"이미 알고 있다니…… 아버님은 제가 아렌스바흐로 가도 괜찮으신가요? 에렌페스트에……."

"당연하지 않겠습니까, 로제마인 님. 아우브 에렌페스트께서도 허가하셨습니다."

……아.

한넬로레와 하이스히체의 웃는 얼굴, 약간 먼 곳을 보는 표정의 질베스타의 모습을 보고 바로 이해했다. 대영지의 압박과 함께, 영주 일족을 설득해 버린 게 틀림없다. 지금까지 계속 상위 영지에 대해 저자세 외교를 해 온 에렌페스트니까 단켈페르거의 설득을 당해

내지 못했겠지.

“아렌스바흐의 주추를 빼앗아도 좋다고 허가했으면서 아우브가 되기를 허가하지 않는 것은 지극히 부조리하다. 또한 구르트리스하이트를 얻은 첸트 후보는 구르트리스하이트를 지니지 않은 지금의 왕족보다 상위라는 것을 명심하라…… 라는 모양이다.”

그것은 단켈페르거에만 통하는 이론이 아닐까. 정말 괜찮은지 조금 걱정되기는 한다. 하지만 영지의 대표로서 에렌페스트에 와 있는 한넬로레가 후원해 주겠다고 한다. 최소한 단켈페르거에서는 통일된 의견이겠지.

“유르겐슈미트에 구르트리스하이트를 가져다줄 수 있다면 그대가 가는 곳이 중앙이 되건 아렌스바흐가 되건 에렌페스트를 떠나는 것에는 변함이 없다. 짐과 인재 이동도 거의 같다고 들었다.”

“예. 신전 정비를 위해 회색 신관과 회색 무녀가 몇 명 이동합니다만, 청색과 달리 딱히 마력적인 변화는 없고, 후진도 교육할 예정입니다.”

하르트무트가 생기 넘치는 표정으로 “다소나마 늘고 줄기는 하겠지만, 이미 준비한 짐과 인원을 움직일 뿐입니다.”라고 말하기 시작하자, 질베스타가 피곤하다는 얼굴로 고개를 저으며 “잘 알겠다.”라고 중얼거렸다.

“아우브 에렌페스트께서 이해해 주셔서 정말 기쁩니다.”

해냈다며 웃는 얼굴의 한넬로레와 내 측근들을 보고 있자니 진심으로 질베스타한테 사과해야겠다는 생각이 들었다.

“아버님, 피곤하실 텐데 정말 죄송했습니다. 제가, 신전에 갈 때는 이런 일이 있으리라고는 생각도…….”

"아니, 사과할 필요는 없다. 페르디난드가 에렌페스트에 불리하지 않도록 왕족과 교섭하겠다고 다짐했고, 그대들 둘이 동시에 아렌스바흐로 가겠다면 나도 이의는 없다. 게오르기네를 물리친 지금, 내게 심적 피로를 가져다주는 것은 왕족과 그대들 정도니까. 솔직히 말해서, 계속 상황이 바뀌고 거기에 휘둘리는 현재 상황에 대해 하고 싶은 말은 산더미처럼 많다. 하지만 그것은 영주회의가 끝나고 모든 게 결판이 난 뒤에 해도 좋은 일이다."

손을 파닥파닥 흔들어서 투덜대며 질베스타는 내 옆에 있는 페르디난드를 가만히 쳐다봤다.

"에렌페스트에 고집하지 말고 아렌스바흐에서 자신의 행복을 가장 우선하라고, 내게 그렇게 바랐던 것은 그대가 아닌가. 나는 그대가 바란 대로 살아가겠다고 결심했을 뿐이다."

페르디난드는 뻔뻔한 얼굴로 그렇게 말한 뒤에 '형님'이라고 부르고는 씩 웃었다. 얼굴이 씰룩하고 일그러진 질베스타가 화난 기분과 기쁨이 뒤섞인 것 같은 표정으로 "그대는 꼭 이런 때만……." 이라고 말하며 페르디난드를 살짝 째려봤다.

두 사람의 대화는 마치 사람을 물리고 이야기하는 듯한 분위기였는데, 한넬로레를 비롯한 단켈페르거 사람들에게 보여주려는 게 아닌가 싶을 정도로 편한 느낌이었다.

"마음대로 해라."

"양아버님, 페르디난드 님의 게두르리히는……."

"그것도 이미 알고 있다. 연구소를 셋이고 넷이고 짓기로 했다더군?"

페르디난드가 즐거워 보여서 다행이라며 될 대로 되라는 투로 말했는데, 질베스타는 착각하고 있다. 사실은 에렌페스트에 연구소를 갖고 싶었지만, 각하당했기 때문에 어쩔 수 없이 아렌스바흐에 연구소를 얻으려 한 것이다.

"양아버님, 페르디난드 님의 게두르리히는 에렌페스트니까, 이쪽에 연구소를 만들어서 언제든 돌아올 수 있게 해드리는 것이……."

"에렌페스트에 연구소를 만들 정도 여유는 없다. 페르디난드와 약속했다면 그대가 책임지고 지어라. 이쪽은 그대가 완전히 파괴한 게를라흐의 저택을 재건하는 쪽이 우선이다. 페르디난드가 기베 저택의 주추도 잔뜩 주물러 놨으니 처음부터 새로 만들라고도 했다."

질베스타가 매섭게 노려보는 바람에 나는 손으로 머리를 감쌌다.

"아, 으아아아! 정말 죄송합니다! 나중에 금가루를 만들어 보내드릴게요."

"지금의 그대가 함부로 약속할 일이 아니다."

"아……."

단켈페르거 사람들의 시선을 신경 쓰면서 무언중에 마석도 건드리지 못하지 않느냐고 말한 페르디난드를 봤다. 아무리 마력이 많아도 마석을 무서워하면 아무것도 할 수 없다. 지금의 내가 얼마나 도움이 안 되는지 뼈저리게 느낀 기분으로, 나는 어깨를 축 늘어트렸다.

"아렌스바흐에서 에렌페스트에 대한 배상이라는 형태로 원조나 융통을 할 생각이다. 그대와 에렌페스트의 관계성이 끊어지는 것은 아니니, 급하게 보상할 필요도 없지 않겠나."

서두를 필요는 없다고 페르디난드가 내 어깨를 살짝 두드렸다.

"그리고 그대는 나를 에렌페스트로 돌려보내는 일을 고집하는 것 같지만, 내가 없더라도 질베스타는 아우브로서 잘 해낼 것이다. 가끔씩 귀성을 허락해 준다면 나는 상관없다."

"나도 가끔 있는 귀성도 허락하지 않을 만큼 속이 좁은 건 아니다. 그대의 저택은 내가 관리하겠다."

질베스타와 페르디난드 사이에서는 어느샌가 페르디난드가 아렌스바흐에서 사는 것으로 결정되어 있었다.

"페르디난드 님, 정말로 아렌스바흐에서 지내게 돼도 괜찮으신가요? 자기희생이라든지 억지로 참는다는지 하는 건 아니고요?"

"끈질기군. 내가 선택한 결과다."

"페르디난드가 보기 드물게 자기 행복을 가장 우선한 결과라고 하더군. 그대가 괜히 참견할 일이 아니다. 연구소를 셋이고 넷이고 지어 달라고 했다지? 충분한 대가다. 페르디난드가 원하는 대로 해주면 되겠지."

질베스타의 말을 듣고 나는 주먹을 꽉 쥐었다. 페르디난드가 자기희생이 아니라 스스로의 행복을 추구한 결과로 아렌스바흐를 선택했다면 좋다.

"알겠습니다. 저는, 아우브 아렌스바흐로서 페르디난드 님이 연구에 몰두할 수 있는 환경을 준비하겠습니다. 반드시 페르디난드 님을 행복하게 해드릴 테니 안심하세요, 양아버님."

내가 결의를 표명했더니 질베스타가 푸핫, 하고 웃음을 터트렸고, 호위를 맡고 있던 칼스테드도 웃음을 참으려는 것처럼 몇 번이나 헛기침을 했다. 한넬로레 등이 '아깝다'라고 말하는 듯한 표정으로 이쪽을 보고 있는 상황에서 페르디난드가 내 어깨를 꽉 움켜쥐었다.

"로제마인, 그대의 의욕은 알았다. 이제 됐으니 조용히 하도록."

"페르디난드 님, 귀가 조금 빨……."

"조용히 하도록."

"예."

내 입을 다물게 만들었을 때, 리카르다가 전이진이 준비되고 경계문과도 연락이 되었다며 부르러 왔다. 방에 들어온 시종 중에는 오틸리에와 그레티아도 있었다. 교대로 출발 준비를 하던 레오노레 등도 있었고.

"문관들이 짐을 보내기 시작했습니다. 짐을 받기 위해서라도 경계문으로 이동해 주십시오."

"알았다."

질베스타는 리카르다에게 고개를 끄덕이고는 "전이진으로 가자."라고 말하며 발코니로 나가서 기수를 꺼냈다. 기사 훈련장에 있는 전이진으로 이동하는 듯하다. 이미 이야기가 다 되었는지 단켈페르거 사람들도 침착하게 움직이고 있다. 아마 이 중에서 내가 제일 상황을 모르고 있겠지.

"페르디난드 님, 설명이 부족한 것 같습니다. 뭘 어떻게 해야 할지 저만 모르는 게 아닌가요?"

"기수 위에서 얘기하겠다. 빨리 이리 와라."

기수에 타고 발코니에서 날아올랐다. 페르디난드가 다른 사람들에게는 들리지 않을 만큼 작은 목소리로 간결하게 말해 줬다. 내가 마석을 건드리지 못한다는 것이 너무 알려지지 않도록, 렉서 군을 사용하지 않고 짐을 보낼 방법을 생각해 줬다는 모양이다.

"징세한 물건을 보내는 전이진을 사용해서 그대들의 짐을 일단 경계문으로 보내고, 경계문에서 아렌스바흐 성으로 전이시키기로 했다. 경계문에는 이미 올도난츠를 보내 뒀다. 아렌스바흐 쪽에도 연락이 되어 있을 것이다."

"어째서 결혼할 때는 사용하지 않는 걸까요? 정말 편리한데."

페르디난드의 그 많은 짐들을 레서 군으로 운반했던 내가 의문을 입에 담았더니, 페르디난드가 나와 자신의 입장 차이에 대해 가르쳐 줬다.

"다른 영지에서 뭘 보낼지 모르다 보니 경비 관련으로 곤란하기에 보통은 짐을 직접 보내는 일은 아우브가 허가하지 않는다. 하지만 이번에는 아우브인 그대의 짐을 그대가 자신의 성으로 보내는 것이다. 경계할 필요가 없지. ……남은 것은 전이진을 작동하기 위한 마력이 필요할 뿐이니까. 그리 쉽게 허가해 주지는 않는다. 이번 마력은 그대가 처리해라."

마차를 사용하는 쪽이 시간은 걸리지만 비용이 적게 든다. 이번에는 당장 필요한 짐만 보내니까 전이진 쪽이 좋다는 듯하다. 내일 입을 옷이 필요한데 마차로 짐을 보내면 제때 도착하지 못하니까.

"이번에는 일시적으로 머무를 뿐이다. 저쪽 공방에서 성전을 제작하고, 아렌스바흐 사람들이 영주회의에 참가할 수 있도록 준비한다. 본격적인 이동과 아우브로서 지휘하는 것은 영주회의에서 승인받은 이후가 되고."

마술 도구 구르트리스하이트를 만들어서 왕족과 교섭하는 것이 최우선이라는 모양이다.

기사 훈련장에는 커다란 전이진이 있고, 우리는 그것을 이용해 에렌페스트와 아렌스바흐 사이의 경계문으로 전이했다. 마석은 무서워도 마법진에 손을 대고 마력을 흘려 넣는 것은 딱히 무섭지 않았기에 나는 가슴을 쓸어내렸다.

경계문에는 아렌스바흐와 에렌페스트의 기사들이 모여 있었고, 내 짐을 에렌페스트의 전이진에서 아렌스바흐의 전이진으로 옮겨줬다. 리젤레타와 그레티아가 중심이 돼서 짐을 확인했다.

"로제마인, 앞으로 전이진을 몇 번이고 사용할 것이다. 회복약이 필요하면 지금 미리 마셔 둬라."

짐을 아렌스바흐 성으로 보내고, 유스톡스와 리젤레타를 비롯한 시종과 하르트무트 등의 문관들을 성으로 보낸다. 페르디난드와 호위기사를 데리고 경계문으로 돌아가서 기다리게 했던 한넬로레와 단켈페르거 사람들과 함께 빈데발트로 이동. 그 뒤에 빈데발트에서 단켈페르거 사람들을 단켈페르거와 아렌스바흐의 경계문까지 보낼 예정이라고 한다.

"기사 백 명을 보내기 위해서 몇 번이나 왕복해야 좋을지를 모르겠군."

"저희는 기수로 이동해도 된다고 말씀드렸습니다만……."

한넬로레가 우리를 배려하려는 듯 말했지만, 페르디난드는 고개를 저었다. 단켈페르거는 아렌스바흐 거리에서 남서쪽에 있다. 빈데발트까지 이동하는 데 하루가 걸리니까 더이상은 시간을 들일 수는 없다는 듯하다.

"로제마인, 저쪽에 전이진을 설치하고 사람들에게 그 위에 올라타게 준비시켜라."

페르디난드가 시키는 대로 나는 전이진을 준비했다. 내 준비가 끝날 무렵에는 아렌스바흐 성에 있는 젤기우스와 빈데발트의 저택에 있는 슈트랄과도 연락을 마쳤다.

“넨뤼셀 아렌스바흐.”

유스톡스, 리젤레타, 그레티아, 하르트무트, 클라리사, 로데리히가 전이진에 올라탄 것을 확인하고, 페르디난드와 함께 전이진에 마력을 흘려 넣어서 전이시켰다. 그들은 성에서 짐을 정리하고 방을 준비할 예정이다. 사람들을 내려 주고 마중을 나온 레티치아에게 뒷일을 부탁한 뒤에, 나와 페르디난드는 바로 다시 전이진을 사용해서 경계문으로 돌아왔다.

“아우브 에렌페스트. 왕족과 면담할 일시가 정해지면 연락하겠습니다.”

“말해 봤자 소용없겠지만, 너무 무모한 짓은 하지 마라.”

……그 약속은 좀 지키기 힘들 것 같네요.

질베스타의 말에 나는 살짝 시선을 피했다. 마술 도구 구르트리스하이트를 만들어서 왕족과 교섭하는 일은 세상의 일반적인 상식에 의하면 무모한 짓에 해당할 것 같으니까. 아마도.

“그대들, 대체 무슨 꿍꿍이지?”

“아우브 에렌페스트는 이번 싸움의 손해 계산을 빠르게 처리해 주십시오. 영주회의에서 중요한 의제가 될 테니까.”

페르디난드는 질베스타의 의문은 미소로 넘겨 버리고 한넬로레와 단켈페르거 사람들을 재촉하며 마법진에 마력을 주입했다. 역시 페르디난드도 무모한 짓을 하고 있다는 자각은 있는 모양이다. ‘설명해라’라는 질베스타의 목소리를 무시하고 페르디난드가 “어서.”라는 말로 나를 재촉했다.

"넨뤼셀 빈데발트."

질베스타의 추궁에서 도망치는 것처럼 빈데발트에 도착하자, 슈트랄을 비롯해서 단켈페르거 기사들도 모여 있었다.

"아우브 아렌스바흐, 페르디난드 님. 안녕히 다녀오셨습니까. 기다리고 있었습니다."

슈트랄의 인사에는 상당한 실감이 담겨 있다. 이야기를 들어 보니 빈데발트의 여름 저택에 준비되어 있던 술과 식량은 단켈페르거 기사들이 전부 먹어 치우고 마셔 버렸다고 한다. 게다가 오늘 아침부터는 여러 반으로 나뉘어서 디터 대회까지 벌였고. 거기에 어울려 준 아렌스바흐 기사들은 피로를 감추지 못하는 얼굴인데, 단켈페르거 기사들은 힘이 넘쳐 보인다. 기초 체력에서 차이가 큰 듯하다.

"지금부터 단켈페르거 경계문으로 전이하겠다."

"예!"

전이진에 올라갈 수 있는 인원은 최대 서른 명까지. 나는 내 호위 기사와 함께 단켈페르거 기사들을 전이진을 이용해 경계문으로 보내기 시작했다. 그동안에 페르디난드는 기사들에게 빈데발트의 현재 상황과 구 베르케슈토크에 대한 이야기를 듣겠다는 것 같고.

"오래 기다리셨습니다, 한넬로레 님."

"전이진으로 보내 주시잖아요. 거의 기다리지도 않았습니다."

한넬로레는 남은 기사들에게 전이진 위로 올라가라고 했다. 세 번이나 왕복했더니 전이 멀미 때문에 몸이 안 좋아졌다. 조금 쉬고 싶지만, 이제 한 번만 더 갔다 오면 된다. 나는 손으로 머리를 누르며 천천히 숨을 내쉬었다.

“전이 멀미인가?”

“예, 그런 것 같아요.”

“그렇다면 마지막에는 같이 가자. 슈트랄, 빈데발트 저택에 감시할 기사를 다섯 명 남겨 두고 성으로 귀환하라.”

“예!”

슈트랄에게 지시를 내린 페르디난드는 에크하르트와 함께 전이진 위로 올라왔다. 마력을 흘려 넣는 것을 도와주고 단켈페르거 경계문에 도착했다. 먼저 도착해 있던 기사들이 깔끔하게 정렬한 채로 기다리고 있었다.

“한넬로레 님과 단켈페르거 기사께는 큰 신세를 졌습니다. 어떻게 보답해야 좋을까요?”

“머리 장식도 받았으니까, 더이상은…….”

겸손하게 사양하려던 한넬로레가 “아.”하고 작은 소리를 냈다.

“제가, 아직 미성년이기는 하지만, 특별히 영주회의에 초대해 주셨으면 싶습니다. 로제마인 님이 메스티오노라의 화신으로서 첸트께 구르트리스하이트를 전하는 모습을, 꼭 이 두 눈으로 보고 싶습니다.”

……예? 메스티오노라의 화신은 또 뭐죠? 뭔가 엄청 거창한 일이 돼 버린 것 같은데요?

성녀 전설이 또 변화했다. 한넬로레가 푸근하게 웃는 얼굴로 즐겁게 말하는 내용이 너무나 불길하다고 할까, 하르트무트 같은 기척이 너무 심하게 느껴진다.

“저기, 한넬로레 님…….”

“이번 디터의 포상에 대해, 영주회의에서 단켈페르거와 이야기하게 되겠죠. 그때 한넬로레 님께서 동석하실 수 있도록, 이쪽에서도 아우브 단켈페르거께 부탁하고 손을 쓰도록 하겠습니다."

"감사합니다, 페르디난드 님. 기대하겠습니다, 로제마인 님."

……뭘? 대체 뭘 기대한다는 건데?

내가 눈을 깜박이고 있었더니, 한넬로레가 단켈페르거 기사들 쪽으로 몸을 돌렸다.

"유르겐슈미트에 구르트리스하이트를 가져다주시는 메스티오노라의 화신께 경례!"

한넬로레의 큰 소리에 맞춰 단켈페르거 기사들이 일제히 오른손 주먹으로 두 번, 왼쪽 가슴을 두드렸다.

"그럼, 영주회의에서 다시 뵙겠습니다."

……자, 잠깐만.

말릴 틈도 없이 기수들이 질서정연하게 날아올랐다. 멍하니 있는 사이에 단켈페르거 기사들은 보이지 않게 돼 버렸다.

"저기, 페르디난드 님? 이게 무슨 일이죠? 제가 아우브 아렌스바흐가 되는 거죠? 메스티오노라의 화신은 관계없는 거죠? 어째서 한넬로레 님은 결정된 사항이라는 것처럼 말씀하시는 거죠?"

"왕족보다 상위에 있지 않으면 그대가 위험에 노출될 확률이 높아진다고 하르트무트가 주장했다. 성으로 돌아간 뒤에 캐물으면 되겠지."

페르디난드가 그렇게 말하면서 내게 손을 내밀었다.

"전이 멀미가 심하다면 기수로 돌아가도 좋다. 여기서부터라면 아렌스바흐 거리는 그리 멀지 않으니까."

"지금은 전이보다 더 끔찍한 것 때문에 어지러운 기분이에요. 전이진으로, 바로 성으로 돌아가서 하르트무트한테 따지겠어요!"

"다녀오셨습니까, 로제마인 님, 페르디난드 님."

전이진으로 성에 돌아오자 레티치아가 맞이해 줬다.

"디트린데 님에게서 편지가 왔습니다. 아렌스바흐로 돌아가려고 해도 돌아갈 수 없어서 화가 난 것으로 보입니다."

얼굴이 살짝 파랗게 질린 레티치아가 내민 편지에는 '주추를 빼앗겨서 새로운 아우브가 옹립됐다는 게 무슨 말인가요?! 저는 곧 차기 첸트가 됩니다. 이쪽에는 레온치오 님도 제르바시오 님도 계십니다. 제가 첸트가 되면 두고 보세요!'라고 적혀 있다.

디트린데를 이번 소동의 원흉으로 붙잡아야만 하는 것은 결정된 사항이지만, 왠지 힘이 빠진다. 대체 어떻게 그런 식으로 생각하면서 일을 벌이는 건지 도무지 이해할 수가 없다.

"페르디난드 님은 여기 적혀 있는 제르바시오 님을 아시나요? 저도 몇 번인가 란체나베 저택에 방문한 적이 있습니다만, 이런 분은 안 계셨던 것 같습니다. 대체 어떤 분과 함께 계신 걸까요?"

레티치아가 불안해 보이는 얼굴로 페르디난드를 보며 물었다. 나도 같이 쳐다봤다. 어두운 감정을 완전히 감춰 버리려는 듯한 깔끔한 미소를 지어 보이며, 페르디난드가 입을 열었다.

"……이름만은 들어 본 적이 있다. 아마도 란체나베의 왕으로서 키워진 사내다."

건강진단과 성전 만들기

“레온치오 외에도 란체나베 왕족이 있다면 서두르는 쪽이 좋겠군. 공방으로 가자, 로제마인.”

“예? 오늘은 지금부터 아렌스바흐에 남아 있는 사람들한테 보고를 듣는다고……?”

“뒤로 미룬다. 우리에 대한 보고는 유스톡스와 하르트무트에게 하라고 모두에게 전해 주게.”

에렌페스트의 전이진이 성의 기사 훈련장에 있는 것처럼 아렌스바흐에도 성 부지 안에 있기는 하지만, 성 본관에서 떨어진 훈련장에 전이진이 있었다. 뭔가 급해 보이는 페르디난드는 올도난츠를 몇 번 날린 뒤에 나를 기수에 태우고 달려 나갔다.

“어디로 가시는 건가요?”

“내 공방이 있는 서쪽 별채다. 서두르면 저녁 식사 때까지는 전망이 서겠지.”

페르디난드의 공방은 자기 방 안에 있는 비밀의 방이다. 그곳으로 이어지는 문이 있는 그의 방은 란체나베가 엉망으로 만들어 놓은 상태였다. 여기저기 흠집이 나고 부서진 물건들이 널려 있다. 방을 둘러본 나는 얼굴을 찌푸렸다.

“끔찍하네요.”

“남은 짐을 객실로 옮기게 했을 뿐이니까.”

“페르디난드 님이 다른 방에서 쉬실 수 있도록 무사했던 짐은 젤기우스가 바로 옮겼고, 에렌페스트에서 가져온 짐도 그쪽 방으로 가져가서 정리했습니다. 이렇게 서둘러 공방을 사용하시리라고는 생각지 못했습니다."

에렌페스트에서 전이로 도착한 짐 중에 도서실 공방에서 가지고 나온 소재가 든 나무 상자를 왜건에 실어서 운반하며 유스톡스가 어쩔 수 없다는 듯이 어깨를 으쓱했다. 내 뒤에서 걷던 코르넬리우스가 말했다.

"잠시 기다려 주십시오, 페르디난드 님! 로제마인 님과 단둘이서 비밀 방에 들어가 계실 셈이십니까? 아무리 그래도 단둘이라는 데는 찬동할 수 없습니다. 하다못해 호위기사나 조합을 도울 문관을 동석하게 해 주십시오."

"들어오고 싶은 자는 알아서 들어오면 된다. 시간이 없어 서두르고 있다. 방해하지 마라."

페르디난드는 유스톡스가 밀던 왜건을 받아서 바로 비밀 방으로 들어갔다. 에크하르트는 비밀 방 앞에서 발을 멈추고 그 자리에서 호위하려는 것처럼 서더니, '빨리 들어가라'라고 말하는 것처럼 턱짓했다. 나는 고개를 끄덕이면서 비밀 방으로 들어갔다.

……페르디난드 님의 비밀 방에는 마력량 제한이 있던 것 같은데.

신전의 비밀 방이 그랬다. 경계할 일이 많은 아렌스바흐의 비밀 방에도 같은 제한을 걸었겠지. 나는 비밀 방에 들어간 뒤에 코르넬리우스를 비롯한 호위기사가 들어오기를 기다렸다. 역시 아무도 들어오지 않는다.

"……페르디난드 님, 코르넬리우스 오라버니가 튕겨져 나간 모양인데요?"

"그럴 수도 있겠지."

그러는 사이에 비밀 방 밖에서 안으로 연락하기 위한 마술구가 반짝반짝 빛났고, 코르넬리우스의 목소리가 들려왔다.

"페르디난드 님, 당장 제한을 해제해 주십시오!"

"거절한다. 그대들이 여기에 들어올 수 있도록 마력을 높여라. 에크하르트, 너무 시끄럽게 굴면 묶어 버려라. 저녁 식사 때까지 부르지 마라."

페르디난드는 밖의 목소리를 전하는 마술구를 향해 그렇게 말하고는 대화를 끝냈고, 다시 나를 쳐다봤다.

"로제마인, 이리 오도록. 시끄러운 자가 없는 사이에 진찰해 두고 싶다. 그대의 현재 상황을 파악하는 것이 무엇보다 중요하다."

꽤 심한 말을 아무렇지도 않게 하면서 페르디난드가 내 이마와 손목을 만지며 평소대로 건강검진을 시작했다. 이것저것 확인하면서 "표정 관리하는 솜씨가 많이 좋아졌군."이라고 불만이라는 듯이 중얼거렸다.

"어머나, 아주 귀족다워졌다고 칭찬받을 일이 아니던가요?"

표정 관리하는 재주가 좋아졌다고 불만을 들을 줄은 몰랐다고 입술을 삐죽 내밀었더니, 페르디난드 님이 볼을 살짝 꼬집고 "잘 했다."라고 말하며 째려봤다.

"칭찬받은 것 같지 않은데요……."

"내 예상보다 마력이 불안정하다. 기도할 때 마력이 마구 넘치는 것도 이 불안정이 원인이 아닌가? 죽은 이에 대한 애도나 병사의 치유에 거리 밖으로 나갈 정도 규모의 기도는 필요 없을 텐데."

"적도 아군도 전부 포함한 죽은 이를 애도하는 기도를 바쳤을 뿐이고, 병사들의 치유는 눈을 감고 있어서 적절한 양을 몰랐을 뿐입니다."

내 대답에 페르디난드가 "적을 애도할 필요가 있나?"라고, 짜증난다는 얼굴로 날 봤다.

"……유르겐슈미트에 그런 상식이 없더라도, 저는 그러고 싶었어요."

"그쪽의 습관인가……."

역시나 페르디난드. 이해가 빠르네.

"성녀다운 행위가 나쁘다고 하지는 않겠지만, 마력량에 신경 쓰도록. 마력이 없는 평민에 대한 치유는 과도하면 되레 나쁜 영향을 미친다. 눈을 감고 치유하는 것은 그만둬라."

"……그렇게 엄청난 양이었나요?"

"거리 전체에 퍼져 나갈 정도 양이었다."

에렌페스트에서 싸운 사람들 전부를 치유했으면 싶다고 생각한 탓이겠지만, 주위에서 보면 과도했을지도 모르겠네.

"지금의 그대는 부풀어 오른 마력을 마석으로 빨아낼 수도 없으니, 기도로 방출하는 쪽이 안전하기는 하다만……."

유레베에 의해 마력 덩어리가 사라진 데다 몸까지 성장한 덕에 마력이 불안정해졌을 때 주위에 대한 위험이 늘어났다는 모양이다. 페르디난드는 미간에 주름을 새긴 복잡한 표정으로 날 빤히 쳐다봤다.

"불면, 식욕부진, 마석에 대한 공포……. 그밖에 다른 자각 증상은 없나?"

"다른 자각 증상은 딱히 없어요. 마석이 무서운 건 불편하니까 어떻게든 해야겠다 싶기는 한데……."

페르디난드는 복잡한 표정을 지은 채로 어떤 마석이 무서운지, 어떤 상황에서 가장 무서운지, 슈타프는 괜찮아 보이는데 그밖에도 쓸 수 있는 마술 도구가 있는지 등을 차례로 물었다.

"전혀 가공하지 않은 원석이 가장 무서워요. 그리고 올도난츠네요. 생물 모양에서 마석으로 변하는 걸 보면, 그때 전투에서 본 것들이 머릿속으로 확 흘러 들어오는 느낌이 들어서……."

"흐음. 슈타프는 마석으로 보이지 않으니 괜찮은 것인가. 그러고 보니 플류트레네의 지팡이를 쓸 때도 눈을 감았었지. 슈타프를 변화시킨 것도 마석이 달려 있으면 싫은가?"

"……머릿속에 떠올리는 과정에서 조금 기분이 나빠지니까, 안 보려고 했어요."

"그렇군. 눈에 들어오지 않으면 마술 도구를 쓸 수는 있다는 말인가. 이런 것은 어떤가?"

나무 열매를 건네받은 나는 고개를 갸웃거렸다. 손바닥에 있는 나무 열매는 샤를라우프가 아닐까.

"소재 자체에는 문제가 없군. 여기에 마력을 담아 봐라. 원래 소재를 알고 있으면 만질 수 있는지 확인하고 싶다."

직접 마석을 만들라는 말을 듣자 손이 떨리기 시작했다. 페르디난드가 내 손을 잡고 긴 의자에 앉으라고 했다. 나는 샤를라우프 열매를 손에 쥐고 오랜만에 좌판이 딱딱한 긴 의자에 앉았다. 손안에 있는 열매가 묘한 존재감을 주장하는 것만 같다.

"저기, 페르디난드 님. 저는……."

페르디난드가 내 옆에 앉아서 "무리라고 생각하면 샤를라우프 열매를 던지거나 눈을 감아도 좋다."라고 말하며, 격려해 주려는 것처럼 어깨를 두드렸다. 성장한 탓에 예전보다 훨씬 낮은 곳에 얼굴이 있다. 페르디난드의 밝은 금색 눈동자가 걱정된다는 듯이 날 보고 있었다.

"왠지 유난히 상냥하시네요. 예전 같으면 빨리 하라고 화를 내셨을 텐데 말이죠?"

내가 몸 상태가 안 좋거나 오랫동안 잠을 제대로 못 잤더라도 필요하다고 판단하면 귀신처럼 들들 볶아대던 페르디난드가 아닌 것 같다. 내가 솔직한 감상을 말했더니 "엄한 쪽이 좋은가?"라며 노려봤다. 그럴 리가요.

"나는 그대가 안 그래도 피나 생명의 상실에 약하다는 것을 알고 있으면서도 중앙 돌파를 선택했고, 게를라흐 기사단을 구하는 쪽을 우선했다. 그리고 그 결과가 이것이다. 마석에 공포를 느낀다는, 귀족으로서 치명적인 약점을 짊어지게 됐다. ……내가 조금 편하게 대응해 주는 정도로 그대가 회복된다면 좋겠지만, 그렇게 간단한 일은 아니겠지?"

페르디난드가 살짝 주저하며 내 머리를 쓰다듬어 줬다. 서툰 손놀림 덕분에 아주 조금이나마 어깨의 긴장이 풀렸다.

"그대가 함께 행동하겠다고 결의했기에. 그리고, 광범위 치유 마술을 걸 수 있는 그대가 중앙 돌파로 합류했기에 게를라흐 기사단을 구할 수 있었다. 그것은 잊지 말도록."

"……예."

마력을 주입하자 샤를라우프 열매가 노란색 마석으로 변화하기 시작했다. 자꾸만 몸이 뻣뻣해져 간다.

"마목의 열매다, 로제마인. 이것은 샤를라우프 열매다. 무서운 것이 아니다."

페르디난드가 그렇게 말해 줬지만 내 눈에 보이는 것은 마석이다. 소재를 마석으로 만들 수는 있지만 마석을 쥐고 있는 상황이 무서워서, 나는 그대로 마력을 때려 넣는 것처럼 흘려 넣었다. 그러자 샤를라우프 열매가 순식간에 금가루가 돼 버렸다.

"그, 금가루는 만들 수 있는 것 같으니까, 아버님께 게를라흐 저택 수리용으로 보내드릴 수 있겠네요."

"비밀 방 안에서 그렇게 어설픈 억지웃음을 지을 필요는 없다. 무섭게 해서 미안하지만, 일단 확인하고 싶은 것은 확인했다. 그대는 내 준비가 끝날 때까지 약을 마시고 쉬어 두도록."

일어난 페르디난드가 찬장에 있던 약을 덜어서 내게 건네더니, 뭔가를 뒤적거리면서 꺼내고 늘어놓으면서 조합을 준비하기 시작했다. 코르넬리우스한테 시간이 없다고 말했던 게 사실인지, 그 손놀림에는 일말의 주저도 보이지 않았다.

종이 다발을 꺼내는 페르디난드를 보면서 나는 페르디난드가 준 약의 냄새를 맡아 봤다. 평소에 마시던 회복약과 또 다른 냄새가 났다.

"무슨 약인가요, 이거?"

"마시고 싶지 않아도 마셔야만 할 때 긴요하게 사용하는 약이다. 이 뒤에 아렌스바흐의 식사에 손도 안 댈 수는 없지 않겠나? 마셔 두도록."

지금 이 상태로 향신료가 잔뜩 들어간 아렌스바흐의 음식을 먹는 건 힘들 것 같다. 이틀 동안 잠들었다 일어났을 때 나온 '몸에 좋은 요리'를 떠올리고, 나는 얌전히 약을 마시기로 했다.

"디트린데 님은 지금 어디 계실까요? 기숙사에도 못 들어가고, 란체나베의 저택으로 돌아갈 수도 없잖아요?"

"……란체나베의 저택에는 별궁으로 가는 공주와 왕이 될 아이가 사용하는 전이진이 있다. 란체나베의 저택에서 전이진을 사용했다면 아달지자의 별궁에 머무르고 있지 않을까? 그 별궁은 귀족원에 있다. 구르트리스하이트를 손에 넣기에는 안성맞춤이지."

아달지자를 받아들였던 당시의 첸트가 자신들의 거주지가 있는 중앙의 토지에 그들이 있을 곳을 마련해 주고 싶지 않았던 모양이다.

"페르디난드 님은 어떻게 그런 것들을 알고 계시죠?"

"멋대로 흘러들어왔을 뿐이다. 그대의 성전에 그런 기술이 없다면 됐다. 그런 존재는 알 필요도 없으니까."

아무래도 페르디난드가 메스티오노라의 서를 얻었을 때 흘러든 지식인가 보네. 나는 내 메스티오노라의 서를 확인해 봤다. 아달지자와 관련된 기술은 하나도 없다고 해도 될 만큼 찾아볼 수가 없었다.

"여기에 그대의 지식을 적어 갈까 싶다."

페르디난드가 낮은 테이블을 긴 의자 앞으로 옮기고 대량의 종이를 털썩 내려놨다. 내가 보낸 마지에는 내용이 잔뜩 적혀 있다. 지금부터 책을 만든다고 생각하니까 마음이 살짝 들떴다.

"구르트리스하이트."

페르디난드는 내 옆에 앉아서 자기 메스티오노라의 서를 꺼냈고,

활짝 펼쳤다. 커다란 책을 펼쳤기에 나는 몸을 내밀어서 들여다봤다. 글자가 나타났다. 하지만 곳곳이 비어 있는 상태다.

"로제마인, 그대의 메스티오노라의 서에서 이 부분의 기술을 찾아 다오."

빈 부분을 손가락으로 가리킨 페르디난드가 '국경문에 관한 기술'을 찾아 달라고 했다. 나는 내 메스티오노라의 서를 꺼내서 검색했다. 그러는 사이에 페르디난드는 테이블로 손을 뻗어서 종이 몇 장을 훑어보고, 빈 기술이 있는 한 장을 집어들었다.

"이거네요."

내 메스티오노라의 서에 나온 기술과 페르디난드가 펼친 메스티오노라의 서를 번갈아 보면서 틀림없는지 확인했다. 페르디난드가 내 메스티오노라의 서를 보면서 손에 든 마지에 있는 기술의 빈 부분을 메우는 것처럼 베껴 썼다. 손이 빠르기는 하지만 이걸 전부 쓰려면 힘들겠지.

"페르디난드 님, 복사해서 붙여 넣기로 마지에 베끼는 건 어떨까요? 전부 손으로 쓰려면 힘들잖아요?"

"……시간을 단축할 수 있다면 다행이지만, 할 수 있겠나?"

"후훗, 잘 보세요."

나는 내 메스티오노라의 서에 손가락을 대고 시작 지점과 끝나는 지점을 지정했다.

"복사해서 딱!"

"로제마인, 글자 크기가 안 맞는다."

"어, 어라?"

나는 지금까지 이미 뭔가가 적혀 있는 곳의 공백을 메우는 형태로 복사해서 붙여 넣어 본 적이 없다. 그래서 글자를 쓰는 데 딱 좋은 크기로 붙여 넣을 수가 없었다.

"크, 크기가 좀 안 맞아도 읽을 수 있잖아요?"

"아름답지가 않다."

"……그렇죠? 저도 그럴 것 같았어요."

갑자기 글자 크기가 달라지니까 보기에 좋지도 않고, 솔직히 말해서 읽기 힘들었다.

"상당히 아름답지 않지만, 이 부분은 글자만 있으니까 글자 크기가 달라도 어떻게든 읽을 수 있다. 하지만 마법진은 크기가 맞지 않으면 이어지지 않아서 완성되지 않는다. 그러면 곤란하다. 그대의 새로운 마법은 쓸모가 없다."

"자, 잠깐만 기다려 주세요. 확대, 축소를 할 수 있는지 도전해 볼 테니까요."

"시간이 없다고 하지 않았나. 직접 쓰는 쪽이 빠르다."

페르디난드는 바로 복사해서 붙여 넣기를 부정해 버렸다.

"꽤 도움이 될 거라니까요. 그렇게 간단히 내치지 마세요."

"딱히 내친 건 아니다. 나중에 연구하면 되겠지. 지금은 시간이 없다고 했을 뿐이다."

"저도, 시간을 단축하려고 개발했거든요!"

여기서 도움이 안 되면 너무 슬프잖아. 얼마나 도움이 되는지 주장했더니, 페르디난드가 귀찮다는 듯이 자기 메스티오노라의 서를 내게 들이댔다.

"그렇다면 그대의 성전 내용을 내 성전에 베껴 넣을 수 있는지 도전해 봐라. 그대 것을 일일이 보여 달라고 하는 것도 귀찮으니,

그게 된다면 상당히 도움이 된다. 하지만 못 하겠다면 이번에는 포기해라."

"알았어요. 해 볼게요. 복사해서 딱!"

나는 페르디난드의 성전으로 복사해서 붙여 넣었다. 조금 전의 공백이 메워지도록. 스윽, 하고 마력이 글자와 함께 빨려 들어갔다.

"됐다! 됐어요, 페르디난드 님! 글자 크기도 완벽하고, 지식이 완전히 채워진 느낌이네요."

이러면 도움이 되지 않나요? 라고 기대하는 눈으로 쳐다봤더니, 페르디난드가 뭔가를 생각하는 것처럼 팔짱을 끼고 진지한 표정을 지었다.

"편리하기는 하다만……."

"무슨 문제라도 있나요?"

페르디난드가 잠깐 생각한 뒤에 천천히 일어나더니 시험관 같은 통을 두 개 가지고 왔다.

"상당히 편리하고 시간도 단축돼서 합리적이긴 하지만…… 일단 이걸 마신 뒤에 해 주겠나?"

"뭔가요, 이건?"

"지금까지 마셔 본 적이 있는 것이다. 마셔 보면 알겠지."

잘 모르는 채로 마셔 봤다. 처음에 마신 건 회복약에 비하면 달콤해서 마시기 편했지만, 지금까지 마셔 본 적이 없는 맛이다. 솔직히 말해서 잘 모르겠다. 하지만 두 번째는 알았다. 마력이 고갈됐을 때 응급 처치로 마셨던 약이다.

"첫 번째는 잘 모르겠지만, 두 번째는 언제 마신 약인지 알겠어요. 하지만, 지금은 마력이 충분한데 말이죠……."

"잘 모르겠다고? 그렇군. 뭐, 됐다. 지금부터 가리키는 부분을 전부 채우도록 해라."

페르디난드는 살짝 고개를 젓고 기합을 넣으려는 것처럼 후우, 하고 한 번 크게 숨을 내쉬고는, 마음을 다잡은 것처럼 책장을 넘겼다. 나는 그 페이지의 내용을 보고, 내 성전을 검색해서 내용을 복사하고 붙여 넣었다. 그것을 계속 반복했다.

"……페르디난드 님, 왠지 몸이 안 좋아 보이는데 괜찮으신가요?"

시키는 대로 복사해서 붙여 넣으며 나는 옆에 앉은 페르디난드의 상태를 살폈다. 왠지 머리를 감싸거나 위팔을 문지르고 하는 게 뭔가 이상하다.

"난 신경 쓰지 않아도 된다."

"신경 쓰여요! 아무리 봐도 이상하잖아요. ……아! 그 독을 맞은 뒤로 제대로 쉬지도 않으셨죠? 성전을 만드는 것보다 휴식을 우선하는 쪽이……."

"코르넬리우스가 저러고 있다. 다음에는 이 방에 들어오지 못할 가능성도 있다. 업무에 필요한 부분만이라도 베껴 둔다면 나머지는 나 혼자서도 만들 수 있다. 지금은 이쪽을 우선해라."

저녁 식사 전까지밖에 시간이 없다며 노려봤기에 나는 시키는 대로 계속 복사해서 붙여 넣었다. 복사해서 딱, 복사해서 딱.

"일단 이 정도 있으면 나머지는 나 혼자서 어떻게든 할 수 있다. 마석을 다루는 공정도 있으니까. 그대는 먼저 공방에서 나가도록."

복사해서 붙여 넣기가 끝났을 무렵에는 페르디난드가 한눈에 봐도 알 수 있을 만큼 축 늘어져 있었다.

"몸 상태가 좋지 않아 보이는 페르디난드 님이 먼저 나가시죠. 저녁 식사 때까지 잠깐이라도 쉴 시간을 확보하는 편이 좋겠어요."

"아무것도 아니다. 난 괜찮으니까 나가라."

귀찮다는 듯이 말하며 페르디난드가 살짝 손을 저었다. 아무리 봐도 좋지 않은데, 아까부터 계속 '괜찮다'라는 소리만 고집스레 되풀이하니까 살짝 짜증이 난다. 하지만 저 사람이 남한테 자기 좋지 않은 모습을 보여주지 않으려 하는 게 어제오늘 일도 아니니까.

"몸이 안 좋은 게 아니라면, 이번에는 페르디난드 님 쪽에서 제 메스티오노라의 서에 내용을 베껴 넣어요."

"무슨 소리를 하는 건가, 그대는? 거절한다."

엄청나게 바보같은 사람을 보는 것 같은 눈으로 쳐다보며 말해서, 나도 발끈했다.

"그건 제가 할 소리라고요. 페르디난드 님의 메스티오노라의 서는 복사해서 붙여 넣기로 내용이 늘어났는데, 제 것은 늘려 주지 않는 건 너무하지 않나요."

나도 읽고 싶은데, 자기 혼자만 읽을 수 있는 부분이 늘어난 메스티오노라의 서를 가지는 건 치사하다고 생각했다. 내 주장에 페르디난드가 짜증 난다는 듯이 얼굴을 찌푸렸다.

"그대의 새로운 마술은 묘한 발음과 원리를 가졌기에 배우는 데 시간이 걸릴 것 같다. 각하한다."

"페르디난드 님이라면 괜찮아요. 물총도 금세 배우셨잖아요."

보니파티우스와 다른 사람들은 고생했지만, 페르디난드 혼자만은 꽤 쉽게 배웠던 걸로 알고 있다. 틀림없이 괜찮을 거라고 생각하는데, 페르디난드는 단호하게 거부하는 태세를 유지했다.

"페르디난드 님이 복사해서 붙여 넣기를 배우지 못할 것 같다면, 제가 페르디난드 님한테서 복사해서 붙여 넣을 테니까, 메스티오노라의 서를 빌려주세요."

"그대가 할 수 있단 말인가?"

"해 보기 전에는 모르겠지만……."

나는 펼쳐져 있는 페르디난드의 성전을 건드려서, 시작 지점을 정하고 끝나는 지점까지 손가락을 움직여서 범위를 지정했다. 그러자마자 순간적으로 깜짝 놀란 페르디난드가 내 손을 쳐내더니 바로 메스티오노라의 서를 덮고는 없애 버렸다.

"아! 될 것 같았는데, 왜 그러셨어요?!"

"그대에게는 아직 이르다. 하다못해 성인이 된 뒤에 해라."

"예? 성인이면 2년이나 있어야 하잖아요? 너무 많이 남았어요. 좀 전에는……."

좀 전에는 시험해 봐도 된다는 것처럼 말했는데 갑자기 태도를 바꾼 페르디난드 때문에 눈이 휘둥그레졌다. 하지만 페르디난드는 날 노려보면서 고개를 저었다.

"이쪽에는 이쪽의 사정이 있다. 지금은 절대로 안 된다."

"어떤 사정인가요? 제가 납득할 수 있는 사정인가요?"

사정은 설명하려고 하지도 않고 '안 된다'는 소리만 하고 있다. 내가 페르디난드의 얼굴을 들여다보며 설명을 요구하자, "좀 떨어져라."라며 이마를 떠밀었다.

"무엇보다 지금은 시간이 없다고 하지 않았나. 그대의 성전 내용을 늘리는 것보다 마술 도구 성전을 만드는 쪽이 우선이다. 내가 조합용 마석을 꺼내기 전에 여기서 나가는 쪽이 그대를 위해 좋은 일이다."

"……페르디난드 님, 제르바시오라는 분은 위협적인가요?"

페르디난드의 입에서 계속 '시간이 없다'라는 말이 나오고, 당장이라도 마술 도구 구르트리스하이트를 만들어야 한다고 초조해하는 모습을 보이게 된 것이 레티치아의 입에서 제르바시오라는 이름이 나온 때부터였던 것 같은 기분이 든다.

"란체나베의 왕이 되기 위해 키워진 분이라면, 제르바시오는 페르디난드 님의 형님인가요?"

그 순간, 페르디난드에게서 모든 표정이 사라져 버렸다. 화난 표정도, 초조해하는 표정도 전부. 그저, 날 살피는 것처럼 밝은 금색 눈으로 몇 초 동안 쳐다봤을 뿐이다. 그 뒤에, 자기 손을 보면서 말을 골라 가며 하는 듯 천천히 말했다.

"형도 아니고, 나 자신은 제르바시오를 본 기억조차 없다. 하지만, 알고 있다."

메스티오노라의 서에 의한 지식이겠지. 페르디난드는 이미 치워 버린 메스티오노라의 서를 보는 것처럼 자기 손을 빤히 보고 있다.

"당시에 세 명이 있던 아달지자의 여성들에게서 태어난 아들 중에 전속성이면서 마력이 가장 높다는 이유로 란체나베의 왕으로 선택된 자가 제르바시오다."

"그렇다면, 한마디로 페르디난드 님보다 마력이 높다는 건가요?"

그런 존재가 정말로 있을까. 내가 고개를 갸웃거렸더니 페르디난드가 천천히 고개를 끄덕였다.

"세례식 이전의 계측에서는 누구보다 월등했다고 한다. ……참고로, 나는 그가 란체나베의 왕으로 보내진 뒤에 태어났다. 모친은 처음부터 마석으로 만들기 위해 날 낳았는지, 마력을 높이기 위한 상대가 아니라 자신의 부족한 속성을 메울 수 있는 상대를 찾았다고 한다. 나는 아달지자의 열매 중에서 마력은 가장 낮았지만, 속성치가 평균적인 전속성이라서 마석으로 만들기에 가장 적합한 아이였다는 것 같다."

페르디난드가 절망의 늪을 들여다보는 것 같은 얼굴로 담담하게 말한 과거 이야기에 등줄기가 오싹해졌다. 그 어떤 표정도 드러나지 않은 옆얼굴을 보자 나는 울음이 나올 것 같았다. 그런 지식은 원하지 않았겠지. 페르디난드가 메스티오노라의 서를 손에 넣은 것은 아마도 귀족원 시절이다. 지금의 나와 비슷한 또래의 아이가 알기에는 너무나 잔혹했다.

몸을 일으켜 나도 모르는 사이에 손을 뻗었다. 긴 의자 좌판에 무릎으로 서서 일어나, 나는 페르디난드를 안았다.

"페르디난드 님은 마석이 되기 위해 태어나신 게 아니에요. 에렌페스트의 영주 후보생이 되기 위해 태어나셨어요. 그러니까, 신께서 인도하신 거예요."

"로제마인, 이거 놔라."

초조한 목소리와 함께 내 등을 두드렸지만, 나는 "안 돼요."라고 거부하며 더 세게 끌어안았다.

"마석이 아니라, 살아 있어야만 하는데, 그걸 모르시죠? 선대 아우브는 페르디난드 님이 필요하다고 생각해서 거뒀고, 아버님과 저는 현재 진행형으로 페르디난드 님이 필요해요. 알았다고 말할 때까지 놓지 않을 거예요."

"알았다. 알았으니까 이거 놔라. 아무리 그래도 그대는 너무 감정적으로 움직인다. 자각이 부족한 것 같다만, 이미 다 큰 모습으로 성장했으니, 조금이나마 여성다운 조신함이라는 것을 지니도록 해라."

이래 봬도 일단은 조금이나마 조신함이라는 걸 알아서 페르디난드한테 '꼭 안아 줘요'라고 부탁하는 건 참고 있었는데, 내 조신함은 아직도 부족한 모양이다. 위로해 줄 생각이었는데 어째선지 야단맞았다.

"아무튼, 그대는 그만 여기서 나가도록 해라. 나는 마술 도구를 계속 만들겠다. 그대는 마석을 다룰 수 없는 지금의 증상을 측근들에게 전하고, 가능한 마석이 눈에 들어오지 않도록 생활하기 위해 의논해라. 영주회의를 위한 마석 브로치 조합에 관한 이야기라도 좋다. 다른 귀족에게 알릴 일은 아니니까, 아렌스바흐 귀족을 배제한 곳에서 이야기를 나누도록."

빨리 나가라고 페르디난드한테 쫓겨났다. 볼일이 끝났다고 바로 이 꼴이다. 좀 너무한 것 같지만, 항상 있던 일이다.

……페르디난드 님이 힘이 난 것 같으니까 됐지만.

"로제마인."

비밀 방에서 나오자마자 코르넬리우스가 달려왔다. 내게 이상은 없는지 확인했다.

"그토록 강경하게 측근들을 배제하고, 대체 뭘 했나?"

"코르넬리우스 오라버니, 그렇게까지 걱정하지 않으셔도 페르디난드 님은 딱히 아무것도 안 하셨어요. 몸 상태를 걱정해서 건강진단을 해 주신 정도입니다."

"아무것도 안 하더라도 안 된다. 부부도 아닌데 단둘이서 비밀 방에 들어가다니, 절대로 안 된다."

코르넬리우스가 그것이 얼마나 파렴치한 일인지 열심히 설명했다. 혼전 교섭이 있었다고 여기더라도 어쩔 수 없을 만큼 안 된다는 듯하다. 하지만 페르디난드가 메스티오노라의 서를 가지고 있다는 사실을 공개했을 것 같지도 않고, 두 사람 몫의 메스티오노라의 서를 펼치고 있었다. 도저히 다른 사람을 들일 수 없는 상황이다. 그리고 진단 단계에서 내 전생에 관한 이야기도 나왔고, 입이 무겁기는 했어도 아달지자에 관한 이야기도 조금이나마 해 줬다. 다른 사람이 있었다면 절대로 가르쳐 주지 않았겠지.

"페르디난드 님께는 측근을 배제할 필요가 있었습니다."

"로제마인은 좀 더 자신을 소중히……."

"안에서 뭘 했는지, 페르디난드 님이 지금 뭘 조합하고 계신지는 가르쳐드릴 수 없습니다. 하지만 이렇게 볼일이 끝나자마자 방에서 나가라고 하셨습니다. 코르넬리우스 오라버니가 걱정할 일은 없습니다."

오히려 내가 해 버렸지만. 조신하지 못하다고 야단맞았고, 지금은 아주 조금 후회하고 있다.

"그보다, 페르디난드 님이 해 주신 건강진단의 결과와 앞으로의 일에 대해 중요한 이야기를 해야 합니다. 측근들을 전부 모이도록 해 주세요."

코르넬리우스가 비밀 방의 문과 나를 번갈아 본 뒤에 뛰어갔다. 그 뒷모습을 보고 있었더니 에크하르트가 "페르디난드 님은 안 나오시는 건가?"라고 물었다.

"저는 볼일이 끝나서 나가라고 하셨지만, 안에서 조합을 계속하고 계시는 것 같습니다. 그리고 몸 상태가 그다지 좋지 않으신 것처럼 보였습니다. 본인이 드실 약도 조합하실 생각이신지도 모릅니다."

"그런가, 알았다."

에크하르트에게 페르디난드의 지금 상황을 말한 뒤 나는 그 자리에 있는 내 측근에게 말해서 리젤레타 일행이 준비해 주고 있는 객실을 향해 걸어가기 시작했다. 그랬더니 코르넬리우스가 황급히 돌아왔다.

"하르트무트에게서 올도난츠가 왔다. 문관이 아우브를 부른다는 것 같다. 에렌페스트에서 긴급한 소식이 들어온 것으로 보인다."

"에크하르트 오라버니, 페르디난드 님께 전해 주세요. 저는 먼저 가겠습니다."

걸음이 느린 내가 영주 집무실에 도착하기 전에는 페르디난드도 합류할 수 있겠지. 나는 최대한 빨리 걸어서 이동했다. 예상대로 내가 영주 집무실에 도착하기 전에 페르디난드와 합류했다.

단켈페르거의 요청

영주 집무실에 도착하자 문관이 영주의 방에서 사용하는 긴급 통신 마술 도구가 빛나고 있다고 가르쳐 줬다. 페르디난드가 조금 앞에 서서 '이거다'라고 말하며 나를 안내했다. 내가 알고 있는 수경 같은 마술 도구와 모양과 크기가 비슷한데, 마치 뚜껑을 덮어 놓은 것처럼 거울 부분이 보이지 않는다.

"로제마인, 잠시 눈을 감아라. 유도할 테니 거기에 마력을 주입하고."

"예."

페르디난드가 시키는 대로 눈을 감았더니 손을 잡고 뭔가에 닿게 했다. 마력을 주입했더니 눈을 떠도 좋다고 했다. 눈앞에는 내가 알고 있는 수경이 있고, 질베스타의 모습이 보였다.

"왜 이리 오래 걸렸나 로제마인. 집무실을 나가서 대체 어디까지 갔던 것인가?"

한참 기다린 듯한 질베스타가 투덜대는 말부터 시작했지만, 그것도 긴급한 용건이기 때문이다.

"귀족원에 있는 힐쉬르에게서 대답이 왔다. 문관동 부근에 낯선 자들이 있다고 한다."

한창 연구 중이었던 힐쉬르는 질베스타의 명령을 뒤로 미룰 생각이었던 것 같다. 하지만 아렌스바흐 기숙사로 돌아가지 못하게 돼서 문관동에서 숙박할 생각이었던 라이문트가 문관동 부근에서 낯선 사람들이 어슬렁거리는 것을 발견했다고 한다. 어느 영지의 망토도 걸치지 않은 낯선 자가 귀족원에 드나드는 자체가 이상하다. 어쩌면 아우브 에렌페스트가 말했던 것이 사실인지도 모른다고 힐쉬르가 급하게 여기저기로 올도난츠를 날려 보내기 시작했다고 한다.

"양아버님, 신용이 없으시네요."

"힐쉬르가 연구 생각만 하는 게 어제오늘 일도 아니지 않나."

"라이문트를 남겨 두길 잘 했군."

페르디난드는 몇 번인가 고개를 끄덕였는데, 갑자기 기숙사로 돌아가지 못하게 된 라이문트에게 제대로 보고, 연락, 상담을 했던 걸까. 아무것도 안 했을 것 같은데.

"힐쉬르가 귀족원에 있는 교사들, 그리고 왕족과 중앙 기사단과 연락을 취해 줬다고 한다. 바로 중앙 기사단을 파견했는지, 귀족원 부지에서 검은 망토들이 보이기 시작했다고 한다."

"그렇군요……. 다행이다."

중앙을 굳게 수비하고 있던 왕족이 귀족원으로 중앙 기사단을 보냈다면, 이젠 안심할 수 있다. 단켈페르거 기사들은 순식간에 란체나베의 병사들을 제압해 줬다. 질베스타를 통해 은색 천과 즉사 독에 대한 정보도 제공했고. 그리 오래 걸리지 않고 제압하겠지. 내가 안도의 한숨을 쉬자 질베스타가 엄한 표정으로 고개를 저었다.

"……그다지 좋지 않아서 긴급 연락용 마술 도구를 쓴 것이다, 로제마인."

"예?"

"귀족원의 도서관 사서. ……그대가 특별히 마음에 들어 했던 솔랑쥬에게서 응답이 없다는 모양이다. 우연히 대답할 수 없는 상황인지, 무슨 일이 있는 것인지 알 수가 없다. 힐쉬르도 상황을 보러 가려 했다는 모양이지만, 단켈페르거의 사감인 루펜에게서 밖에 나다니지 말라는 경고 올도난츠가 왔다고 한다."

슥, 하고 눈앞이 어두워졌다.

"귀족원에서 무슨 일이 일어났을 가능성이 크다. 그것을 알려 주고 싶었다. 에렌페스트에서 줄 수 있는 것은 정보뿐이고, 사람도 물자도 너무 부족해서 움직일 수가 없다."

"가르쳐 주셔서 정말 감사합니다, 양아버님. 사감이 없는 저희에게는 귀족원의 정보가 들어오지 않으니까요."

나는 질베스타에게 고맙다는 말을 하고 수경 같은 마술 도구를 이용한 통신을 마치고는, 페르디난드 쪽을 보며 말했다.

"페르디난드 님, 저, 귀족원 도서관에 가겠습니다."

"그건 허가할 수 없다. 그대는 아렌스바흐에 남아 있어라. 지금의 그대는 데려갈 수 없다."

기수를 타지도 못하면서 어쩔 셈이냐는 뜻이 담긴 말을 듣고서 말문이 막혔다. 하지만 솔랑쥬, 슈바르츠, 바이스가 너무나 마음에 걸렸다.

"하다못해, 슈바르츠와 바이스를 전투 상태로 만들 수만 있다면 솔랑쥬 선생님을 지켜드릴 수도 있을 텐데……."

슈바르츠와 바이스를 전투 모드로 만들기 위해서는 단추 모양 마석에 마력을 주입해야 한다.

"슈바르츠와 바이스는 강하다는 것 같아요. 신전 전투에서도 스밀들이 대활약했다고 하고요."

내 말을 듣고 슈바르츠와 바이스를 연구해서 스밀의 기본 설계를 맡았던 페르디난드가 흥, 하고 콧방귀를 뀌었다.

"먼 옛날의 공주가 첸트 후보를 해치우기 위한 기능을 장착한 마술 도구다. 어지간한 어중이떠중이가 이길 리가 없지."

"슈발츠랑 바이스는 강하니까요. 솔랑쥬 선생님은 무사하시겠죠?"

빈말이라도 긍정해 주길 바랐지만, 페르디난드는 일단 눈을 감고는 나한테 현실을 말해 버렸다.

"도서관의 마술 도구를 전투 상태로 만들기 위해서는 주인의 명령과 마력이 필요했을 것이다. 주인이 아닌 솔랑쥬 선생이 그렇게 할 수 있을지는 단언할 수 없다. 하지만, 아무리 마음에 걸린다 해도 그대가 가서는 안 된다. 지금 상태로 간다 해도 뭘 할 수 있겠나?"

페르디난드가 차갑게 말하고 고개를 저은 그때, 또다시 긴급용 마술 도구가 빛나기 시작했다.

"……단켈페르거? 통신하겠다. 로제마인, 눈을 감아라."

페르디난드가 내 손을 잡고 마석에 닿게 했다. 표면이 수경으로 바뀌고 아우브 단켈페르거의 모습을 비췄다.

"아우브 아렌스바흐. 무사하신 것 같아 다행입니다. 한넬로레로부터 보고를 받았습니다. 참으로 훌륭히 싸우셨다고요. 아렌스바흐에 빌려드린 인원들이 누구 하나 빠지지 않고 돌아온 데는 솔직히 놀랐습니다."

아우브 단켈페르거가 지금까지 본 적이 없을 만큼 정중한 태도다. 솔직히 말해서, 나는 너무 놀라서 눈만 깜박이고 있을 수밖에 없었다.

"이렇게 긴급 연락을 드린 것은 다른 이유가 아닙니다. 지금 귀족원의 상황을 알고 계십니까?"

"아렌스바흐에는 사감이 없습니다만, 방금 아우브 에렌페스트께서 연락을 주셨습니다. 낯선 자, 아마도 란체나베의 자들을 문관동 근처에서 발견했고, 왕족과 중앙 기사단에 연락했으며, 그리고 도서관 사서 솔랑쥬 선생님과 연락이 되지 않는다고 들었습니다. 빨리 솔랑쥬 선생님과 연락이 되면 좋겠습니다만…… 중앙 기사단이 갔으니 금세 제압되겠죠?"

내가 그렇게 말하자, 아우브 단켈페르거의 표정이 굳어졌다.

"아닙니다. 단켈페르거의 사감인 루펜의 보고에 의하면, 검은 망토를 걸친 중앙 기사단이 귀족원에 나타나기는 했지만, 낯선 자들을 따르는 것처럼 보였다고 했습니다."

"예?"

"낯선 자들 사이에 디트린데가 있었는데도 불구하고, 붙잡으려 하지도 않았다고 합니다."

왕족이 그것을 허락한 것인지 중앙 기사단이 배신한 것인지 알 수 없는 상황이 되었기에, 루펜은 아우브 단켈페르거에게 정보를 보내고 지시를 기다리고 있는 모양이다.

"단켈페르거에서는 첸트와 연락을 취하지 못했습니다."

"저기, 그건……."

"구르트리스하이트를 얻은 정당한 차기 첸트 후보이신 로제마인님께 요청합니다. 귀족원을 지켜 주십시오. 귀족원에 외부인을 들여서는 안 됩니다. 그곳은 유르겐슈미트에 있어 중요한 곳입니다."

아우브 단켈페르거의 말을 듣고 나는 침을 꿀꺽 삼켰다.

"그건, 첸트께……."

"단켈페르거가 차기 첸트 후보이신 로제마인 님의 수족이 되겠습니다. 귀족원을 지키라고, 명령을 내려 주십시오. 단켈페르거는 첸트의 검, 반드시 지켜 내겠습니다."

"도저히, 즉시 판단할 수 없는 요청입니다."

내 말이 끝나기도 전에, 내 뒤에서 수경을 들여다보고 있던 페르디난드가 대답했다.

"구르트리스하이트를 손에 넣었다고는 해도, 주추를 손에 넣은 로제마인은 이미 아우브 아렌스바흐입니다. 따라서 그러한 명령은 내릴 수 없습니다."

"페르디난드 님은 귀족원의 중요성을 모르는 것인가?! 외부인이 귀족원을 어지럽히고 있단 말이다! 느긋한 소리 하고 있을 시간이 없다."

디트린데가 첸트가 되기를 원해서 귀족원에 갔다면 구르트리스하이트가 있는 귀족원 도서관이 가장 위험하다. 지금 거기 있는 것은 솔랑쥬와 슈바르츠네뿐이겠지. 아렌스바흐 귀족 거리에서 날뛰던 란체나베 병사들의 모습을 생각해 보면 디트린데와 란체나베 사람들이 도서관을 어지럽히는 모습은 쉽게 상상할 수 있다.

"페르디난드 님, 귀족원 도서관에는 솔랑쥬 선생님이…… 그리고, 힐쉬르 선생님도 귀족원에 계십니다."

힐쉬르는 올도난츠로 이곳저곳에 수상한 사람의 존재를 알리고, 왕족과 중앙 기사단에 구원을 요청했다. 중앙 기사단이 배반했다면 힐쉬르도 상당히 위험한 입장에 있지 않을까. 힐쉬르와 함께 행동하는 라이문트도 그렇고.

"……왠지, 힐쉬르 선생님은 무슨 일이 있어도 무사할 것 같지만, 입장은 위험하겠죠? 단켈페르거가 협력해 준다면 구하러 가는 쪽이 좋지 않을까요?"

내가 뒤를 돌아보며 그렇게 말하자, 페르디난드는 "가장 위험한 입장인 것은 그대다, 이 바보가."라고 차갑게 말했다. 그리고는 수경 안에 있는 아우브 단켈페르거를 굳은 표정으로 바라보며 조용한 어조로 말했다.

"저 또한 귀족원을 어지럽히는 것은 심각한 사태라고 생각합니다. 귀족원의 중요성도 이해하고 있습니다. 그래도, 그러한 거창한 명령을 내리는 것은 간단한 일이 아닙니다. 로제마인의 명령에 의해 왕족을 구출한 뒤, 또는 이미 디트린데 등이 구르트리스하이트와 나라의 주추를 손에 넣었을 경우 로제마인은 월권 행위로 책망받거나 역적으로 몰릴 가능성이 있습니다."

내가 명령을 내려서 구출한 왕족이 솔직하게 감사하고 끝나리라고는 보장할 수 없다. 기회는 이때라며 구르트리스하이트를 손에 넣은 나를 왕족으로 끌어들이겠다는 욕심에 역적으로 취급하지 않겠다고 친절한 척하면서 말도 안 되는 요구를 할 가능성이 상당히 높다고 페르디난드가 속삭였다. 지금까지 왕족이 취해 온 방식을 생각해 보면 페르디난드의 말에 고개를 끄덕일 수밖에 없다.

"명령을 내리는 것에 의해 로제마인이 불리한 입장에 처한 경우, 첸트의 검을 자처하는 단켈페르거는 어떠한 입장에 서실 것입니까?"

첸트 쪽에 설 가능성이 크지 않겠느냐고 페르디난드가 아우브 단켈페르거에게 말했다.

"페르디난드 님, 아무리 그래도 너무 실례가 아닌가요? 명령을 내려 달라고 요청했으면서 그런 끔찍한 짓은 하지 않을 거예요."

"그래서 그대는 어설프다는 소리를 듣는 것이다."

나한테 흥, 하고 코웃음을 쳐 보이고 페르디난드가 다시 아우브 단켈페르거 쪽을 봤다.

"기나긴 역사를 지닌 단켈페르거의 아우브는 때때로 자기 영지를 위해 비정한 판단을 내려 왔겠지요. 어설픈 소리를 할 수도 없는 입장이니 당연한 일이겠습니다만, 로제마인에게 모든 책임을 물을 수도 있는 상황을 저는 도저히 간과할 수 없습니다."

"제아무리 긴급한 상황이라고 해도 단켈페르거는 명령이 없으면 중앙으로 기사단을 보낼 수 없다. 란체나베와 디트린데가 멋대로 날뛰고, 외부인이 구르트리스하이트를 손에 넣는 것을 가만히 보고 있을 셈인가? 왕족과 연락이 되지 않는 지금, 명령을 내릴 수 있는 자는 구르트리스하이트를 지닌 차기 첸트 후보, 로제마인 님밖에 안 계시단 말이다!"

아우브 단켈페르거는 '결코 그런 끔찍한 짓은 하지 않겠다'고 말하지 않았다. 귀족원을 지킨다고, 첸트의 검이라고는 했지만 나를 지키겠다고는 말하지 않았다. 대화 중에 '아우브 아렌스바흐인 나'와 '차기 첸트 후보인 나'를 구분하고 있다.

"지금, 유르겐슈미트를 구할 수 있는 것은 한 사람뿐이다!"

"한 사람이 아닙니다."

페르디난드의 조용한 목소리를 듣고, 나도 모르게 페르디난드를 바라봤다. 분명히 메스티오노라의 서를 가진 사람은 나 하나만이 아니다. 나한테서 복사해서 붙여 넣은 덕분에 첸트 업무를 해낼 수 있게 된, 나보다 훨씬 첸트에 걸맞은 사람이 여기에 있다.

하지만…… 페르디난드 님은…….

첸트가 되고 싶다는 생각은 추호도 없겠지. 아렌스바흐에서 연구 삼매경을 희망했다. 그걸 또 자기희생 정신으로 망쳐 버리는 게 아닌가 싶어서 나는 페르디난드의 가슴팍을 붙잡았다.

"페르디난드 님, 기다려 주세요. 그건……."

"귀하가 차기 첸트가 되는 것입니다, 아우브 단켈페르거."

"예?"

"…………뭐?"

완전히 예상을 벗어난 말에 머릿속이 새하얘졌다. 내가 멍하니 쳐다보고 있었더니 페르디난드가 훗, 하고 입가에 미소를 지었다.

"한넬로레 님의 보고를 들으셨다고 하셨습니까? 로제마인은 유르겐슈미트에 다시 구르트리스하이트와 신에 대한 기도를 가져다주는 지혜의 여신 메스티오노라의 화신. 여신의 화신의 역할은 적합한 자에게 구르트리스하이트를 내리는 것. 자신이 첸트가 되는 것이 아닙니다."

유들유들하게 그런 소리를 하면서 페르디난드는 아우브를 똑바로 보며 밝은 금색 눈동자를 도전적으로 번쩍거렸다.

"아우브 단켈페르거, 귀하가 여신의 화신에게 자신의 힘을 보이는 것은 로제마인으로부터 구르트하이트를 얻는 것과 같은 의미가 됩니다. 중앙 기사단이 적이 된 지금, 왕족을 구하지 못한 경우 귀하가 구르트리스하이트를 받아서 차기 첸트가 되는 것입니다. 로제마인에 대한 명령 요청은 단켈페르거에서 모든 책임을 짊어진 각오

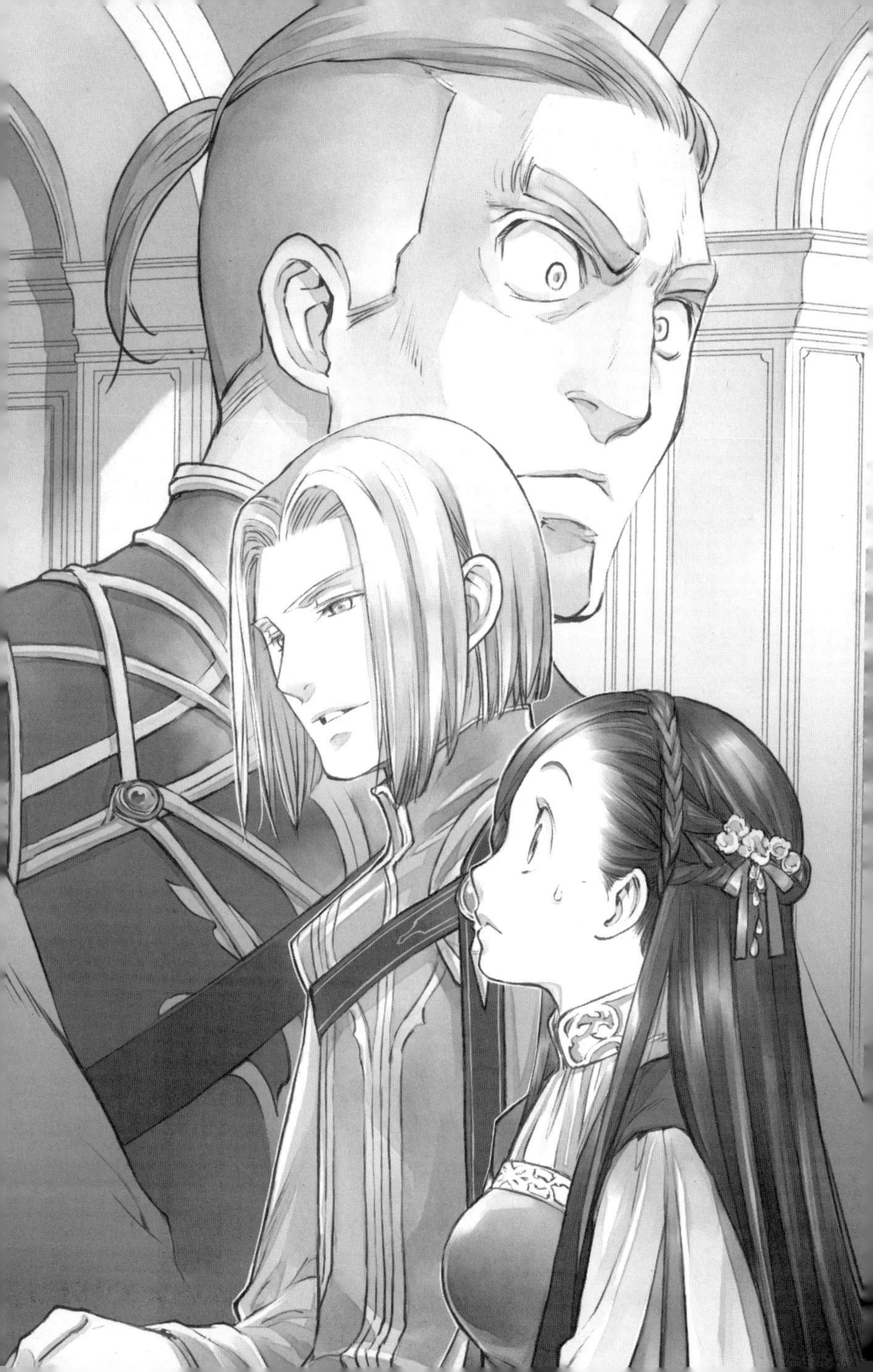

를 하신 뒤에 부탁드리겠습니다."

아우브 단켈페르거가 눈이 휘둥그레져서 페르디난드를 빤히 보고 있다. 페르디난드는 눈만 도전적으로 번쩍이며 사교적인 미소를 어렴풋이 띄우고 있을 뿐이다.

"나는 아우브 단켈페르거다."

"로제마인은 아우브 아렌스바흐입니다. 단켈페르거가 로제마인에게 책임을 씌운 상태에서 대의명분을 얻고 날뛰고 싶은 것뿐인지, 설령 훗날 자신이 첸트로 임명되는 한이 있더라도 유르겐슈미트의 위기를 거두고 싶다고 바랄 만큼 진지한 마음인지……. 명령을 내려 달라 요청한 단켈페르거의 진심을 보여주셨으면 싶습니다."

단켈페르거가 자기 영지를 지키기 위한 전제를 바라는 것처럼, 이쪽도 로제마인과 아렌스바흐를 지키기 위한 수단을 준비하는 건 당연한 일이라고 말하며 페르디난드가 웃었다.

"때와 장소에 따라서는 귀하가 차기 첸트가 되는 수도 있습니다. 제1 부인과도 잘 이야기하시는 쪽이 좋을 것입니다. 차기 영주 임명도 필요합니다. 혼자 결단해도 될 일이 아닙니다. 그리고 단켈페르거의 독주를 좋게 보지 않는 영주도 있겠지요. 그 영지들에 기별은 하셨습니까?"

질문 형태이기는 했지만, 페르디난드는 노골적으로 '정치적인 문제는 알아서 처리해 둬라'라고 말했다.

"무엇보다, 로제마인은 에렌페스트에서 돌아온 직후라서 휴식이 필요합니다. 도저히 싸움터에 보낼 수 있는 상태가 아닙니다. 그리고 단켈페르거 기사들의 귀환을 가장 우선했기에 아렌스바흐의 주력 기사들은 아직 빈데발트에서 돌아오지 않았습니다. 요청이 있어도 명령을 내릴 수가 없습니다."

에렌페스트 원정에서 돌아오지 않은 기사들의 존재에 대해 말하며 페르디난드는 살며시 내 손을 잡았다.

"단켈페르거의 결단은 내일 세 점 종에 듣도록 하겠습니다."

페르디난드가 통신을 끊어도 되겠냐고 작은 소리로 내게 말했다. 나는 고개를 끄덕이고 혼란에서 벗어나지 못한 것처럼 보이는 아우브 단켈페르거에게 "평안하시기를."이라는 인사와 미소를 지어 보인 뒤에 눈을 감았고, 페르디난드의 도움을 받아 통신을 끊었다.

"일단 하룻밤은 시간을 벌었지만, 오늘 밤 안에 완성할 필요가 있겠군요."

통신이 완전히 끊어졌는지 확인한 페르디난드가 한숨을 내쉬고, "다른 영지의 요청을 함부로 받아들여서는 안 된다."라고 말하며 날 노려봤다.

"그대는 아우브 아렌스바흐가 되기로 결심했다. 차기 첸트 후보라는 말은 가장 경계해야 할 말이고, 절대로 들어서는 안 된다."

"그래도 귀족원 도서관은 걱정된다고요. 솔랑쥬 선생님과도 연락이 안 되는 것 같고……."

단켈페르거의 요청 어쩌구는 그렇다 치고, 귀족원이 너무나 신경 쓰인다. 체력이나 마력만 문제없다면 당장이라도 뛰어가고 싶을 정도로. 단켈페르거가 도와주겠다면 그 도움을 받는 쪽이 승산이 크다.

"올도난츠가 날아가지 않는다고 한 것도 아니다. 아직은 문제없겠지. 걱정하지 않아도 단켈페르거는 반드시 움직인다. 자신들이 취할 수 있는 수단이 있으면서도 못 본 척할 수 있는 영지는 아니니까. 다른 영지와의 교섭에 얼마나 걸릴지는 모르겠지만, 내일이라는 기일에 이의를 제기하지 않았다. 그대가 쉴 수 있는 건 오늘 밤뿐이라고 생각해라. 지금의 그대에게 필요한 건 휴식이다. 다른 사람보다 자신을 먼저 걱정하도록."

전이진을 몇 번이나 써서 단켈페르거 기사들을 이동시켰다. 약은 물론이고 본격적인 휴식이 필요하다고 페르디난드가 말했다.

"……잠들면 또 악몽을 꿀 것 같아서 무서운데요."

몸은 휴식을 바라지만 그 휴식이 무섭다. 내 탄식에 페르디난드가 "잠들기 위한 약도 필요한가."라며 살짝 눈살을 찌푸렸다.

"그 악몽을 꾸면서 깨는 약은 싫어요. 깬 다음에 기분이 최악이니까……."

"하지만, 아무리 튼튼해졌다고 해도 그러다 이제 슬슬 쓰러진다. 저녁 식사를 위해서 회복약이 필요한 상태다. 원래 최소한의 수준밖에 없었던 그대의 체력을 과신하지 마라."

페르디난드가 상냥함이 담긴 회복약을 건네자 나는 받을 수밖에 없었다.

저녁 식사 때는 레티치아의 보고도 있었다. 디트린데에게서 편지가 올 때까지의 상황과, 그에 대한 대응 등에 대한 이야기를 들었다. 란체나베의 문을 반대쪽에서 열려고 한 자가 있었다든지, 귀족원 기숙사에 있는 전이의 방에 있는 기사들에게 올도난츠로 문의하는 일도 있었다고 한다. 어떻게 대답할지에 대해 내 의견이 필요했기 때문에 보류했더니, 참다못한 디트린데에게서 편지가 왔다는 모양이다.

"방치해도 상관없으니, 괜한 정보가 나가지 않도록 조심하세요."

"알겠습니다."

고개를 끄덕이는 레티치아의 안색이 좋지 않은 게, 푹 쉬지 못한 것처럼 보인다. 바빠서 그런 것만은 아니겠지. 아침에 봤던 멜키오르처럼 고민이 많은 얼굴이다. 아무리 봐도 애들이 지을 표정이 아니다.

"아, 이 생선은……."

"로제마인 님께서 구해 주신 어부들이 보답이라며 보내왔습니다. 페르디난드 님께 로제마인 님께서 좋아하시는 요리법을 배워서 준비하도록 시켰습니다. 입에 맞으시나요?"

향신료가 많은 요리 가운데 어떤 물고기인지는 모르겠지만 흰살 생선 소금구이가 있었다. 정말 심플한, 평범한 소금구이다. 레티치아는 이런 음식을 내놔도 좋을지 고민했지만, 큰마음 먹고 내놨다는 것 같다.

"저는, 에렌페스트에서도 특이하게 먹는다는 말을 들었지만, 생선 맛을 잘 느낄 수 있어서 아주 좋아합니다. 낯선 조리법인데, 레티치아 님께서 요리사에게 부탁하셨죠? 페르디난드 님이 제가 좋아하는 맛을 기억해 주신 것도 정말 기쁩니다."

나는 레티치아에게 감사하고 페르디난드에게 빙긋 미소지어 보였다.

"아직 아렌스바흐의 먹거리가 익숙하지 않은 그대에게는 이쪽이 좋을 거라고 생각했을 뿐이다."

페르디난드가 말한 대로, 지금 내 몸 상태에는 향신료를 듬뿍 사용하는 아렌스바흐의 음식은 자극이 너무 심하다. 다른 것은 조금

씩만 먹었지만, 소금구이만은 식욕이 없는 와중에도 다 먹었다.

나는 소금구이에 만족했지만, 레티치아는 커틀러리를 움직이는 손놀림이 둔했다. 웃는 얼굴로 나와 이야기하고 있지만, 제대로 먹고 있다고는 할 수 없었다.

"레티치아 님, 호위기사와 함께 이쪽으로 오시지요."

나는 식사를 마친 뒤에 손짓해서 불렀다. 레티치아가 눈을 깜박이며 가까이 왔고, 호위기사들은 무슨 짓을 하려는 건가 싶어서 슬쩍 경계하는 표정을 지었다.

"레티치아 님은 힘든 일에 말려들었는데도 정말 열심히 해 주셨습니다. 저희가 자리를 비운 동안에도 아렌스바흐를 정말 잘 지켜 주셨습니다. 감사의 뜻을 담아, 슈라트라움의 축복과 함께 좋은 잠이 찾아올 수 있도록 기도해드려도 되겠습니까."

그렇게 말하자 레티치아의 안색이 확 바뀌더니 고개를 저었다.

"저를 위해 로제마인 님의 힘을 쓰실 필요는 없습니다. 마음만으로도 충분합니다."

"알겠습니다. 그럼, 마음만……."

사양하려는 레티치아에게 나는 슈타프를 꺼내서 기도했다.

"꿈의 신 슈라트라움이여, 레티치아 님께 편안한 잠과 행복한 꿈을."

레티치아에게 하얀 축복의 빛이 쏟아지자, 레티치아의 눈이 졸린 사람처럼 풀어졌다. 그리고 몇 초 뒤에는 천천히 쓰러지려 하자 레티치아를 호위기사가 재빨리 안아 들었다.

"이 정도 축복으로 이렇게 큰 효과를 보이다니, 잠들고 싶어도 잠들지 못하는 나날이 이어지셨군요. 레티치아 님이 푹 주무시도록 해 주세요."

"감사합니다, 로제마인 님."

호위기사는 레티치아를 안고서 물러났다. 레티치아의 시종들이 빠른 걸음으로 그 뒤를 따라가는 모습이 보였다.

"로제마인, 이리 오도록."

페르디난드가 그렇게 말하며 내게 손을 내밀었다. 뭔가 당연하다는 것처럼 에스코트해 주네, 라고 생각하며 손을 얹었다. 어쩌면 아렌스바흐에 있던 일 년 반 동안 매일같이 디트린데를 에스코트하다가 몸에 밴 것인지도 모른다. 뭐든지 습관이 중요하다고 생각하는데, 페르디난드가 다른 손으로 내 시야를 가렸다.

"페르디난드 님?"

"꿈의 신 슈라트라움이여, 로제마인에게 편안한 잠과 행복한 꿈을."

페르디난드의 손이 가리고 있는 시야에 하얀색 빛이 가득 찼다. 머릿속이 새하얘지는 기분이 들고, 갑자기 몸이 무거워졌다. 다리가 풀린다 싶었더니, 좀 페르디난드가 전의 레티치아처럼 나를 받아서 안아 줬다.

"슈라트라움의 축복에 저항하지 않고 잠들도록. 오늘 밤에는 악몽을 꾸는 일도 없을 것이다."

슈라트라움의 축복 덕분에 잘 잔 것 같다. 나는 아주 개운한 기분으로 눈을 떴다.

"안녕히 주무셨습니까, 로제마인 님? 안색이 많이 좋아지셨군요. 안심했습니다."

리젤레타가 안심했다는 듯이 가슴을 쓸어내렸다. 아침 식사는 각자 방에서 먹으니까, 나는 아침을 먹으면서 측근들의 이야기를 듣기로 했다. 또 생선 소금구이가 나왔다. 아주 좋아한다고 생각했나 보네.

어젯밤, 페르디난드가 나를 강제로 재운 뒤 측근들은 페르디난드에게서 내 상태와 대처 방법에 대한 설명을 들었다고 했다.

"귀족원에서 변이 일어났고, 아우브 단켈페르거로부터 요청이 있었다는 이야기도 들었습니다."

"호위기사들은 출진을 준비하라는 명을 받았습니다. 단켈페르거의 요청을 받아들이게 되면, 로제마인 님께서는 동행하는 수밖에 없다는 것 같더군요."

"쾰른베르거의 국경문이 계속 닫혀 있었기에 저희에게는 그다지 익숙하지 않은 일이지만, 정변 이전의 첸트는 매년 국경문을 여닫기 위해 중앙으로부터 이동했다고 합니다. 구르트리스하이트가 있으면 중앙에 있는 국경문으로 이동하는 것이 가능하다고 들었습니다."

란체나베의 저택에서 중앙으로 가는 루트는 적진 한복판으로 뛰어드는 짓이고, 귀족원 기숙사를 경유하려면 내 마력으로 만든 인증 브로치를 제작해야 해서 당장은 사용할 수 없다. 그래서 이번에는 국경문을 사용해서 귀족원으로 갈 예정이라고 한다. 그래서 내가 동행해야만 전이할 수 있다.

"아침 식사를 마치고 세 점 종까지는 휴식이라고 합니다. 아렌스바흐의 책을 한 권 맡아 뒀습니다."

"어머나! 이런 때에 책을 읽어도 될까요? 페르디난드 님이 준비해 주셨다면 정말 괜찮다는 뜻이겠죠?"

나는 리젤레타가 집무용 책상 위에 놓아둔 책을 빤히 쳐다봤다. 마지막으로 책을 읽은 게 대체 언제였더라.

"단켈페르거에서 연락이 올 때까지 조금이라도 쉬어 두도록, 이라고 하셨습니다."

단켈페르거의 결단

세 점 종이 울렸다.

문관이 단켈페르거에서 긴급 연락이 왔다고 전했고, 나는 페르디난드와 함께 수경 앞에 섰다. 수경 너머에는 아우브 단켈페르거만이 아니라 제1 부인인 지크린데도 있었다.

"아우브 단켈페르거의 대답은?"

"귀족원을 지키고, 유르겐슈미트를 지키고, 왕족을 구하는 것이 최우선이다. 단켈페르거는 첸트의 검. 수단이 있는데도 불구하고 못 본 척할 수는 없다. 로제마인 님께서 명령을 내려 주시기를 청합니다."

어떤 상황이라도 유르겐슈미트를 지키겠다는 태세로 나온 단켈페르거를 보며 나는 그저 감탄할 따름이었다. 제1 부인도 아우브의 선택에 이의를 제기하지 않고 가만히 이쪽을 보고 있다. 그 사람이 함께 있는 것만으로도 영지 전체가 찬동했다는 것을 한눈에 알 수 있다.

"알겠습니다. 귀족원을, 나아가서는 유르겐슈미트를 지키기 위해 단켈페르거에 구원을 부탁드리겠습니다."

"단켈페르거가 바라는 것은 메스티오노라의 화신의 명령입니다. 귀족원에 있는 자들이 한눈에 봐도 우리에게 도리가 있다는 것을 보여 줘야만 합니다."

구르트리스하이트를 과시하면서 귀족원으로 오라는 말에 나는 고개를 끄덕였다.

“걱정하실 필요 없습니다. 저희는 국경문을 통해 귀족원으로 가겠습니다. 이쪽에 구르트리스하이트가 있다는 것을 한눈에 봐도 알 수 있겠죠.”

“그 국경문의 재현입니까. 그렇다면 로제마인 님이 정당한 첸트 후보라는 것을 할 눈에 알 수 있을 것입니다.”

제1 부인이 납득하자 아우브 단켈페르거는 곧바로 “그럼, 기사들에게…….”라는 말을 남기고 움직이려 했다. 그런 아우브의 망토를 제1 부인이 붙잡았다.

“페르디난드 님, 귀족원으로 향하기 전에 서로의 정보를 맞춰 보고 싶습니다만, 괜찮으시겠습니까?”

당장이라도 뛰쳐나가려는 아우브를 붙잡고 제1 부인이 빙긋 미소지었다. 페르디난드도 웃는 얼굴로 “물론입니다.”라고 대답했다.

……이 두 사람, 암약 담당이라는 느낌으로 왠지 죽이 맞을 것 같아.

내가 두 사람의 사교적인 미소를 보고 있는 사이에 이야기가 진행됐다.

“아렌스바흐는 아우브 교체에 따라 기숙사를 폐쇄했기에 중앙과 귀족원의 정보는 에렌페스트를 경유해서만 입수할 수 있습니다. 그리고 그 에렌페스트의 정보원은 연구가 최우선인 힐쉬르 선생입니다.”

힐쉬르 선생님이 연구밖에 모르고 사감답지 않은 사감이라는 건 모든 이가 알고 있는 주지의 사실이다. 우리가 얼마나 귀족원과 중앙의 정보를 모르고 있는지 바로 알 수 있는 말이다. 제1 부인은 전부 눈치챈 듯한 표정으로, 루펜에게서 들어온 중앙의 사정에 대해 가르쳐 줬다.

"로제마인 님께서 진짜 디터를 권유한 그날, 아우브 에렌페스트가 왕족과 이야기를 나누셨죠?"

"그렇습니다. 지기스발트 왕자와 만나서 제가 아렌스바흐로 가는 일에 대해 이야기하셨다고 알고 있습니다. 허가증도 받았으니까요."

사슬이 금가루로 변해 버린 탓에 지금은 빼 놨지만, 받기는 받았으니까.

"그 뒤에, 지기스발트 왕자에게서 사정을 들은 첸트는 중앙 기사단에게 귀족원을 지키고 아렌스바흐 기숙사 입구를 경계하라는 명을 내렸고, 귀족원에 있는 사감들에게는 각자 기숙사에서 대기하라고 통달했다고 합니다."

……그런 얘기, 힐쉬르 선생님한테서는 못 들었지?

밖으로 나가지만 않으면 되는 거잖아, 라고 멋대로 판단한 힐쉬르 선생님은 기숙사로 돌아가지 않고 문관동에 틀어박혀 있었을 게 분명하다.

"저희는 아렌스바흐로 향하는 기사들과 중앙의 요청을 기다리는 기사들이 출발 준비를 하느라 정신이 없었기에, 그때는 아직 루펜과 연락을 취하지 않았습니다."

진짜 디터와 국경문에서 만난다는 것에 흥분하고 달아오른 단켈페르거 사내들을 진정시키느라 제1 부인은 정말 힘들었던 듯하다.

왕족으로부터 아무런 연락이 없는 채로 아렌스바흐로 향하는 지원자들이 출발할 시간이 됐고, 국경문으로 향했다. 배웅하고 돌아온 뒤에도 왕족에게서는 요청이 없었다고 한다.

"안달복달하는 사이에 날이 밝았고, 한넬로레에게서 연락이 왔습니다. 로제마인 님이 아렌스바흐의 주추를 얻으셨고, 에렌페스트의 주추를 지키기 위해서 단켈페르거 기사들을 통솔해도 괜찮은지 허가를 바란다는 내용의 편지가 도착했습니다. 아렌스바흐 전투가 끝났다고 전하기 위해 단켈페르거에서 첸트께 직통 연락을 하려고 했지만, 연결되지 않았습니다."

아우브 단켈페르거는 첸트가 전투 지휘를 맡았다면 집무실에 없는 게 당연한 일이라고 말했고, 그래서 제1 부인도 통신이 안 되는데 대해 크게 의문을 품지 않았다고 했다. 아우브가 마석을 건드려야 긴급 연락용 수경이 기능하니까, 마찬가지로 첸트에게 연락해도 당장 건드릴 수 있는 상황이 아니라면 대화할 수 없다. 문관이 긴급 연락 마술 도구에 반응이 있었다고 전할 테니, 나중에 연락이 올 거라고 생각했다.

하지만 꼬박 하루가 지났는데도 첸트에게서 연락이 오지 않았다. 아무런 반응이 없어서 애가 탄 아우브 단켈페르거는 루펜에게 연락했다고 한다.

"기숙사에서 가만히 있으라는 명을 받은 루펜에게 대단한 정보는 없었습니다. 왕의 명령으로 기숙사에 대기하는 중이라는 대답만이 돌아왔을 뿐입니다."

왠지 루펜은 싸울 기회가 있으면 '나도 중앙 기사단과 함께 싸우겠다'라면서 명령을 무시하고 뛰쳐나갈 것 같은 인상이 강했다. 하지만 명령대로 기숙사에 가만히 있었던 모양이다. 기숙사로 돌아가려고 하지도 않고 문관동에 있던 힐쉬르 선생님이 꼭 좀 본받으셨으면 싶다.

“루펜이 기숙사 문밖으로 나가려고 했다가 아렌스바흐의 문을 감시하고 있던 기사에게 야단을 맞았고, 중앙 기사단의 아는 기사에게 올도난츠를 보냈더니 피난 중인 왕족을 지키고 있다는 대답이 돌아왔다고 합니다. 아무래도 첸트는 적이 보이지도 않는데 단켈페르거에 연락할 필요는 없다고 생각하시지 않았나 싶습니다. 저는 루펜에게 란체나베 소탕전이 끝났다고 전하고, 첸트로부터 단켈페르거에 연락 주시길 바란다는 이야기를 전해 달라고 부탁했습니다.”

아무래도 루펜이 문밖에 있는 기사들과 아는 기사에게 올도난츠로 란체나베 소탕전이 끝났다고 전한 건 왕족이 에렌페스트에 연락해서 ‘아렌스바흐의 상황 따위는 알 바 아니다’라는 의미의 대답이 온 직후의 일인 것 같다.

“자세한 이야기는 첸트와 해야겠다고 생각한 것이 잘못이었겠지요. 중앙동 기사단은 소수의 기사들만 경계용으로 남겨 뒀을 뿐이고, 귀족원과 중앙에는 일상이 돌아왔다고 합니다.”

경계를 푼 그날 저녁, 힐쉬르에게서 여러 곳으로 ‘외부인이 귀족원에 들어왔다’라는 정보가 전달됐다. 중앙 기사단장인 라오블루트에게서 바로 기숙사로 돌아가라는 명령이 내려졌다.

“수상한 인물이 있다는 문관동으로 기수를 타고 달려가면서 루펜은 라오블루트에게 올도난츠를 보냈다고 합니다. 기숙사에서 가만히 있다가 도저히 참을 수가 없어서 기사단장과 직접 담판을 지어서 경계나 전투에 참가할 생각이었다고 들었습니다.”

……조금 이성적이라고 생각했었는데, 역시 루펜 선생님은 단켈

페르거 사람이다.

기사단장에게 보낸 올도난츠는 문관동 근처의 숲 바로 근처로 강하했다. 올도난츠가 간 곳을 본 루펜은 검은 망토를 걸친 기사들이 낯선 자들과 함께 있는 것을 발견했다.

"전부 검은 망토를 걸치고 있었지만, 갑옷을 입지 않았기에 기사가 아니라고 판단할 수 있는 자가 십여 명 있었고, 그 가운데 너무나 눈에 띄는 금발과 요란한 머리 장식도 발견했다고 했습니다."

……금발에 요란한 머리 장식이면 디트린데 님인가.

이런 상황에도 화려한 머리 장식을 달고 다니는 그 정신력에 나는 질리는 걸 넘어서 '디트린데 님은 진짜 여자력이 대단하네'라고, 나도 모르게 현실 도피하는 것처럼 감탄하고 말았다. 란체나베 사람들도 어떻게 취급해야 좋을지 난감해하는 것 같다는 생각이 드는 건 내 기분 탓이려나.

숲속에서 반짝반짝 봉납춤을 추는 디트린데를 상상한 내 뒤에서 페르디난드가 뭔가 생각하는 듯한 목소리로 말했다.

"기사가 아닌 자가 십여 명 말입니까?"

"예. 숲속이라서 정확한 숫자는 불명이라고 합니다. 기사단장이 낯선 자들과 함께 있고, 그자들에게 나무 그늘에 숨도록 지시하는 것처럼 보였다고 했습니다. 루펜은 바로 그 자리를 떠나서 중앙동을 통해 기숙사로 돌아갔다고 합니다. 그 사이에 외지인을 찾아서 붙잡는 것은 중앙 기사단의 역할이라는 올도난츠가 라오블루트에게서 돌아왔다고 합니다."

누가 무슨 생각을 하는 건지, 어디에 어떤 정보가 전달되고 있는지 판단할 수 없었기에 루펜은 귀족원 교사들에게는 절대로 밖에 나가지 말라는 올도난츠를 보냈고, 단켈페르거에 연락해서 판단을 맡겼다고 한다.

"아우브는 귀족원을 지키는 것만을 생각하고 있습니다. 그것은 중요한 일이고, 로제마인 님의 명령에 의해 귀족원을 지키는 싸움에 나설 수 있게 되었습니다. 허나, 이번에는 적과 그 소재지가 확실치 않습니다. 라오블루트를 비롯한 중앙 기사단 일부가 이상한 것인지, 전체가 이상한 것인지도 모릅니다. 첸트의 지시로 외부인을 보호하게 되었을 가능성도 있습니다. 적을 모른다면 단켈페르거는 어디를 공격해야 좋은지를 모릅니다."

제1 부인은 주추를 지키는 진짜 디터와 달리 적과 공격할 곳이 확실하지 않다고 말했다. 그리고 단켈페르거에 출진을 요청하는 나는 알고 있느냐고 물었다.

"아렌스바흐 기숙사 외에 란체나베의 저택에도 오갈 수 있는 장소가 있는 것 같습니다만, 혹시 페르디난드 님은 어디에 도착하는지 알고 계시는지요?"

제1 부인의 말에 페르디난드는 "아렌스바흐에서 아우브를 보좌하게 된 이후에 알게 된 일이니, 비밀로 해 주십시오."라는 전제를 깔고 입을 열었다.

"란체나베의 저택에는 란체나베의 공주가 들어가는 별궁으로 이어지는 전이진이 있습니다. 로제마인이 주추를 빼앗고 아우브가 교대되면서 전 아우브의 브로치가 효력을 잃었고, 기숙사를 사용할 수 없게 되었습니다. 그래서 디트린데 일행은 란체나베의 공주가 들어가는 별궁에 있는 것이 아닐까 싶습니다. 별궁은 정변 때 공주들이 처형된 이후로 폐쇄된 것 같습니다만, 아우브 단켈페르거는 그 별궁에 대해 뭔가 알고 계십니까?"

자신은 나이 때문에 잘 모른다는 뉘앙스를 풍기면서 페르디난드는 아우브 단켈페르거에게 이야기를 던졌다. 아우브 단켈페르거는 제1 부인을 슬쩍 본 뒤에 조금 떨떠름한 표정으로 고개를 끄덕였다.

"중앙동 가장 깊은 곳에 문이 있다는 것은 알고 있다."

귀족원 중앙동에는 각 기숙사로 이어지는 문이 순위에 따라 줄지어 있다. 그 안쪽에 왕족의 별궁으로 이어지는 문이 있고. 그것보다 더 안쪽, 평소에는 누구도 가까이 가지 않는 가장 깊은 곳에 은폐의 신 페아베르켄의 인을 새긴 숨겨진 문이 있고, 그것이 아달지자의 별궁으로 이어지는 문이라는 것 같다고 말했다.

"아렌스바흐의 자료에 의하면, 별궁 자체도 페아베르켄의 사당 근처에 있다고 합니다."

"페아베르켄의 사당……?"

제1 부인이 살짝 눈살을 찌푸렸다. 아무래도 귀족원에 있는 모든 사당의 위치를 파악하지는 못했겠지. 나는 지하 서고에서 알았다.

"제1 부인, 대략적인 장소라면 제가 알고 있습니다. 왕족을 돕기 위해 지하 서고의 서책을 번역하던 때 사당의 위치가 대략적으로 그려진 지도를 봤으니까요."

은폐의 신 페아베르켄은 어둠의 권속이다. 귀족원 기숙사의 배치는 유르겐슈미트 전체 지도의 축도처럼 되어 있기에 실제 토지에서 어둠의 국경문이 있는 아렌스바흐 기숙사 부근에 어둠의 권속을 모시는 사당이 있다.

"빛의 권속인 조언의 여신 안할퉁께 바치는 기도와 마법진 등, 특별한 일이 없으면 밖에서는 별궁을 발견할 수 없을지도 모릅니다."

"그렇군요."

"그런데, 전이진을 작동하기 위해 아우브의 허가가 필요한 것처럼 별궁에 들어가기 위해서는 별궁을 관리하던 방의 왕족이 허가해야 하리라 여겨집니다. 현재 그 별궁을 관리하는 자가 누구인지, 폐쇄되었던 별궁과 전이진의 방을 열어서 디트린데와 란체나베 사람들을 들인 자가 누구인지 이쪽에서는 파악하지 못했습니다."

"루펜 선생의 증언에 의하면 라오블루트가 수상하다고 여겨집니다만……."

내 말에 모든 이가 복잡한 표정으로 고개를 끄덕였다.

"가장 수상하다고 여겨지지만, 루펜 한 사람의 목격 증언이 있을 뿐이다. 라이문트가 봤던 때는 중앙 기사단의 존재는 부근에 없었다. 다른 누구도 보지 못했고, 붙잡으려고 하던 참이었다고 잡아뗀다면 빠져나갈 수도 있겠지."

"그리고 아무리 기사단장이라고 해도, 상급 귀족이 별궁을 관리한다는 것은 있을 수 없는 일입니다. 대체 언제 별궁의 열쇠를 손에 넣었을까? 어째서 디트린데 님과 란체나베에서 온 자들의 편을 드는 것일까? 판단할 재료가 너무나 적습니다."

페르디난드와 제1 부인의 말을 듣고서 내가 고개를 끄덕이는데, 아우브 단켈페르거가 짜악! 하고 큰 소리를 내며 손뼉을 쳤다. 나는 깜짝 놀라서 그쪽을 봤다.

"외부인을 찾아서 귀족원을 무작정 돌아다닐 필요가 없어진 것만으로도 큰 수확이다. 오늘밤, 페아베르켄의 숨겨진 별궁을 기습한다."

증거가 없어서 어렵다는 이야기를 하고 있는데 '기습한다'라는 말이 튀어나왔다. 분위기를 전혀 파악하지 못한 아우브 단켈페르거 때문에 페르디난드가 눈살을 찌푸렸고, 제1 부인은 이마에 손을 얹었다. 나는 눈을 깜박이면서 아우브 단켈페르거를 봤다.

"외부인이 들어온 것은 틀림없는 사실이다. 본거지로 여겨지는 곳을 없애 버리는 것이 중요하겠지. 전부 모여 있을 것으로 보이는 심야에 기습한다."

씩 웃는 아우브 단켈페르거를 보며 페르디난드가 팔짱을 꼈다.

"조금이라도 빨리 그들을 없애는 것과 전부 모여 있으리라 여겨지는 심야에 기습하는 것에는 찬성합니다만, 다른 영지와 발을 맞출 필요가 있지 않겠습니까? 그쪽 교섭은 어떻게 되었는지요?"

단켈페르거와 아렌스바흐만 움직이면 새치기했다고 하든지, 영주회의에서 첸트에게 거역하는 행위라고 공격당할 소재가 될 가능성이 크다. 다른 영지와의 교섭은 필수다.

"하나같이 얼빠진 놈들뿐이라서 말이 통하지 않는다."

아우브 단켈페르거가 '귀족원을 지키기 위해 함께 싸우자'고 권유했더니 '출발하려면 사흘은 걸린다'라고 대답했다고 한다. 왕족의 현재 상황을 확인하고, 기사들을 집합해서 선발하고, 회복약과 마술 도구를 준비할 시간이 필요하다. 싸움의 규모에 따라서는 지원 인력도 기숙사로 이동시켜서 식사와 수면을 위한 장소도 마련해야 하고.

아우브 단켈페르거는 그들의 대답에 완전히 질려서 '거대한 마수가 나왔던 때도 그렇게 속이 편했나?!'라고 소리를 질렀더니, '영지 안에서 해결할 수 있는 마수 퇴치와 귀족원 방위를 똑같이 취급하지 마라'라고 대답했다고 한다.

음…… 언제든 싸울 수 있는 단켈페르거가 이상하다고 생각하는데 말이야.

정말 믿음직하다는 건 틀림이 없지만, 다른 영지도 똑같이 움직일 거라고 생각하면 안 될 텐데 말이야. 최소한 에렌페스트는 게오르기네의 습격에 대비하는 데 한 달 정도 걸렸다.

"차기 첸트를 자처하는 디트린데가 움직이고 있다. 노리는 것은 구르트리스하이트겠지. 디트린데는 그렇다 치고, 톨퀸하이트의 후손인 란체나베의 작자들은 위협이다. 보내는 공주들을 생각해 보면 그들의 마력량은 얕볼 수 없다."

"……어머나, 어떻게 당신이 공주의 마력량을 알고 계시나요?"

제1 부인이 빙긋 미소지었다. 큭, 하고 말문이 막힌 아우브 단켈페르거를 빤히 노려보면서 페르디난드가 도와주려는 것처럼 입을 열었다.

"아우브 단켈페르거의 우려가 옳다고 생각합니다. 톨퀸하이트가 만든 거리를 존속시키기 위해 란체나베에서 공주를 보내 왔습니다. 유르겐슈미트의 왕족들과 관계를 갖고, 태어난 아이 중에서도 마력량이 많은 자가 슈타프를 얻고서 란체나베로 돌아갔습니다. 그 역사를 알고 있다면, 공주의 마력량이 높다는 것은 쉽게 상상할 수 있겠지요."

"그래. 페르디난드 님이 말한 대로다."

아우브 단켈페르거가 뻔뻔한 얼굴로 고개를 끄덕이는 걸 보며 페르디난드는 조금 먼 곳을 바라보는 표정을 지었다.

"디트린데의 편지에 의하면, 란체나베에서 귀족원으로 향한 자들 중에는 슈타프를 지닌, 란체나베의 왕이 되기 위해 이쪽에서 키운 자가 있다고 합니다……."

"예?"

"지금의 왕족보다 훨씬 마력량이 많고, 슈타프도 지녔을 것입니다. 그 별궁에서 태어난 자는 슈타프를 얻기 위해 방계 왕족의 자식으로 등록된다…… 라고 자료에 기록되어 있었습니다. 그 등록이 지금도 남아 있는지는 저희가 확인할 방도가 없습니다만, 등록 메달의 소재에 따라서는 그가 언제 구르트리스하이트를 손에 넣어도 이상할 것이 없습니다."

구르트리스하이트를 손에 넣기 위해서는 사당을 돌며 기도를 바쳐야 한다는 점에 대해서는 페르디난드는 전혀 말하지 않았다. 그렇기에 시간적 여유가 전혀 없고, 위기가 한층 가까이 다가온 것처럼 들렸다.

"다른 영지가 참가하지 않아도 상관없다. 기습은 오늘 밤에 결행한다. 설령 라오블루트가 중앙 기사단을 이끌고 있다 해도, 우리는 란체나베에서 온 자들을 물리친다. 외부인에게 구르트리스하이트를 넘길 수는 없다."

"오늘 밤, 날짜가 바뀔 때."

"우리는 기숙사에서 기수를 이용해 별궁으로 향한다. 질풍의 여신 슈타이페리제보다 빠르게!"

축복과 출발

"통신, 끊어졌네요."

아우브 단켈페르거는 하고 싶은 말을 해 버린 뒤에 통신을 끊어 버렸다. 내가 아무것도 보이지 않게 돼 버린 수경을 보면서 "슈타이페리제보다 빠르게, 라는 말이 그렇게 마음에 드셨나보네요."라고 중얼거리고 있었더니, 페르디난드는 "단켈페르거가 좋아할 것 같은 말이다."라고 말하며 마술 도구를 정리했다.

"진짜 디터를 경험한 기사들의 이야기를 듣고서 아우브가 뛰쳐나가고 싶어졌을 뿐이 아닌가 싶은 의혹을 도저히 씻어 낼 수가 없다. 하지만 란체나베 건은 빨리 처리해 두고 싶은 안건이다. 왕족이 중앙 기사단에게 귀족원 방위를 명한 결과로 라오블루트가 암약하고 있을 가능성이 있는 이상, 그냥 둘 수는 없다."

페르디난드가 자기 관자놀이를 손가락으로 가볍게 두드렸다.

"우리가 에렌페스트로 가 있는 동안 란체나베에서 온 자들이 중앙 기사단에게 쓰러져서 정리됐거나, 그들이 날뛰어서 왕족을 정리했거나 둘 중 하나이기를 바랐건만, 둘 다 남아 있다니. 참으로 귀찮게 됐군……."

진지한 얼굴로 말하니까 엄청나게 무섭다. 나는 페르디난드를 보며 말했다.

"페르디난드 님, 지금, 조금 정도가 아니고 엄청나게 살벌한 중얼거림이 들렸는데요."

"아, 마음대로 풀리지 않는 데 대한 짜증이 소리가 되어 나오고 말았나. 앞으로 주의하겠다."

"주의할 부분이 잘못된 게 아닌가요? 마음대로 풀리지 않는다니, 그렇게 태연하게 말하지 마세요! 무섭다고요!"

왕족이 귀찮은 존재라는 데는 진심으로 찬성하지만, 란체나베나 디트린데한테 유린당하는 것까지는 딱히 바라지 않는다. 뒷맛이 나쁘지 않은 결과가 되고, 엮이지 않게만 해 준다면 그것으로 족하다.

페르디난드가 "그대는 여전히 어설프구나."라고 말하면서 집무실 안을 둘러봤다.

"에크하르트, 슈트랄은 돌아왔나?"

"밤새 달려왔는지 슬슬 도착한다는 보고가 있었습니다."

"돌아온 기사들에게는 일곱 점 종까지 휴식을 취하도록 전하라. 귀족 거리에 있는 기사들과 문관들에게는 날짜가 바뀌는 출발 시간 직전까지 전투 준비를 갖추도록 하라는 올도난츠를 보내고."

"예!"

에크하르트에게 명령한 페르디난드는 유스톡스를 불렀다.

"문관들의 회복약과 마술 도구 제작은 어떻게 되었나?"

"하르트무트와 클라리사가 중심이 되어 지시를 내리고, 차례차례 만들어 가고 있습니다."

"좋다. 그대로 진행시키도록."

유스톡스가 씁쓸하게 웃으며 '그 두 사람이 만드는 것은 로제마인 님을 위한 마술 도구 같습니다만'이라고 말했다. 내 호위기사들에게도 교대로 휴식을 취하며 준비하라고 말한 페르디난드는 나를 봤다.

"로제마인, 오늘 밤 싸움에 관한 이야기인데, 그대는 남도록 해라."

"예? 하지만, 저는 전이진을 작동시켜야 하잖아요?"

"그래, 맞다. 국경문에서 귀족원에 있는 전이진으로 기사들을 이동시켜라. 그것이 끝나면 아렌스바흐 국경문으로 돌아오고. 더 이상 그대가 싸움터에 몸을 둘 필요는 없다."

페르디난드의 말에 나는 또다시 전장에 설 필요가 없다는 말에 안심하는 반면, 말로 이루 표현할 수 없는 초조한 기분이 들었다. 외환을 유치했다고 호소했던 사람은 나고, 아렌스바흐의 주추를 빼앗아서 아우브가 된 사람도 나고, 질베스타와 다른 사람들에게 '아우브 아렌스바흐가 되겠다'라고 선언한 사람도 나다. 란체나베 사람들을 붙잡는 장면을 단켈페르거와, 지금은 아직 아렌스바흐 사람이 아닌 페르디난드와 다른 사람들에게 던져 놓고 나 혼자 도망치는 일이 용납될 리가 없다.

"페르디난드 님, 아우브인 제가 가지 않아도 괜찮은가요? 란체나베와 디트린데 님을 붙잡는 것은 아우브 아렌스바흐가 해야 할 일이잖아요?"

"가고 싶지 않지?"

"그야 물론 가고 싶지 않죠. 하지만, 가고 싶은지 아닌지는 관계없잖아요? 아우브 아렌스바흐로서 가야만 하는지 아닌지가 중요하다고요. 정말로 제가 안 가도 괜찮은가요?"

내가 빤히 쳐다보자, 페르디난드는 정말 짜증이 난다는 표정을 지었다.

"아우브로서는 가야 한다고 생각하지만, 그대의 지금 상태를 보면 찬성할 수가 없다. 내가 대신 다녀올 테니, 그대는 얌전히 기다리고 있도록."

"사양하겠어요. 도움을 받은 적도 있지만, 제가 해야 할 일 정도는 스스로 하겠습니다. 페르디난드 님께 전부 떠넘기는 짓은 전 못 합니다. 절 양아버님처럼 생각하지 말아 주세요."

나는 페르디난드를 노려봤다. 일에 대한 책임감만이 아니다. 지금 페르디난드의 상태를 보면 나도 찬성할 수가 없다.

"그리고, 한밤중에 싸우러 출발한다면, 반드시 쉬어야 하는 분이 계시다고 생각합니다."

그 말을 듣고 유스톡스와 에크하르트가 고개를 크게 끄덕였다. 페르디난드가 경계하는 얼굴로 나를 봤다.

"로제마인, 그대는 대체 무슨 생각을 하는 것인가?"

"준비만이라면 다른 사람도 할 수 있어요. 하르트무트와 클라리사도 익숙하고, 기사들은 각자 어떤 준비가 필요한지 알고 있잖아요? 페르디난드 님 덕분에 제가 푹 잤으니까, 그 보답이 필요하다고 생각해요."

나는 페르디난드에게 다가가며 슈타프를 꺼냈다. 에크하르트가 재빨리 페르디난드를 부축할 수 있는 위치로 이동하는 걸 보고, 기도를 바쳤다.

"꿈의 신 슈라트라움이여, 페르디난드 님께 편안한 잠과 행복한 꿈을."

"이 어리석은……."

얄미운 소리를 하는 페르디난드는 정말로 수면이 필요했는지, 레티치아보다 빨리 잠들어 버렸다.

또 한밤중에 출발해야 하니, 나도 저녁 무렵부터 가면을 취할 예정이다. 그러기 위해서라도 지금은 열심히 준비해야 한다. 나는 하르트무트 등을 불러서 페아베르켄이 은폐한 별궁을 찾기 위해서는 어떻게 하는 것이 가장 효율이 좋은지 조사하고, 필요한 마법진을 준비하기로 했다.

"은폐의 신 페아베르켄의 인을 새겨서 문이나 별궁 자체를 보이기 힘들게 했다면, 조언의 여신 안할퉁의 인을 사용하면 어디에 숨겼는지 찾을 수 있으리라고 생각합니다."

내가 아우브 단켈페르거와의 통신 내용에 대해 설명하자, 하르트무트가 기억을 더듬으려는 것처럼 팔짱을 끼고 고개를 숙였다.

"뭔가를 찾는 것에 관한 마법진이라면, 귀족원 강의에서는 거의 없었습니다. 굳이 따지자면 특수한 마법진이라고 생각합니다만, 로제마인 님은 알고 계신지요?"

"로제마인 님, 안할퉁으로 밝혀내는 것도 필요합니다만, 저희가 페아베르켄의 인을 사용해서 적에게 들키지 않고 은밀 행동을 취할 수 있다면 아주 유효한 수단이 되지 않을까요?"

하르트무트와 레오노레가 의견을 제시하는 가운데, 나는 메스티오노라의 서를 꺼내서 페아베르켄과 안할퉁 항목을 검색해 봤다. 이 집무실에 있는 사람들은 모두 내가 메스티오노라의 서를 가지고 있다는 걸 알고 있으니까 숨길 필요도 없다.

"하르트무트, 이 마법진은 뭔가를 찾는 데 쓸 수 있다는 것 같아요."

내 지식으로 빈 곳을 메울 수 있는 마법진을 골라낸 뒤에 종이에 그려서 하르트무트에게 내밀었다.

"마법진은 괜찮으시군요."

"그러네요. 마법진을 그리는 건 딱히 아무렇지도 않습니다."

"그렇다면…… 올도난츠에 사용하는 올도슈네리 마법진을 조금 개량하면 목소리를 주고받을 수 있을지도 모릅니다. 전장에서 필요할 거라고 생각합니다."

하르트무트가 강의에서 배운 것 이외의 올도슈네리에 관한 마법진을 조사해 줬으면 싶다고 말했다. 분명히 통신 수단이 있고 없고는 차이가 크겠지. 하르트무트의 착안점에 감탄하면서 나는 메스티오노라의 서를 검색했다.

……오래된 마법진은 페르디난드 님이 더 많이 가지고 있는데.

뭔가 좋은 게 있으려나 싶은 생각에 검색하던 나는 하르트무트를 보면서 응? 하고 고개를 갸웃했다.

"하르트무트도 잠이 부족한 얼굴이 아닌가요? 페르디난드 님 정도는 아니라도, 휴식을 갖지 않았죠?"

"어라? 로제마인 님이 제게도 슈라트라움의 축복을 주시려는 것인가요?"

장난스레 눈썹을 살짝 치켜든 하르트무트와 클라리사를 번갈아 봤다. 클라리사가 '부탁드립니다'라고 말하는 듯한 표정으로 가슴 앞에서 두 손을 맞잡는 모습이 보였다.

"하르트무트가 얼마나 열심히 하는지는 잘 알고 있습니다. 축복을 주는 것도 아깝지 않습니다."

"그렇다면 페르디난드 님이 일어나시면 교대로 축복을 받도록 하겠습니다."

더이상 내 주변의 측근을 줄일 수는 없다며 하르트무트가 고개를 저었다. 나는 내 주위를 둘러봤다. 그러고 보니 호위기사들은 오늘 밤 전투에 대비해서 교대로 쉬고 있고, 유스톡스와 에크하르트도 일어나기만 하면 있는 힘껏 움직이기 시작할 페르디난드를 보좌할 수 있도록 휴식을 취하고 있다.

"안심하세요. 저는 로제마인 님과 함께 쉬겠습니다."

"로제마인 님의 가면 시간에 맞춰서, 라고 말해 주세요. 하르트무트."

레오노레가 슬쩍 웃으며 하르트무트를 노려봤다.

그런 이야기를 나누는 둘을 보면서 나는 하르트무트와 클라리사가 만든 마지에 열심히 마법진을 그리고, 란체나베의 저택에서 이동한 것으로 보이는 귀족들의 숫자를 레티치아에게 확인하면서 시간을 보냈다.

"꽤 일찍 일어나셨네요, 페르디난드 님."

더 푹 잘 거라고 생각했는데, 페르디난드는 다섯 점 종이 울리기도 전에 일어났다. 일어난 시간은 예상보다 일렀지만, 안색은 많이 좋아졌다.

"로제마인, 상대의 예정이 틀어질 수 있는 축복을 행할 때는 사전에 상대의 허가를 받도록 해라."

"그럼 페르디난드 님도 앞으로 제 허가를 받아 주세요."

허가도 없이 축복한 건 서로 마찬가지다. 내가 페르디난드를 노려보자 짜증 난다는 얼굴로 "선처하겠다."라고 말하며 고개를 끄덕였다.

"페르디난드 님은 어떤 꿈을 꾸셨나요? 저는 훌륭한 도서관에서 책을 잔뜩 읽는 꿈을 꿨어요."

"……변변찮은 꿈이었다."

"이상하네요. 제 기도가 부족했나요?"

페르디난드가 순식간에 잠들어 버려서 축복에 사용한 마력은 그렇게 많지 않았는데, 마력을 좀 더 잔뜩 주입하는 쪽이 좋았을까.

"괜한 일에 신경 쓰지 않아도 된다. 그보다 뭔가 연락은 있었나? 준비는 어떻게 됐지?"

페르디난드는 내가 아니라 하르트무트에게 설명을 요구하며 이야기를 시작했다.

"페아베르켄의 인을 지니고 은밀 행동인가. 좋은 안이다. 우리에게도 유용하지만, 오히려 단켈페르거 기사들에게 주고 싶군."

"저희는 국경문에서 전이진을 사용해 이동하는 시점에서 상당히 눈에 띄니까요. 단켈페르거로 마중 갔던 때도 문이 빛났다는 것 같으니……."

이제 와서 은밀 행동이 도움이 될 것 같지 않다고 말했더니, 페르디난드는 잠깐 생각하는 것처럼 손가락으로 관자놀이를 두드리고는 "가지고 가는 쪽이 좋을 것이다."라고 말했다.

"페르디난드 님, 레티치아 님께서 싸우기 전에 즉사 독에 대해 이야기하고 싶다는 부탁이 있었습니다. 레티치아 님의 입장상 공공연하게 이야기할 수 있는 것이 아닌 듯하고, 제 호위기사들이 단둘이서 이야기하는 건 안 된다고 해서 페르디난드 님이 일어나신 뒤에 듣겠다고 대답했는데, 시간이 되시나요?"

지금부터 벌어질 싸움에서 란체나베 사람들이 그 독을 쓸 가능성이 크다. 뭔가 알고 있는 게 있다면 알아 두는 쪽이 좋겠지. 하지만 레티치아를 어떻게 대할지는 피해자인 페르디난드의 의견을 어느 정도 존중하고 싶다.

"……괜찮다. 듣도록 하지. 란체나베의 정보는 입수하기가 상당히 힘드니까."

"그럼 차를 준비하도록 하겠습니다. 페르디난드 님은 점심 식사를 드시지 않았으니까, 가벼운 식사도 필요하시죠?"

내가 리젤레타 쪽을 봤더니 리젤레타가 살짝 미소를 지었다.

"로제마인 님이 점심때부터 계속 걱정하셔서, 당장이라도 준비할 수 있도록 해 뒀습니다. 에렌페스트에서 가져온 음식과 아렌스바흐의 가벼운 식사, 어느 쪽이 좋으신지요?"

페르디난드가 아닌 유스톡스가 곧바로 "에렌페스트에서 가져온 음식으로 부탁합니다."라고 대답했다.

리젤레타와 젤기우스가 중심이 되어 집무실 옆방에 차를 준비하기 시작했다. 나는 그레티아에게 부탁해서 레티치아에게 연락해 달라고 했다. 차 시간을 조금 앞당겨서 이야기할 시간을 냈다고 전하고, 차를 마실 방으로 오라고 했다.

레티치아를 포함한 사람들이 전부 모였을 때는 차 준비가 완벽하게 갖춰졌고, 범위 지정 도청 방지 마술 도구도 작동되고 있었다.

"그래서, 대체 어떤 정보를?"

"란체나베 사람들은 위험한 독이 든 은색 통을 가지고 있습니다."

"알고 있다. 어떤 독인지는 로제마인도 에렌페스트 전투에서 봤으니까, 독에 대한 상세한 설명은 필요 없다."

페르디난드의 짧은 대답에 레티치아는 잠시 할 말을 생각하는 것처럼 시선을 움직였다.

“그들은 자신들에게 독이 듣지 않도록 약을 가지고 있습니다. 그러니까, 그들이 천으로 입가를 가리지 않았더라도 위험한 독을 쓸 수 있습니다. 조심해 주세요.”

“약?”

“예. 선물로 주신 과자와 아주 닮은 모양과 맛이었습니다. 하지만, 끝까지 입에 머금고 있으면 중심부에 아주 조금 쓴 맛이 있었습니다. 그날, 제가 공급의 방으로 가는 중에 디트린데 님과 레온치오 님이 불렀고, 그걸 주셨습니다.”

레티치아의 필두 시종인 로스비타가 갑자기 사라지고 행방을 알 수 없게 된 지 이틀이 지나고, 공급의 방에서 페르디난드에게 상담 시간을 갖기로 약속했던 때의 이야기 같다.

“그것은 좁은 방 안에서는 너무나 강력합니다. 페르디난드 님의 측근들이 어딘가로 뛰어간 뒤에 레온치오 님이 영주 집무실에서 사용했습니다. 그때는 저와 제 기미(氣味)를 보기 위해 먼저 먹었던 페아제레 외에는 전부, 순식간에…….”

레티치아가 떨리는 입술을 꼭 다물고 고개를 숙였다. 에렌페스트에서 마력을 공급할 때는 측근 중에서도 아우브와 혈연관계인 상급 귀족만이 영주 집무실에서 대기할 수 있다. 그 상급 귀족들이 일제히 그 독에 당했다는 뜻이다. 내 측근들이 일제히 마석으로 변하는 장면이 머릿속에 떠올라서 나도 모르게 손으로 입을 막았다.

“……독의 위험성과 해독이나 중화에 사용할 수 있는 것이 있다는 사실은 알았다. 이제 됐다. 물러가라.”

“알겠습니다. 부디…… 부디 조심하세요. 란체나베 분들은 저희를 마력 덩어리로만 보고 있습니다.”

레티치아가 파란색 눈동자를 분하다는 듯이 떨면서 방에서 물러갔다.

"……괜찮나, 로제마인?"

"기, 기분이 나쁘긴 하지만, 괜찮아요. 제가 레티치아 님 이야기를 듣겠다고 했고, 저보다 레티치아 님 쪽이 훨씬 끔찍한 광경을 봤으니까."

틀림없이 트라우마가 됐겠지. 레티치아야말로 정성 어린 케어가 필요하다.

"하지만 그녀는 내게 독을 쓴 죄인이기도 하다. 구제해 줘도 되기는 하겠지만, 레티치아를 어떻게 다룰지에 대해서는 뒤로 미루겠다. 같은 경험을 하는 이가 더 이상 늘어나지 않도록 란체나베에서 온 자들을 붙잡아야만 한다."

그 말이 맞다. 란체나베 사람들을 풀어 둘 수는 없다. 나는 페르디난드가 내민 손을 잡고 일어나서 고개를 끄덕였다.

"그대는 슬슬 가면을 취할 시간이지? 오늘도 슈라트라움의 축복이 필요한가?"

"어젯밤에 푹 잤으니까, 오늘은 듣지 않을 것 같아요. 오히려 하르트무트에게 축복이 필요해서, 제가 주기로 약속을……."

"내가 하르트무트의 방으로 가서 축복할 테니, 그대는 당장 자도록 해라."

덩치 큰 남자를 옮기는 건 힘들다며 페르디난드가 살짝 한숨을 쉬었다. 아무래도 에크하르트가 자신을 옮겨 준 것이 마음에 안 들었던 모양이다. 아무래도 나는 남성의 방에 들어갈 수 없으니까 페르디난드에게 부탁하는 쪽이 좋지.

페르디난드가 이건 덤이라고 말하면서 또 슈라트라움의 축복을 걸어 줬는데, 오늘은 갑자기 잠이 오는 일 없이 그냥 내 방까지 돌아갈 수 있었다. 그래도 좋은 꿈을 꿨으니까, 앞으로 매일 해 줬으면 좋겠다.

가면에서 깼을 때는 모든 준비가 끝나 있었다. 나도 기수복을 입고서 호위기사들과 함께 기사들의 집합 장소인 훈련장으로 향했다.

"한동안 전투가 계속되었다. 기사들은 푹 쉴 틈도 없었겠지. 몸 상태가 만전이라고 할 수는 없을 것이다."

훈련장에 정렬한 기사들을 둘러보며 페르디난드가 입을 열었다. 귀족원으로 향할 아렌스바흐 기사가 80명 정도 줄지어 있다. 그 사람들에 나와 페르디난드의 호위기사와 일부 문관들까지 더한 것이 이번 싸움의 전력이다.

아렌스바흐를 지킬 전력을 남겨 둬야 하기에 이번에 움직일 수 있는 전력은 이게 전부다. 하지만 에렌페스트에 비하면 상당히 많은 인원이고, 단켈페르거의 전력도 있다. 아달지자의 별궁을 함락하는 정도라면 그렇게 힘들지 않겠지.

"허나, 더이상 휴식을 가질 시간은 없다. 아렌스바흐를 어지럽힌 자들을 이대로 방치할 수는 없다. 새로운 아우브를 맞이한 이 땅에 평온을 되찾기 위해서는 첸트에 대해 반역할 뜻이 없다는 것을 보여 줘야만 한다. 란체나베에서 온 자들을 끌어들인 부끄러운 줄도 모르는 것을 붙잡아서 첸트 앞으로 끌고 가야 한다."

페르디난드의 말에 대답하는 것처럼 에크하르트가 창으로 쿵, 하고 바닥을 때렸다. 거기에 호응하는 것처럼 기사들이 척! 하고 뒤꿈치 부딪치는 소리를 울렸다. 기사들에게 감도는 공기가 뜨거워졌다. 전투를 앞둔 열기가 눈에 보이는 것 같다.

“갑자기 습격당해 목숨을 잃은 동포들의 원한, 지켜야 할 자를 지키지 못한 기사로서의 굴욕, 설욕할 기회는 이번뿐이다.”

“예!”

“주추를 얻은 영주 일족이면서도 외국과 손을 잡고 자신의 영지를 위험에 빠트린 어리석은 자를 용서치 마라!”

“예!”

“아렌스바흐 거리를 어지럽힌 자들을 하나도 남김없이 포박하라!”

“예!”

열기를 머금은 공기 속에서 페르디난드가 “로제마인.”이라고 내 이름을 불렀다. 나는 천천히 앞으로 걸어가서 페르디난드보다 한 걸음 앞으로 나섰다. 내가 할 일은 정해져 있다. 지금부터 싸우러 갈 기사들에게 축복을 선사하는 것이다.

“싸움에 임하는 모든 이에게 축복을.”

슈타프를 쥐고, 나는 주문을 외웠다.

“물의 여신 플류트레네의 권속, 천둥의 여신 페어드렌나와 행운의 여신 그라이페샨의 가호가 함께하기를.”

녹색 빛이 기사들을 향해 쏟아졌다. 아렌스바흐 기사들은 축복을 받아 본 적이 없는지, 놀란 사람처럼 눈이 휘둥그레져서 고개를 쳐들고 자신들에게 쏟아지는 녹색 빛을 보고 있다.

“불의 신 라이덴샤프트의 권속, 무용의 신 앙리프와 사냥의 신 슈라게칠의 가호가 함께하기를.”

다음에는 파란색 빛이 쏟아졌다. 페르디난드가 “인원이 많다. 이

제 충분하다."라며 내 등을 살짝 두드렸다. 나는 고개를 살짝 저어서 그 제지를 거부했다. 가능한 많은 축복을 주고 싶으니까. 조금이라도 싸우기 좋은 상태로 만들어 주고, 생존율을 조금이라도 높여 주고 싶다. 전투에서는 별 도움이 안 되는 마력 따위는 기수를 타고 국경문으로 이동할 때 아주 맛없는 회복약이라도 마시고 회복하면 된다. 누군가가 마석이 되는 모습을 보고 싶지 않은 내 고집이다.

"바람의 여신 슈첼리아의 권속, 질풍의 여신 슈타이페리제와 인내의 여신 둘트제첸의 가호가 함께하기를."

내 축복이 끝나자, 바로 기수에 타고 출발했다. 밤하늘인지 바다인지 구별도 할 수 없는 온통 검정색인 세상에 경계문과 국경문만이 어렴풋이 빛나고 있다.

나는 페르디난드의 기수에 함께 타고서 암흑 속을 달렸고, 잔소리를 들으며 회복약을 마시고 있었다. 공중에서 아주 맛없는 회복약을 마시면 발버둥 치다가 위험해지니까, 상냥함이 들어간 것을 마시라고 주의를 줬다. 그런 배려를 할 거라면, 회복하는 중에 잔소리하는 것도 참아 줬으면 좋겠다.

"무리하지 마라, 이 어리석은 녀석. 그 많은 사람에게 그렇게 많은 축복을 걸어 주다니, 그대의 몸에 부담이 너무 크다. 이 뒤에 전이하기 위해서도 마력이 필요하다는 걸 알고는 있나?"

"알고 있어요. 하지만, 마력은 회복할 수 있지만 전장에서 목숨을 잃으면 돌아올 수 없어요. 축복을 잔뜩 걸어서 사람들의 생존율을 높일 수 있다면, 제가 조금 무리하는 정도는 아무런 문제도 되지 않아요."

가능한 사람이 죽은 모습을 보고 싶지 않았다. 내 말을 들은 페르디난드가 "그대는 정말 귀찮군."이라며 한숨을 쉬었다.

나는 아우브로서 경계문을 열고, 메스티오노라의 서로 국경문을 열었다. 이번에는 렛서 군을 사용할 수 없어서, 다른 사람들은 계단으로 올라와야 했다.

국경문을 사용해 본 적이 있는 내 호위기사들을 선두로 바다 위에 있는 문에서 기사들이 들어왔다. 후미를 맡은 에크하르트가 들어온 것을 확인하고 나는 국경문을 닫았다.

"구르트리스하이트."

다른 사람들의 시선이 없어지자, 페르디난드가 메스티오노라의 서를 꺼냈다. 위쪽에서 기수로 들어갈 수 있는 자는 메스티오노라의 서를 가진 사람뿐이다. 국경문에 있는 결계를 통과하는 동시에 "류켄."이라는, 슈타프의 변형을 해제하는 작은 목소리가 귓가에 들렸다. 편리하게 쓰고 있는 모양이지만, 페르디난드는 메스티오노라의 서를 다른 사람한테는 절대로 보여주지 않을 셈인 것 같다.

"저는 페르디난드 님의 방패막이인가요."

"그래. 그대의 성전은 요란하게 빛나게 해라. ……어둠을 삼키는 건 내 역할이다."

……그러니까, 페르디난드 님이 숨어서 깨작깨작 움직일 수 있게 해 달라는 얘기지.

국경문에 내려서서는 계단으로 올라오는 아렌스바흐 기사들에게 "여기에 정렬해 주세요."라고 말했다. 그들은 신기하다는 듯이 주변을 둘러보면서 전이진 위에 정렬했다.

사람들이 정렬하자, 나는 손가락을 가볍게 움직여서 화면에 비치는 마법진을 톡, 하고 선택했다.

"케슈르셀 에아스테에데."

화면에서 마법진이 튀어나왔다. 전속성의 빛을 내뿜는 마법진이 공중에 떠올라 전이진 위에서 빛을 뿜으며 회전했다. 그 빛에 자극받은 것처럼 아래에 그려져 있는 전이진도 작동하기 시작했다. 위에서도 아래에서도 마력을 빨아들이고, 빛이 몰아치는 바람에 시야가 새하얘졌다. 전이할 때 특유의 부유감에 나는 눈을 감았다.

에필로그

봄의 따스한 햇살이 나뭇잎 사이로 쏟아진다. 제르바시오는 숲 속에 숨어 있는 것처럼 지어진 사당의 문에 손을 댄 상태로 서 있었다. 겨우 마지막 석판을 손에 넣었다. 아직 구르트리스하이트를 입수한 것은 아니지만, 가장 중요한 사당 순례를 마칠 수 있었다. 천천히 안도의 한숨을 내쉬고 있는데, 뒤쪽에서 디트린데의 재촉하는 목소리가 들렸다.

"제르바시오 님, 어서."

그는 하는 수 없이 슈타프를 꺼내서 "바셴." 주문을 외워서 사당 문을 정화하고는 디트린데에게 자리를 양보했다. 계단을 내려가서 사당에서 조금 떨어진 그를 라오블루트가 씁쓸한 미소를 지으며 맞이했다.

"수고하셨습니다, 제르바시오 님."

"괜한 마력을 써야 하는 것은 그대 탓이다."

사당 순례를 시작했을 때, 라오블루트가 디트린데에게 거만한 얼굴로 '로제마인 님은 사당을 바셴으로 정화하고 기도했다고 합니다'라고 말했다. 그것은 사당 안에 들어갈 수 없는 그녀를 속이기 위한 거짓말이었는데, 그 탓에 제르바시오도 사당을 정화해야만 했다.

"이걸로 끝이군요."

디트린데가 의기양양하게 그렇게 말한 때, 올도난츠가 날아왔다.

“에렌페스트 사감, 힐쉬르입니다. 외부인이 귀족원에 들어와 있는 것 같습니다. 문관동 부근에서 목격했다는 보고가 있었습니다. 중앙 기사단에는 수색과 포박을 부탁드립니다.”

그 자리에 있던 사람들의 얼굴이 파랗게 질렸다. 이 근처에 누군가가 있다는 뜻이다.

“당장 숲속에 숨어라. 가능한 모습을 보이지 않게 하면서 기숙사로 돌아가야 한다.”

라오블루트는 올도난츠가 세 번 되풀이하는 것이 끝나기도 전에 그 자리에 있는 이들에게 지시를 내렸다. 숲에 숨어 버리면 상공에 있는 기수에서는 보이지 않게 된다.

라오블루트를 혀를 차고 “기숙사에 있으라고 명했는데 누가 나온 것이냐?!”라고 화를 내면서 힐쉬르에게 올도난츠를 보냈다.

“중앙 기사단장 라오블루트입니다. 수색과 포박을 위해 노력하겠습니다. 당장 기숙사로 돌아가서 대기해 주십시오.”

힐쉬르에게 보낸 뒤에는 다른 사감들에게도 ‘밖으로 나오지 말고 기숙사에서 대기’하라는 올도난츠를 보냈다. 그러는 동안에도 사람들이 사당에서 떨어져 숲속으로 들어갔다. 라오블루트가 “더 깊숙이.”라고 말하고 있는데 또다시 올도난츠가 날아왔다.

“단켈페르거 사감 루펜입니다. 수상한 자가 있다고 들었습니다. 부디 경계와 전투에 참가하게 해 주십시오. 도움이 되도록 하겠습니다.”

“라오블루트입니다. 마음은 감사합니다만 외부인을 찾아서 체포하는 것은 중앙 기사단의 역할입니다. 루펜 선생님은 기숙사에서 대기해 주시기를 부탁드립니다.”

라오블루트는 '멋대로 움직이지 마라'라고 투덜거리면서 올도난츠를 보냈다. 그와 동시에 또 올도난츠가 날아왔다. "이번엔 또 누구냐?"라고 투덜대며 올도난츠를 향해 손을 내밀었다.

"솔랑쥬입니다. 힐쉬르 선생님께서 연락을 주셨습니다. 낯선 이가 귀족원에 침입했다고 하더군요. 어쩌면 오르텐시아 선생님의 짐을 인수하러 오는 라오블루트 님의 시종들이 그렇게 보였을지도 모른다고 생각해서 이렇게 연락을 드렸습니다. 힐쉬르 선생님께 오르텐시아가 죽었다는 사실과 오늘 짐을 인수하러 오신다는 이야기를 전해도 되겠습니까?"

제르바시오의 사당 순례가 끝나면 그대로 도서관에 갈 수 있도록 라오블루트는 '죽은 아내의 짐을 인수하러 찾아가겠다'라고, 사전에 솔랑쥬에게 연락해 뒀다. 그래서 솔랑쥬가 확인하는 올도난츠를 보낸 것이겠지.

"라오블루트입니다. 연락 주셔서 감사합니다. 아내가 죽은 사실은 영주회의에서 공표하고, 첸트께 대신할 상급 사서를 부탁드릴 예정입니다. 죄송합니다만 아직은 비밀로 해 주십시오. 힐쉬르 선생님께는 이쪽에서 연락드리겠습니다."

라오블루트는 "솔랑쥬 선생의 올도난츠가 먼저 왔다면 그쪽 방향으로 속여 넘길 수 있었을 텐데……."라고 중얼거린 뒤에, 차례로 날아오는 올도난츠에 전부 답하고는 가볍게 한숨을 쉬었다.

"일단 사당 순례도 끝났으니 서두르는 쪽이 좋겠습니다. 저는 솔랑쥬 선생에게 연락한 대로 아직 사서 기숙사에 있는 아내의 짐을 정리하고 오겠습니다. 괜찮으시다면 제르바시오 님도 솔랑쥬 선생과 만나 보시겠습니까?"

앞으로의 행동에 대한 논의를 마친 제르바시오는 "반가운 이름이군. 인사를 하는 것도 좋겠지."라는 말과 함께 제안을 받아들였다. 사당 순례를 마친 뒤에는 도서관에 있는 지하 서고에 가야 한다고 들었다.

"어머나, 그럼 저도 같이 가도록 할까요?"

사람들이 깜짝 놀란 것처럼 디트린데를 봤다. 그녀를 도서관에 데려갈 수는 없다. 핑계가 통하지 않게 되니까.

"안 됩니다. 얼굴이 알려지지 않은 제르바시오 님이라면 다른 이가 보더라도 제 시종이라고 얼버무릴 수가 있지만, 고명하신 차기 첸트 후보이신 디트린데 님은 무리겠지요."

"그것도 그렇군요. 저는 차기 첸트 후보이기에 많은 분께 얼굴이 알려졌고, 뭘 하건 눈에 띄니까요."

디트린데는 의기양양하게 고개를 끄덕이고 납득했다.

"저희가 도서관에 가는 것은 미끼 같은 일이라고 생각해 주십시오. 디트린데 님이 조금이라도 안전하게 별궁으로 돌아가실 수 있도록 하기 위해서입니다. 그대들, 주위 확인을 부탁한다."

디트린데에게 감시를 붙이고 라오블루트는 제르바시오를 재촉해 기사단으로 분장한 측근들을 거느리고 도서관을 향해 걸음을 옮겼다.

"라오블루트, 좀전의 올도난츠는 괜찮은 것인가?"

"루펜 선생과 단켈페르거가 이변을 눈치채고 첸트에게 문의하거나 협력을 제안할 가능성이 있습니다. 그렇기에, 단켈페르거가 끼어들기 전에 구르트리스하이트를 입수하고 싶습니다."

구르트리스하이트만 있으면 단켈페르거가 제르바시오를 지원해 줄 가능성이 있다고 라오블루트가 말했다. 에그란티느를 왕족으로 되돌리는 일을 무엇보다 중시하던 클라센부르크에 비하면 교섭할 여지가 있어 보인다.

"그렇군. 그렇다면 서두르도록 하지."

라오블루트와 중앙 기사단으로 분장한 자들이 제르바시오 주위를 둘러싸고 걸었다. 제3자가 보면 낯선 침입자를 체포한 중앙 기사단으로 보일 것이다.

"기억에 있는 모습에서 전혀 달라지지 않았군. 그리운 풍경이다."

숲을 빠져나온 곳에 있는 문관동 근처에는 정자가 드문드문 놓인 장소가 있다. 꽃이 흐드러지게 핀, 봄다운 풍경이다. 귀족원 도서관으로 가는 중간에 눈을 사로잡힌 제르바시오가 미소를 지었다. 예전에는 도서관에서 책을 읽은 뒤 이 정자에서 점심 식사를 하거나 차를 마셨다.

"저는 이곳을 지나가면, 착임하자마자 도서관에 갈 테니 따라오라는 명령을 받았던 때가 떠오릅니다."

라오블루트가 그립다는 듯 큭, 하고 웃었다. 그 말을 듣고 제르바시오도 그가 막 부임했던 때의 일을 떠올렸다. 지금과 달리 그 시절엔 라오블루트가 성인이 된 지 얼마 되지 않았을 무렵이었고 얼굴에는 아직 어린 기색이 남아 있었다.

"나도 그대의 얼빠진 얼굴이 생각났다. 하지만, 호위기사로서 착임했으니까. 첫날이라 해도 외출할 때의 호위를 명령받는 것이 이상한 일은 아니지 않은가?"

"당시에는 그 별궁의 특수성을 몰랐기에 놀랐습니다. 저는 세례식을 마친 발라마를렌 님을 위해 배속되었다고 생각했으니까요. 발라마를렌 님 개인이 아닌 레베라이아의 담당이라고는 생각도 못 했습니다."

아달지자의 별궁에는 콜라렐리에, 센티스, 레베라이아라는 유르겐슈미트의 꽃에서 이름을 따온 세 개의 방이 있다. 거기서 태어난 아이는 세례식을 마치면 본관을 떠나서 생활하게 된다. 그러면서 어머니가 다른 형제자매를 가족으로 간주하지 않는 유르겐슈미트의 문화에 따라 아이들은 같은 어머니를 둔 세 개의 조로 나뉘어서 지내게 된다.

정식 왕족에게는 개개인에게 호위기사가 붙는다고 하지만, 아달지자의 별궁에 파견되는 호위기사는 개인이 아닌 꽃의 이름을 딴 세 개의 조로 나뉘어서 일하게 된다. 이 별궁의 거주자는 외출하는 경우가 적고, 귀족원에 갈 때 외에는 호위기사가 필요하지 않기 때문이다.

라오블루트는 제르바시오의 동복 여동생 발라마를렌의 세례식에 맞춰서 레베라이아에 배속된 신참 호위기사였다.

"내가 배려한 결과다. 귀족원이 열리는 겨울 외에는 별궁 경비와 감시가 호위기사의 임무가 된다. 젊은이에게는 너무 답답할 것 같았지."

"무슨 말씀이십니까. 외출할 때는 젊은 자를 데려가는 쪽이 잔소리를 하지 않아서 좋다고 하지 않으셨습니까."

당시의 라오블루트는 성인이 된 직후였다. 제르바시오와 나이가 비슷했기 때문에 왕궁으로 가거나 귀족원 도서관에 갈 때는 항상 호위기사로서 함께했다.

란체나베의 차기 왕에게 유르겐슈미트 귀족으로서의 교육은 불필요하다는 것과 아달지자의 별궁의 존재를 공공연하게 드러내지 않는 것, 성인이 되면 란체나베로 돌아갈 자이니 유르겐슈미트에 미련이나 응어리가 남아서는 안 된다는 이유로 제르바시오는 열 살이 넘었어도 귀족원에 가는 것을 금지당했다.

그가 배워야 할 것은 겨울과 영주회의 이외의 계절에 귀족원에 드나들면서 공부하는 것으로 정해져 있었고, 교사는 왕족 또는 방계 왕족이었다.

제르바시오가 왕족 이외의 귀족과 교류를 가진 적은 없었지만, 당시의 첸트와 그 자식과 교류하는 것은 추천되었다. 별궁의 역사와 의미에 대해 배우고, 양자 간 합의하에 별궁을 존속시키기 위해 필요했기 때문이다.

"나도 아직 기억하고 있다. 발디프리드 님보다 제르바시오 님이 훨씬 첸트에 적합하지 않습니까, 라고. 그대가 자주 말했었지?"

당시의 입버릇을 듣자, 라오블루트는 의외라는 것처럼 눈썹을 들어 올렸다.

"무슨 말씀을, 지금도 생각합니다. 오히려 제르바시오 님 외에 첸트 자리에 걸맞은 이는 없습니다."

기렛센마이어 영주 일족의 방계였던 라오블루트는 본가와 관련된 권력 투쟁에 진절머리가 나서 중앙 기사가 되려 했다고 한다. 핏줄이 아니라 실력으로 평가받아야 한다는 생각이 강했다. 그래서인지, 아무리 우수하더라도 제르바시오가 유르겐슈미트의 정당한 왕족으로 대우받지 못한다는 사실에 화가 나 있었다.

"이래 봬도 오랫동안 모셔 왔기에 트라오크발 님의 고생도 노력도 잘 알고 있습니다. 그렇기에 구르트리스하이트도 없고 유르겐슈미트를 만족스레 통치하지도 못하는 자는 첸트에 걸맞지 않다고 생각합니다. 저는 제르바시오 님이 첸트가 되시기를 진심으로 바라고 있습니다."

"그렇군. 그렇다면 나도 그대의 충성에 보답하겠다."

서로 마주 보며 웃었을 때 귀족원 도서관 입구에 도착했다. 라오블루트가 마석을 손에 들고 손잡이를 쥐자, 사서로 등록된 오르텐시아의 마석에 반응해서 도서관 문이 열렸다.

"오르텐시아, 왔다."

"오르텐시아, 오랜만."

마석에 함유된 마력에 반응했는지, 하얀색과 검은색 스밀 마술도구가 마중을 나왔다. 거기에는 솔랑쥬도 있었다. 제르바시오의 기억에 있는 얼굴보다 많이 늙었지만, 그건 서로 마찬가지다. 솔랑쥬의 부드러운 분위기와 온화한 푸른 눈동자가 달라지지 않았다는 데 안도했다.

"오랜만이군, 솔랑쥬. 방계 왕족 제르바시오다만, 기억하고 있을까?"

"어머나, 정말 오랜만이시군요. 요양을 위해 멀리 가셨다고 들었습니다만, 건강하신 것 같아 다행입니다."

그 말을 듣고 제르바시오는 당시의 자기 설정을 떠올렸다. '방계 왕족이지만 사람이 많은 곳에 못 가는 병이 있어서 귀족원에 가지 못한다'라든지 '처지를 불쌍히 여긴 첸트가 계절 이외의 귀족원 도서관에 드나드는 것을 허가해 줬다', '요양을 위해 먼 곳으로 가게 됐다' 등등, 아달지자의 별궁에 대해 숨기기 위한 여러 설정들이 있었다.

"오르텐시아의 짐을 가져가려 합니다. 이곳이 폐관할 때까지 시간이 얼마 없습니다. 방으로 안내해 주실 수 있겠습니까?"

라오블루트가 잘 접어 놓은 전이진을 보여주자 솔랑쥬가 바로 집무실로 안내했다. 솔랑쥬는 집무실에서 사서 기숙사로 이어지는 문을 열고서 자신의 시종을 불렀다.

"카트린, 라오블루트 님이 오셨습니다. 오르텐시아의 방으로 안내해 주세요."

"기다리고 있었습니다. 이리 오시지요."

"제르바시오 님은 여기서 솔랑쥬 선생님과 이야기를 나누고 계십시오."

라오블루트는 중앙 기사단으로 분장한 자들을 데리고 사서 기숙사로 들어갔다. 그는 전이진을 사용해서 오르텐시아의 짐을 가져가려고 왔다고 했지만, 진짜 목적은 상급 사서의 방에서 보관한다고 했던 지하 서고 열쇠를 찾는 것이다. 열쇠 등록과 지하 서고를 가기 위해서는 상급 귀족이 세 명 이상 필요하다고 해서 이번 동행자는 전부 상급 귀족이다.

"설마 먼 곳으로 가신다고 하셨던 제르바시오 님이 다시 오실 줄은 생각지도 못했습니다. 게다가 다시 라오블루트 님과……."

"중앙 기사로 처음 배속된 것이 내 휘하였던 탓인지, 서로 간에 감회가 새로웠던 모양이다. 그러다 보니 나도 권유를 받아들이고 말았다."

제르바시오가 란체나베로 가던 때 마지막까지 따라와 준 사람이 라오블루트였다. 그때에 '발라마를렌을 지키고, 가능하다면 아내로

맞이해 줬으면 싶다'라고 부탁했던 말을 그는 충실하게 지키려고 해 줬다. 그런 라오블루트의 권유가 아니었다면 제르바시오도 구르트리스하이트를 손에 넣기 위해서 유르겐슈미트로 돌아올 생각은 하지도 않았을 것이다.

"그 시절에는 책을 좋아하시고, 열심히 공부하셨었죠. 지금도 책을 읽으시나요?"

"여기서만 손에 넣을 수 있는 것을 갖고 싶다고 생각한다."

"후후……. 이곳은 유르겐슈미트에서도 가장 많은 장서를 자랑하니까요. 어떤 책을 찾으시나요? 슈바르츠와 바이스에게 안내하라고 할까요?"

제르바시오가 찾는 것이 구르트리스하이트라고는 생각지도 못하는 솔랑쥬는 열람실로 안내하려고 했다.

"솔랑쥬 선생님."

"어머나, 라오블루트 님. 뭔가 문제라도 있으신가요?"

바로 돌아온 라오블루트를 보고 솔랑쥬가 천천히 고개를 갸웃거렸다. 제르바시오는 그의 표정을 통해서 지하 서고의 열쇠가 없었던 것 같다고 추측했다. 지하 서고의 열쇠는 상급 사서의 방에서 보관하는 물건이라고 생각했는데, 아무래도 다른 곳으로 옮긴 모양이다. 반가운 솔랑쥬에게 험한 짓을 하고 싶지는 않지만, 위협해서라도 소재를 알아내야만 한다.

라오블루트가 허리에 차고 있는 주머니로 손을 뻗었을 때, 집무실로 올도난츠가 날아왔다.

"어머나, 또 올도난츠? 오늘은 유난히 많네요. 어느 분께 왔으려나?"

방을 한 바퀴 돈 올도난츠는 솔랑쥬의 손에 앉아서 부리를 벌렸다.

"힐쉬르입니다. 답이 없어서 연락을 드렸습니다. 무사하신가요?"

"……예?"

솔랑쥬가 같은 말을 되풀이하는 올도난츠를 곤혹스럽다는 얼굴로 봤고, 그리고 라오블루트 쪽으로 시선을 옮겼다.

"저, 라오블루트 님이 대신 답해 주신다고 하셨었죠?"

"한 번에 많은 올도난츠가 몰려왔고, 거기에 하나하나 대답하는 중에 빠트렸는지도 모르겠습니다."

라오블루트는 온화한 투로 말하며 슈타프를 봉인하기 위한 수갑을 꺼냈다. 그대로 "그럼, 제가 연락해 둘까요."라며 노란 마석을 향해 뻗은 솔랑쥬의 손을 잡고는 수갑 마술 도구를 철컥, 하고 채웠다.

"라오블루트 님, 이건?!"

깜짝 놀라서 눈이 휘둥그레진 솔랑쥬에게 제르바시오는 어쩔 수 없다는 듯이 눈꼬리를 늘어트렸다.

"미안하지만, 지금은 외부와 연락을 취해서 소란스럽게 만들면 곤란하다. 어떻게 대답할지 모르는 상태에서는 대답하게 둘 수 없다."

"그리고, 오르텐시아의 방에는 지하 서고 열쇠가 없었다. 지하 서고로 가기 위한 열쇠의 소재를 가르쳐 줘야겠다."

"지하 서고……. 설마 제르바시오 님은."

믿을 수 없다는 것처럼 파란색 눈을 크게 뜬 솔랑쥬를 제르바시오가 상냥하게 타일렀다.

"가르쳐 주겠나? 그대에게 험한 짓은 하고 싶지 않다. 하지만, 그대의 시종이 험한 일을 당한다 해도 마음이 크게 아프지는 않겠지."

"카트린에게 무슨 짓을 하셨죠?"

"아직은 슈타프를 봉인하고 묶어 뒀을 뿐이다. 그렇게 험한 짓은 하지 않았고. 그대의 대답 여하에 따라서는 어떻게 될지 모르지만……."

라오블루트는 살짝 한숨을 쉬고 슈타프를 꺼내더니 "슈베르트." 주문을 외워서 검으로 변화시켰다. 눈앞에 칼날을 들이대자 솔랑쥬는 얼굴이 창백해져서 "알겠습니다. 안내하겠습니다."라고 말하며 고개를 숙였다.

상급 사서의 방에 보관한 탓에 열쇠를 꺼내지 못한 경험이 있었기에, 솔랑쥬는 열쇠를 집무실에서 관리하기로 했던 모양이다. 떨리는 손으로 꺼낸 열쇠가 집무용 책상 위에 놓였다.

"이것이 상급 귀족 이상의 마력 등록이 필요한 열쇠인가."

지금은 오르텐시아와 도서 위원이라는 협력자의 마력이 등록된 열쇠를 집어 들고 제르바시오 일행이 마력을 다시 등록했다.

"지하 서고로 가기 위한 열쇠는 이게 전부인가?"

"……이쪽이 제2 보관 서고, 이쪽이 서고 내부에 있는 문의 열쇠입니다."

"흐음. 그럼 잠시 여기서 기다려 줘야겠다."

열쇠를 전부 손에 넣자 라오블루트는 그 자리에서 솔랑쥬를 묶었다. 자신들이 지하 서고에 들어가 있는 사이에 도망치거나 외부와 연락이라도 하면 곤란하기에.

"구르트리스하이트를 손에 넣으면 풀어 줄 테니, 그때까지는 여기서 얌전히 기다려 주게."

제르바시오는 그렇게 약속했지만, 묶여서 꼼짝도 못 하는 상태로 바닥에 쓰러진 솔랑쥬는 더이상 그와 시선을 마주치지 않았고, 떨리는 목소리로 스밀에게 명령했다.

"슈바르츠, 바이스. 저들을 지하 서고로 안내하세요."

제르바시오는 스밀의 선도를 받아 집무실을 나와 열람실을 통해 제2 보관 서고로 들어갔다. 그 더 안쪽에 있는 지하 서고로, 또각또각 발소리를 울리며 계단을 내려갔다.

"이것으로 구르트리스하이트가 손에 들어오는 것인가. 잘도 여기까지 조사했군."

"조사한 자는 에렌페스트의 영주 후보생입니다. 그리고 그 배후에는 세라디나 님의 자식이 있습니다."

제르바시오는 친누나인 세라디나를 떠올렸다. 살랑거리는 곧은 은색 머리카락과 밝은 금색 눈동자의 색상 조합, 영리한 얼굴이 잘 어울리는 오누이라고 불렸었다. 그가 세례식을 마치고 별채로 옮긴 뒤 세라디나가 성인이 될 때까지 1, 2년을 함께 지냈다.

하지만 같은 어머니를 둔 오누이치고는 교류가 거의 없었다. 그녀는 성인이 되자 레베라이아의 꽃으로서 본관에 돌아갈 몸이고 제르바시오는 차기 왕으로서 별궁을 떠나야 한다는 이유 때문이었지만, 여동생 발라마를렌과 비교하면 세라디나와의 교류는 상당히 적었다. 그녀가 별궁을 떠난 뒤에는 면식이 없다.

"세라디나의 자식이라면, 별궁에서 도망친 희귀한 열매인가? 페르디난드였던가?"

아달지자의 별궁에서 태어난 아이는 성별이나 태어난 순서, 마력량에 따라 크게 구분된다. 여자아이는 '꽃'과 '봉오리'와 '정원사'와 '열매'로, 남자아이는 전부 '열매'다.

'꽃'은 성인이 되면 본관으로 돌아갈 여자아이다. 기본적으로는 꽃의 장녀가 꽃이 된다. 세라디나는 레베라이아의 꽃이었다.

'봉오리'는 꽃이 될 가능성이 있는 여자아이다. 세례식 이후에는 방계 왕족으로 취급하지만, 본관의 꽃에 뭔가 일이 생기면 본관으로 들어가야 하는 예비다. 그리고 결혼 상대를 찾지 못하면 마석이 된다. 발라마를렌은 레베라이아의 봉오리였다.

'정원사'는 성인이 된 이후에 별궁의 시종이 되는 여자아이다. 방계 왕족이 아니라 별궁 필두 시종의 아이로서 세례식을 치르고, 별궁에서 일하는 상급 시종이 된다. 제르바시오의 동복 자매 중에도 정원사가 있을 텐데, 세례식 때 헤어졌기에 그의 기억에는 없다.

그리고 '열매'는 세례식 직전에 마석이 될 운명의 아이다. 제르바시오도 란체나베의 차기 왕을 선정하라는 명령이 내려올 때까지는 열매로서 키워졌다. 명령이 내려온 시기에 별궁에 있던 남자아이 중에서 가장 마력량이 높았기에 마석이 되는 운명을 피했을 뿐이다. 페르디난드는 차기 왕도 아닌데 별궁에서 도망친 진귀한 존재다.

"예. 그 열매가 도망친 탓에 발라마를렌 님은 레베라이아의 꽃으로서 본관으로 돌아가시게 되었습니다."

제르바시오는 자신을 잘 따르던 발라마를렌을 예뻐했었다. 그래서 란체나베로 떠날 때 '발라마를렌을 지키고, 가능하다면 아내로 맞이해 주기를 바란다'라고 부탁했다. 하지만, 영주 일족의 방계라고는 해도 상급 귀족인 라오블루트가 방계 왕족을 아내로 맞이하는 것은 간단한 일이 아니다. 그는 상당히 노력해서 약혼까지 성사시켰다고 했다.

발라마를렌이 성인이 돼서 성결식을 치르기만을 기다리던 무렵, 세라디나가 낳은 남자아이가 모종의 이유로 별궁을 나가게 됐다. 시간의 여신께서 인도하셨다는 애매한 이유일 뿐이었고, 자세한 이유는 모른다. 적어도 라오블루트에게는 가르쳐 주지 않았다.

그리고 마석이 되었어야 할 남자아이의 빈 자리를 메우기 위해 세라디나가 마석이 됐고, 막 성인이 된 발라마를렌은 레베라이아의 꽃이 되었다. 이것은 별궁의 규칙이기에 어쩔 수 없는 일이지만, 당시 첸트의 명령으로 약혼을 취소당한 라오블루트의 고통은 헤아릴 수가 없었다.

게다가 유르겐슈미트의 정변 이후 아달지자의 별궁이 폐쇄될 때, 발라마를렌은 처형되었다고 한다. 라오블루트는 제르바시오와의 약속은 물론이고 사랑하는 여성도 지키지 못했다.

"아달지자의 열매였다는 자신의 입장도, 그 뒤에서 얼마나 많은 희생이 있었는지도 이해하지 못하는 그 사내에게 구르트리스하이트를 넘길 수는 없습니다."

그 목소리와 다갈색 눈동자에 담긴 증오에 제르바시오는 씁쓸한 미소를 지었다. 라오블루트의 충성심은 과거에 대한 동경과 여동생에 대한 참회와 후회, 왕족에 대한 분노와 원한이 복잡하게 얽혀 있다. 그렇기에 간단히 사라지거나 배신하지 않는 충성임을 제르바시오는 믿을 수 있었다.

계단을 내려오자 새하얀 공간 속에 한쪽에만 금속 같은 색의 벽이 보였다. 금속질의 벽에는 존재를 주장하는 것처럼 장식된 부분이 셋, 같은 간격으로 줄지어 있다.

"세 사람 나란히."

"열쇠 연다."

시키는 대로 열쇠를 꽂자 마력에 의해 마법진이 그려졌고, 벽이 셋으로 갈라져서 회전했다. 천천히 움직여서 180도 회전하고, 다시 전체가 이어져서 벽이 되나 싶더니, 벽이 사라져서 서고가 안쪽으로 넓어졌다.

……여기에 구르트리스하이트가…….

신비로운 광경에 깜짝 놀라고 있는 제르바시오의 손을 하얀 스밀이 잡았다.

"제르바시오, 안내한다."

서고를 향해 걸어가는 스밀에 맞춰 제르바시오도 발을 옮겼다.

"제르바시오 님, 이 서고 안쪽에는 왕족만이 들어갈 수 있는 서고가 있다고 합니다. 그곳에 들어갈 수 있는 사람은 왕족뿐. 방계 왕족으로 돌아오신 제르바시오 님이라면 아마도……."

뒤쪽에서 들려오는 기도하는 듯한 라오블루트의 목소리에 제르바시오는 슬쩍 뒤를 돌아보며 고개를 끄덕였다. 라오블루트가 중앙 신전을 포섭한 덕분에 제르바시오의 입장은 외국으로 나간 자에서 방계 왕족으로 돌아왔다. 이것으로 안쪽 서고에 들어갈 수 있을 것이다.

……내가 구르트리스하이트를 손에 넣는다.

제르바시오는 강한 의지를 품고서 투명한 벽을 넘어 서고에 들어갔고, 스밀들이 이끄는 대로 더 안쪽에 있는 문 앞에 섰다.

하지만, 그 또한 마법진에 튕겨 나왔다.

"제르바시오, 등록 없어."

"이 앞에, 못 들어가."

아무래도 방계 왕족 신분으로는 안 되는 모양이다. 어릴 적부터 느꼈던 직계 왕족과의 차이를 또다시 겪자, 제르바시오는 안타까운 기분이 들었다. 마력량도 속성도 자신이 더 뛰어난데, 그들은 핏줄만으로 유르겐슈미트에 군림하고 있다.

"제르바시오 님……."

"직계 왕족만이 들어갈 수 있나 보군. 마법진에 튕겨 났다."

라오블루트의 미간에 깊은 주름이 새겨졌다. 꽉 쥔 주먹이 떨렸다.

"더는 여기 있어 봤자 소용이 없다. 올라가자."

제르바시오는 라오블루트의 어깨를 살짝 두드려서 움직이라고 했다. 계단을 올라가면서 그는 라오블루트에게 물었다.

"에렌페스트의 영주 후보생이 걸어온 길은 옳았다. 그녀는 확실하게 구르트리스하이트에 가까이 갔지. 행방불명이라고 들었는데, 그녀가 그밖에 뭔가를 했거나 발견한 것은 아닐까?"

그 말을 듣고 라오블루트가 헉, 하고 고개를 들었다.

"지기스발트 왕자의 말에 의하면 도서관 2층으로 간 뒤에 행방불명되었다고 들었습니다. 그곳에 아직 뭔가 단서가 있지 않을까요?"

스밀에게 열쇠를 돌려주고 제르바시오 일행은 빠른 걸음으로 2층 열람실을 향해 걸어갔다. 구르트리스하이트로 이어지는 뭔가가 있을 거라고 눈에 핏발을 세우고 열람실을 둘러봤다.

"아, 저것이군."

"어떤 것 말씀이십니까?"

"지혜의 여신상이다."

제르바시오는 바로 알아봤지만, 라오블루트는 모르는 것 같았다. 제르바시오가 사당을 돌면서 신상을 계속 보았던 덕분이려나. 아니면 성에도 귀족원에도 신상이 있는 것이 당연하고, 유르겐슈미트 귀족에게는 풍경의 일부인 탓일까. 지혜의 여신상을 눈앞에 두고도 라오블루트는 알 수 없다는 표정을 지었다.

"구르트리스하이트는 지혜의 여신 메스티오노라가 지닌 신구의 사본이지?"

"아, 그렇군요."

"메스티오노라에게 기도를 바칠 필요가 있을 것 같은데, 이렇게 가까이 있어도 사당에서처럼 멋대로 마력을 흡수하는 것은 아니다. 어떻게 해야 좋을까?"

여기가 틀림없는 것 같지만, 이제 어떻게 해야 좋을지를 모르겠다. 제르바시오는 팔짱을 끼고 지혜의 여신상을 빤히 바라봤다. 많은 여신 중에서 메스티오노라만이 머리카락을 풀었다. 아직 어린 소녀의 모습으로 표현되는 경우가 많은 지혜의 여신. 귀족원 곳곳에 있는 하얀 상과 마찬가지다.

제르바시오의 눈이 하얀 조각상 중에서 유일하게 선명한 색채를 지닌 마석으로 장식된 신구에서 딱 멈췄다. 이것을 복사하면 구르트리스하이트를 얻을 수 있다.

……지혜의 여신 메스티오노라여. 부디 제게 이 신구를 내려 주소서.

제르바시오는 이것을 원한다고 생각하며 신구를 건드렸다. 그 순간, 마력이 빨려 들어가기 시작했다. 깜짝 놀라서 눈이 휘둥그레지기는 했지만, 제르바시오는 거기에 저항하지 않고 계속 마력을 흘려보냈다.

얼마나 마력을 흘려보냈는지도 모르겠다. 사당에서 빼앗긴 마력만큼은 흘러간 것 같다고 감각적으로 생각했다. 슬슬 회복약이 필요할 것 같다고 생각한 그때, 갑자기 제르바시오의 머릿속에 마법진과 말이 떠올랐다.

"구르트리스하이트."

제르바시오의 모습이 그 자리에서 홀연히 사라졌다.

에렌페스트 방위전(후반)

샤를로테 후방을 맡는 자

“샤를로테 님, 이쪽이 의뢰하신 물건입니다. 지금부터 오늘 몫을 시작하겠습니다.”

“여러분께서 협력해 주신 덕분에 보니파티우스 님 쪽도 걱정 없이 싸우실 수 있습니다. 오늘도 잘 부탁드리겠습니다.”

완성된 회복약과 마술 도구와 어젯밤에 도착한 의뢰서를 문관과 교환하고, 저는 성의 조합실에서 나왔습니다. 그것을 성의 주방, 정확히는 바로 앞에 있는 시종을 위한 방에서 일하고 있는 브륀힐데에게 가져갑니다.

“샤를로테 님이 주방으로 가신다는 말씀이십니까? 다른 이에게 맡기시면…….”

“어머나, 카트라인. 순시하는 김에 가는 것이니까요. 그리고 제가 브륀힐데에게 예를 갖추는 건 당연한 일이 아닌가요. 어제 오후부터 브륀힐데 혼자서 지휘하고 있죠? 곤란한 일은 없는지 걱정된답니다.”

“샤를로테 님은 기수복 차림을 하신 뒤로 상당히 활동적으로 되신 것 같습니다.”

시종 카트라인이 살짝 소리 내서 웃었습니다. 저는 물론이고 웃고 있는 카트라인도 기수복 차림입니다. 보니파티우스 님이 일크너를 향해 출발한 뒤로, 성의 여성에게는 기수복 착용을 권장했습니다.

북쪽 별채 등 결계로 지켜지는 장소에서 나오지 않는 이들 중에는 평소에 일할 때의 옷을 입는 이도 있습니다만, 성안에는 기수복을 입은 여성들이 눈에 띄고 있습니다. 만약의 경우에 옷을 갈아입지 않아도 움직일 수 있도록 저는 최근 이삼일 동안은 기수복으로 지냈고, 그 속에는 마석을 몸에 맞춰서 굳히는 것처럼 변형시킨 방어구를 착용하고 있습니다.

이것은 귀족원 2학년 실기에서 배운 방어구로, 평상복 아래에 착용해서 가슴이나 등을 지키기 위한 간이 방어구입니다. 강의에서 '전원이 만들 수 있게 되지 않으면 위험한 시대나 장소에서는 곤란하다'라고, 선생님께서 말씀하셨습니다. 하지만, 설마 정말로 제가 이것을 착용해야 하는 날이 오리라고는 생각지 못했습니다.

……가볍게 움직일 수 있는 것은 고맙습니다만…….

매일 아침 기수복을 입을 때마다, 그리고 성의 귀족들이 기수복 차림의 여성을 보면서 가슴 아파하는 표정을 지을 때마다 에렌페스트가 비상사태라는 현실을 깨닫게 되고, 빨리 평소 생활로 돌아갈 수 있다면 좋겠다는 생각을 합니다.

"설마 샤를로테 님이 주방으로 오시리라고는 생각도 못 했습니다. 용무가 있으시다면 저를 불러 주세요."

주방 앞에 있는 방에서 요리사들에게 지시하고 있던 브륀힐데가 저를 보고는 깜짝 놀란 것처럼 고개를 돌렸습니다. 기수복을 입은 탓인지 브륀힐데도 아주 활동적으로 보입니다.

"순시하는 김에 들렀습니다. 아직 할 수 있는 일이 얼마 되지 않는 제가 중요한 임무를 맡은 브륀힐데를 부를 수는 없으니까요. 이건 문관들에게 받아 온 회복약과 마술 도구입니다. 그리고, 회의 보고도 하고 싶어서…….”

그 보고가 올도난츠로 해결할 수 있는 용건이 아니라는 것을 이해했겠죠. 브륀힐데는 그 자리에 있던 이들에게 지시를 내리고는 사람들을 물렸습니다. 그리고는 도청 방지 마술 도구를 내밀었습니다.

“브륀힐데, 혼자서 지휘하면서 회의 등에서 말하기 곤란한 일은 없나요?”

영주의 약혼자, 제2 부인 예정자인 브륀힐데가 이 방에 있는 이유는 전장으로의 물자 수송을 맡고 있기 때문입니다. 성에서 요리사들에게 지시를 내리고, 만든 요리를 전이진을 통해서 일크너 주변에서 싸우는 기사들에게 보내는 중요한 역할을 맡고 있습니다. 요리만이 아닙니다. 요리를 보내면서 문관들이 만든 회복약과 마술 도구 등도 같이 보냅니다. 브륀힐데 쪽의 후방 지원이 확실하기에 보니파티우스 님 쪽도 안심하고서 며칠이나 일크너와 그리벨에서 싸우실 수 있습니다. 후방 지원이라는 역할을 맡아서 성안에서 싸우고 있다고 할 수 있겠죠.

“저는 괜찮습니다. 혼자서 지휘하고는 있지만, 지금까지 해 왔던 일 중의 일부니까요.”

원래 식량이나 필수품을 전장에 보내는 일은 영주의 제1 부인인 어머님의 역할입니다. 실제로 어제 오전까지는 어머님이 중심이 되어 지휘하셨고, 저와 브륀힐데는 그 보좌로서 무엇을 어떤 순서로 해야 하는지, 누구에게 무엇을 보내야 좋은지, 보낼 시간과 양을 어떻게 조절하는지를 배웠습니다.

하지만 인수인계가 끝나면서 브륀힐데가 보니파티우스 님에 대

한 수송을 맡게 됐습니다. 게오르기네 님 측이 성으로 쳐들어오는 경우, 어머님이 비밀 통로 출입구에서 대기하게 되셨기에, 만약의 경우에 멀리 있는 전장에 대한 보급이 갑자기 끊어지는 일이 없도록 대비해 둘 필요가 있었기 때문입니다.

"브륀힐데가 수송을 맡아 준 덕분에 저희는 기사들을 맞이하는 데 전념할 수 있습니다. ……보니파티우스 님의 예상에 의하면, 이제 곧 게오르기네 님이 본격적으로 움직일 때라는 것 같습니다."

아렌스바흐 측은 공격해 오는 주제에 이리저리 도망치기만 하고 있습니다. 지금까지 양측에 인적 피해가 적었지만, 최근 이삼일 이내에 적이 공격하는 범위가 확대되고 있습니다. 적의 목적이 전력을 분산시키고 성에서 떨어진 곳에 붙잡아 두는 것이라고 예상합니다. 그것을 알고 있지만, 토지의 마력을 빼앗기고 있는 이상은 보니파티우스 님과 기사들이 일크너 주변을 벗어나 이곳으로 돌아올 수가 없습니다.

"저보다 샤를로테 님이 걱정입니다. 성안에 긴박한 분위기가 감돌고, 만약의 경우에는 칼스테드 님과 함께 행동하라는 아우브의 명을 받으셨으니, 정말 큰일이시죠?"

브륀힐데가 위로하는 듯한 미소를 지으며 그렇게 말했습니다. 아버님께서 긴급 상황에서 기사단장과 함께 행동하라고 명한 것은 어제 오후의 일입니다. 그 명령은 오라버니가 아니라 저를 차기 영주로 인정했다는 것과 같은 의미를 지닙니다. 이번 싸움에서는 제가 영주 집무실에서 주추의 방에 들어가 계신 아버님의 대리를 맡고 있습니다. 아버님은 제게 각오를 물으셨고, 주추의 방의 위치와 열쇠에 대해 가르쳐 주셨습니다. 저 개인적으로는 슈타프 취득 학년

변경과 신전장으로서 제사를 맡은 멜키오르 쪽이 차기 영주에 걸맞게 성장하는 중이라고 생각합니다. 하지만 슈타프가 없는 지금의 멜키오르에게 주추 마술을 가르치는 것은 현실적이지 않습니다.

"오라버니 자신은 물밑에서의 약혼 취소로부터 약 일 년이 지났고, 본인이 차기 영주를 고사했으니까 만약의 경우에 제가 차기 영주로 임명된다 해도 달라질 것이 없습니다. 하지만 아무것도 알리지 않은 오라버니의 측근들은 받아들이기 힘들겠죠."

이 싸움에서 오라버니가 아닌 제게 기사단장이 붙게 되면서 오라버니의 측근들이 술렁거렸습니다. 당연하겠죠. 언니께서 왕의 양녀가 되어 중앙으로 가는 것도, 오라버니와 언니의 약혼이 취소된 것도, 오라버니가 차기 영주 자리에서 물러난 것도 알리지 않았으니까요.

"하지만, 지금은 퀼른베르거의 기사들이 여러모로 소문을 퍼트리고 있으니 귀족들도 받아들이는 수밖에 없다는 모양입니다."

언니께서 영주 일족의 회의실에서 감정적으로 말씀하셨던 일은 어머님이 계약 마술을 사용해서 동석했던 이들의 발설을 금했습니다. 하지만, 그 계약 마술은 이미 의미를 잃었습니다. 오라버니를 통해서 원군으로 달려온 퀼른베르거의 기사들이 퀼른베르거에 대한 아버님의 언동을 말했기 때문입니다. 언니께서 구르트리스하이트를 지니셨다는 사실과 왕의 양녀가 되면서 제1 왕자로부터 구애의 목걸이를 받았다는 말이 약 200년 만에 작동한 국경문 이야기와 함께 퍼져 나가고 있습니다. 그런 소문을 들으면 오라버니와 언니의 약혼 취소와 이번에 제가 기사단장과 함께 행동하는 이유를 간단히 추측할 수 있겠죠.

"설마 아버님께서 킬른베르거 기사들에게 입막음도 하지 않고 돌아오실 줄은 몰랐습니다. 정보 취급에 대해서는 어머님도 골머리를 썩고 계시답니다. 귀족들의 혼란을 생각하면, 제가 본격적으로 칼스테드와 함께 행동하기 전에 싸움이 끝났으면 좋겠다고 생각하는데, 이렇게까지 커지면……."

"어머나, 저는 멜키오르 님이 성장하시기 전에 무슨 일이 일어나면 샤를로테 님이 차기 영주가 되신다는 것을 이 기회에 알리게 되어 다행이라고 생각하고 있습니다. 처음으로 맡게 된 일이 주추 마술을 둘러싼 싸움이니, 샤를로테 님이 불안해하시는 것도 당연한 일입니다. 하지만, 라이제강계 귀족에게 영주 일족의 생각을 주지시키는 것은 중요한 일이니까요. ……물론 빌프리트 님과 다투지 않는다면 말이죠."

브륀힐데는 마지막에 작은 소리로 한마디를 덧붙였습니다. 지금 이 복잡한 상황에서 영주 일족의 의견이 나뉘어서 괜한 소동이 벌어진다면 라이제강계 귀족이 파고들 틈이 생기기 때문입니다. 이런 상황에서 라이제강계 귀족과의 관계를 염두에 두고 처신해 주려고 하는 브륀힐데가 너무 대단합니다.

"저도 브륀힐데의 혼신에 보답하기 위해 열심히 노력하겠습니다. 그리고 게오르기네 님이 중간에 그만두실 것 같지도 않으니까요. 귀족들에게 주지시키는 것도 시간문제였다고 생각하겠습니다."

"예. 이렇게 눈에 보이는 형태로 쳐들어온 것을 보면, 게오르기네 님도 승산이 있다고 생각하셨겠죠. 보니파티우스 님의 예상도 있으니까, 가까운 시일 내에 아우브께서 주추의 방에 들어가실 때가 올 것 같습니다. ……너무 오래 걸리지 않으면 좋겠습니다만."

언니께서 아렌스바흐의 주추 마술을 차지하고 숙부님을 구출하셨다고 했는데, 아직은 공격해 오는 기사들의 움직임에 변화가 보이지 않습니다. 주추를 얻은 언니가 움직일 수 있게 되면 아렌스바흐 소속 기사들을 물리적으로 막을 수 있겠지만 그 전에는 어렵다고 편지를 통해 연락이 왔습니다. 그런 상황이지만 숙부님은 단켈페르거 기사들을 데리고 에렌페스트에 가세하기 위해 움직이고 계시다는 모양입니다.

"어젯밤, 게를라흐에서도 일크너에서도 비슷한 습격이 있었다고 합니다. 작은 충돌이 있었고 적이 바로 도망쳤기에 일단 지금은 문제가 없는 것 같지만, 언젠가 게를라흐 기사단에도 원군이 필요해지겠죠. 보니파티우스 님의 행동 범위가 더 넓어질 것 같습니다. 원정 나간 분들이 피폐해지기 전에 숙부님이 가세해 주실 수 있을까요?"

이 전투가 언제까지 계속될지는 모르겠지만, 성에 있어도 긴장감이 계속 고조되는 것을 알 수 있습니다.

"아렌스바흐 성에서 경계문까지 기수로 이틀은 걸린다고 들었습니다. 페르디난드 님이 언제 오실지는 모르겠습니다만, 아우브와 보니파티우스 님의 요청에 따라 여러 기베가 원군을 보내주기로 하셨죠? 그쪽은 늦지 않게 도착하지 않을까요?"

"예. 킬른베르거에 이어서 조금 전에 하르덴첼에서 온 원군이 도착했습니다. 귀족 거리를 지키는 기사의 숫자는 충분하다고 생각합니다."

이 원군이 도착했다는 보고를 위해 저는 여기에 왔습니다. 브륀힐데는 기쁘다는 듯이 미소를 지으며 손뼉을 쳤습니다.

"어머나! 정말 마음 든든하군요. 보니파티우스 님이 빠진 자리를 거의 메웠다고 할 수 있겠어요."

"그렇습니다. 단지, 기사들이 많이 늘어나면 성에 있는 식량만으로는 불안하겠죠? 식사는 전의와 직결된다고도 하는데……."

"안심하세요. 쾰른베르거에서 원군이 오기로 하고, 하르덴첼의 참여도 정해진 시점에서 몇 번인가 재촉해 뒀습니다. 오늘 오후에는 기베의 저택과 전이진을 연결할 예정입니다."

언니가 아렌스바흐로 가 버린 지금, 라이제강계 귀족의 협력을 얻는 데는 브륀힐데가 아버님과 약혼했다는 사실이 큰 영향을 미치는 듯합니다. 싸우는 중에 식량 문제로 불안해지는 사태를 회피하게 돼서 안도의 한숨을 쉬었습니다.

"정말 감사합니다, 브륀힐데. 당신이라면 수송도 안심하고 맡길 수 있겠습니다. 반송되는 음식 용기와 함께 기사들에게서 보고나 의뢰가 들어온다면 또 알려 주세요."

"맡겨만 주세요."

힘차게 받아들이는 브륀힐데의 웃는 얼굴이 너무나 믿음직하게 보였습니다. 브륀힐데가 힘들어한다면 보좌할까 싶었는데, 그냥 맡겨 둬도 괜찮을 것 같습니다.

도청 방지 마술구를 돌려받고 저는 순시를 계속하며 영주 집무실로 돌아갔습니다. 새로 만든 비밀 통로를 적에게 들키지 않았는지, 누가 사용하지는 않았는지 확인했습니다. 이것은 영주 일족만이 할 수 있는 일입니다.

현재 영주 집무실은 기사단 사령부로 사용하고 있습니다. 기사 숙소와 훈련장 주변에 기사들이 대기하고 있습니다만, 기사단장과 상층부 몇 명은 영주 집무실에서 정보를 수집하고 있습니다. 저희가 기수복을 입은 것처럼, 전투에 참가하는 이는 언제든지 나갈 수 있도록 갑옷 차림입니다. 아우브 에렌페스트인 아버님도 갑옷을 입으셨고, 거기에 영주를 의미하는 서코트를 걸치고 계십니다.

물론 영주 집무실에는 기사만 있는 게 아니라, 정보를 정리하고 기록하고 올도난츠를 보내는 문관들과 집무실 안에 있는 이들의 시중을 드는 시종도 있고, 각자 자신이 할 일을 하고 있습니다.

"돌아왔나, 샤를로테. 보고하라."

저는 아버님께 성의 조합실과 주방의 상황, 성 내부에 변화가 없었다는 점을 보고했습니다. 보고를 들은 아버님이 고개를 끄덕이셨습니다.

"오늘 오후에 라이제강에서 오는 식량이 도착한단 말이지. 그거 다행이군."

"브륀힐데는 혼자서도 문제없을 것으로 보입니다. 자신의 역할을 다하고 있습니다. 어머님은 어디에 계시나요?"

"특별실 상황을 보고, 그 뒤에 비밀 통로의 함정이 작동하지 않았는지 확인하겠다고 했다."

그때 올도난츠가 날아왔습니다. 하얀 새는 방안을 한 바퀴 빙 돌아서 아버님 뒤에 있는 칼스테드의 팔에 가서 앉았습니다. 기사단장에게 온 올도난츠니까, 훈련장에 있는 기사가 보낸 연락이 틀림없습니다.

……하르덴첼 기사의 순찰 구역과 시간 분담이 정해진 걸까요?

들어왔을 듯한 용건을 예상해 봤지만, 제 예상과 달리 적으로 보이는 단체의 움직임을 알리는 올도난츠였습니다.

"이틀 전에 라이제강에서 출발한 상업용 배에 귀족으로 보이는 자들이 탔다고 일크너에서 연락이 왔습니다. 목재상이 봤다고 합니다."

생각도 못 했던 정보에 영주 집무실이 갑자기 조용해졌고, 그 속에서 올도난츠가 같은 내용을 반복해서 전하기 시작했습니다. 보통 귀족이 상선을 이용해서 에렌페스트로 오는 일은 없습니다. 이용한다면 여객선을 타겠죠.

"라이제강에 확인을! 그 배가 언제 도착하는지 조사하도록."

"선착장의 평민들에게도 확인하는 편이 좋을 것 같습니다."

올도난츠가 세 번 말하기를 마치기도 전에 아버님이 노란색 마석을 슈타프로 가볍게 두드려서 라이제강으로 올도난츠를 보냈습니다.

……지금부터 알아보면 얼마나 걸릴까요? 그리고 이틀 전이라고 했죠?

"아버님, 이틀 전이라면 이미 도착했을 가능성도 있지 않을까요? 적이 언제 나타날지, 싸움이 언제 시작될지 모릅니다. 어머님의 연락이 없으신 걸 보면 비밀 통로는 아직 사용되지 않은 것 같지만, 주추를 빼앗기면 전부 끝입니다. 아버님은 당장 주추의 방으로!"

"그래. 뒷일을 부탁한다. 칼스테드, 그대들은 샤를로테를 도와라."

아버님이 최소한의 호위기사와 시종을 데리고 영주 집무실에서 나가셨습니다. 저는 이곳에 남은 기사단장을 비롯한 기사들과 아버님의 문관들을 둘러봤습니다.

"뒷일은 제게 맡기셨습니다. 여러분, 잘 부탁드리겠습니다."

"예!"

"라이제강에서 언제 답이 올지 모르겠지만, 지금 할 수 있는 대응을 시작할까 합니다. 일단은 적이 서문으로 온다는 것 같으니까, 서문에 기사를 늘리도록 하죠. 그리고 하르덴첼 기사들의 배치를 시급히 정해 주세요."

제가 말하자 칼스테드가 가볍게 고개를 끄덕여서 찬동하고는 의견을 내기 시작했습니다.

"서문에 기사를 더 늘리는 것도 좋지만, 다른 문에도 기사를 배치하는 쪽이 좋겠죠. 그렇게나 알기 쉽게 수상한 자들이 목격되고 있다면, 배가 미끼일 가능성도 있습니다."

"하긴, 쉽게 알아볼 수 있는 귀족 집단이 있다는 건 이상하군요."

기사들이 차례로 의견을 말하기 시작했습니다.

"하지만, 서문으로 오는 자가 있다는 것은 틀림없다. 정말로 적일지의 여부는 모르겠지만, 경계와 대응은 필요하겠지."

"현재 귀족 거리를 지키는 기사들을 어느 정도 서문과 신전으로 돌리는 건 어떨까?"

"아, 그거 좋겠는데. 귀족 거리를 하르덴첼 기사에게 지키라고 하는 거야. 그들은 평민 마을의 출입문에 대해 잘 모르니까."

하르덴첼의 기사들은 겨울 사교계에 출입하기에 귀족 거리에 대해서는 어느 정도 파악하고 있습니다. 하지만 평민들이 사는 평민 마을이나 문에는 드나든 적이 없고, 병사들과의 연계도 힘들겠죠.

"어떠십니까, 샤를로테 님?"

"허가합니다. 시급히 기사들을 각 문에 나눠 배치하고, 하르덴첼의 기사들에게 지시를 내려 주세요."

의논하는 중에 올도난츠가 날아왔습니다. 라이제강의 회답이 너무 빨리 돌아왔습니다.

"기베 라이제강으로부터 조사를 명받은 문관입니다. 분명히 선착장에서 수상한 단체가 확인됐습니다. 그들이 탄 배는 오늘 네 점 종이 울릴 무렵에 도착할 예정이라고 합니다."

올도난츠가 같은 말을 세 번 반복하기를 마치기도 전에, 칼스테드에게 새로운 올도난츠가 도착했습니다.

"다무엘입니다. 라이제강에서 답이 왔습니다. 귀족 거리에 네 점 종까지 피난하도록 전해 주십시오. 신전과 각 문에는 이쪽에서 연락하도록 하겠습니다."

다무엘은 언니의 호위기사입니다. 아무래도 다무엘이 일크너에서 연락을 받고 라이제강에 조사를 부탁했다는 모양입니다. 생각보다 빨리 답이 온 이유를 알겠습니다.

다무엘의 올도난츠를 받고, 그 자리에 있던 문관들이 기사단과 귀족 거리를 향해 차례로 올도난츠를 보냈습니다. 귀족 거리에서는 피난이 시작되겠죠.

"어머님, 샤를로테입니다. 네 점 종에 적습이 있을 거라는 정보가 있습니다. 별동대의 가능성도 있겠죠. 순찰을 마치고 정위치로 가 주세요. 무운을 빕니다."

"브륀힐데, 네 점 종 무렵에 적이 서문에 도착한다는 정보가 있습니다. 그 전에 수송을 마쳐 주세요."

저도 차례로 영주 일족에게 올도난츠를 보냈습니다. 그리고 거기에 엇갈리는 것처럼 올도난츠가 도착했습니다.

"누님, 멜키오르입니다. 신전에는 다무엘이 보낸 올도난츠가 도착했고, 현재 카지미아르의 지시하에 사람들을 피난시키는 중입니다. 완료되는 대로 다시 보고하겠습니다. 누님, 함께 열심히 합시다."

멜키오르의 목소리가 담긴 올도난츠입니다. 보낸 사람은 카지미아르겠지만, 자기 할 일을 다하려는 노력이 전해지는 멜키오르의 목소리를 듣고 사람들의 표정이 조금 풀어졌습니다. 또 올도난츠가 날아왔습니다.

"샤를로테, 나다. 네 점 종에 적이 온다더군. 나는 그쪽으로 가서 그대들을 지켜 주겠다."

오라버니가 보내신 올도난츠를 듣고 기사들이 서로 얼굴을 마주 봤습니다. 오라버니는 그렇다 치더라도 측근들에게는 알리고 싶지 않은 내용도 많아서 곤란합니다. 오라버니 측근 중에는 사임한 옛 측근과 연락을 주고받는 이들도 있어서 정보가 누설될 수도 있다는 점을 불안하게 여겼고, 그래서 이번 싸움에서는 영주 집무실에서 대기하는 인원에서 제외했습니다.

"빌프리트 님 쪽에 있는 쾰른베르거 원군은 귀족 거리 동쪽, 하르덴첼에서 온 원군을 서쪽에서 대기하라고 하는 것은 어떤가?"

"그 지휘를 빌프리트 님께 부탁드리는 것은 어떨까? 빌프리트 님은 기사들과 훈련도 하셨고, 귀족원 디터에서 지휘를 맡은 경험도 있으니."

저는 오라버니께 올도난츠를 보내서, "오라버니, 죄송합니다만 귀족 거리 동쪽을 위해 쾰른베르거 기사들을 움직여 주세요."라고 부탁했습니다. 쾰른베르거 기사들은 오라버니의 호위기사인 알렉시스를 통해서 온 원군입니다. 저보다 오라버니가 지시하시는 쪽이 좋겠죠.

“문관들은 조합한 것들을 기사 훈련장으로 날라 주세요. 치유를 사용할 수 있는 시종들도 기사 훈련장으로 이동을 시작하고…….”

“나다. 주추의 방에 기베 게를라흐에게서 원군 요청이 왔다. 마치 게를라흐가 진짜 목표라는 것처럼 적의 숫자가 많다고 한다. 전력 차이가 압도적이라고 했다. 원군을 부탁한다고 하더군.”

아버님의 올도난츠를 듣고 방안이 술렁거렸습니다.

“바로 보니파티우스 님께 올도난츠를!”

“일크너도 전투 중이기에 손을 뗄 수 없다고 합니다. 일크너가 끝나는 대로 가겠다고 하십니다.”

기베에게 부탁해 봤습니다만 그다지 좋은 대답은 돌아오지 않았습니다. 주변 기베들은 다음에 자신들이 공격당할 수도 있는 상황에 기사단을 게를라흐로 보낼 수는 없다고 했습니다.

……어떻게 해야 좋을까요.

일크너에서의 전투는 보니파티우스 님이 당장 벗어나지 못할 만큼 격화되었고, 게를라흐 기사단이 막아낼 수 없는 전력이 투입되고, 이제 곧 수상한 배가 서문에 도착합니다.

에렌페스트의 전력을 분산시키고 우리의 관심을 돌리기 위한 작전이 시작됐다는 걸 알 수 있었습니다. 네 점 종에 게오르기네 쪽이 공격해 오는 것은 틀림없겠죠.

목에서 꿀꺽 소리가 났습니다. 손이 떨립니다. 심장이 빠르게 뛰고 머릿속이 새하얘집니다. 저는 차기 영주로서, 사람들에게 어떤 지시를 내려야 할까요.

“샤를로테 님?”

칼스테드가 걱정된다는 듯이 제 상황을 살핀 그때, 하얀 종이 새가 날아왔습니다. 사람에게만 보낼 수 있는 올도난츠와 달리, 마술 도구 편지는 받는 곳을 장소로 지정할 수 있으며 마력이 없는 평민에게도 보낼 수 있습니다.

에렌페스트 영주 집무실 앞으로 도착한 그 편지는 단켈페르거의 지휘관인 하이스히체가 보낸 것이었습니다. 곧 숙부님께서 단켈페르거 기사들을 이끌고 경계문에 도착할 테니, 기사들이 에렌페스트에 들어갈 수 있도록 허가를 바란다는 내용이 적혀 있었습니다.

……숙부님과 단켈페르거 기사들이 경계문 근처에?! 늦지 않으셨군요!

갑자기 눈앞이 확 밝아진 듯한 기분이 들었습니다. 편지를 들여다보는 기사들의 대화도 신경 쓰이지 않습니다.

"원래 이 제안은 페르디난드 님이 보내셔야 하는 게 아니던가?"

"페르디난드 님과 로제마인 님께 무슨 일이 있나?"

"클라리사 님의 편지는 전해져도 하르트무트 님 편지는 전해지지 않는다는 보고를 받았다. 적이 경계문을 차지하고 있는 탓에 에렌페스트 사람이 보내는 편지는 차단해 버리고 있는 게 아닐까?"

"다른 사람도 아닌 페르디난드 님이시니, 그런 일이 벌어질 것을 예상하고 단켈페르거 사람에게 같은 내용으로 편지를 보내도록 하셨겠지."

"아버님께 허가를 받아 주세요. 그리고 서둘러 대답하고."

문관이 바로 아버님께 허가를 부탁드리는 올도난츠를 보냈고, 다른 문관이 답장을 쓸 준비를 시작했습니다. 아버님도 저와 마찬가지로 숙부님 일행이 게를라흐로 향하길 바라셨던 모양입니다.

"페르디난드에게 바로 게를라흐로 향하라고 연락하라."

숙부님께 보내는 답장에는 게를라흐가 어젯밤부터 습격당하고 있다, 당장 게를라흐에 있는 아렌스바흐 기사를 제압하라, 숙부님과 단켈페르거 기사들의 출입과 무력 행사를 허가한다는 등의 내용을 적었습니다. 제가 편지를 적는 사이에 문관에게 경계문에 있는 에렌페스트 기사에게 편지를 보내도록 했습니다. 적이 편지를 압수하고 있을 가능성이 크다, 숙부님 일행이 경계문에 도착할 테니 직접 편지를 전해 달라는 내용을 적어서 보냈습니다.

"이제 숙부님이 경계문에 도착하시면 확실하게 편지가 전해지겠죠."

일단 안심하고 있는데 기사 한 사람이 들어왔습니다. 전이진의 방에 대기하고 있던 기사라고 말하고는, 중앙에서 온 편지를 내밀었습니다.

"전이진의 방에 이 질문장이 도착했습니다."

"귀족원에서 무슨 일이 있었나요?"

"아닙니다, 그게…… 아직 아렌스바흐와 란체나베의 자들이 오지 않았는데, 대체 언제나 오는 것인가? 라고."

저도 모르게 이마에 손을 얹고 싶어졌습니다. 아렌스바흐에 대해 에렌페스트에 질문해도 곤란합니다. 못 본 것으로 하고 싶지만, 영주회의가 가까운 이 시기에 중앙에서 온 질문장을 무시할 수는 없겠죠. 저는 일단 주추의 방에 계신 아버지께 올도난츠를 보냈습니다.

"아버님, 이 질문장에 대해 중앙에 어떻게 답할까요?"

"바보 같기는. 그쪽이 소란에 휘말린 게 아니라면 답은 나중에 해도 좋다. 긴급 연락용 수경을 사용한 것도 아니니까. 에렌페스트는 에렌페스트의 일에, 중앙은 중앙의 일에 힘을 쏟으면 되겠지. 이쪽의 요격 태세를 우선하도록 해라."

아버님의 올도난츠에 고개를 끄덕이고, 저희는 중앙의 질문을 뒤로 미루기로 했습니다. 네 점 종까지 시간이 얼마 없습니다. 아우브의 판단에 따라 에렌페스트 방위에 온 힘을 쏟는 것을 우선하겠습니다.

"……칼스테드, 네 점 종까지 준비할 수 있을까요? 네 점 종이 울리기 전에 생각지도 못한 곳에서 공격이 시작되는 것은 아닌지 생각하니까 불안해서……."

바로 출진할 수 있도록 준비를 갖췄다고는 해도, 기사들이 이동해서 각자의 위치에 배치할 때까지 다소나마 시간이 걸립니다. 그리고, 저는 자꾸만 서문 쪽에 도착한다는 배가 미끼라는 생각이 듭니다.

"적어도 적 일부가 네 점 종에 도착하는 것은 틀림없습니다. 설령 배가 미끼나 양동이라 해도, 그쪽의 공격은 배 도착과 거의 동시이거나 서문에서 소동을 일으키고 그 뒤에 숨는 형태로 이루어지겠죠."

"현재 상황보다 빠르게 준비할 수는 없습니다. 기습 공격을 당하지 않은 것만 해도 다행이라고 생각하죠."

칼스테드만이 아니라 다른 기사들도 그렇게 말했고, 저는 고개를 살짝 끄덕였습니다. 싸울 시간이 다가온다고 생각하니 심장이 빠르게 뜁니다. 이곳의 일을 맡기는 했습니다만, 제가 차기 영주로서 역할을 다할 수 있을까요. 뭐라 말로 표현할 수 없는 불안이 가슴 속에 퍼져 나갑니다. 하지만 사태는 제 심정과 상관없이 계속 흘러갔습니다.

"남문에 도착했습니다. 현재 수상한 자는 보이지 않습니다. 평민 마을 피난도 진행 중인 것으로 보입니다."

"동문입니다. 일단 문을 닫아서 마차 출입을 제한하겠습니다."

"신전에 도착했습니다. 이후로 저희는 멜키오르 님과 호위기사 폰젤 님 지휘하에 들어가겠습니다."

"귀족 거리 피난은 완료된 것 같습니다. 길을 다니는 사람들이 보이지 않습니다."

"하르덴첼 기사는 명령대로 귀족 거리 방위를 맡겠습니다. 상공에서 대기 중."

문에 배치된 기사들과 귀족 거리 방위를 맡은 기사들에게서 속속 올도난츠가 들어왔습니다. 그 중에 브륀힐데와 멜키오르가 보낸 올도난츠도 있었습니다.

"브륀힐데입니다. 보니파티우스 님께 수송을 마쳤습니다. 현재 그들은 일크너에서 전투 중. 보니파티우스 님이 게를라흐에서 강적의 기척이 느껴진다고 말씀하셨다고 합니다."

"감사합니다, 브륀힐데. 게를라흐에는 숙부님과 단켈페르거 기사들이 늦지 않게 도착할 것 같습니다."

"멜키오르입니다. 신전 내부 피난은 완료했습니다. 누님, 무운을 빕니다."

"샤를로테입니다. 보고 확인했습니다. 호위기사한테서 떨어지지 마세요, 멜키오르. 저도 그대의 무운을 빕니다."

주추의 방에 계신 아버님께도 연락이 잔뜩 들어가고 있겠죠. 올도난츠 몇 마리가 날아왔습니다.

"성 일각에 수상한 사람이 있었다는 기사의 보고가 있었다. 바로 놓쳤다는 모양인데, 장소를 생각해 보면 아무래도 비밀 통로로 들어온 것 같다. 경계하라."

"로제마인이 페르디난드와 합류해서 게를라흐에 도착했다는 듯하다. 무력행사 허가를 내렸다."

……언니가 게를라흐에!

언니가 측근들을 이끌고 아렌스바흐로 가던 모습과, 귀족원 디터에서 기사들을 이끌던 모습이 머릿속에 되살아났습니다. 그 망설임 없는 눈빛과 승리를 양보하지 않는 옆모습을 얼마나 동경했던가요.

그 모습들을 생각하고, 저는 왠지 든든한 기분이 들었습니다. 지금도 분명히 무섭기는 하지만, 차기 영주를 맡은 이상, 저는 에렌페스트를 지켜내야만 합니다. 언니에게 부끄럽지 않은 자세로, 이 싸움에 임하고 싶습니다.

데엥, 데엥…….

네 점 종이 울렸습니다. 마른침을 삼키고 있는데 올도난츠가 날아왔습니다.

"서문입니다. 상선 승객 중에서 연락받은 대로 수상한 인물을 발견. 은색 옷을 걸쳤고, 볼헤닐을 데리고 있습니다."

드디어 에렌페스트의 주추를 둘러싼 싸움이 시작됐습니다.

레클 서문 전투

라이제강에서 온 상선에서 손님들이 줄줄이 내린다. 그 선두에 있는 것이 수상한 귀족 단체가 분명하다. 기사님이 엄청나게 경계하는 놈들. 멀리서 봐도 주위 사람들에게 양보하는 데 익숙하지 않다는 걸 알 수 있다. 한눈에 봐도 귀족님이라는 걸 알 수 있는 것이, 숨길 생각 자체가 없는 모양이다.

"저놈들이군."

선착장에서 일하는 자들에게는 다무엘 님과 병사들이 먼저 주의를 환기해 둬서 위험해 보이는 자들에게 길을 비켜 주는 척 거리를 뒀다. 상선 사람들도 은근슬쩍 눈치를 보는 걸 알 수 있다.

"레클, 위치로 가라."

"예!"

……우와, 정말로 왔다.

기사님들 숫자가 늘어나고 경계가 삼엄해졌고, 사람들에게 피난을 권고하면서 시내를 뛰어다녔으니까 잘 알고 있는 일이다. 그런데 귀족님들 싸움에 우리 같은 평민 병사를 차출할 줄은 몰랐다.

"은색 천이다. 망토 속에 뭔가 입고 있다!"

"개를 끌고 왔나?"

"그냥 개가 아니야. 저거 볼헤닐 아닌가?"

보초의 목소리에 숨어서 대기하던 기사님들이 술렁거렸다. 서문에 적이 도착했다는 소식을 전하고 조금이라도 많은 원군을 요청하는 다무엘 님의 목소리가 들렸나 싶더니, 목소리를 전달하는 하얀 새가 날아갔다.

"마력이 없는 병사는 볼헤닐에게 가까이 가지 마라."

"오물은 준비를 마쳤겠지?"

나는 국자를 쥐고서 오물이 든 통 옆에서 대기했다.

……으윽, 무서워. 토할 것 같다.

토할 것 같은 이유는 코가 비뚤어질 것만 같은 오물 냄새 때문만이 아니다. 싸움을 눈앞에 두고 긴장감 때문에 위가 찌릿했기 때문이다. 마술을 써서 공격하는 귀족님들의 싸움에 휘말리기라도 하면 우리 같은 평민의 목숨은 순식간에 날아가 버린다. 적이 우리의 매복을 눈치채지 못한 사이에 어디로 숨어 버리고 싶다. 본능적인 공포심이다. 이 자리에 있으면 안 된다고, 내 본능이 경종을 시끄럽게 울려대고 있다. 국자를 든 손이 떨리고, 몸이 가만히 있질 못하고 조금 움찔거렸다.

"아직이다 레클. 지금은 뛰쳐나가지 마라."

옆에 있는 귄터 반장님이 말렸고, 나는 깜짝 놀랐다. 뛰쳐나가려고 한 게 아니다. 굳이 따지자면 이 자리에서 도망치려고 했던 것 같다.

"여기서 도망치면 귀찮아져. 상대는 귀족이다. 기수도 타고 마술도 쓴다고. 우리가 맡은 일은 오물을 퍼부어서 저놈들이 걸친 은색 천을 벗기는 것이다. 착각하지 마라."

반장이 작은 소리로 주의를 줬다. 같은 평민인데도 귀족님에 대한 공포심이 전혀 느껴지지 않는 것 같은 목소리다. 나도 모르게 반장님을 봤다. 반장님이야말로 당장이라도 뛰쳐나갈 것만 같았다. 이 갈리는 소리가 들려올 정도로 이를 꽉 악물고, 진심으로 적을 후려치고 싶어하는 험악한 얼굴. 문 안쪽의 어둠 속에서도 적개심이 넘쳐나는 게 보이는 날카로운 눈빛.

……나, 반장님 이런 얼굴, 전에도 본 적 있어.

문에서 일하는 병사들 모두가 권터 반장님 가까이 가기도 싫어할 만큼 무서워하던 시절이 생각났다. 반년 전이었나, '너 때문에!'라고, 당시에는 상사였던 동문 병사장을 후려쳤던 반장님 눈빛이 딱 지금 같았다.

그때는 병사장이 기사님에게서 다른 사람들이 모르는 정보를 얻어 오는 반장님을 질투해서 '이 시기에는 허가증을 발급하지 않으니 외부인을 절대로 들이지 말라'라는 연락을 고의로 전달하지 않았던 게 원인이었다.

……아마 반장님이 그 일 때문에 따님을 잃었지.

권터 반장님 딸…… 난 이름도 기억나지 않지만, 우리가 남문에 있던 시절에 일 년 정도 오토 씨 조수로 계산을 해 줬던 아이다. 세례식도 치르지 않았는데 우리 서류 문제를 지적해 주고, 견습들 교육에 대해 의견도 내고 했다지.

몸이 약해서 매일 문에 오지 못했던 탓인지, 방에 틀어박혀서 서류 일만 했던 탓인지 직접 본 적은 거의 없다. 얼굴도 이름도 생각나지 않지만, 오토 씨가 엄청나게 칭찬했다는 건 잘 기억하고 있다.

……내가 자주 비교당했으니까.

따님이 세례식을 치르고 문에 안 오게 되자 내가 오토 씨 조수로 임명됐다. 다른 녀석들과 비교하면 다소나마 계산을 할 수 있지만,

그렇다고 좋아했던 건 아니다. 매일같이 오토 씨가 반장님네 따님과 비교하는 바람에 한때는 병사를 그만둘까도 싶었다. 하지만 따님이 '몸을 움직이는 게 좋아서 병사가 된 사람한테 계산만 시키는 건 무리야'라고 말했다던가. 반장님이 그 의견을 받아들여서 지금은 문에서 사무 일을 잘하는 사람을 고용했다.

본인이 어떤 아이였는지는 생각나지 않지만, 많은 곳에 영향을 끼친 아이였고, 반장님이 끔찍하게 사랑했다는 건 틀림없다. 그런 따님이 병사장의 괴롭힘 때문에 외지 귀족님한테 죽었고, 유체도 데려오지 못했다.

……반장님한테는 따님의 원수를 갚는 싸움인가.

거기까지 생각하자 온몸에서 핏기가 가시는 기분이 들었다. 그날 병사장을 때려눕혔던 기세 그대로 다른 영지 귀족님한테 달려드는 반장님의 모습을 쉽게 상상할 수 있었던 탓에.

……자, 잠깐만. 반장님이 죽겠는데?

따님에 이어서 반장님까지 다른 영지 귀족님 탓에 잃게 되면 가족들이 어떻게 생각할까. 그리고 로제마인 님도 마음이 아프시겠지. 반장님 가족이 로제마인 님 전속이 된 것은 따님이 로제마인 님으로 오해받아서 죽은 탓이라는 소문도 있었으니까.

……큰일 아냐? 정말 큰일이다.

데엥, 데엥…….

내가 머리를 쥐어뜯고 싶은 기분이 들었을 때, 네 점 종이 울렸다. 은색 천을 두른 적이 문으로 들어온다. 숨어 있던 기사의 명령이 울려 퍼졌다.

"지금이다!"

"으라차!"

반장님이 솔선해서 오물을 담은 국자를 휘둘렀다. 철벅, 하는 기분 나쁜 소리와 함께 귀족님이 오물을 뒤집어썼다.

"윽?!"

"뭐냐 이건?!"

"문지기 주제에 무슨 짓이냐?!"

화를 내는 적에게 반장님이 또 오물을 뿌렸다.

"얘들아, 팍팍 뿌려라!"

반장님 목소리와 함께, 우리는 통에 든 오물을 국자로 떠서 귀족님을 향해서 뿌려댔다. "받아라!"라든지 "으라아!"같은 의미도 없는 소리를 지르며. 그냥 필사적이라고 할까, 될 대로 되라는 기분이었다. 우리가 할 수 있는 일은 시키는 대로 움직이는 것뿐이다.

"이 평민이!"

"감히 무슨 짓이냐!"

고함치는 적을 향해 오물에 더해 돌과 날붙이도 던지기 시작했다. 은색 천에 마술 효과는 듣지 않아도 보통 것들, 병사들이 사용하는 무기라면 통한다고 했다. 하지만 숨어 있는 기사님이 던진 단검은 맞았는데도 튕겨 나왔다.

"부적도 가지고 있나."

기사님 목소리가 들려왔지만 나는 무슨 소리인지 모르겠다. 일단 항상 거만을 떠는 귀족님께 있는 힘껏 오물을 뿌려대니까 속이 후련하다. 이 순간을 위해 그 끔찍한 냄새를 견디는 고생을 해 가며 모아 왔다. 다 뿌려 버리고 싶다.

"으라차!"

어떠냐, 하고 까분 게 문제였던 건지도 모른다. 내가 적의 머리를 노리고 뿌린 오물이 아주 멋지게 노린 곳에 명중했다. 머리에 뒤집어쓰고 있는 은색 천이 오물로 범벅이 됐고, 그 오물이 얼굴 쪽으로 흘러 떨어지려고 했다.

오물을 맞은 적이 머리의 천을 벗어 버렸다. 거기에는 얼굴이 아니라 약간 더러워진 하얀 가면이 있었다. 얼굴은 가렸지만 눈구멍 안쪽에 있는 눈은 완전히 가리지 않았다. 눈이 마주쳤다. 나를 꿰뚫어 버리려는 듯 쳐다보는 적은 엄청나게 화가 나 있다.

……으엑?!

"평민이 귀족을 적으로 삼으면 어떻게 되는지 똑똑히 봐 두거라!"

적이 은색 천을 벗어 던졌다. 오물 공격의 목적은 저걸 벗기는 거니까 적이 벗게 만든 것까지는 좋다. 적들이 차례로 은색 천을 벗어 던지고 있다. 작전은 성공이다. 반장님네는 "좋았어!" "잘 했다."라며 기뻐하고 있다. 하지만 나는 같이 기뻐할 수가 없었다.

"바셴."

순식간에 오물을 씻어낸 적은 여전히 나를 노려보고 있다. 많은 병사 중에 나를 보복 대상으로 인식했다.

……큰일이다.

적의 손에는 귀족님들이 쓰는 마술 지팡이가 있다. 오물도 간단히 씻어내고, 무기도 되고, 동료와 연락도 하는 편리한 지팡이다. 그 지팡이가 빛난다. 저건 위험한 것이다.

"……힉!"

"레클!"

나도 모르게 뒷걸음질을 친 순간, 나는 바닥 돌에 뒤꿈치가 걸려서 엉덩방아를 찧었다. 그러는 사이에도 시선만은 주먹보다 커진 녹색 빛을 보고 있었다.

"전부 벗었다! 지금이다! 포박하라!"

"예!"

적이 전부 은색 천을 벗어 던지기를 기다리던 기사님들이 숨어 있던 곳에서 일제히 튀어나왔다. 그 직후, 기사님들 망토가 내 시야를 가득 채웠다. "게티르트!"라는 목소리와 함께 퍼억, 하는 소리가 울렸다. 각오하고 있던 마력 공격이 나한테 맞지 않았고, 기사님이 나를 지켜 줬다는 걸 알았다.

"물러나!"

나한테 말한 사람은 다무엘 님이었다. 설마 자기 몸을 던져서 나 같은 평민을 지켜 줄 거라고는 생각도 못 했다. 나는 고개를 덜컥덜컥 끄덕여서 어떻게든 알겠다는 뜻을 전했지만, 공포 때문에 몸이 굳어졌는지 마음대로 움직이질 않았다. 거의 기어서 그 자리를 벗어나려고 하는 내 귀에 부아가 치미는 것만 같은 적의 목소리가 들렸다.

"기사단?!"

"큭! 숨어 있었나!"

거기서부터는 은색 천을 벗어젖힌 적과 기사단의 마술 대 마술 싸움이 됐다. 기사님들이 지팡이를 든 자를 향해서 달려 나갔다.

"가라, 볼헤닐!!"

위험한 것은 적 귀족님들만이 아니었다. 그들이 명령하자, 적이 풀어놓은 검은색 개가 세차게 달려 나왔다. 기사님이 적을 상대하면서 외쳤다.

"마력이 많은 사람만이 볼헤닐을 쓰러트릴 수 있다. 병사는 물러나라!"

"볼헤닐은 마력이 없는 상대에게 무작정 덤벼든다. 그대들은 안으로 들어가라!"

"전부 지켜 줄 수 없다!"

빨리 대기실 등이 있는 문 안으로 도망가라고 하자 병사들이 죽어라 도망쳤다. 적이 흩어지는 병사들을 향해서 날린 마력 덩어리를 기사님이 방패로 막아서 궤도를 틀어 버렸고, 여기저기서 작은 폭발이 일어났다.

"으악! 도망쳐!"

"뛰어! 뒤처지지 마!"

"다 들어가면 문 닫고!"

도망치는 병사들을 쫓아서 나도 필사적으로 도망치려고 했다. 하지만, 귀족님의 살기와 마력 때문에 다리가 풀린 탓인지, 내 무릎은 비틀거리기만 하고 도저히 도움이 되지 않았다. 간신히 일어나기는 했지만 제대로 뛸 수가 없다.

"같이 가!"

볼헤닐은 앞을 가로막으려는 기사님들을 홱홱 피하면서 뒤처진 병사를 쫓아가려고 했다. 기사님에게 막힌 볼헤닐도 있긴 하지만, 전부 확실하게 막기에는 기사님 숫자가 부족하다.

"레클!"

기사님을 피한 볼헤닐이 제대로 움직이지도 못하는 나를 보며 '크르르르……'하고 으르렁거리는 소리를 내며 뛰어온다. 그냥 꺼먼 개처럼 보이지만, 아니다. 내 눈보다 낮은 위치에 있었던 개 얼굴이 순식간에 내 키보다 커졌다.

"개, 개가…… 커지……."

거대화하면서 덤벼드는 볼헤닐의 커다래진 입이 쩍 벌어졌다. 내 머리 정도는 한입에 물어뜯을 것 같은 커다란 입, 뾰족한 이빨과 이빨 사이에 걸친 침, 입 밖으로 튀어나온 혀가 보인다. 짐승 냄새가 풍기는 숨결까지 느껴질 정도다.

……잡아먹힌다!

숨이 막혀 와서 도와 달라고 외칠 수도 없다. 다리가 풀려서 그 자리에 주저앉았다. 직후, 내 머리 위에서 따악, 하는. 먹잇감을 놓친 이빨과 이빨이 부딪치는 소리가 났다.

……피했나?!

눈에 보이는 것은 온통 시커먼 마수의 털. 잡아먹히는 건 피했다는 생각을 하기도 전에 마수의 시커멓고 커다란 앞발이 날 짓밟았다. 일단 놓친 사냥감을 확실하게 붙잡은 볼헤닐의 발톱이 내 몸에 파고든다.

아픔이 느껴지기도 전에 거대한 입이 또다시 나를 향해 다가왔다. 그걸 가만히 보고 있을 수밖에 없는 내 시야에 엄청난 기세로 뛰어오는 발과 볼헤닐을 때리는 금속 손 보호구가 끼어 들었다.

"우리 애한테 뭐 하는 거냐, 이 똥개 자식아!"

한 대 맞았다고 볼헤닐이 쓰러지지는 않았다. 하지만, 날 물어뜯으려는 걸 방해한 탓에 표적이 나한테서 반장님으로 바뀐 것 같다. 커다란 머리를 홱 돌리고 재빨리 움직여서 반장님의 팔을 깨물었다.

"권터!"

"반장님!"

내가 소리친 순간에 쿵, 하는 낮은 폭발음과 함께 검은 개가 폭발했다. 이리저리 튀는 살점과 피를 얼굴과 몸으로 맞으며, 나는 그 모습을 그저 멍하니 보고 있을 뿐이었다.

"개…… 개가 터졌네?!"

"뭐야? 어떻게 된 거야?"

반장님도 혼란스러운지, 자기 주먹과 터져 나간 살점들을 번갈아서 보고 있다. 다무엘 님이 무기를 앞으로 겨누며 나와 반장님을 등으로 감쌌다.

"로제마인 님께서 주신 부적이 그대를 지킨 것이다!"

"부적이…… 지켜 줬구나."

"그대들, 이 틈에 물러나라!"

다무엘 님의 시선이 향한 곳에 볼헤닐이 또 한 마리 보였다. 그 모습을 보고 가슴이 뜨거워졌다. 감동하고 있는 내 옆에서 반장님이 금속제 팔 보호대를 부딪치며 철컥 소리를 냈다.

"그렇구나. 부적에 그런 힘이 있단 말이지. 그렇다면…… 좋았어!"

"반장님?!"

"권터, 기다려라!"

나와 다무엘 님이 말리려고 했지만 반장님은 "이 거리를 지키는 게 내 일이다! 덤벼라!"라고 소리치며 제발로 볼헤닐을 향해 달려들었다.

……'덤벼라!'라니, 무슨!

항상 견습들한테 '혼자 나대지 마라!'라고 소리치던 반장님이라는 걸 믿을 수 없는 폭주를 보고 나는 그저 눈이 휘둥그레질 뿐이었다. 그런 와중에 다무엘 님이 뛰쳐나간 반장님의 뒤를 따라갔다.

"으라차!"

반장님이 휘두른 주먹을 볼헤닐이 앞발로 퍽, 하고 쳐냈다. 거기서 부적이 하나 터졌지만, 볼헤닐은 폭발하지 않았다. 그래도 다소나마 충격이 있었는지 반장님을 적으로 간주하고는 으르렁거리는 소리를 내며 덤벼들었다.

"권터!"

다무엘 님이 곧바로 검은 개를 공격해서 반장님을 감쌌다.

"그것은 적의 공격을 반사하는 부적이다. 적을 죽이기 위한 공격용 마술 도구가 아니라고!"

"그러니까, 적한테 공격당해야 한다는 얘기죠?"

"이봐, 병사는 물러나라고 했다!"

다무엘 님이 검은 개를 쓰러트리면서 권터 반장님께 '물러나라'라고 명령했다. 다무엘 님의 마음은 기쁘지만, 무리다. 안으로 들어가기 위한 문은 볼헤닐의 침입을 막기 위해서 이미 굳게 닫혀 버렸다. 우리는 밖에 남겨지고 말았다.

"레클, 괜찮은가?"

"상처가 꽤 깊군. 움직인다."

"어쨌든 숨을 수 있는 곳으로 옮겨라."

우리처럼 문 안으로 들어가지 못한 병사들이 뛰어왔고, 작은 소리로 상담하고는 나를 숨을 수 있는 곳으로 데려갔다. 그렇게 움직이면서 그제야 볼헤닐의 발톱 때문에 입은 상처가 아프고 내 몸을 마음대로 움직일 수 없다는 걸 알았다.

"아야야야야……."

"조용히 해. 꺼먼 개가 아직 남아 있으니까."

벽 앞으로 피난했더니 안우로 피난한 병사와 견습들의 목소리가 들렸다. 대기실과 회의실에서 이쪽 상황을 보고 있는 것 같다.

"저 자식 은색 천을 집었다. 큰일 났네! 좀 보라고요, 기사님!"

"저 무기! 봐봐! 기사님이 우리 무기로 적을 쓰러트리고 있어!"

"우와! 멋지다! 힘내요!"

……저 자식들, 아주 속이 편하네.

다른 곳에서 응원 온 기사님이 도착해서 이쪽이 우세해진 탓인지도 모르겠지만, 싸우는 곳에서 멀리 떨어트려 놓은 견습들에게는 구경거리 같은 감각인 모양이다.

"권터 반장님이 또 까만 개를 쓰러트렸다!"

"아냐, 저건 반장님이 아니라 다무엘 님이잖아?"

"다무엘 님이 반장님을 지키면서 싸우고 있어! 대단하다!"

그런 목소리가 들려와서 나는 반장님과 다무엘 님을 찾아봤다. 두 사람은 마수와 귀족님의 공격이 벽 근처에 숨어 있는 우리 쪽으로 오지 않도록 막아 주고 있다.

"이쪽이다, 이 똥개야!"

반장님은 볼헤닐을 도발해서 자기를 물게 유도하고 있었다. 반장님도 기사님이 지켜 줘야 할 평민인데, 그런 자각이 없는 모양이다. 반장님 옆에 붙어서 싸우는 다무엘 님이 힘들 것 같다.

"위험하다, 권터! 더이상 무리하지 마라! 그대, 가족에게 받은 부적도 그게 마지막이 아닌가!"

다무엘 님이 질타하는 소리가 울린 직후, 적 귀족님이 기사님을 상대하면서 마술 도구를 던졌다.

"부적이 없다면, 이것으로 끝이다."

"게티르트!"

다무엘 님이 반장님을 감싸며 앞으로 나섰다. 그쪽에 집중하느라 다무엘 님의 정신이 팔린 사이에 적의 지휘관으로 보이는 사내가 다른 방향에서 반장님을 향해 반지를 이용해서 빛을 쐈다.

"평민 병사가 마술 도구를 써서 볼헤닐을 해치우다니, 건방지구나! 길을 비켜라!"

"뭐야?!"

"반장님?!"

마력 덩어리가 반장님을 노리고 똑바로 날아간다. 우리가 힉, 하고 깜짝 놀라는 와중에 반장님은 빛을 향해 달려 나갔다.

"누가 네놈들을 들여보낼 줄 알고!"

권터 반장님이 빛에 삼켜졌고, 보던 사람들 중에서 누구인지는 모르겠지만 "끄악!"하고 비명을 질렀다.

빛이 사라졌을 때는 반장님의 발차기가 적의 배에 꽂혀 있었고, 적이 "어째서…….."라고 신음하면서 쓰러지는 모습이 보였다.

"다무엘, 적을 확보하라!"

"예!"

싸우면서 지시를 내리는 기사님의 명령에 따라 다무엘 님이 적에게 수갑을 채우고 포박했다. 적의 얼굴에서 벗겨진 가면이 드드드득 소리를 내면서 돌 바닥 위로 미끄러져 갔다. 적의 얼굴을 본 다무엘 님이 깜짝 놀랐다.

"그라오잠……! 큰 공을 세웠다, 권터!"

유명한 사람인 걸까. 다무엘 님의 목소리는 흥분한 것처럼 상기되었다. 지령을 내리던 기사님도 자기가 쓰러트린 적을 꽁꽁 묶으면서 큰소리로 외쳤다.

"시급히 아우브께 보고를!"

지휘관으로 보이는 적을 붙잡고 나니 나머지는 금세 끝났다. 내 눈에는 보이지 않았지만, 적 사령관은 계속해서 마술 도구를 사용하는 귀찮은 상대였다고 한다.

반장님은 볼헤닐을 두 마리, 그리고 전 기베 게를라흐인 그라오잠을 발로 차서 쓰러트리고, 부적으로 해치웠다.

"반장님, 부적도 없다면서 어떻게 적 사령관을 때려눕힌 겁니까?"

"가족한테 받은 부적은 다 떨어졌지만, 내가 로제마인 님께 직접 받은 마지막 부적이 남아 있었지."

……다무엘 님은 마지막 하나가 남아 있는 사이에 도망치라고 했는데, 반장님이 무시했다는 뜻이겠지?

"너무 무리하지 마세요. 조마조마했습니다."

"병사 중에 죽은 사람은 없어. 그럼 잘 된 것 아니냐?"

병사 중에 이번 전투로 죽은 사람은 없다. 나처럼 다쳐서 신음하는 사람은 여러 명 있지만, 다 죽어 가는 중상자도 없다. 귀족님과 싸웠는데도 죽은 사람이 없다. 분명히 잘된 일이긴 했다.

"이봐, 전투 다 끝났다. 안에 너희들, 빨리 나와서 다친 사람들 안으로 데려가!"

미처 도망치지 못했는지, 아니면 마지막까지 다른 병사들을 지키려 했던 건지 우리처럼 밖에 있던 병사장님이 안에 있는 병사와 견습들을 불렀다.

"데려가기 전에 씻어야지. 레클 재는 피범벅이잖아. 마수 피 맞지?"

"우물로 데려가는 것보다 물을 길어 오는 게 좋지 않을까? 다친 사람을 몇 명이나 나르려면 그것도 힘든데, 씻은 다음에는 또 구호실까지 날라야 하잖아?"

병사장님 명령으로 나온 병사들이 제각기 말했다. 그 말을 들은 병사장님이 살짝 손을 흔들었다.

"그럼 가서 물 길어 와라. 다친 사람과 문, 양쪽 모두 다 같이 청소한다. 배에서 기다리고 있는 사람들 입문 검사도 시작해야 하니까."

"병사장님, 배에 아직도 적이 남아 있을지도 모릅니다."

"그건 기사님이 확인하러 가셨다. 우리는 문을 청소한다. 특히 창가에서 싸움 구경하면서 떠들던 견습. 힘이 남아도는 너희는 당장 우물로 가서 물을 길어 온다. 저쪽 개울에서 길어 와도 좋다."

견습들은 명령대로 통을 하나씩 집어 들면서도, 얼굴은 귀찮다는 듯이 인상을 썼다.

"으엑, 냄새 나는 일이 아직 남아 있었나."

"귀족님들 마술로 깨끗이 씻어 주면 좋을 텐데."

"자기 몸을 순식간에 깨끗하게 만들었으니까, 문에도 할 수 있을 텐데."

견습들은 일부만 깨끗해진 바닥 돌을 보면서 그렇게 말했다. 적이 자신에게 걸어서 오물을 깨끗이 씻어낸 마술, 그것이 닿은 부분만 이상하게 깨끗했다.

"멍청아. 기사님한테 무슨 짓을 시키겠다는 건데? 서문만 지키면 되는 우리랑 달라서 기사님들 싸움은 아직 안 끝났다고. 봐, 저기 보이지?"

나도 권터 반장님이 가리킨 곳을 봤다.

신전과 북문 상공에 기수가 모여 있고, 빛들이 오가는 게 보였다.

유디트 남겨진 자

세 점 종이 울리고 조금 지나자, 다무엘에게서 점심때까지 피난을 마치라는 올도난츠가 왔습니다. 필린느는 손에 든 슈타프가 떨려서 답신하기도 힘들어 보입니다. 그 모습을 보고 저도 슈타프를 꺼내서 신전장실에 있는 로데리히에게 올도난츠를 보내기로 했습니다.

"유디트입니다. 다무엘에게서 연락이 왔습니다. 점심때까지 피난을 완료해 주세요. 저희는 즉시 고아원으로 향하겠습니다. 로데리히도 훈련대로 잘 부탁드리겠습니다."

멜키오르 님의 측근인 카지미아르 님의 말을 듣고 조금 회복하기는 했지만, 필린느가 왠지 위태로워 보였습니다.

……필린느의 동요가 회색 신관들에게 전해지면 신전 전체가 혼란 상태에 빠질지도 모르겠군요.

잠시 생각에 잠겨 있던 저는 카지미아르 님과 눈이 마주쳤습니다. 카지미아르님이 슥, 하고 손가락을 움직였습니다. 저는 호위기사로서 신전 뒷문으로 가야 하니까 고아원까지 필린느와 동행하면서 상황을 지켜보라는 뜻이겠죠. 저는 고개를 살짝 끄덕였습니다.

"가죠, 필린느."

저는 필린느에게 말하고 멜키오르 님의 방에서 나왔습니다. 필린느와 함께 회색 신관과 회색 무녀들에게 피난하라고 권고하고, "훈련대로 해 주세요."라고 말하고 다녔습니다. 그러는 중에 필린느도 조금씩 다시 차분해졌습니다.

……이 정도면 제가 끝까지 따라가지 않아도 괜찮겠네요.

그렇게 생각했을 때 올도난츠가 날아왔습니다.

"폰젤입니다. 귀족문에 도착했습니다. 데드릭이 정문으로 갔습니다."

기사단에 있던 멜키오르 님의 호위기사들이 차례차례 신전 문에 도착하고 있다는 보고입니다.

"필린느, 저는 여기서 바깥으로 나가서 뒷문으로 갈게요."

"문을 잘 부탁드리겠습니다. 부디 조심하세요, 유디트."

고아원 여자동 지하층에 있는 뒷문을 통해 밖으로 나왔습니다. 공방에서 돌아오는 회색 무녀들이 보입니다. 프랑이 남자동에서 피난을 권고하고 있겠죠. 문을 지키고 있는 회색 신관들을 빨리 피난시켜야 합니다. 저는 기수를 꺼내서 올라타고 뒷문으로 달려가서는 회색 신관들에게 피난하라고 전했습니다.

"문 수비는 기사가 맡겠습니다. 바로 피난해 주세요."

"잘 부탁드리겠습니다."

회색 신관들이 빠른 걸음으로 고아원 남자동으로 이동하는 걸 보며 저는 카지미아르 님께 올도난츠를 보냈습니다.

"유디트입니다. 뒷문에 도착했고 회색 신관들을 피난시켰습니다."

"신전의 모든 문을 폐쇄하겠습니다."

카지미아르 님의 대답이 도착하자마자 신전의 커다란 문이 쿠구구…… 소리를 내며 닫혔습니다. 이걸 보면 신전도 귀족을 위한 시설이라는 것을 새삼 깨닫게 됩니다.

신전 뒷문이 닫히자마자 귀족 거리에서 기사들이 도착했습니다.

"유디트 님."

"잘 부탁드리겠습니다, 오디스 님. 오늘은 함께 싸우는 입장이니 편하게 부르셔도 됩니다."

기사들에게 인사하고, 저는 바로 이 문에 놓여 있는 분홍색 스밀을 기동했습니다.

"뭐지, 이 분홍색 인형은?"

"로제마인 님이 만드신 전투 특화 스밀 마술 도구입니다. 마력을 대량으로 사용해서 시간에 제한이 있지만, 왕족이나 영주 후보생보다 강하니까 어떤 적이 와도 안심입니다, 라고 하셨습니다."

"뭐?"

……받아들이기 힘든 기분은 저도 이해합니다. 리젤레타의 취미로 너무나 귀엽게 생겼으니까요. 얼핏 보기만 해서는 강하다는 생각이 안 들죠?

"전투 특화형이라서 정말로 강합니다. 원본은 도서관의 마술 도구인데, 그 두 마리는 단켈페르거 기사들도 물리쳤습니다."

기사들이 잠깐 숨이 멎을 정도로 놀란 걸 알 수 있었습니다. 로제마인 님이 귀족원에서 단켈페르거와 디터를 해서 승리한 것은 유명한 일입니다. 제가 실제로 본 이야기를 했더니 기사들은 조금 질린 표정으로 "그런가."라고 말하며 고개를 끄덕였습니다.

"로제마인 님이 만든 스밀 인형은 신전을 지키기 위해서라면 적을 용서 없이 살해한다고 합니다. 적이 예상보다 많을 때, 적의 공격으로 이쪽이 전투 불능이 됐을 때 사용했으면 좋겠다고, 로제마인 님께서는 말씀하셨습니다."

신전을 지키기 위해 배치된 기사는 각 문에 세 명씩, 결코 많은 숫자가 아닙니다. 그래서 로제마인 님은 최강의 마술 도구를 만들어 주셨습니다. 솔직히 말해서 스밀의 공격력이 너무 강해서 조금 무섭기도 합니다만, 신전을 지키는 것이 우선입니다.

"아, 그래. 만약의 경우를 위해서 말이지?"

"예. 사용 방법을 설명하겠습니다. 먼저 이 마석에 마력을 흘려 넣어서 여러분을 아군으로 등록합니다. 등록되지 않은 사람은 적으로 간주해서 제거 대상이 됩니다. 그리고……."

저는 기사들에게 마술 도구 스밀의 사용 방법을 가르쳐 줬습니다. 저보다 한참 연장자인 분께 설명하다 보니 많이 긴장됩니다.

"흐음, 알았다. 다른 문에도 사용 방법을 가르쳐 주게."

"괜찮습니다. 다른 문에는 멜키오르 님의 호위기사가 한 사람씩 갔으니까요."

이번에는 우연히 정보가 들어와서 피난하고 전투를 준비할 시간이 있었습니다. 하지만 적이 갑자기 쳐들어온 경우, 혼자서 문 세 곳을 돌아다니며 설명하려면 시간이 너무 많이 걸립니다. 그래서 신전에 드나드는 기사들끼리 담당을 정했습니다.

"그렇군. 신전의 피난은 이미 끝난 것인가? 평민의 피난이 끝났다는 연락은 다무엘을 통해서 기사단에 들어왔다만……."

"아마도 끝났습니다. 제가 고아원 여자동에서 나오고 바로 문이 봉쇄됐습니다. 이제 곧 멜키오르 님께서 성에 연락을 드릴 것입니다. 확인해 볼까요?"

"아니, 굳이 그럴 필요는 없다. 여기서 할 일이 끝났다면, 그대는 자신의 위치로 가도록 하게."

"제 정위치는 신전 뒷문입니다. 유격대로서 다른 문으로 가는 경우도 있겠습니다만, 기본적으로는 이곳을 지키라고 명받았습니다."

신전 문을 지키는 것은 기사단에서 파견된 기사의 역할입니다. 멜키오르 님의 호위기사와 저는 문을 지키는 스밀을 기동하고, 그 뒤에는 문에서 일어나는 일을 카지미아르 님께 보고하기 위해서 이곳에 머물게 됩니다.

"유격이라면 유디트가 평민 마을의 상황을 보고 왔으면 싶군. 우리는 평소의 평민 마을을 모르니까."

"알겠습니다."

저는 로제마인 님의 호위기사이다 보니 문을 지키는 기사의 인원 편성에는 들어가지 않습니다. 만약 전투가 벌어진다면 그들과 함께 싸우겠지만, 명령 계통이 다릅니다. 유격대라고 하면 듣기에는 좋습니다만, 저는 왠지 저 혼자만 큰 역할이 없는 것처럼 여겨집니다.

……멜키오르 님의 호위기사와 달라서 로제마인 님이 부재중이시다 보니 약간 주눅이 듭니다.

제 주인이신 로제마인 님은 현재 아렌스바흐에 계십니다. 페르디난드 님 구출에는 성공하셨다는 것 같습니다만, 지금은 아렌스바흐 성에서 주무시고 계시다고 합니다. 아직 제게는 일어나셨다는 소식이 들어오지 않았습니다. 슬슬 적이 공격해 올 긴박한 상황이다 보니 만약 로제마인 님께서 일어나셨다는 소식이 성에 전해진다고 해도 측근들에게의 연락은 뒤로 미뤄질 것 같습니다.

……아마도 뭔가 연락이 온다고 해도, 저희에게는 이 전투가 끝난 뒤에나 전해지겠죠.

저는 쓸쓸한 기분으로 기수에 탄 채 평민 마을 상황을 지켜봤습니다. 아래쪽에서는 병사들이 뛰어다니면서 피난하라고 소리치는 덕분인지, 많은 사람이 서둘러 귀갓길에 오르고 있습니다. 커다란 짐마차 세 대가 줄지어서 북문으로 향합니다. 저건 구텐베르크가 탄 짐마차려나요.

북쪽은 가게들이 줄줄이 문을 닫고 지나다니는 사람도 많이 줄었는데, 남쪽에는 아직 사람이 많습니다. 농작물을 실은 마차가 거리 밖으로 나가는 모습이 보입니다. 밖에서 온 농민은 시내에서 피난할 수 있는 곳이 거의 없어서 대부분이 바깥에 있는 마을로 돌아가는 것 같습니다.

……이런 평민 마을의 모습을 보고 있는다고, 제가 대체 무슨 도움이 되는 걸까요?

다무엘은 구텐베르크의 피난을 맡았고, 시종들은 도서관 수비를 맡았고, 필린느는 고아원을 맡았습니다. 저는 호위기사인데도 지켜야 할 곳을 받지 못했습니다.

아니, 신전을 지키라고 말씀하셨습니다. 하지만 신전과 고아원 피난은 맡기지 않으셨습니다. 필린느에게 고아원을 맡기는 건 당연한 일이라고 생각하는 한편으로, 살짝 풀이 죽었습니다.

……저도 로제마인 님의 호위기사인데.

이렇게 혼자서 평민 마을의 움직임을 보고 있으니, 저만 혼자 뒤처진 것 같은 분한 기분이 치밀어 오릅니다. 아렌스바흐로 데려가 주지 않으신 로제마인 님 잘못이 아닙니다. 귀족 거리를 벗어나는 임무에 미성년자를 데려가는 것은 원칙적으로 금지되었고, 보호자인 아버님이 허가해 주시지도 않았으니까요.

"유디트는 에렌페스트에 있어라. 로제마인 님이 허락하신다면 주인이 부재중인 성이 아닌 킬른베르거로 돌아오라고 했으면 싶을 지경이다. 미성년자인 유디트가 아렌스바흐로 가는 것은 허가할 수 없다. 동행하지 않더라도 에렌페스트 신전과 귀족 거리, 성을 지켜서 기사로서의 긍지를 관철할 수 있을 것이다."

……아버님은 정말 뭘 모르세요! 라우렌츠는 저와 같은 학년인데 동행했단 말입니다!

올도난츠로 전해진 아버님의 목소리를 떠올리고, 저는 볼을 부풀렸습니다. 구 베로니카 파벌이자 이름을 바친 측근들이 험담 때문에 고생하는 모습을 봐 왔지만, 지금만은 어디까지고 주인과 함께 행동할 수 있는 그들이 부럽다는 생각을 하지 않을 수 없습니다. 저는 로제마인 님과 중앙으로 가는 것도 허락받지 못했고, 이번 동행도 제지받았습니다. 로제마인 님의 호위기사로서 함께하고 싶었습니다.

"유디트, 주인과 동행해서 쳐들어가는 것만이 호위기사의 일이 아니다. 에렌페스트에서 로제마인 님이 소중히 여기시는 것들을 지키는 것도 호위기사가 할 일이다. ……다른 영주 일족의 호위기사는 지켜 주지 않을 수도 있으니까."

저는 아버님의 말을 듣고, 로제마인 님으로부터 특별한 임무를 받은 듯한 다무엘의 모습을 떠올렸습니다. 도청 방지 마술 도구를 사용했기에 내용은 모르겠지만, 로제마인 님이 뭔가를 부탁하셨고 다무엘이 그것을 받아들였다는 건 알았습니다.

……다무엘 혼자만, 치사해요.

여기에 남은 입장은 마찬가지인데, 저와 다르게 다무엘은 전혀 불안해하지 않는 것 같습니다. 하르트무트 정도는 아니지만, 저보다 다무엘이 로제마인 님께 신뢰받고 있다는 데 대한 질투를 도저히 씻어낼 수가 없습니다. 신뢰도 차이가 너무나 분합니다. 호위기사 중에서 저만 도움이 안 되는 것 같다는 기분까지 듭니다.

……어떻게든, 이 싸움에서 도움이 되어야 합니다!

평민 마을 피난 상황도 어느 정도 진정됐습니다. 병사들이 피난하라고 해도 끝까지 노점을 거두지 않는 사람에 직장으로 피난하면서 계속 일하는 사람도 있는 것 같지만, 대부분의 사람들은 건물 안으로 들어간 듯합니다.

……이제 슬슬 네 점 종이 울리려나요.

제가 안절부절못하며 서문 쪽을 보고 있었더니, 올도난츠가 날아오르는 것이 보였습니다. 하나는 성 쪽으로, 또 하나는 저를 향해 날아왔습니다.

"다무엘이다. 유디트, 사전 정보대로 적이 서문으로 왔다. 은색 천을 입었다. 그대에게는 신전을 부탁한다."

저는 바로 카지미아르 님과 폰젤 님께 올도난츠를 보냈습니다. 뒷문에서 대기하는 기사들은 적이 은색 천을 입었어도 공격할 수 있도록 무기를 확인하고 있습니다. 저도 로제마인 님의 호위기사로서 싸워야만 합니다.

……반드시 지켜내겠습니다!

데엥, 데엥…….

네 점 종이 울렸습니다. 서문쪽이 소란스러워졌습니다. 전투가 시작된 걸까요.

……아으, 저도 서문으로 가고 싶어요.

제아무리 의욕이 넘쳐 봤자 아직 신전까지 적이 온 건 아닙니다.

저도 다무엘처럼 활약할 수 있는 기회가 필요합니다. 하지만 다무엘이 평민 마을 담당이고 저는 신전 담당입니다. 멋대로 서문 상황을 보러 갔다가 신전이 공격당했을 때 싸우지 못한다면 주객전도입니다.

……각자 자기 역할이 있는 겁니다.

예전에 로제마인 님의 호위기사 중에 혼자만 기수에 같이 탔던 때, 다무엘이 분하게 여긴다고 착각해서 호위기사 임무를 소홀히 했던 적이 있습니다. 그때처럼 제게 요구되는 일을 착각하거나 가볍게 여겨서는 안 됩니다.

……알고 있습니다. 알고 있지만, 그래도 역시 마음에 걸립니다!

저는 신전 부지 안에서 조금이나마 서문이 보일 것 같은 곳으로 슬금슬금 이동했습니다. 서문 쪽에서 시끄러운 소리가 들리자, 피난하라고 했는데도 밖에 나와 있던 평민들이 도망치는 모습이 보이기 시작했습니다. 평민 마을의 각 문에 배치되어 있던 듯한 기사 여러 명이 기수를 타고 서문으로 이동하고 있습니다.

……저도 가고 싶어요! 다무엘이 맡은 건 평민 마을 전체니까, 서문 말고 다른 곳도 신경 써야 하잖아요!

마음속에서 삐쳤다가 앗, 하고 정신이 들었습니다. 다무엘이 서문에만 정신이 팔려서 다른 곳을 신경 쓰지 못할 가능성이 있습니다. 실제로 평민 마을의 피난 상황을 확인한 건 저였습니다. 제가 할 일을 찾아서 아주 조금 의기양양한 기분이 들었습니다. 아주 조금, 신전 밖으로 몸을 내밀고 평민 마을을 살폈습니다.

……다무엘은 가끔씩 뭔가를 놓치고는 하니까, 제가 그걸 메워줘야겠죠.

병사가 충고했을 때 피난하지 않았던 사람도 서문에서 소동이 벌어지자 황급히 피난을 시작했습니다. 중앙 광장 근처 노점들이 차례로 가게를 접고 있습니다. 도망치는 사람들은 하나같이 서쪽에서 동쪽으로, 북쪽에서 남쪽으로 움직이고 있습니다. 소동이 벌어진 서문으로 가는 사람이나 신전이 있는 북쪽으로 오는 사람은 없습니다.

……그런데, 뭐죠? 저 짐마차는.

저는 반대로 달려 오는 짐마차를 발견했습니다. 짐수레나 짐마차로 채소를 운반해 온 농부가 피난하는 것이라면 바로 문밖으로 나가서 자기 농촌으로 돌아가거나 남쪽에 있는 피난소로 가든지 둘 중 하나여야 합니다. 그런데 짐마차가 골목길을 누비는 모양으로 시내 북쪽을 향해 이동하고 있습니다.

이런 시간부터 귀족 거리로 가 봤자 북문 너머로는 갈 수 없겠죠. 경비를 서는 기사가 세울 겁니다. 그리고 보통 귀족 거리에서 볼 수 있는 크고 호화로운 짐마차와 달리 상당히 허름해 보이는 마차입니다. 도저히 귀족 거리에 들어올 허가를 받았을 마차가 아닙니다.

갑자기, 마차가 안 보이게 됐습니다.

……어머나? 골목길에서 멈춘 걸까요? 아니면 집으로 돌아갔을까?

제가 이상하게 여기면서 보고 있었더니, 건물 뒤에 숨는 모양으로 북쪽을 향해 이동하는 사람이 보이기 시작했습니다.

……혹시 저 마차에 사람이 숨어 있었던 걸까요? 서문이 양동이었는지도 모릅니다.

저는 불안한 기분을 품고 뒷문으로 돌아와서 기사들에게 제가 본 광경과 서문이 양동이고 신전과 북문을 공격할지도 모른다는 추측을 보고했습니다.

"유디트는 기사단장에게 올도난츠를. 나는 직접 북문에 알리겠다."

"예!"

오디스 님의 말에 의하면 적이 서문을 공격했다는 소식이 들어왔고, 퀼른베르거와 하르덴첼에서 원군이 오면서 기사들의 배치도 여러모로 변경됐다는 것 같습니다. 저는 변경이 없는 곳, 기사단장님에 대한 연락을 맡았습니다.

"유디트입니다. 신전 뒷문에서 평민 마을의 상황을 살피던 중에 북문 부근에 수상한 자가 여러 명 있었습니다. 여기서는 은색 의상을 걸친 것처럼 보이지는 않습니다만, 서문이 양동일 가능성도 있습니다. 신전과 북문을 공격할지도 모릅니다. 주의해 주십시오."

"그밖에도 뭔가 움직임이 있을지도 모른다. 유디트는 평민 마을을 잘 보도록. 절대로 눈을 떼지 말고."

기사단장님의 대답에 저는 서둘러서 다시 기수를 타고 문 위로 올라갔습니다. 북문에서 기사 두 명이 뛰쳐나와서 수상한 사람에게 말을 거는 모습이 보입니다.

……응? 아까보다 사람 숫자가 줄지 않았나요?

순간적으로 그렇게 생각했지만, 제 머릿속 의문은 순식간에 날아가 버렸습니다. 그들은 기사가 누구냐고 묻자마자 기수를 꺼내서 상공으로 올라갔습니다. 그들의 움직임을 보고 바로 기 사 한 사람이 로트를 쏴 올려서 북문에 응원을 요청했습니다. 순식간에 북문 상공에서 전투가 벌어졌습니다.

"유디트입니다. 북문 기사들과 수상한 자들의 전투가 시작됐습니다."

저는 카지미아르 님과 오디스 님께 올도난츠를 보냈습니다.

"카지미아르입니다. 알겠습니다. 그리고 성의 비밀 통로에 적이 나타났다고 연락이 왔습니다. 신전과 귀족 거리도 주의하라고 했습니다."

"오디스다. 알았다. 방금 귀족 거리에서 마술 도구를 소지한 수상한 자가 발견됐다고 한다. 여기서도 언제 전투가 시작될지 모르는 상황이다. 그대도 조심하도록."

직후, 신전 뒷문에서 쾅, 하는 폭발 소리가 울렸습니다. 커다란 문은 꿈쩍도 안 했지만, 사람이 지나다니기 위한 통용문이 마술 도구의 폭발에 의해 억지로 열렸습니다.

"뭐야?! 적인가!"

"한 놈도 신전에 들이지 마라!"

"아니, 들어가도록 하겠다."

북문으로 향한 자들이 적었던 이유는 신전으로 향하는 자들과 갈라진 탓이겠죠. 저는 그것을 알아차리고 얼굴이 새파랗게 질렸습니다. 바로 상공에서 적이 침입해 오는 문을 향해 달려갔습니다.

"……죽어라!"

적이 마술 도구로 보이는 뭔가를 손에 들고 있습니다.

"대비하라!"

오디스 님의 목소리가 들린 것과 동시에, 방금 문을 폭파하려고 했던 마술 도구와는 분명히 다른 팡, 하는 가벼운 파열음이 울렸고, 하얀 가루가 날렸습니다.

"하얀 가루……?"

"마시지 마라!"

"바셴!"

란체나베에서 온 자들이 가져온 위험한 독에 대해 알고 있던 저는 기수를 타고 달려 내려가면서 바로 기사들을 씻어 줬습니다. 그리고 슬링을 겨누고는 적을 향해서 공격용 마술 도구를 몇 발 날렸습니다. 하르트무트와 클라리사가 만들어 준 공격용 마술 도구입니다. 그 안에는 벌레나 눈과 목을 아프게 만드는 가루가 들어 있고, 마력이 아닌 공격이라서 은색 천을 두른 적에게도 효과가 있다고 들었습니다.

예상대로, 그들에게는 생각도 못한 공격이었는지 비명을 지르며 혼란에 빠졌습니다.

"빨리 유레베를! ……어라?"

한눈에 봐도 움직임이 둔해진 기사에게 말을 걸다가, 저 자신도 움직임이 둔해졌음을 알았습니다. 숨쉬기가 힘들고 몸이 무겁습니다. 거리가 가까웠던 탓인지 저도 독을 조금 들이켰던 모양입니다. 급하게 저 자신을 위해 한 번 더 바셴을 걸고, 바로 유레베를 마셨습니다.

"적을 섬멸하라!"

제가 유레베를 마시는 사이에 오디스 님이 로트를 쏘고 바로 스밀 마술 도구에게 명령했습니다. 기수를 타고 있던 제게는 신전 정문에 있던 하늘색 스밀이 로트에 반응해서 움직이기 시작하는 모습이 보였습니다.

"섬광탄!"

적도 자신들의 태세를 바로잡을 시간을 벌기 위해서인지 마술 도구를 던졌습니다. 아래쪽에서 섬광탄 때문에 기사들이 차례로 쓰러졌지만, 그 대신에 분홍색 스밀이 적을 향해 달려가고 있습니다. 타다다, 하고 가벼운 발걸음으로 달려가는 귀여운 스밀을 보고 적이 곤혹스러워하는 모습이 보입니다.

"뭐야, 저건?"

"스밀…… 치고는 큰데?"

스밀은 금색으로 빛나는 마술 도구 낫을 들어 올리더니, 그대로 내리쳤습니다. 귀여운 생김새만 봐서는 모를 무시무시할 정도로 빠른 움직임으로 순식간에 적을 베어 버렸습니다. 붉은 핏줄기가 튀는 가운데 피를 뒤집어쓰며 몸을 빙글 돌리는 스밀의 모습을 보고 같은 편 기사들 사이에서도 "힉."하는 갈라진 목소리가 터져 나왔습니다.

……리젤레타! 귀여운 탓에 더 무섭잖아요!

스밀은 믿을 수 없는 무언가를 봤다는 것처럼 동요하는 적을 향해 뛰어가더니 손을 앞으로 내밀고 "자, 잠깐만……."이라고 말하며 스밀을 막으려던 적을 향해서 금색 낫을 휘둘러서 싹둑.

"젠장!"

스밀의 힘을 본 적 하나가 도망쳤지만, 그 적을 향해서 하늘색 스밀이 달려갔습니다. 앞에는 하늘색 스밀, 뒤에는 분홍색 스밀. 동시에 금색 낫을 휘둘렀습니다.

"으아아악……!"

스밀 두 마리는 순식간에 금색 낫으로 적을 베어 버렸습니다. 두 마리의 마력이 떨어지기 전에 승부를 내야 하니까 빨리 끝나는 건 고맙긴 한데, 정말 눈 깜박할 사이였습니다. 스밀한테 맡겨 두면 문제없다고 생각할 만도 하네요.

"적 하나가, 신전으로!"

"안으로 들어갑니다!"

하지만 스밀들이 적 하나를 놓쳤습니다. 신전으로 뛰어가는 적을 쫓아가려고 하지도 않습니다. 그것을 알아차린 기사들이 쫓아가려 했지만, 유레베가 듣지 않은 탓이겠죠. 아직 움직임이 둔한 탓에 점점 적과 거리가 벌어집니다.

"스밀이 왜 가만히 있지?!"

"어쩌면, 스밀은 마력으로 상대를 판별하니까 은색 천으로 마력을 막으면 판별하지 못하는 건지도 모릅니다."

"시급히 멜키오르 님께 연락을! 유디트, 할 수 있나?"

기수에 타서 조금 떨어져 있던 저보다는 기사들 쪽이 독의 영향이 더 강한 것 같습니다. 신전으로 향한 적으로 쫓아가려고 움직였더니 독이 더 돌았는지도 모르겠습니다. 기사들은 그 자리에서 웅크리고 있습니다.

저도 몸속의 마력 움직임이 이상하긴 하지만, 기수에 타고 있었던 만큼 그나마 다행이겠죠. 한 사람이 신전에 들어갔다는 사실을 바로 보고해야 합니다. 슈타프를 평소처럼 다룰 수가 없어서 조금 고생하면서 올도난츠를 보냈습니다.

"유디트입니다. 은색 천을 걸쳐서 스밀을 피하고 혼자서 신전 안으로 향한 자가 있습니다."

저희는 유레베에다 회복약까지 마셔서 자신의 회복에 시간을 할애했습니다. 적이 움직이면 스밀이 바로 대응해 주겠죠. 저도 기수에서 내리고 회복에 전념하기로 했습니다.

아…… 마력 움직임이 편해졌습니다.

회복됐다고 자각할 만큼 시간이 지났을 무렵, 올도난츠가 왔습니다.

"데드릭이다. 은색 침입자는 게오르기네 님이었다. 몇 가지 함정에 걸렸고, 최종적으로는 하얀 탑으로 전이시켰다. 우리의 승리다. 신전은 지켜 냈다."

게오르기네 님을 붙잡았다면 승리는 확실합니다. 멜키오르 님의 호위기사에게서 온 보고를 듣고 기사들이 쾌재를 불렀습니다. 기쁨에 들뜬 기사들도 많이 회복된 모양입니다. 움직임이 지금까지보다 확실하게 가벼워 보입니다. 오디스 님이 쓴웃음을 지으며 지시를 내렸습니다.

"좋다, 이 자들을 정리해라. 살았던 죽었던 기사단으로 연행한다. 먼저 무장을 해제한다. 아직 적이 남아 있을지도 모른다. 스밀이 움직이고 있기는 하지만 주변 경계를 게을리하지 않도록."

"예!"

회복한 기사들이 스밀에게 당해서 움직이지 못하는 적을 포박하고, 가지고 있던 마술 도구 등을 빼앗으며 무장을 해제했습니다. 마지막 한 사람의 무장을 해제하고 얼굴을 가리기 위해 쓰고 있던 가면을 벗겼을 때, 저도 모르게 큰 소리를 냈습니다.

"이자는…… 그라오잠이 아닙니까!"

"그래. 게오르기네 님에게 이름을 바쳤다느니, 겨울 숙청에서 죽었다느니 여러 이야기가 있었는데, 이런 곳에……."

그라오잠은 마티아스의 아버지입니다. 에렌페스트로 쳐들어온 적이니까 이렇게 죽은 것도 어쩔 수 없다고 생각합니다. 하지만 저나 로제마인 님이 만든 마술 도구가 마티아스의 아버지를 죽였습니다. 마티아스는 주인인 로제마인 님과 측근 동료인 저를 어떻게 생각하려나요. 자신의 아버지가 에렌페스트의 원수가 됐다는 사실에 얼마나 상처를 입었을까요. 마티아스의 심정을 생각하니 가슴이 아팠습니다.

그런 감상은 기사들의 이야기를 듣고서 현실적인 걱정과 불안으로 바뀌었습니다.

"이놈의 아들, 마티아스는 아직 있었지? 영주 일족에게 이름을 바쳤다고 들었는데, 아비의 악행이 이렇게나 명확해졌다. 살려 두면 위험하지 않을까?"

"영주 일족도 위험시하고 있는지 이름을 바쳐서 연좌를 회피한 자는 격리시켰다는 것 같더군. 차라리 이 기회에 처형해 버리는 쪽이 영지를 위한 일일 것 같은데……."

"최소한 또 이런 일이 일어날 걱정은 안 해도 될 테니까."

마티아스 같은 사람들에게 향하는 노골적인 적개심을 보고, 저는 오싹한 기분이 들었습니다. '죄는 부모가 지었는데, 아무것도 하지 않은 자식이 그 죄를 짊어질 필요는 없잖아요'라고 말씀하셨던 로제마인 님의 생각과는 전혀 다릅니다.

에렌페스트를 지켜 내면 마티아스에 대한 시선도 조금이나마 좋아질 거라고 생각했던 제 판단이 너무나 어설펐다고 확인한 듯한 기분입니다.

"그만두세요! 마티아스가 영지를 위해 자기 부모를 고발한 덕분에 겨울 숙청이 앞당겨졌고, 게오르기네 님을 신봉하던 귀족들을 붙잡을 수 있었습니다. 게오르기네 님의 계획을 막는 공적을 세웠는데도 불구하고, 적을 붙잡자마자 처형하는 게 좋겠다는 말은 하지 말아 주세요."

"아, 그래. 혹시 마티아스는 로제마인 님께 이름을 바쳤나? 유디트에게는 동료였군. 배려가 부족했다."

오디스 님이 떨떠름한 표정으로 그렇게 말씀하셨습니다. 하지만 마티아스의 동료인 저에 대한 배려가 부족했다고 말했을 뿐이고, 방금 한 말을 철회하거나 사과할 생각은 없어 보입니다.

……이것이 귀족들의 속내군요.

저는 너무나 원통했습니다. 가족을 고발하면서 마티아스가 얼마나 고뇌하고, 얼마나 용기가 필요했을지는 상상도 못 하는 걸까요. 제가 같은 상황이 된다 해도 그 사람들처럼 행동할 수 있으리라고 단언할 수는 없습니다.

가족을 고발한 마티아스는 영주 일족에게 이름을 바쳐서 목숨만은 부지했습니다. 하지만 마티아스는 가족이 게오르기네 님에게 넘어간 것 때문에 고뇌했고, 항상 괴로워 보이는 표정이었습니다. 밝게 웃는 얼굴로 농담하는 라우렌츠도 겉으로만 그렇게 보여주고 있다는 걸 알고 있습니다.

"마티아스 등은 마술 도구로 기억을 살폈고, 그 결과 진지하게 아우브를 섬기는 귀족이라는 것을 알았기에 연좌를 면했습니다. 오디스 님은 아우브의 결정에 이의를 제기하시는 것입니까?"

"그럴 생각은 없지만, 위험시하는 자가 많다는 뜻이다. 유디트가 동료를 감싸려 하는 마음은 이해한다. 하지만, 미연에 방지한 계획과 달리 이번에는 영지 곳곳에서 희생자가 나왔다. 게오르기네 님

쪽의 언동과 그 흔적을 전부 지울 수 있을지는 몰라도, 그들이 날뛴 사실은 없앨 방도가 없다. 솔직히 말해서 앞으로는 연좌를 면한 녀석들에 대한 시선이 한층 나빠질 것이다."

그 말을 남기고 오디스 님은 포박한 적을 기수에 싣고 기사단을 향해 날아갔습니다. 게오르기네 님에게 이겼는데도 모든 일이 해결된 것이 아니고, 마티아스는 앞으로도 계속 고생해야 합니다. 세상의 부조리 때문에 너무나 화가 납니다.

……에렌페스트를 지켜 냈는데, 승리했는데, 너무나 답답합니다!

혼자 뒷문 앞에 남은 저는 무거운 기분을 토해 내려는 것처럼 한숨을 쉬고, 스밀에게 다가갔습니다. 게오르기네 님도 붙잡았으니까 더이상 전투는 없겠죠. 스밀의 활동을 정지시켜야 합니다.

"아……."

제 눈에 들어온 것은 스밀에게 잔뜩 묻은 피였습니다. 그중에는 그라오잠의 피도 있겠죠. 마티아스가 돌아오기 전에 조금이나마 흔적을 지우고 싶어서 저는 "바셴." 주문을 외웠습니다.

마술로 만든 물에 감싸인 스밀들은 겨우 몇 초 만에 얼룩 한 점 없는 깔끔한 상태가 됐습니다. 그라오잠의 흔적이, 마티아스와 라우렌츠의 고뇌가, 에렌페스트 귀족들의 악의가, 이만큼 간단히 사라져 준다면…… 그런 생각을 할 수밖에 없었습니다.

……로제마인 님이 에렌페스트를 떠나게 돼서 다행인지도 모르겠네요.

저는 처음으로 그런 생각을 했습니다. 저와 달리, 마티아스와 라우렌츠는 주인인 로제마인 님과 함께 중앙에 가기로 정해졌습니다.

……그것이 그들에게 조금이나마 구원이 되기를.

저는 신전을 보며 신들께 기도를 바쳤습니다.

플로렌치아 하얀 탑에서

보니파티우스 님이 기사들을 이끌고 일크너로 간 뒤로 성에는 뒤숭숭한 분위기가 감돌았습니다. 아침저녁으로 전황 보고가 들어오고, 기사들에게 필요한 물자를 보내고, 여성이 기수복 차림으로 지내면서 전투가 가까이 다가왔다는 것이 눈에 보였기 때문이겠죠.

"플로렌치아 님, 다음엔 어디로 갈까요?"

측근의 물음에 저는 "그렇군요."라고 대답하면서 잠시 생각했습니다. 원군으로 와 준 하르덴첼의 기사를 훈련장으로 들이고, 시종들에게 기사들의 숙소를 준비하도록 하고, 문관들과 필요한 물자를 계산하고, 영주 집무실에 있는 이들과 정보를 공유했습니다. 그러는 중에 샤를로테가 브륀힐데의 상황을 확인하고 라이제강에 식량 원조를 의뢰한다고 해서 맡기기로 했습니다.

……샤를로테는 익숙하지 않은 상황 속에서 열심히 하고 있군요.

저는 성의 비밀 통로 출입구를 확인하면서 여러 부서에 들르고 있습니다. 게오르기네 님께 이름을 바친 귀족이 성에 남아 있지는 않은지, 수상한 행동을 하는 이는 없는지 둘러봐야 합니다.

그 겨울 숙청에서 게오르기네 님께 이름을 바친 주요 귀족은 처형했습니다. 하지만 비밀리에 이름을 바친 귀족이 없다고 장담할 수는 없습니다. 한 명도 없다면 게오르기네 님도 에렌페스트를 습격할 리가 없을 테니까요. 숫자는 줄었겠지만, 몇 명 정도는 에렌페스트 내부에 남아 있다고 생각해야 할 것입니다.

"질베스타 님께 전한 대로 특별실의 상황을 확인하겠습니다."

특별실은 이름을 바쳤지만 처형을 면한 구 베로니카 파벌 귀족이 모여 있는 방입니다. 현재는 바르톨트와 카산드라와 뮤리엘라 세 명이 한 방에 있습니다. 침실은 남녀가 따로 사용하지만, 낮에는 한 방에 모이고 항상 감시를 붙이고 있습니다.

게오르기네 님이 쳐들어올 때 그들이 협력자가 되는 것은 아닌지, 아무리 이름을 바쳤다고 해도 위험한 것은 아닌지 불안해하는 귀족들이 있었습니다. 협력하지 않도록 이름을 바친 측근들에게 명령할 수는 있습니다. 하지만 명령한다고 해서 모든 행동을 막을 수 있는 것은 아닙니다. 다른 귀족에게 협력해서 최종적으로 게오르기네 님께 도움이 되는 행동을 하는 것도 가능합니다. 이름을 바친 것을 이용한 명령보다 감시하는 쪽이 확실하겠죠.

"벌써 사흘째니까, 슬슬 불만이 나올 때도 됐겠죠."

"바르톨트 말씀이십니까? 그는 첫날부터 신전에 있는 동생과 똑같이 대우해야 한다고 불만을 토로하지 않았습니까."

부모가 처분당한 구 베로니카 파벌 귀족이라는 점에서 보면 신전에 있는 청색 견습 신관들도 마찬가지입니다. 하지만 그들을 성으로 이동시키고 감시하지는 않았습니다. 신전에서 멜키오르의 측근인 카지미아르의 뜻을 받아들인 회색 신관에게 감시하도록 하는 쪽이 안전하다고 판단했기 때문입니다.

"저는, 아직 귀족원에 들어가지도 않은 아이가 이용당해서 불쌍한 처지가 되는 일은 가능한 방지하고 싶다고 생각합니다."

샤를로테가 자신에게 이름을 바친 카산드라에게서 그 숙청이 일어났던 때의 여러 사정을 들었습니다. 그 결과, 기숙사에서 가족을 걱정하던 1학년이 스스로를 위험하게 만들면서까지 편지를 쓰려고 했던 일은 바르톨트가 부추겨서 그런 것이 아닌가 추측하고 있습니다.

어린아이가 그의 부드러워 보이는 얼굴과 태도에 감화되어 그 수족이 되어 움직이거나 책략에 넘어가서 불쌍한 일을 겪을 가능성이 있는 이상, 바르톨트와 그들의 접촉은 피해야겠죠.

"바르톨트를 풀어 놓고 빌프리트 님께 책임지게 하는 계획은 어떻게 됐나요?"

"비밀리에 일을 진행해서 바르톨트 하나의 죄로 만들 수 있는 평시라면 모를까, 지금은 퀼른베르거와 하르덴첼에서도 기사가 와 있습니다. 까딱 잘못하면 스무 명 가량의 아이들을 처형해야 합니다. 그렇게 된다면 빌프리트의 교재로서도 좋지 않겠죠."

영주 일족에게 이름을 바쳤으면서도 이적 행위를 저지르는 경우 '역시 기존처럼 연좌로 처형해야 했다'라는 목소리가 커지겠죠. 그렇게 되면 성에 있는 세 명은 물론이고, 로제마인에게 이름을 바친 측근들과 신전의 청색 견습, 고아들도 처형 대상이 됩니다.

"원래는 처형되었어야 할 범죄자의 자식이니까 교재로 삼아도 좋지 않을까요?"

"얻을 수 있는 이익이 너무 적습니다. 알면서 하시는 말씀이죠?"

아우브의 명령으로 구해 준 아이들을 빌프리트가 바르톨트를 제대로 통제하지 못했다는 이유로 처형하게 되면 교육은 고사하고 흠만 늘어날 뿐입니다. 레베레히트는 보니파티우스 님께 숟가락을 던진 빌프리트가 영주 일족으로 부적격하다고 판단했고, 이 기회에 제거하고 싶은 것이겠죠. 이 점에 대해서는 레베레히트와 저는 의견이 전혀 다릅니다.

"그런데, 바르톨트는 자기 입장을 이해하지 못한 것인지, 이해하면서도 굳이 움직이는 것인지 궁금하군요. 바깥과 전혀 연락을 취할 수 없는 상황에 상당히 짜증이 날 테니까 슬슬 움직일 수도 있습니다."

의미심장한 미소를 짓는 레베레히트를 보며 저는 살짝 한숨을 쉬었습니다. 바르톨트는 오즈발트를 비롯해 빌프리트의 측근에서 사임한 자들과 연락을 주고받고 있었습니다. 저는 그 건을 상담해 온 램프레히트와 알렉시스에게 빌프리트가 그 위험의 싹을 뜯어내는 것을 과제로 삼도록 하라고 전했습니다만, 빌프리트는 아직 과제를 달성하지 못했습니다.

그래서 이번 소동에서 빌프리트가 구 베로니카 파벌 귀족의 꼬드김에 넘어가서 묘한 짓을 하지 않도록 바르톨트를 격리하기로 정했습니다. 바르톨트만 격리하면 이상한 추측을 불러올 테고 빌프리트도 반대할 테니까 카산드라와 뮤리엘라도 마찬가지로 격리하게 됐습니다.

……바르톨트의 여동생인 카산드라는 그렇다 치더라도, 뮤리엘라는 완전히 엉뚱하게 말려들었군요.

뮤리엘라는 아우브의 허가를 받아서 영주 일족이 아닌 엘비라에게 이름을 바쳤습니다. 현재 뮤리엘라는 성이 아닌 기사단장의 저택에서 생활하고, 엘비라 밑에서 인쇄업에 관한 일을 하고 있습니다. 일하는 장소를 엘비라나 로제마인이 동석할 수 있는 장소로 한정해서 악의를 품은 귀족의 눈에 띄지 않도록 지켜 주고 있습니다.

하지만 이번에 이름을 바친 측근을 격리하기 위해 가장 안전한 기사단장의 저택을 나오게 됐습니다. 뮤리엘라로서는 상당히 불편하겠죠. 하지만 감시자의 보고에 의하면 뮤리엘라는 불평 한 마디 없이 생글생글 웃는 얼굴로 책을 읽으며 지낸다고 합니다.

"안쪽 상황은 어떤가요? 뭔가 움직임이 있습니까?"

저는 특별실을 감시하는 기사와 시종에게 묻고, 특별실 안을 볼 수 있는 작은 창을 통해서 내부 상황을 봤습니다. 바르톨트와 뮤리엘라는 책을 읽고, 카산드라는 자수를 놓고 있습니다.

감시자 두 사람은 서로 마주 보고 고개를 끄덕인 뒤에 보고를 시작했습니다.

"바르톨트는 언제까지 이렇게 지내야 하느냐고 탄식했고, 지금도 아우브나 빌프리트 님과의 면회를 바라고 있습니다. 저희 눈을 피하려 하는 움직임이 얼핏얼핏 보입니다."

"카산드라는 오빠에게 영향을 받은 것 같았습니다만, 뮤리엘라가 타이른 뒤로는 입을 다물고 얌전히 지내고 있습니다."

두 사람의 보고를 듣고서 저는 눈을 깜박였습니다.

"뮤리엘라가 카산드라에게 뭐라고 했나요?"

"감시받는 게 그렇게 싫다면 스스로 목숨을 끊으면 되지 않느냐는 뜻으로……."

"그리고, 그때 관례대로 처형했다면 영주 일족이 이런 감시를 위해서 일부러 수고를 들이고 인원을 할애할 필요도 없을 텐데, 자신들을 살려 주기 위해서 이렇게 한다는 것도 모르냐고, 그렇게 말했습니다."

너무나 예상을 벗어난 말이 나왔습니다. 그 통렬한 말투는 아마도 엘비라의 영향이 크게 미쳤을 것입니다. 피식, 하는 웃음이 흘러

나왔습니다.

“엘비라가 잘 달래고 있나 보군요. 아니면, 그 아이가 자라 온 환경 때문일까요? 카산드라도 그렇게 생각해 준다면 좋겠습니다만.”

성에서 지내다 보면 주위에 악의를 품은 귀족이 많아지게 됩니다. 신전의 청색 견습 신관들과 성을 떠난 뮤리엘라 쪽이 정신적으로 안정되고 건강하게 지내는 모습을 보면, 성이 그들에게 얼마나 지내기 힘든 곳이었는지 생각하게 됩니다.

……악의에서 완전히 벗어나는 것도 유효한 수단 중 하나일 수도 있겠군요.

특별실의 상황을 본 뒤에는 오래된 비밀 통로에 설치한 함정을 확인해야 합니다. 일단 감시하는 기사를 두기는 했습니다만, 적이 마술 경계조차 통과해 버리는 은색 천을 얼마나 가지고 있는지, 은색 천이 함정에 대해 어떻게 작용하는지를 모릅니다. 함정을 간파하고, 모르는 사이에 침입했을 가능성도 있습니다.

……그나저나, 비밀 통로의 개장이 끝나서 다행이군요.

에렌페스트 영주 일족이었던 게오르기네 님은 차기 영주 교육까지 받았기에 성의 비밀 통로를 알고 있다고 보니파티우스 님이 말씀해 주셨습니다. 누군가가 게오르기네 님과 내통하고 있을지도 모릅니다. 그래서 문관들에게는 새로운 통로를 알리지 않고, 영주 부부만이 비밀리에 숨은 통로의 엔트비켈른을 했습니다. 그러면서 옛 통로는 어느 것을 이용해도 같은 장소로 나오도록 손을 썼습니다. 현재 새로운 비밀 통로가 어디서 어디로 이어지는지 알고 있는 사람은 영주 부부와 샤를로테뿐입니다.

새로운 비밀 통로에 대해서는 측근에게도 알리지 않았고, 옛 통로에 손을 쓴 것만 알렸습니다. 그래서 제1 부인인 제가 그 장소를 지키게 됐습니다. 싸움은 기사가 합니다. 제게 바라는 것은 붙잡은 적이 게오르기네 님인 경우에 전이진을 사용하는 것과, 정말로 전이됐는지 확인하기 위해서 영주 일족만이 들어갈 수 있는 하얀 탑으로 가는 것입니다.

"빨리 걸려 줬으면 좋겠네요."

비밀 통로로 향하는 중에 레베레히트가 턱을 쓰다듬으며 유쾌하다는 듯이 말했습니다. 레베레히트는 오래된 통로에 은색 천을 사용해도 발동하는 함정을 여러 가지 설치한 장본인입니다. 아들과 의견을 교환하면서 만들었다고 들었습니다.

"아마도 오리스발트와 공동으로 제작했던가요?"

그의 세 아들 중에 성에서 문관으로 일하는 장남의 이름을 말하자, 레베레히트는 씁쓸한 표정으로 고개를 저었습니다.

"오리스발트에다 하르트무트와 클라리사도 있었습니다. 로제마인 님의 도서관에는 페르디난드 님이 남긴 이런저런 레시피가 있었다면서……."

에렌페스트 방위전을 준비하면서 다양한 마술 도구를 만들고 개량하는 가운데, 집에서 의견 교환 모임을 가졌다고 합니다. 그런 기회라도 있어야 영주 일족의 연구 성과와 단켈페르거에서 사용하는 공격용 마술 도구 등을 알 수가 있다면서 레베레히트는 아주 즐거웠다고 했습니다.

"어머나, 올도난츠?"

제 손에 와서 앉은 하얀 새는 영주 집무실에 있는 문관의 목소리로 말하기 시작했습니다.

"라이제강에서 출발한 상선으로 게오르기네 님 일행이 이동하고 있을 가능성에 대한 정보가 들어왔습니다. 정보의 사실 여부와 배 도착 시간에 대해 라이제강에 문의하는 중입니다."

갑작스러운 소식에 저는 레베레히트와 서로 마주 봤습니다. 영주 집무실로 돌아가는 것이 좋을지, 일단 제 위치로 가는 것이 좋을지 의논했습니다.

"먼저 예정대로 비밀 통로의 함정을 확인하도록 하죠. 그러는 사이에 라이제강에서 답이 돌아올지도 모릅니다."

"성 주변을 경계하는 기사들에게 연락 부탁드리겠습니다. 만약 게오르기네 님이 배를 타고 올 셈이라면, 별동대가 이미 숨어 있어도 이상할 것 없습니다. 그분은 용의주도한 분이셨으니."

"조합실에도 연락하는 쪽이 좋겠죠. 회복약은 많을수록 좋으니."

저희는 이동하면서 올도난츠를 보내고, 비밀 통로의 함정을 확인했습니다. 아직 누군가가 침입한 흔적은 없습니다.

확인을 마쳤을 때 샤를로테에게서 올도난츠가 왔습니다.

"어머님, 샤를로테입니다. 네 점 종에 적습이라는 정보가 있습니다. 별동대의 가능성도 있습니다. 순찰을 마치고 정위치에 계셔 주세요. 무운을 빕니다."

제 무운을 비는 딸에게 저도 무운을 비는 올도난츠를 보냈습니다. 만약의 경우를 위한 차기 영주로서 주추 마술을 배우고, 그 첫 업무가 영지 방위가 되리라고 그 누가 생각이나 했을까요. 샤를로테는 귀족원 영주 후보생 코스 과정을 마치지 않은 미성년자입니다. 빌프리트와 로제마인의 약혼 취소가 물밑에서 정해진 뒤로 차기 영주 교육을 시작했습니다만, 아직 일 년도 되지 않았습니다. 너무나 무거운 책임입니다.

그렇게에, 저는 여기서 적을 막아 내야만 합니다. 그리고 성에는 태어난 지 반 년 가량 된 막내딸 헨리에테도 있습니다. 절대로 적을 들여서는 안 됩니다.

저는 제 방에서 막내딸을 돌보고 있는 시종에게 올도난츠를 보냈습니다.

"네 점 종에 적습이 예상됩니다. 헨리에테를 숨겨 주세요."

"알겠습니다. 플로렌치아 님, 무운을 빕니다."

저는 시종에게 명해서 헨리에테를 영주 거주 구역에 있는 아이들 방에서 다른 방으로 이동하게 했습니다. 주추 마술을 목표로 삼을 때 지나가지 않는 장소로 피난할 수 있도록 방을 준비했는데, 드디어 그것이 도움이 되는 날이 왔습니다.

"플로렌치아 님, 램프레히트입니다. 샤를로테 님으로부터 퀼른베르거 기사를 이끌라는 요청이 있었습니다. 미성년자인 빌프리트 님의 출진에 대해 최종 판단을 부탁드립니다."

샤를로테가 요청했다면 빌프리트가 예상치 못한 움직임을 보인 것이 틀림없습니다. 부친인 영주가 주추의 방에 들어가 있기에, 모친인 제 허가를 얻으려는 것이겠죠.

"훈련장에서 대기하게 하세요. 빌프리트의 출진 시기는 기사단장 또는 필두 호위기사에게 위임하겠습니다."

"빌프리트입니다. 어머님, 어째서 허가해 주시지 않는 것입니까?! 저는 귀족 거리 수비를 담당하고 있지 않습니까. 이때를 위해서 훈련해 왔습니다."

제 대답에 대한 불만이 올도난츠로 날아왔습니다. 싸움을 앞두고 흥분했다는 것이 잘 전해지는 목소리입니다. 저는 굳이 평소보다 느린 투로, 올도난츠를 향해 이유를 설명했습니다.

"허가하지 않는다고는 말하지 않았습니다. 마력량이 많은 자가 유리한 싸움과 달리, 이번에는 은색 천을 두른 적에게는 마술이 통하지 않죠? 그 경우, 마력에 의지하는 싸움밖에 모르는 영주 일족은 주위 기사들에게 방해만 될 가능성이 있습니다. 저도 호위기사의 신호가 있을 때까지는 조금 떨어진 곳에서 대기할 예정입니다. 그대도 기사단장의 판단에 따르도록 하세요."

빌프리트에게서 '알겠습니다'라는 대답이 돌아왔고, 저는 살짝 한숨을 쉬었습니다. 이렇게 설명해 두면 무모한 짓은 하지 않겠죠. 적이 어떻게 나오는지 지켜본 뒤에 빌프리트에게 출격 지시를 내리도록 칼스테드에게 올도난츠를 보냈습니다.

그리고 아직 귀족원에 들어가지도 않은 나이에 신전장으로서 신전을 지켜야 하는 아들에게도 올도난츠를 보냈습니다.

"멜키오르, 신전도 사람들을 피난시키는 중이겠죠. 바쁠 테니 제게 대답은 필요 없습니다. 그 대신 샤를로테와 칼스테드와는 긴밀히 연락을 주고받으세요. 카지미아르의 말을 잘 듣고, 방에서 사람들의 연락을 기다리세요. 절대로 방에서 나와서는 안 됩니다. 그대의 무운을 빕니다."

날아가는 하얀 새를 바라보고 있었더니 시종들이 "오래 기다리셨습니다."라고 말하며 나무 상자를 가져왔습니다. 거기에는 공격용 마술 도구와 회복약이 가득 들어 있습니다. 레베레히트를 비롯한 문관들이 개량을 거듭해서 만든 것입니다. 그것을 기사들에게 차례차례 배포했습니다.

"이런 때를 위해서 만든 것입니다. 전부 사용해도 됩니다. 결코 적을 놓치지 마세요. ……저희가 이 성을, 에렌페스트를 지켜냅시다. 적이 아우브 에렌페스트 곁에 가서는 안 됩니다."

"예!"

성 주위를 감시하는 기사에게서 올도난츠가 왔습니다.

"성 일각에 수상한 사람이 보였습니다. 나무 사이에 숨어서 금세 놓쳤지만, 장소를 생각해 보면 아무래도 비밀 통로로 들어간 것 같습니다. 경계해 주십시오."

찌릿한 긴장감이 사람들에게 전해졌습니다. 적이 비밀 통로로 침입했다는 것은 곧 여기가 전장이 된다는 뜻입니다.

"네 점 종 무렵에 도착하는 배보다 먼저 적이 성에 침입해 왔군요. 역시 게오르기네 님께 이름을 바친 귀족이 아직도 성과 귀족 거리에 남아 있다는 뜻일까요?"

저는 게오르기네 님의 편을 드는 귀족이 있다는 생각이 자꾸만 들었습니다. 만약 그렇다면 이쪽의 정보가 얼마나 새어 나갔을까요. 제가 불안을 토로했더니 레베레히트가 눈썹을 살짝 치켜들고 "과연 그럴까요?"라고 말하며 팔짱을 꼈습니다.

"에렌페스트에는 남아 있을지도 모르지만, 성에는 없다고 봅니다. 만약 성에 내통자가 있다면 저희가 네 점 종 배에 대비해서 대기하고 있다는 사실도 새어 나갔을 테니까요. ……어쨌거나, 적이 온다면 저희가 해야 할 행동은 하나뿐입니다."

"맞서 싸웁시다. 레베레히트는 기사단장에게, 폰바트는 부단장에게 보고를. 기사들은 은색 천에 대응할 수 있는 무기를 지니고 경계를."

"예!"

지시를 내리고, 저는 주추의 방에 들어가 있을 질베스타에게 올도난츠를 보냈습니다.

"누군가가 비밀 통로를 사용해서 들어옵니다. 절대 주추 마술에서 떨어지지 마세요."

선두에 서고 싶었을 질베스타가 주추의 방에 틀어박혀 있습니다. 저도 제 역할을 다해야만 합니다.

데엥, 데엥…….

네 점 종이 울리자마자 '서문에서 전투 개시'라는 짧은 올도난츠가 왔습니다. 저는 연락을 마친 노란색 마석을 꽉 쥐었습니다. 드디어 시작된 것 같습니다. 비밀 통로로 들어온 적도 곧 이쪽에 도착하겠죠.

"플로렌치아 님, 신호가……."

레베레히트가 가리킨 쪽을 봤더니 감시하는 기사가 손을 살짝 든 상태로 손가락을 움직이는 모습이 보였습니다. 3번 통로에서 적의 발소리가 들린 것 같습니다.

"자, 어떻게 될까요."

평소보다 약간 들뜬 듯한 레베레히트의 목소리가 들려왔습니다. 출구 부근에 잔뜩 설치해 놓은 함정 중에 어떤 것이 작동하고, 은색 천에 대해 어떤 효과가 있는지 메모할 태세에 들어가 있다는 것이 그의 자세를 통해서 한눈에 보입니다. 이 자리에서 바라는 결과를 얻지 못한다면, 만족할 때까지 적을 가지고 실험할 것 같다는 생각이 듭니다.

……왠지 적이 불쌍하다는 생각이 들려고 하네요.

펑! 하는 폭발 소리가 나고, 바닥이 약간 흔들렸습니다. 레베레히트의 함정이 잘 작동한 모양입니다. 함정에 걸린 적이 비밀 통로에서 뛰쳐나오는 모습이 보였습니다. 비밀 통로 출구가 생각지 못한 광장이고, 기사들이 기다리고 있는 상황을 본 적이 경악하고 있습니다.

인원은 5명. 예상보다 훨씬 적어서 제 눈을 의심했습니다. 성을 공격한다면 더 많은 인원이 쳐들어올 거라고 생각했습니다.

……서문에 도착한 배는 기사단을 끌어들이기 위한 미끼가 틀림없겠죠.

"흐음, 역시 체중으로 대상을 감지하는 마법진이라면 마력이 없는 상대에게도 작동하는가. 위력도 문제없고. 하지만 저 은색 천을 벗기기 위한 함정은 잘 작동하지 않았군."

레베레히트는 불만인 모양이지만, 날붙이를 발사하는 함정으로 은색 천을 찢어 버리는 데는 성공한 것 같습니다. 기사와 싸우는 적의 망토에는 커다란 칼자국이 잔뜩 나 있습니다. 그래서 다소나마 마술 공격도 통하는 것 같습니다.

"저만큼 찢어진 상태에서 마력 공격을 얼마나 막아 낼 수 있을까……."

"적을 포박한 뒤에 실험하세요."

적을 향해서 차례로 마술 도구를 던졌습니다. 적은 다섯 명인데 이쪽에서는 열다섯 명 가량의 기사가 모습을 보이고 있으니까, 아무리 은색 천을 둘렀다 해도 중과부적입니다.

"기사들이 이만큼 거리를 좁혔으니, 이제 슬슬 쓰겠군요."

레베레히트가 씩 웃었을 때, 적이 재빨리 은색 통을 꺼내서 기사들 쪽으로 겨누고는 끈을 당겼습니다. 팡, 하는 파열음과 함께 하얀 가루가 날립니다.

하지만 기사들이 마석이 되지는 않았습니다. 기사들 쪽으로 날아간 하얀 가루는 전부 손에 들고 있는 마술 도구로 빨려 들어갔습니다. 적이 믿을 수 없다는 듯 얼빠진 표정을 지었는데, 그 심정은 저도 이해합니다.

"……정말로 즉사 독에도 효과가 있군요."

"원래 고운 먼지 같은 것을 전부 빨아들이기 위해서 만든 마술 도구니까, 범위를 이 광장으로 지정하면 전부 빨아들일 거라고 가정했습니다."

설마 청소용 마술 도구가 즉사 독 대책에 효과를 발휘하리라고는 생각도 못 했습니다. 바센이나 유레베를 준비했던 기사들도 예상 이상의 효과를 보고 "오오." 소리를 내고 있습니다.

"상대가 즉사 독을 쓰는 때를 잘 보고 작동시킬 필요가 있고, 다시 청소용 마술 도구로 사용할 수는 없지만, 즉사 독 대책으로 아주 좋은 것 같군요."

안에 들어간 먼지를 청소하다가 즉사 독을 들이마시고 죽을 수도 있어서 마술 도구는 한 번 쓰고 버려야 하지만, 열 명도 넘는 목숨에 비하면 아주 값싼 것입니다. 즉사 독이라는 비장의 수단이 어이없이 막혀 버리자 적은 순식간에 기사들에게 제압당했습니다.

팔다리에 수갑을 채우고, 평민이 사용하는 가위로 은색 천을 잘라서 벗겨내고, 몸에 지닌 벨트와 가죽 주머니를 풀고, 보이는 범위에 있는 부적을 제거한 뒤에 물리 공격과 마력 공격으로 안쪽에 남아 있는 부적들을 무효화하며 무장을 해제해 나갔습니다.

"게오르기네 님입니다!"

은색 천으로 만든 후드를 걷고 가면을 벗겨낸 기사가 큰 소리로 외쳤습니다.

보라색에 가까운 파란 머리카락도, 붙잡혔는데도 두려운 기색이 보이지 않는 초록색 눈동자도, 이목구비가 선명한 얼굴과 우아한 곡선을 그리는 빨간 입술도, 기억속에 있는 게오르기네 님 그대로입니다.

……틀림없습니다.

숨을 내쉬자 긴장했던 분위기가 풀어져 갑니다. 저희가 이기고 에렌페스트를 지켜 냈다는 실감이 가슴속에 번져 갑니다.

"……끝났군요."

"아니, 아직입니다. 서문 등 다른 곳의 전투는 끝나지 않았습니다. 그리고 게오르기네 님을 하얀 탑에 들이지도 않았습니다. 마음을 놓지 마십시오. 일단 기사단장에게 보고부터 하시죠."

레베레히트의 엄한 목소리를 듣고, 저는 자세를 바로잡았습니다. 그 말이 맞습니다. 여기서 놓칠 가능성도 아예 없다고 할 수는 없습니다.

"플로렌치아입니다. 게오르기네 님을 잡았습니다. 현재 무장 해제 중입니다. 하얀 탑에 넣는 대로 다시 연락드리겠습니다."

"칼스테드입니다. 대단하십니다. 다음 연락을 기다리겠습니다. 서문에 나타난 적을 이끌던 자는 그라오잠이었습니다. 현재 신전과 북문 부근에 적이 나타나서 교전 중이라고 합니다. 귀족 거리에서도 두 곳에서 소동이 벌어졌습니다. 빌프리트 님께 출진 허가를 내렸습니다."

칼스테드는 현재 전황을 전해 줬습니다. 멜키오르가 있는 신전도 전장이 됐고, 빌프리트도 귀족 거리에서 싸우고 있다고 합니다.

"플로렌치아 님, 게오르기네 님의 무장 해제를 마쳤습니다. 하얀 탑으로 전이를 부탁드립니다."

"아우브께 연락하겠습니다."

게오르기네 님은 원래 에렌페스트의 영주 일족이었고, 로제마인이 주추를 빼앗았다고는 해도 아직 아렌스바흐의 영주 일족으로 메달이 등록되어 있습니다. 다른 적과 달라서 일반 감옥에 넣어 둘 수는 없습니다. 도망이나 구출하러 오는 자를 막기 위해서라도 영주 일족만이 열 수 있는 하얀 탑에 들이는 것이 최선책이겠죠.

"플로렌치아입니다. 게오르기네 님을 잡았습니다. 지금부터 맡겨 주신 마법진으로 하얀 탑으로 전이하고 확인을 행하겠습니다. 전이진 사용과 하얀 탑 출입을 허가해 주시겠습니까?"

"허가한다. 나도 확인하러 가겠다. ……생각보다 허무하게 끝났군."

저는 아우브 에렌페스트가 만든 전이진으로 게오르기네 님을 운반하게 하고, 마법진을 기동해서 하얀 탑으로 전이했습니다.

"이 하얀 탑에 오는 것도 오랜만이군요."

성 부지 외곽에 있는 하얀 탑은 영주 일족 중에서도 무거운 죄를 저지른 자를 유폐하기 위한 곳입니다. 허가 없이 출입하는 자는 영주에 대한 반란과 죄인 도망 방조죄를 묻게 됩니다. 드나들 수 있는 사람은 영주와 그 허가를 받은 영주 일족뿐입니다.

베로니카 님이 유폐되고, 예전에 귀족들의 꼬드김을 받은 빌프리트가 들어갔다가 죄를 지었습니다. 저한테는 씁쓸한 기억만이 떠오르는 곳입니다.

……그러고 보니 게오르기네 님도 들어간 적이 있었죠.

저는 게오르기네 님이 베로니카 님과의 면회를 바라며 하얀 탑에 들어갔던 때를 떠올렸습니다. 전 신전장 베제반스의 유품을 손에 든 게오르기네 님은 애정이 깊은 분처럼 보였지만, 그 마음속 깊은 곳에서는 에렌페스트의 주추를 노리고 있었는지도 모릅니다.

"게오르기네 님이 확실히 전이됐는지 확인하겠습니다. 그대들은 여기서 대기하고, 아우브 에렌페스트를 맞이해 주세요."

저는 문을 열고 하얀 탑 안으로 들어갔습니다. 게오르기네 님을 확인하기 위해서는 베로니카 님과 얼굴을 마주치게 됩니다. 너무나 내키지 않는 마음 때문에 발걸음이 무거워지는 것을 느끼며, 저는 가장 깊은 곳에 있는 문을 열었습니다. 쇠창살만 없으면 평범한 귀부인의 방처럼 보이는 그곳에는 변함없이 베로니카 님이 계십니다.

"어머나, 질베스타가 아니라 그대가 오다니…… 이번에는 또 무슨 일을 꾸미고 있는 것일까요? 누구를 망칠 셈이죠?"

저는 베로니카 님을 흘끗 본 뒤에 옆방을 봤습니다. 질베스타가 설치한 전이진은 잘 작동한 것 같습니다. 게오르기네는 포박해서 전이진에 올려놓았던 때와 같은 자세로 쓰러져 있습니다. 제게 주어진 역할을 무사히 수행했기에 저는 겨우 무거운 짐을 내려놓은 기분이 들었습니다.

"대체 뭘 하러 왔나요? 질베스타로 모자라서 페르디난드까지 홀려서 저를 이런 곳으로 몰아넣다니, 정말이지……."

……또 시작됐군요.

저는 천천히 한숨을 쉬었습니다. 베로니카 님의 마음속에서는 자신이 이렇게 된 것은 제가 페르디난드 님을 홀려서 신전을 손에 넣고, 베제반스 님을 함정에 빠트려서 베로니카 님의 죄를 날조했기 때문이라고 생각하고 있습니다. 그리고 아내에게 약한 질베스타가 날조된 증거를 믿고 어머니를 배신했다고.

처음 그 호소를 들었을 때는 너무나 뜬금없는 내용에 깜짝 놀랐고, 이상한 부정을 의심한다는 점에 대해 분한 기분도 들었지만, 지금은 망가진 녹음 마술 도구를 듣고 있는 듯한 기분입니다.

"듣고 있나요? 정변의 숙청에 의해 왕족에게 밉보이고 순위가 떨어진 프리벨타크 같은 영지의, 그것도 제3 부인의 딸 따위는 질베스타에게 걸맞지 않습니다. 그 아이는 아렌스바흐에서 제1 부인을 맞이할 예정이었는데, 순진했던 질베스타를 홀려서……."

탑에서 나간 적이 없는 베로니카 님의 시간은 그때에서 멈춰 있겠죠. 지금은 구르트리스하이트를 지닌 로제마인을 첸트가 양녀로 맞이하겠다고 했고, 로제마인이 가르쳐 준 제사를 진지하게 치러서 수확량이 늘어난 프리벨타크는 앞으로 점점 순위를 회복할 것이라고 일컬어지고 있습니다.

……이젠 그립기까지 하군요.

고부 갈등 때문에 고민하던 시절에 비하면 지금의 고민은 다른 영지와의 거래와 왕족과의 관계, 그에 관한 영지 개혁입니다. 십 년도 지나지 않았는데 에렌페스트의 입장은 크게 달라졌습니다. 이렇게 얼굴을 마주하면서 베로니카 님의 존재 자체를, 제 마음속에서 완전히 과거의 것으로 묻어 버리고 결별할 수 있을 것 같습니다.

"시간의 여신 드레팡아가 잣는 실이 겹쳐지는……."

제가 인사하는 도중에 게오르기네 님의 방 천장에 있던 전이진이 빛났습니다. 신전에 함정으로 설치한 전이진입니다.

"……어?"

천장에서 떨어진 사람은 속옷 차림의 게오르기네 님이었습니다. 감옥 안에 게오르기네 님이 두 명 있는 모습에 저는 소리도 못 지를 만큼 놀랐습니다. 이게 어떻게 된 일일까요. 얼굴은 똑같습니다. 머리카락도 눈동자 색도, 두 사람 모두 게오르기네 님입니다.

온몸의 피가 빠져나가는 기분이 들었습니다. 어느 쪽이 진짜일까요. 아니면 가짜가 더 있는 걸까요.

"뭔가 떨어지는 소리가 났는데, 대체 무슨 일이 일어난 건가요?"

베로니카 님의 날카로운 목소리에 정신이 번쩍 들었고, 저는 바로 질베스타에게 올도난츠를 보냈습니다.

"하얀 탑에 게오르기네 님이 한 사람 더 나타났습니다. 천장에서 떨어졌으니 신전에서 전이된 것 같습니다. 가짜가 더 있을지도 모릅니다. 진짜 게오르기네 님이 확정될 때까지 주추의 방에서 나오지 말아 주세요!"

올도난츠를 날린 직후, 제게 올도난츠가 날아왔습니다.

"샤를로테입니다. 신전에서도 그라오잠을 붙잡았습니다. 가짜가 있습니다! 게오르기네 님도 가짜가 있을 가능성이 있습니다."

아직 끝나지 않았습니다. 저는 샤를로테에게 하얀 탑에 두 번째 게오르기네 님이 나타났다고 전하고, 혹시 모르니 비밀 통로 출입구 부근에 남겨 둔 기사들에게도 경계를 촉구했습니다.

"게오르기네라고요?! 대체 무슨 일이 일어나는 건가요?! 그 아이가 저를 구하러 왔군요!"

흥분한 목소리로 외치는 베로니카 님을 보고, 저는 귀족 여성다운 미소를 유지할 수가 없었습니다.

에렌페스트의 주추를 둘러싼 게오르기네 님의 집요한 욕구, 라이제강계 귀족과의 관계, 빌프리트의 교육과 측근 문제…… 하나같이 베로니카 님이 기점입니다.

"당신의 딸과 아들이 주추 마술을 두고 싸우고 있습니다. 어느 쪽이 승리하더라도 베로니카 님이 하얀 탑에서 나가시는 일은 없겠죠."

"게오르기네는 저를 구하러 옵니다. 그 아이가 제 말을 듣지 않을 리가 없으니까요. 그리고, 제게는 빌프리트가 있습니다. 그 착한 아이가 성인이 되면 아우브가 돼서 절 구하러 옵니다. 일부러 여기까지 와서 약속했으니까."

그 약속을 한 탓에 빌프리트가 얼마나 무거운 죄를 짊어지게 됐는지. 아무리 노력해도 악평이 사라지지 않은 허무함에 상처받았는지. 그런데도 어린 시절을 그리워하고, 주위 사람들에게 미움을 받았는지.

베로니카 님 때문에 어두운 그림자가 드리운 빌프리트의 입장과 장래를 생각하니 눈시울이 뜨거워지고 숨이 답답해졌습니다. 현기증이 날 정도로 열기와 마력이 단숨에 부풀어 올랐습니다. 마력이 폭주할 정도의 분노를, 지금껏 한 번도 느낀 적이 없습니다.

"뭐, 내가 친어미인 당신보다 빌프리트에게 사랑받는다고 해서 제정신을 잃을 만큼 질투하는 건 꼴사나운 짓이랍니다. 항상 하는 말이지만, 당신에게는 영주의 제1 부인이라는 자각이……."

"베로니카 님, 그대가 자랑하시던 어머님의 영지, 아렌스바흐의 주추 마술은 그대의 동생 베제반스 님이 괴롭히던 로제마인이 빼앗았습니다.”

“뭐라고요?”

갑자기 화제를 바꿔서 이해하지 못한 건지, 고개를 갸웃거리는 베로니카 님께 저는 같은 말을 되풀이했습니다. 그래도 이해하지 못한 모양입니다.

“로제, 마인……?”

로제마인이 직접 얼굴을 본 적이 없다고 말했던 것이 생각났습니다. 베로니카 님의 기억에도 남아 있지 않겠죠. 그래도, 저 사람에게 가장 중요한 것을 잃어버렸다는 사실에는 변함이 없습니다.

“보고를 드리지 않았군요. 대영지 아렌스바흐를 다스리는 데 걸맞은 자로서 페르디난드 님이 왕명에 의해 차기 영주의 배우자로 선정되었습니다. 그리고 지금, 질베스타의 양녀가 아렌스바흐의 주추 마술을 손에 넣었습니다. 그대가 지닌 아렌스바흐의 핏줄에는 더이상 아무런 가치도 없습니다.”

“뭐…….”

오랫동안 그 핏줄을 자랑해 온 베로니카 님은 깜짝 놀란 채 말도 못하고 저를 응시했습니다. 베로니카 님이 항상 마음의 의지로 삼아 온 긍지를, 저는 분노한 감정이 이끄는 대로 짓밟아 버렸습니다. 하지만, 죄책감은 없습니다.

저는 날뛰는 마력을 억누르며 조금 전에 중단했던 결별 인사를 했습니다.

“시간의 여신 드레팡아가 잣는 실이 겹쳐지는 날은 없겠지만, 신들의 가호와 함께 건강히 지내시기를.”

이제 다시는, 저와 베로니카 님이 얼굴을 마주하는 일은 없겠죠.

질베스타 주추를 둘러싼 싸움

데엥, 데엥…….

나는 주추의 방에서 네 점 종소리를 들었다. 주추의 방은 옅은 녹색으로 물든 주추 마술과 그 상공에서 도는 모든 귀색의 마석구, 아우브와 연락을 취할 수 있도록 올도난츠 전용 동그란 구멍이 있을 뿐인 새하얀 공간이다. 지금은 그 구멍을 통해서 하얀 올도난츠가 쉴 틈 없이 드나들고 있다.

"서문에서 연락. 사전 정보대로 수상한 단체가 하선. 은색 옷을 걸치고 볼헤닐을 데리고 있다고 함. 전투가 시작 된 것으로 보입니다."

긴장해서 딱딱한 샤를로테의 목소리가 에렌페스트 방위전의 시작을 알렸다. 주추의 방에 틀어박히는 것 외에 아무것도 할 수 없는 나는 그저 "알았다."라고 대답하는 수밖에 없다.

……그래도…….

기베 게를라흐의 비통한 호소에는 로제마인과 페르디난드가 합류해서 대응해 주기로 했다. 일크너는 보니파티우스가 지키고 있고. 킬른베르거와 하르덴첼에서 귀족 거리로 원군이 왔다. 영지 전체에서 약 한 달에 걸쳐 방위전을 준비해 왔다. 이긴다고 믿는 수밖에 없다.

……여기서 혼자 가만히 있는 건 힘든데.

샤를로테는 차기 영주로서 영주 집무실에, 멜키오르는 신전장으로서 신전에 있다. 빌프리트는 킬른베르거의 원군과 함께 귀족 거리를 지키고, 플로렌치아에게서는 '누군가가 비밀 통로를 이용해서 들어오고 있습니다. 절대 주추 마술에서 떨어지지 마세요'라는 올도난츠가 왔다. 이미 비밀 통로 출입구에서 적을 기다리고 있다.

원래는 내가 지켜야 할 가족들이 내 대신 싸우고 있다. 나는 답답한 기분으로 전황을 알려 주는 올도난츠를 기다리는 수밖에 없다.

"신전 뒷문에서 연락. 평민 마을에 별동대가 숨어 있는 것으로 보임. 신전과 북문에 대한 습격이 예상되고, 현재 상황을 확인하고 있습니다."

"귀족 거리에서 마술 도구를 소지한 거수자 발견. 전투 개시."

"어머님께서 적과 조우. 함정이 잘 발동했다고 합니다."

"북문 기사들과 거수자 간에 전투가 시작됐습니다."

"신전 뒷문에서 전투 개시."

샤를로테와 칼스테드의 올도난츠가 계속 날아온다. 그 중간에 게를라흐의 전황을 알리는 로제마인과 페르디난드의 올도난츠도 들어왔다. 토지의 마력을 빼앗기 위해 검은 무기와 작은 성배를 사용했고 빼앗긴 마력을 되돌리는 방법을 알고 있으며, 중앙을 돌파해서 게를라흐 기사단과 합류했다는 등의 소식이 드문드문 전달되었다.

전황이 좋은 듯해서 안도한 것은 아주 잠깐이었다.

"적 하나가 문지기 스밀을 피해서 신전 안으로 들어갔습니다."

……왔구나!

샤를로테에게서 들어온 소식에, 나도 모르게 슈타프를 꽉 쥐었다. 로제마인이 가르쳐 준 것인데, 신전 도서실에는 주추의 방으로 이어지는 문이 있다고 한다. 신전 도서실에는 함정을 잔뜩 설치했다고 들었는데, 누님이라면 틀림없이 그 함정들을 돌파하고 들어올 것이다.

내 존재를 차갑게 거절하는 초록색 눈동자와 조소하는 것처럼 곡선을 그리는 붉은 입술이 머릿속에 떠오르며, 식은땀이 흘러서 등이 서늘해지는 기분을 맛봤다.

그러는 중에, 샤를로테가 보낸 올도난츠와 플로렌치아가 보낸 올도난츠가 거의 동시에 도착했다.

"서문 전투에 승리했습니다. 그라오잠을 포박했다고 합니다."

"플로렌치아입니다. 게오르기네 님을 잡았습니다. 지금부터 맡겨 주신 마법진으로 하얀 탑으로 전이하고 확인을 행하겠습니다. 전이진 사용과 하얀 탑 출입을 허가해 주시겠습니까?"

……누님을 잡았다고?

올도난츠가 같은 말을 세 번 반복했어도 믿을 수가 없다. 누님은 반드시 신전을 통해서 올 거라고 생각했다. 설마 성의 비밀 통로로 들어올 줄은 몰랐다.

……그라오잠과 누님을 잡았다면, 신전에 들어온 적은 시시한 잔당이라는 얘긴가?

플로렌치아라면 영주회의에서 얼굴을 본 적이 있다. 잘못 봤을 리는 없겠지. 나만 아무것도 안 하고 끝나 버렸다는 게 조금 재미없기는 하지만, 싸움 같은 무익한 짓은 빨리 끝내 버리는 것이 제일이니까. 나는 경계하려고 쥐고 있던 슈타프를 올도난츠에 답장을 보내는 데 썼다.

"허가한다. 나도 확인하러 가겠다. ……생각보다 허무하게 끝났군.”

나는 네 점 종이 울리고 각지에서 전투가 시작될 때까지 시간이 나는 대로 증설한 함정과 누님과 싸우기 위해 가지고 온 마술 도구를 보며 살짝 어깨를 으쓱거렸다. 치우기 귀찮을 것 같다.

“질베스타 님, 이미 전투가 시작됐으니 밖으로 나오시는 건…….”

절차대로 문을 잠그고 주추의 방에서 영주 개인 방으로 나왔더니, 리카르다가 날 보고는 눈꼬리를 치켜세우고서 막아섰다. 아까부터 함정을 설치하기 위한 재료를 준비시킨 탓인지 엄한 표정이다.

“리카르다, 끝났다. 플로렌치아가 누님을 잡았다고 한다. 확인하러 하얀 탑으로 가겠다.”

“……그렇습니까.”

아직 시종들에게까지는 연락이 오지 않은 모양이다. 리카르다도 허무하다는 표정을 짓더니, 두 걸음 물러나서 길을 비켜 줬다. 누님도 섬긴 적이 있는 리카르다는 복잡한 심정이겠지.

“이걸로 된 거다. 나도 굳이 육친과 싸우고 싶었던 게 아니니까. 누님과 직접 대결을 피할 수 있어서 다행이라는 생각이 더 크다—.”

“알겠습니다. 다녀오세요.”

리카르다의 배웅을 받고, 나는 문을 지키고 있던 호위기사를 데리고 영주 거주 구역을 나왔다. 계단을 내려가고 복도를 걸어서 기수를 꺼낼 수 있는 발코니로 갔다. 하얀 탑은 성 부지에서도 끝쪽에 있어서 걸어가기에는 멀다. 그 중간에 나는 각지에 승리를 알리는 올도난츠를 보냈다.

"보니파티우스, 방위에 성공했다."

"페르디난드, 누님을 잡았다. 그쪽의 승리를 기원한다."

기수에 타고 출발했을 때, 올도난츠가 두 마리 날아왔다.

"아버님, 신전에서도 그라오잠을 잡았습니다! 가짜가 있습니다! 싸움은 아직 끝나지 않았습니다!"

"하얀 탑에 게오르기네 님이 한 사람 더 나타났습니다. 천장에서 떨어졌으니 신전에서 전이된 것 같습니다. 가짜가 더 있을지도 모릅니다. 진짜 게오르기네 님이 확정될 때까지 주추의 방에서 나오지 말아 주세요!"

샤를로테와 플로렌치아의 초조한 기색이 담긴 목소리를 듣고 나도 호위기사도 서둘러서 기수를 되돌리고 내 방으로 가는 길을 뛰어서 돌아갔다. 몇 겹으로 함정을 깔아 놓는 징그러운 방식이 정말 누님답다.

……젠장, 망할 누님 같으니!

주인을 배웅했는데 바로 무서운 얼굴로 뛰어서 돌아왔다. 시종들이 "무슨 일이라도 일어났습니까?"라고 물었다. 설명은 호위기사들에게 맡기고 나는 방 안쪽으로 향하면서 목에 걸고 있는 마석을 쥐었다. 직후, 수중에 열쇠가 나타났다. 나는 열쇠로 문을 열고 정면 벽에 열쇠를 대고 마력을 흘려 넣었다. 그러자 벽 좌우에 문이 나타났다. 나는 오른쪽 문으로 들어가서 몇 개의 마석 중에서 검은색 마석을 가지고 나왔고, 왼쪽 문으로 들어가서 여러 개의 그릇 중에서 금색 그릇을 골라서 검은색 마석을 넣었다. 그 과정을 거치면 처음에 열쇠를 댔던 정면 벽이 사라지고 주추의 방으로 들어갈 수 있게 된다. 번거로운 잠금 해제 과정을 거치고, 나는 "제발 늦지 않았기를."이라고 빌면서 무지개색 막으로 막혀 있는 주추의 방으로 뛰어 들어갔다.

"……어푸?!"

무지개색 기름막 같은 결계를 넘자마자, 물살에 휘말렸다. 나는 서 있지도 못하고 물살에 농락당했다. 너무나 갑작스러운 일이라 물을 먹어 버려서 숨을 쉬지도 못하겠고, 무슨 일이 일어났는지도 모르겠다. 그저 어리둥절해서 어푸어푸 버둥댈 뿐이다.

"아……."

이대로 주추의 방에서 물에 빠져 죽는 건가 싶었는데, 물살이 소용돌이친 것은 겨우 몇 초뿐이었다. 갑자기 물이 사라지고, 물속에 떠 있던 내 몸이 털썩, 하고 떨어졌다. 동시에 주위에서 덜컹, 덜컹 온갖 물건들이 떨어지는 소리가 울렸다. 내가 설치한 대야가 나를 향해 떨어지는 것이 눈에 보였다.

"으악! ……뭐?!"

나는 재빨리 옆으로 굴러서 피했다. 덜컥, 덜컥 소리를 내면서, 나무 대야가 내 발치에서 튀었다. 아슬아슬하게 피한 것 같다. 로제마인이 제안한 함정인데, 내가 맞을 뻔하니까 상당히 무서웠다.

살았다는 심정에 어깨에서 힘을 뺀 순간, 나는 또 하나의 입구가 있다고 여겨지는 문에서 불쑥, 튀어나온 손을 발견했다. 하얀 공간에 여성의 손 부분만이, 마치 떠 있는 것만 같았다. 그 손이 슈타프를 쥐고 있다.

……누님이다!

방금 그 물살은 대규모 바셴이고, 누님의 공격이었던 것 같다. 그걸 알아차린 나는 벌떡 일어나서 바로 슈타프를 겨눴다.

……역시 신전쪽 입구를 노렸나.

천천히 들어온 것은 회색 무녀 옷을 입은 누님이었다. 내가 있으리라고는 생각도 않는 것 같은 움직임으로 느긋하게 들어왔다. 회색 무녀 옷을 입었지만, 마치 여왕과도 같은 동작이다.

……아직도 신전 안에 협력자가 있었나.

누님이 회색 무녀 옷을 빌려서 신전 내부를 돌아다녔다면 청색 신관 중에 협력자가 있는 게 분명하다. 전 신전장 베제반스 숙부와 관계가 깊었던 청색 신관의 움직임에 주의하라고 멜키오르네한테 주의를 줬는데, 아마도 놓쳤겠지.

"여기 있는데, 살아 있다니…… 어째서?"

누님은 나를 보고는 믿을 수 없다는 듯이 눈이 휘둥그레졌다.

"어째서라니? 잠깐 나갔다 돌아와서 바센에 말려들긴 했지만, 죽을 정도 공격은 아니었잖아."

"오로지 운으로 즉사 독을 피했다는 것인가?"

……즉사 독?!

아렌스바흐 공급의 방에서 페르디난드한테 썼던 독이었지. 사람이 순식간에 마석이 돼 버린다는 보고를 받았다. 누님은 이 주추의 방에 있는 나를 죽이려고 즉사 독을 풀었고, 자신이 안전하게 들어갈 수 있도록 방을 씻어냈다. 즉, 플로렌치아가 불러서 주추의 방에서 나가지 않았다면, 나는 이미 죽었다는 뜻이다. 그렇게 생각하니 오싹했다.

"아아, 정말 부아가 치미는군요."

불쾌하다는 듯이 나를 보는 누님의 눈은 예전과 똑같았다. 내게는 누님에게 괴롭힘당한 기억밖에 없다. 내가 철이 들었을 무렵에 누님은 이미 세례식을 치르고 북쪽 별채에서 살았기에, 얼굴을 볼 수 있는 건 한 달에 한 번도 안 됐던 듯하다. 그때마다 누님은 험악한 얼굴로 날 노려보면서 '그걸 안 했잖아요!' '이래서 어쩔 셈인가요?!'라며 내 일거수일투족에 쌍심지를 세우고 팔이나 다리를 찰싹찰싹 때렸다.

……그래도, 세례식 전에는 그나마 다행이었지.

어머님이 '질베스타에게 무슨 짓인가요?'라고 말리고 폭력적인 누님을 꾸짖었기 때문이다. 하지만 북쪽 별채로 옮겨간 뒤에는 어머님의 눈이 미치지 않게 됐다. 누님은 나를 집요하게 괴롭혔다.

하고 싶지도 않은 차기 영주로서의 공부하던 중에 숨을 돌리러 밖에 나갔다가 기다리고 있었던 듯한 누님이 슈타프로 만든 빛의 띠로 내 목을 조르고 질질 끌고 다녔다. 내가 예뻐하던 스밀 브라우를 잡아가서 숨긴 적도 있다.

식사에 독을 탔던 때는 잊을 수도 없다. 내가 죽을 것처럼 괴로워하는 와중에 누님은 지금껏 본 적 없는 기쁜 얼굴로 웃고 있었다. 누님이 범인이라는 증거는 찾지 못했지만, 나는 틀림없이 누님 짓이라고 생각한다.

"……그렇게 밉습니까? 에렌페스트가, 내가……."

누님은 나를 멸시하는 것처럼 쳐다볼 뿐이고 대답하지 않았다. 대체 내가 무슨 짓을 했느냐고 몇 번을 말했던가. 딱히 내가 원한 것도 아닌데 차기 영주 자리를 억지로 떠맡았고, 어쩌다 한 번 얼굴을 보는 누님에게 부조리하게 야단맞았다.

내가 '차기 영주가 안 될 거니까 노력 따위 안 해'라고 말했더니 전보다 더 세게 때리고 더 심하게 괴롭혔다. '난 차기 영주 따위 되고 싶지도 않아! 누님이 하면 되잖아!'라고 말해도, 누님은 절대로 자기가 한다는 말은 하지 않았다. 그저 '차기 영주에 걸맞게 굴어라'라고 입장을 강요하고, 내 부족한 점을 따지고 괴롭히기만 했다.

"누님은 왜 이제 와서 에렌페스트의 주추 마술을 노리는 겁니까? 대영지로 시집가서, 제3 부인에서 제1 부인이 됐고, 자기 딸이 차기 영주가 되지 않습니까. 여성의 인생치고는 최고의 길을 걷고 있는데……."

나를 너무나 적대시하는 누님은 에렌페스트에 남아서 나를 보좌하는 역할에 맞지 않는다는 판단으로 다른 영지에 시집가게 되었다. 그래도 어머님은 대영지와 연을 맺어 줬다. 정변 전의 에렌페스트의 순위에서 대영지와 결혼하는 것은 혈연인 어머님의 부탁이 아니었다면 절대 받아들여지지 않을 일이었겠지.

"대체 뭐가 불만입니까!? 왜 거기서 자신의 행복을 찾지 않았습니까? 대영지의 제1 부인이 다른 영지의 주추를 집요하게 노리고, 자신의 자식이나 손자가 어떻게 될지는 생각도 안 하는 겁니까?!"

"……그대에게 무슨 말을 해도 소용없다는 것은 잘 알았습니다."

누님의 눈이 복잡한 기색을 보이기 시작했다. 억누를 수 없는 분노가 그 가슴 속에 있다는 것은 알겠다. 하지만 무엇 때문에 화가 났는지, 뭘 미워하는지 도무지 모르겠다. 조금이라도 알고 싶었는데, 겨우 돌아온 말은 나를 완전히 거부하는 것이었다. 질문을 해도 대답 하나 제대로 해 주지 않는다. 계속 내 안에서 서서히 끓고 있던 의문과 울분이 확 끓어올랐다.

"우리는 오누이인데 왜 이렇게까지 서로 다퉈야 하는 겁니까?! 대화를 통해서 이해할 수도 있을 텐데."

"훗……. 슈라트라움의 내방은 아직 이릅니다. ……진심으로 저와 서로 이해하고 싶다고 생각한다면 주추 마술을 양도하세요. 이야기는 그 뒤에 하겠습니다."

"그런 짓을…… 할 리가 없지!"

헛소리도 정도가 있지. 내가 반론하자 누님이 보란 듯이 상처 입은 사람처럼 슬픈 표정을 지었다. 어머님과 비슷하게 생긴 탓에 묘한 죄책감이 들었다.

"어머나, 교섭이 결렬됐군요. 하지만 처음부터 알고 있었답니다. 그대가 정말로 저와 서로 이해할 생각이 없다는 정도는……."

"그럴 생각이 없는 건 누님 쪽이 아닙니까. 어째서 그렇게까지 에렌페스트의 주추에 고집하는 것입니까?"

"……그대에게 할 말은 없습니다. 빨리 죽으세요."

누님의 슈타프가 빛났다. 옛날처럼 빛의 따로 날 붙잡을 생각인 것 같은데, 누님만 슈타프를 가졌기에 마음대로 굴 수 있었던 그 시절과 다르다. 나도 슈타프를, 저항할 방법을 가지고 있다.

"보겐."

나는 슈타프를 활로 변형시켰고, 마력 화살을 메겨서는 계속해서 날렸다.

"게티르트!"

부적이 하나 터졌을 뿐이고, 나머지는 게티르트에 막혔다. 나는 화살을 쏘면서 거리를 좁혀 갔다.

……회복할 틈은 주지 않겠다.

누님이 방패 뒤에서 마술 도구를 하나 던졌고, 이번에는 내 부적이 하나 터졌다. 거리가 좁혀지면서 누님이 던지는 공격용 마술 도구의 사정거리에 들어간 모양이다. 누님은 화살을 쏘는 나를 향해서 마술 도구를 계속 던져댔다.

그러니까…… 나한테도 마술 도구를 던지기 딱 좋은 거리다.

"게티르트."

나는 활에서 방패로 바꿔 들고, 누님의 뒤쪽에 떨어지도록 있는 힘껏 공격용 마술 도구를 던졌다. 큰 폭발 소리가 났지만, 누님은 뒤쪽의 마술 도구를 방패로 막으려 하지도 않고, 나한테서 눈을 돌리지도 않고, 부적으로 마술 도구 공격을 막았다.

가벼운 공격으로 상대의 부적을 벗겨내는 것은 귀족들의 싸움에서 상투 수단이다. 서로의 공격에 의해 서로의 부적이 차례로 터져나갔다.

"윽……."

부적이 떨어졌는지 누님의 뺨에 상처가 한 줄기 그어졌고, 피가 흘러나왔다. 여성의 얼굴에 상처가 났는데도, 누님은 공격용 마술 도구를 던져댔다. 내 손에도 상처가 났다.

……위협 공격용 부적이 떨어졌나.

다시 뒤에 떨어지도록 공격용 마술 도구를 던졌다. 이번에는 누님도 나한테 등을 돌리고 그 공격을 막으려고 했다.

……지금이다!

달려나가며 "류켄." 이라고 영창하여 방패를 없애고, 슈타프의 빛의 띠로 붙잡았다. 빛의 띠를 떨쳐 내려다 실패한 누님의 안색이 확 달라졌다. 아마도 내 마력량이 더 많아졌다는 걸 모르고 있었던 모양이다.

나는 누님을 잡아당겨서 쓰러트리고 빛의 띠 위에서 몸을 짓눌

렀다.

“……여기까지입니다, 누님. 지금 항복하세요. 그러면 목숨까지 거두지는 않겠습니다.”

할 수 있다면 죽이고 싶지는 않다. 모든 것을 밝히기 위해서 살려 두는 쪽이 좋을 것이다. 변명같은 말이 머릿속에서 맴돌았다.

“죽이세요. 그 정도 각오도 없습니까?”

“……이대로 하얀 탑에 연행하겠습니다.”

“할 수 있다면 해 보세요.”

이 상태에서도 누님은 나를 비웃는 것처럼 피식, 하고 웃었다.

“이름을 바친 귀족이 아직 남아 있습니다. ……그 의미를 아시려나요?”

“이름 바치는 돌은…….”

이름 바치는 돌을 가지고 있지 않으면 명령은 통하지 않는다. 그래서 여러 귀족의 이름을 받았지만, 그 돌을 직접 가지고 있지 않고 누구에게도 빼앗기지 않도록 자신의 비밀 방에 넣어둔 어머님은 하얀 탑에서 살려 두고 있다.

……하지만, 누님은?

“저에게 이름을 바친 모든 충신과 종속 계약을 맺은 신식에게 명합니다. 에렌페스트에…….”

끝까지 말하게 둘 수는 없었다. 귀족 거리에서 갑자기 소동을 벌인 귀족이 출몰한 적도 있었다. 그 숙청에서 처형하지 못한, 이름을 바친 측근이 얼마나 남아 있는지 나는 모른다. 그들이 명령을 받아서 무슨 짓을 할지도 모른다. 전장에서 갑자기 날뛸지, 어딘가에 그 즉사 독을 뿌릴지. 피해가 확대되기 전에 막아야만 한다.

"슈베르트!"

명령을 내리기 전에 죽이는 수밖에 없다. 나는 손에 든 칼을 내리쳤다. 내가 쥔 칼날이 부드러운 살에 파고드는 감각이 전해져 왔다. 하고 싶지 않은 일을 억지로 하는 것 같은 감각에 구역질이 나려 했고, 칼을 쥔 손이 떨린다. 엄청난 죄책감에 눈물이 멋대로 솟아난다.

"크……."

"커헉……."

흘러나온 신음 소리가 누구 것인지도 모르겠다. 피를 흘리고, 피를 토하면서 누님은 웃었다. 내게 독을 먹였던 때처럼, 만족스레 웃고 있었다.

누님은 마치 내 손에 죽기를 바란 것처럼 웃으며, "원망하겠어." 라는 말을 흘리고는 숨이 끊어졌다.

……뭐야, 그게…….

내가 죽였는데, 내가 이겼는데, 내가 진 기분이다. 누님이 무슨 생각을 했는지 끝까지 전혀 이해하지 못했다. 하지만, 누님이 나를 정말로 미워했다는 것만은, 나를 받아들일 생각이 털끝만큼도 없었다는 것만은 징그러울 정도로 이해했다.

……빨리 처리해야겠군.

나는 누님을 묶었던 빛의 띠를 풀고, 검을 다시 들어 올렸다. 나중에 마술 도구를 사용해 기억을 읽어 들이기 위해 필요한 부분을 잘라 흩어진 함정과 함께 굴러다니는 상자에 넣었다. 시간을 멈추는 마술 도구다. 이러면 한동안 기억을 담아 둘 수 있다.

감정도 감각도, 모든 것이 사라져 버린 것 같았다. 누님을 찔렀을 때는 그렇게까지 혐오감이 들었는데, 지금은 아무것도 느껴지지 않는다.

그 뒤에, 나는 다시 한번 누님의 시신과 마주하고, 이번에는 확실하게 마력 기관을 노려서 찔렀다. 사체가 끈적한 검은색 액체로 주르륵 녹아 간다. 검은 액체를 바셴으로 씻어 냈더니 옷 외에 짤랑, 금속이 떨어지는 소리가 났다. 빛이 닿는 정도에 따라 빨간색으로도 파란색으로도 보이는 아름답고 커다란 마석 옆에 에렌페스트의 성전 열쇠가 놓여 있었다.

누님의 마석을 보며 가만히 앉은 채로 얼마나 지났는지도 모르겠다. 올도난츠가 날아와서 여전히 칼을 쥐고 있는 내 손에 앉았다.

"로제마인입니다. 게를라흐 전투가 끝났습니다!"

해야 할 일을 해냈다는 밝은 목소리가 주추의 방에 울렸다. 로제마인은 페르디난드와 단켈페르거 지휘관들을 데리고 돌아올 테니 에렌페스트에 들어올 수 있는 허가와 객실을 준비해 줄 것과 시간 단축을 위해 전이진을 사용하게 해 달라는 요청을 말했다.

여전히 뜬금없는 제안을 내가 당연히 받아들일 거라고 생각하는 것처럼 말하는 로제마인의 목소리를 듣자 누님을 살해하면서 어두운 곳으로 떨어져 버리려던 마음이 일상으로 돌아왔다.

"정말이지, 사람을 막 부려 먹는 녀석이라니까."

누님의 죽음밖에 보이지 않았다. 아직 각지에서 전투가 계속되고 있는데, 그런 것들이 완전히 머릿속에서 빠져나가 있었다. 나는 "마력을 회복하고 기다려라."라는 답장을 보내고, 로제마인이 보고한 내용을 샤를로테에게 전하고는 내 머리를 살짝 두드렸다.

……허무감에 사로잡혀 있을 때가 아니야. 나는 아우브 에렌페스트다.

……나는 시간을 멈추는 마술 도구와 누님의 마석, 성전 열쇠를 들고서 주추의 방에서 나갔다.

"질베스타 님."

걱정하는 얼굴로 달려온 사람은 플로렌치아였다. 누님의 피가 튀어서 더러워진 나를 보고, 바로 치유 마술을 걸어 주려고 했다.

"내 피가 아니야. 바셴을 부탁한다."

나는 탁자 위에 주추의 방에서 가지고 나온 물건들을 올려놓았다.

"게오르기네 님께 이름을 바친 귀족이 사망하고, 종속 계약한 자가 금색 불꽃에 휩싸여서 사망했다는 연락이 있었습니다. ……진짜 게오르기네 님입니다."

바셴을 마친 플로렌치아의 시선이 탁자로 향했다. 시간을 멈추는 마술 도구에 들어 있는 것이 무엇인지, 마석이 누구 것인지 알았을 것이다. 나는 그것들을 보니 내 손으로 찔렀던 그 감촉이 되살아나서 도저히 배길 수가 없었다.

"잡는 게 아니라, 죽였다. 그럴 수밖에 없었다. 이름을 바친 귀족에게 명령하려 했으니까. 어머님과 달리 하얀 탑에 보내지도 못했다."

"당신은 정이 많은 분이니까, 틀림없이 크게 상처받았겠죠. 그래도 질베스타 님이 승리해서 안도했습니다. 저는 당신이 승리하기를 빌었으니까요."

플로렌치아가 누님을 죽인 내 손을 잡아서 살며시 쓰다듬은 뒤 살짝 입을 맞췄다. 차가워진 손에 서서히 온기가 전해지자, 나는 울고 싶어졌다.

"나는 가능한 죽이고 싶지 않았다."

"예, 알고 있습니다. 하지만, 그 마석을 손에 넣은 덕에 더이상 가짜가 없다는 확신을 가질 수 있었고, 우리 아이들의 목숨과 생활이 위협받는 일도 없어졌습니다. 아우브 에렌페스트로서, 아버지로서, 당신은 정말 열심히 해 주셨습니다. 영지와 가족을 지켜 주셔서, 감사합니다."

누님의 마지막 말과 플로렌치아의 감사하다는 말이 머릿속에서 빙글빙글 맴돌았다.

"……왜 이런 짓을 했는지, 누님은 아무것도 가르쳐 주지 않았다. 나와 할 이야기 따위는 없다고. 그저 깊이 원망한다는 것 말고는 아무것도 알 수가 없었다."

"게오르기네 님이 어떻게 살아왔는지, 지금까지 무엇을 해 왔는지, 자세한 것은 기억을 들여다보면 확인할 수 있겠죠. 하지만, 그것은 나중에 하도록 하죠."

"플로렌치아."

"분명 당신은 누님인 게오르기네 님을 잃었습니다. 하지만, 그대가 결단하고 싸워 준 덕분에 되찾은 가족도 있지 않습니까. 로제마인과 페르디난드 님을 맞이하러 가야겠죠? 샤를로테와 브륀힐데에게는 각지에 보낼 예정이었던 음식을 연회 쪽에 유용하도록 지시하겠습니다."

내 볼을 살짝 어루만지며 플로렌치아가 미소를 지었다.

잃은 것만 생각하던 싸움 속에서 지켜 낸 것이 있다. 되찾은 것이 있다. 그것을 가르쳐 주는 존재가 내 품 안에 있다.

나는 그것을 잃지 않으려고 꼭 끌어안았다.

후기

오랜만에 뵙습니다, 카즈키 미야입니다. 「책벌레의 하극상 ~사서가 되기 위해서라면 뭐든지 할 수 있어~ 제5부 여신의 화신 IX」를 구입해 주셔서 정말 감사합니다.

프롤로그는 그라오잠 시점입니다. 기베 게를라흐의 저택에 침입하는 부분부터 본편에 등장할 때까지의 모습을 써 봤습니다. 그라오잠이 우수한 문관이라는 것과 그가 부모자식과 가족에 대해 어떻게 생각하는지가 전해졌다면 좋겠습니다. 그라오잠은 적을 제거하는 데 거리낌이 전혀 없기에 본편의 로제마인을 쓸 때와 다르게 아주 담담하게 묘사했습니다. 그만큼 냉혹함이 두드러지지 않았을까요.

본편은 게를라흐 전투부터 시작됩니다. 혈기 넘치는 주제에 싸움을 싫어하는 로제마인입니다만, 호위기사들이 주위를 둘러싸고 지켜 주는 가운데 적진을 돌파하고, 아군을 치유하고, 마티아스와 기베의 저택에 잠입해서 그라오잠과 대치하고, 페르디난드가 기베의 저택 주추를 조작할 시간을 벌어 주면서 자기 할 일을 다했습니다.

일단 에렌페스트로 귀환. 영지에 남았던 사람들이 어떻게 싸웠는지 듣고, 신전과 평민 마을의 상태를 확인하고, 의상 가봉을 하는 등, 바쁘면서도 평온한 시간을 보냅니다. 이 부분은 쓰면서 정말 즐거웠습니다.

할 수 있다면 느긋한 일상으로 돌려보내 주고 싶지만, 아직 싸움이 끝나지 않았으니까요. 란체나베의 저택에서 전이해 온 자들을 잡는 건 아렌스바흐의 주추 마술을 손에 넣은 로제마인이 할 일입니다. 귀족원에서는 무슨 일이 일어나고 있을까, 기대해 주세요.

에필로그는 제르바시오 시점입니다. 란체나베 저택에서 귀족원으로 이동한 제르바시오 일행의 움직임을 써 봤습니다. 제르바시오와 라오블루트의 만남과 관계는 물론이고 아달지자의 별궁에 관한 것 등, 인터넷 연재판에서는 쓰지 않았던 새로운 정보와 뒷설정을 꽉꽉 담아 봤습니다.

이번에도 본편은 짧게 줄이고 '에렌페스트 공방전(후반)' 단편집을 새로 써 봤습니다. 로제마인이 게를라흐에서 싸우던 무렵 에렌페스트 방위전은 어떻게 흘러갔을까. 성의 영주 집무실 상황을 샤를로테 시점에서, 서문 상황을 레클 시점으로, 신전 뒷문 상황은 유디트 시점, 성의 비밀 통로 상황은 플로렌치아, 주추의 방은 질베스타 시점으로 써 봤습니다. 5인분입니다. 저, 열심히 했습니다. 각각의 싸움을 부디 즐겁게 읽어 주세요.

이번에 동시 발매된 드라마 CD 8의 보너스 SS는 마티아스 시점 '승리 축하회 뒤에서'입니다. 이쪽은 싸움을 마친 뒤의 이야기입니다. 마티아스 팬은 꼭 들어 보세요.

TO 북스 온라인 스토어 공지입니다.

·【9월 1일】 주니어 문고 제2부 6권

원작 소설 제2부 III 후반을 수록. 시이나 유우 님이 그린 오리지널 흑

백 일러스트가 5점, 4컷 만화도 추가됩니다. 전부 독음이 추가돼서 초등학생도 쉽게 읽을 수 있습니다.

·【10월 15일】 만화 제2부 8권

토롬베 토벌이 끝나고, 꿈의 세계와 요한의 부탁 등을 수록합니다. 저는 요한 시점 보너스 SS를 새롭게 썼습니다.

·【11월 10일】 팬북 7

올해도 찾아온 팬북. 올해의 오리지널 SS는 레스티라우트 시점에서 주추 마술과 공급의 방에 관한 내용입니다. Q&A는 물론이고 애니메이션 ED 카드와 니코니코 생방송 낭독회용으로 썼던 독백들도 수록됩니다.

·【11월 15일】 만화 제4부 5권

봉납 춤에서 시작해서 겨우 마음대로 도서관에 드나들 수 있게 됩니다. 기수에서 보는 귀족원 모습와 귀족원 도서관 2층 열람실 등, 새로운 장소가 차례차례……. 저는 빌프리트 시점 보너스 SS를 새로 썼습니다.

·【2022년 겨울】 제5부 X

제5부 X에도 가능하면 새로 쓴 내용을 넣고 싶습니다. 중앙에서의 싸움을 여러 캐릭터 시점에서…… 야망 하나는 큽니다. 그리고 제5부 X에는 크리스마스 기획으로 수납함 버전도 있습니다(주 : 일본 한정). 신간을 넣어서 보내드립니다. 수납함은 전 신전장 베제반스가 게오르기네와 주고받은 편지를 넣어 뒀던 책 모양 소품 보관함 이미지로 만들었습니다.

이번 표지는 게를라흐 전투 이미지로 그려 주셨습니다. 그라오잠과 마티아스의 부자 대결&축복하는 로제마인. 어두운 색조 속에 있는 그라오잠의 검은색 의수가 무섭습니다. 그리고 로제마인이 미인이라서 반하겠네요.

컬러 일러스트는 에렌페스트 방위전 이미지입니다. 각자 분투하는 에렌페스트 사람들을 담아주셨습니다. 개인적으로는 질베스타와 다무엘이 정말 멋있다고 생각합니다. 처음 봤을 때는 말이 나오지 않을 지경이었습니다. 시이나 유우 님, 정말 감사합니다.

마지막으로 이 책을 구입해 주신 여러분께 최상급의 감사를 바칩니다.

제5부 X는 일본에서 2022년 겨울에 나올 예정입니다. 거기서 다시 뵙겠습니다.

2022년 6월　카즈키 미야

생각했던 것과 달라

성녀 전설 확대 중

←오른쪽에서 왼쪽으로 읽어주세요

책벌레의 하극상 [5부] 여신의 화신 IX

초판 1쇄 발행 2025년 12월 31일

저자 카즈키 미야

발행인 원종우
발행처 (주)블루픽

주소 (13814) 경기도 과천시 뒷골로 26, 2층
영업부 02-6447-9000 **편집부** 02-6447-9019 **팩스** 02-6447-9009
메일 edit@bluepic.kr **웹** vnovel.kr

ISBN 979-11-6769-470-6 04830

Honzukino Gekokujo Shisho ni naru tameni ha Syudan wo Erande Iraremasen
Dai Go-bu Megami no Keshin 9
By Miya Kazuki
Copyright © 2022 by Miya Kazuki
First published in Japan in 2022 by TO Books, Inc.
Korean translation rights arranged with TO Books, Inc.
through Shinwon Agency Co., Ltd., Seoul.

이 책과 수록 내용의 한국 내 저작권은 (주)신원에이전시를 통한
TO BOOKS와 독점 계약으로 (주)블루픽이 소유합니다.